W0332483

Bisher von Don Both erschienen:

1.Immer wieder samstags

2. Immer wieder samstags – reloaded

3. Immer wieder Verführung
4. Immer wieder Verführung – the End

5. Immer wieder Sehnsucht – Philip & Katharina
6. Immer wieder Tristan und Mia – Hochzeitsspecial

1. The Tower – Mad Love

2. The Tower – Bad love

Corvo – Spiel der Liebe

Dark Demand

Unzähmbar – Liebe ohne Hard Limits

Dangerzone
Desirezone

B Don T H

Feat. Babels

Rock oder Liebe

A.P.P.

Deutsche Erstausgabe September 2015
© Don Both
Kontakt: bethy86@hotmail.de
https://www.facebook.com/pages/DonBoth/248891035138778
Lektorat: WORDplus, Belle Molina
Korrektorat: Sophie Candice
Weitere Mitwirkende: Babels, Nicole Zdroiek
Cover: Babels Art
Erschienen im A.P.P.-Verlag
Peter Neuhäußer
Gemeindegässle 05
89150 Laichingen
978-3-946222-18-7 – mobi
978-3-946222-19-4 – epub
978-3-946222-20-0 – print
Alle Rechte vorbehalten!
Nachdruck, auch auszugsweise, nur mit schriftlicher Genehmigung des Verlages. Personen und Handlungen sind frei erfunden. Etwaige Ähnlichkeiten mit real existierenden Menschen sind rein zufällig und nicht beabsichtigt.
Dieser Roman wurde unter Berücksichtigung der neuen deutschen Rechtschreibung verfasst, lektoriert und korrigiert.

Die Musik ist laut Richard Wagner die Sprache der Leidenschaft. Deswegen widme ich dieses Buch allen, die es schaffen, mich mit ihrer Musik mitzureißen und in andere Welten zu entführen.

Zum Buch:

»Dieses sinnlose Rumgeschreie. Dieses permanente Rumgehüpfe. Dieses unnütze Gitarrenzerschlagen und dieses ordinäre Rumrotzen! Ungläubige Satanisten. Hotelzimmer zerstörende Kunstbanausen. Motorrad fahrende Ampelignoranten! Drogensüchtige Frauenverschlinger!« Das sind Rockstars in den Augen der gefürchtetsten Anstandsdame des Landes.
Hannah Amalia Hauptmeier gerät an ihren härtesten Klienten: Spank Ransom, alias Mason Hunter. Selbst ernannter Sexgott, stolzer Schildkrötenbesitzer und dazu noch weltbekannter Rüpelrocker, muss von ihr auf den rechten Pfad der Tugend gebracht werden, denn seine Mutter bangt um das Ansehen ihres einzigen, heiß geliebten Sprösslings. Grummelnd nimmt Hannah sich des hoffnungslosen Falls an, ohne auch nur im Geringsten zu ahnen, worauf sie sich einlässt.
Der sexy Rüpel hat es sich nämlich im Gegenzug zu *seiner* Aufgabe gemacht, *sie* zu bekehren ... Und zwar auf seine ganz spezielle Art. Diese ist alles andere als jugendfrei, erschreckend betörend und hält sich keineswegs an den *Knigge*. Sein Angebot: nächtliche Spielstunden gegen tägliches Anstandstraining.
Letztendlich müssen sich beide jedoch entscheiden, zwischen

Rock oder Liebe.

Vorwort:

Ich LIEBE Rotzi und ich LIEEEEBEEE meine SUPERBABELS! Ohne sie wäre es bei dieser Geschichte vor vier Jahren bei Fanfiction gar nicht weitergegangen! Also könnt ihr euch bei ihr für ihre grandiosen Ideen bedanken! Sie ist wirklich ein kleines Genie und so witzig! Sie ist MEIN PERSÖNLICHER STAR!

Es spielt zwar in Deutschland aber ich liebe auch bei Anreden Miss und Mister, deswegen lasst euch davon nicht verunsichern und bucht es bitte unter »künstlerische Freiheit« ab.

Die genialen Songs in dem Buch spielen eine riesige Rolle und verstärkten das Feeling des jeweiligen Kapitels enorm! Ihr müsst sie euch anhören! Beim Lesen leise und danach noch mal so RICHTIG LAUT! Denn gute Musik ist NUR laute Musik!

Jedes Kapitel trägt etwas von einem Lieblingslied von uns in sich; die Songs sagen viel über Masons Verfassung und die Art ihrer Beziehung aus.

Vielen Dank an die Künstler für ihre atemberaubenden Werke!

Und noch eine kleine Warnung: VORSICHT: In diesem Buch wird er sie und UNS RICHTIG, RICHTIG, RICHTIG aus der Fassung bringen!

Aber das fällt unserem Rocker nun wirklich nicht schwer. Prüdella schon, denn sie HASST es, ihre Contenance zu verlieren.

Doch für was werden sie sich letztendlich entscheiden? Rock ... oder Liebe?

1. I blow good = Ich liebe Gott

Lieber Gott! Wieso sah ich so aus?

Ich war in eine viel zu enge Jeans gezwängt – laut meiner Schwester eine Röhrenjeans. Obwohl ich Hosen nicht ausstehen konnte, denn ich fand, sie hatten an einer Frau nichts zu suchen. Aber das war nicht das Allerschlimmste. Das war nämlich mein T-Shirt, welches förmlich an mir klebte wie eine zweite Haut und jede noch so kleine Kontur gnadenlos offenbarte. Normalerweise trug ich nur schön hochgeschlossene strahlend weiße, gebügelte Blusen. Aber jetzt hatte ich ein schwarzes Oberteil mit der golden leuchtenden Aufschrift ›I BLOW GOOD‹ an. Da ich mich vehement dagegen wehrte, die englische Sprache zu lernen, schließlich lebten wir in Deutschland, hatte ich keine Ahnung, was die grellen Buchstaben auf meiner Brust bedeuteten.

Magda und Rosi, meine lieben, kleinen Schwestern, die mir dieses Grauen angetan hatten, mussten jedes Mal lachen, wenn sie mich ansahen, was mich ja schon ziemlich skeptisch stimmte. Aber sie hatten mir geschworen, der Aufdruck hieße: ›ICH LIEBE GOTT!‹

Das entsprach meiner Überzeugung, und daher hatte ich das Shirt trotz des unmöglichen Schnitts am Ende voller Stolz und Inbrunst angezogen. Außerdem waren meine Haare offen! Sie fielen mir in hinderlichen, kastanienbraunen Wellen über die Schultern – ansonsten trug ich sie immer hochgesteckt und glatt. Jetzt behinderten die losen, lockigen Strähnen ständig mein Blickfeld, weshalb ich in einer Tour versuchte, sie aus meinem Gesicht zu pusten.

»Worauf habe ich mich nur eingelassen?«, murmelte ich zum tausendsten Mal und sah meine jüngste Schwester an, die fröhlich ihren gelben Mini durch den dichten Verkehr lenkte.

»Es wird sooooo lustig! Ganz sicher! Vielleicht findest du ja die große Liebe oder wirst zumindest endlich mal flachgelegt!«, trällerte Magda mit ihrer viel zu hohen Stimme, die ein leichtes Pochen in meiner Schläfe verursachte.

»Nein, danke! Auf Sex kann ich gut verzichten, der wird ohnehin völlig überbewertet. Und wer braucht heutzutage noch Männer? Wir Frauen sind imstande, das Leben auch ohne diese rülpsenden, sich die Hoden kratzenden, viel zu lauten Kreaturen zu meistern. Ohne sie wäre die Welt bedeutend besser dran. Glaubt mir«, antwortete ich gewohnt trocken.

»Aber die Welt ist nichts ohne Spank Ransom!«, schaltete sich von hinten wild hüpfend meine mittlere Schwester ein. Ihre goldenen Locken kamen zum Vorschein, als sie sich zwischen Magdas und meinem Sitz nach vorne zwängte. Innerhalb der letzten Stunden hatte sich ihr Gesichtsausdruck nicht ein Mal geändert: Die blauen Augen waren groß und leuchteten wie bei einem Kind an Weihnachten. Auf den Wangen befanden sich rötliche Flecken, die darauf hindeuteten, dass sie mehr als aufgeregt war ...

Ich verdrehte die Augen, denn ich wusste, wie sie sich benahmen, wenn es um dieses eine bestimmte Subjekt ging. Magda kicherte auf die Art und Weise, wie Frauen eben kichern, wenn sie an ein photogeshoptes Sexsymbol auf zwei Beinen denken.

»Oh ja, eine Welt ohne Spank Ransom wäre ein schrecklicher, langweiliger Ort und ... so einödig ...« Magda hielt ihre Hand nach hinten, welche sofort eifrig von Rosi genommen wurde. Die Blicke ihrer Augenpaare verwoben sich im Rückspiegel.

»WIR WERDEN IHN HEUTE SEHEEEEEN!«, platzte es aus Magda heraus. Entrüstet schnaubte ich auf und zwickte mir mit zwei Fingern in den Nasenrücken. Besser wäre es jedoch gewesen, mir die Ohren zuzuhalten, denn das hysterische Gequietsche ging soeben in die zweite Runde.

»JAAAAAAAAAAAAAAAAAA! Und er wird sicher wieder seinen Mikrofonhalter trocken ficken!«

»Und er wird ins Mikro stöhnen!«

»Vielleicht hat er wieder eins von diesen zerfetzten Muskelshirts an?«

»BOAH, JA! Nippelpiercing-Alarm! Und er wird sich durch die sexy Haare streichen!«

»JAAAA, und ... und ... und ... Er wird sich über die Unterlippe lecken!«

»Er wird wieder seinen Schlafzimmerblick aufsetzen ... oh, ich komme fast, wenn ich nur an diesen Fickblick denke!«

»WORTWAHL!«, rief ich dazwischen, wurde jedoch ignoriert. Mit jeder Sekunde führten sie sich gleichermaßen lauter und jünger auf – aber eigentlich befanden sie sich bereits den ganzen Abend auf dem Level von vierzehnjährigen Pubertierenden. Unter normalen Umständen waren sie allerdings neunzehn und zweiundzwanzig Jahre alt.

»VIELLEICHT WIRD ER MICH ANSEHEN!«

»WENN, DANN WIRD ER *MICH* ANSEHEN!« Rosi richtete ihre voluminösen Locken im Handspiegel. Mir reichte es! Die ganze Fahrt über ging das schon so und genau an dieser Stelle setzte ich diesem Trauerspiel ein Ende!

»ER wird *keine* von euch beiden ansehen! In dieses Stadion passen 80.000 Personen, und *sollte* er euch zufällig doch bemerken, wird er versuchen, sich so schnell wie möglich in Sicherheit zu bringen. Denn er wird sofort erkennen, dass ihr von Satan besessen und absolut durchgeknallt seid!«, warf ich etwas lauter als üblich ein, denn ihr Pseudo-Teenager-Gehabe ging mir extrem auf die Eierstöcke.

Sofort brachen ihre Blicke auseinander und sie fixierten mich drohend.

»Jetzt hör mir mal zu, Han!« Magda zischte wie ein Schnellkochtopf – das war nie ein gutes Zeichen.

»Hannah! Magda, mein Name lautet: Hannah!«

»Ist mir scheißegal!« Unbeeindruckt zischte sie noch eine

Stufe zischender. »Wenn ich etwas liebe, dann liebe ich es nun mal *richtig!* Und ich *liebe* diese Band! Ich finde sie machen Hammermusik und sie überbringen wirklich wichtige Botschaften. Ich finde Spank nun mal scharf, und wenn du nicht lesbisch oder total geschmacksverirrt wärst, dann würdest du ihn auch heiß finden! Heiß, heißer, Spank Ransom! Er ist nun mal der schönste Mann auf diesem Planeten! Er hat nun mal eine Stimme wie Samt, und er kann nun mal seinen Hammer-Sabber-Lechz-Körper bewegen wie ein Gott! Außerdem: Wir warten seit *fünf Jahren* darauf, dass sie hier ein Konzert geben! SEIT FÜNF JAHREN! ALSO GÖNN UNS DEN SPASS, WENN DU SCHON KEINEN VERSTEHST! WAS IST DARAN SO SCHWER?« Aus dem Zischen war das bekannte murmelige Wispern durch die Zähne geworden, das sie immer an den Tag legte, wenn sie kurz davor war, die Contenance zu verlieren.

»Bist du jetzt fertig?«, erkundigte ich mich gelassen.

»JA!« Fuchsteufelswild schaute sie wieder auf die Straße und verlagerte kurzerhand ihre Wut. Sie fing an wie eine Verrückte zu hupen, weil sich die Schlange vor uns einfach nicht weiter bewegen wollte. »Verdammte Idioten!«, schrie sie grell. »Wieso geht da nichts weiter? Wir sind eh schon viel zu spät dran, verdammt!«

»Könntest du bitte etwas auf deine Ausdrucksweise achten? Dein Verhalten ist inakzeptabel!«, wies ich sie energisch zurecht.

»NEIN!« Sie warf mir einen glühenden Blick zu. Rosi kicherte von hinten, denn sie fand es immer komisch, wenn wir eine unserer lautstarken Diskussionen hatten ... Es war nicht schwer, sich mit Magda zu streiten. Mit ihrer aufbrausenden Art besaß sie das Temperament eines tollwütigen Maultiers, Rosi hingegen war lammfromm – eher ein Faultier, sozusagen. Nichts konnte sie so schnell aus der Ruhe bringen – ich für meinen Teil war sogar noch schwerer zu provozieren. Als zertifizierte Anstandsdame hatte ich mir eine dicke Haut zugelegt, denn ich arbeitete stets mit den härtesten Fällen. Wenn ich jedoch trotzdem wütend wurde, dann richtig!

Davon war ich momentan allerdings meilenweit entfernt, weshalb ich mich in Amüsement rettete, während Magda immer weiter ausrastete, fluchte, hupte und einen hochroten Kopf bekam, welcher ihr im Übrigen überhaupt nicht stand.

Eine gute halbe Stunde später war meine Laune trotzdem dahin, weil in 33 Minuten das Konzert anfangen sollte und wir noch zur Olympiahalle LAUFEN mussten. Ich trug zwölf Zentimeter hohe High Heels und konnte schon unter normalen Umständen kaum damit gehen. Die Pflastersteine waren auch nicht gerade hilfreich, bestimmt bildeten die Blasen bereits Kolonien an meinen Füßen. Hoffentlich würden das keine Amerikaner werden.

Vor dem Eingang wurde das Gedränge richtig schlimm. Einerseits war es gut, dass ich zuvor nichts gegessen hatte, denn so befand sich nichts zum Übergeben im Magen, als ich in den Massen halb zerdrückt wurde. Andererseits begann meine Optik unschön zu verwischen, was wohl auf den Sauerstoffmangel zurückzuführen war, der sich einstellt, wenn man von einer wilden Horde wahnsinniger Frauen fast zerquetscht wird.

Hinzu kam auch noch das ständige Gekreische in den grellsten Klangfarben: »SEX ON TWO LEGS! SEX ON TWO LEGS!« Nur um Missverständnisse zu vermeiden, so hieß die Band, wie mir meine Schwestern erklärt und übersetzt hatten.

»Wir dürfen uns bloß nicht loslassen«, verkündete Magda. Ich hätte gerne gelacht, weil dies schier unmöglich war, was sich in der nächsten Sekunde bewies. Sie wollte meine Hand greifen, wurde aber weiter nach vorne gedrängt, sodass ich sie nicht packen konnte.

»Ist in Ordnung! Ich komme zu unseren Plätzen«, rief ich ihr zu und sie warf mir noch einen besorgten Blick zu. Doch dann erklangen die ersten Töne der Vorband und Magdas schwarzer und Rosis blonder Kopf verschwanden in der unübersichtlichen Masse.

Gleichzeitig begannen einige der Mädels und sogar die wenigen armen Männer um mich herum *noch lauter* zu kreischen, und stürmten los.

Ich wurde hin und her geschleudert und wollte ihnen zurufen, dass dies nur die Vorband sei, aber es hätte mich wohl sowieso niemand gehört.

»Also bitte! Vorsicht! Aufpassen!«, empörte ich mich, als man wiederholt den Versuch unternahm, meine Füße zu zertrampeln. Meine Ansätze, mich mit den Ellbogen zu wehren, blieben relativ erfolglos – ich war einfach zu klein und dazu auch noch äußerst wacklig auf den Beinen ... Warum hatte ich bloß meinen Regenschirm nicht zur Selbstverteidigung mitgenommen?

Es kam, wie es kommen musste: Ich stürzte ... Und das Letzte, woran ich mich erinnern konnte, war, dass ich mir die Stirn am Geländer aufschlug und nahe der Absperrung auf dem Boden aufkam.

***

Na großartig!

Hatte ich eigentlich schon erwähnt, dass ich Rock ´n Roll und alles, was mit dieser Musikrichtung im Zusammenhang stand, abgrundtief verabscheute?

Dieses sinnlose Rumgeschreie. Dieses permanente Rumgehüpfe. Dieses unnütze Gitarrenzerschlagen und dieses ordinäre RUMROTZEN! Frauen verachtende Satanisten. Hotelzimmer zerstörende Kunstbanausen. Motorrad fahrende Ampelignorierer! Drogensüchtige Frauenverschlinger! Meiner Ansicht nach war das die Lebensaufgabe aller Rockstars, und ich wusste nicht, wie man zu so einem Menschen werden konnte – möglicherweise wurden sie schon so geboren. In Stiefeln mit offenen Schnürsenkeln und langem Haar! Das war nicht meine Welt. Ich lebte für gänzlich andere Ideale – ich

BESAß wenigstens noch welche! Und ich hatte keinen blassen Schimmer, was ich gerade tat und wo ich war ...

Ganz besonders, als ich die Augen aufschlug und mich auf einer ungemütlichen, grünen Krankenliege vorfand. Mein Kopf dröhnte, wie er es getan hatte, als ich mit 15 Jahren das erste und letzte Mal Alkohol getrunken hatte. Als ich aufsah, zuckte ich erschrocken zusammen, denn ich erblickte ein Mädchen, das neben mir auf meinem Lager saß. Anscheinend hatte sie noch nie was von Clearasil oder Wasser gehört, denn ihre Eiterbeulen sprangen mir unwillkommen in mein empfindliches Auge.

»Oh, du bist wach?«, fragte sie und entblößte grinsend ihre Zahnspange inklusive Essensresten für später. Ich glaube, sie hatte Spinat zum Mittag. Von diesem grausamen Anblick bis ins Mark erschüttert setzte ich mich auf und fasste mir sogleich an den Kopf, in dem sich alles drehte und *von* dem ein Kühlpack direkt in meinen Ausschnitt fiel. Einen spitzen Aufschrei unterdrückend, holte ich dieses schnell heraus und das Mädchen mit der unreinen Haut nahm es mir freundlicherweise ab.

»Scheint so«, antwortete ich, als ich mich an ihre Frage erinnerte. Und leider fiel mir nach und nach auch alles andere ein. »Wo bin ich?«, fragte ich das Mädchen mit der unglücklichen Derma.

»Im Krankenzimmer im unteren Bereich des Stadions. Du hast Glück, dass ein Security gesehen hat, wie du umgerannt worden bist.«

»Aha«, meinte ich alles andere als begeistert. Unvermutet begannen die Augen des Mädchens zu leuchten.

»Aber weißt du was? Wir sind hier im VIP-Bereich, also könnten wir uns auf die Suche nach der Umkleidekabine der Band machen!«

»Kein Bedarf!«, erwiderte ich kurz angebunden und stand auf. Meine Schwestern waren sicher schon besorgt um mich und außerdem musste ja jemand ein Auge auf sie werfen.

Das Zahnspangenmädchen fiel aus allen Wolken. *»Kein Bedarf?«,* wiederholte es ungläubig. »Was heißt hier kein Bedarf? Wir sind in der Nähe des sexiesten Mannes des Universums!«

Ich verdrehte die Augen. Schon wieder so eine Geistesgestörte – offenbar befand sich in unmittelbarer Nähe ein Nest.

»Du kannst gerne für mich mitsuchen«, bot ich an und ging zur Tür. »Also viel Spaß!«, wünschte ich noch höflich, denn der Anstand kam bei mir an erster Stelle.

***

Noch als ich das Krankenzimmer verließ, spürte ich einen unangenehmen Druck auf der Blase, der mir unmissverständlich signalisierte, dass die Natur ihr Recht einforderte.

Ich brauchte eine Toilette!

Aber wo um alles in der Welt sollte ich in diesem Labyrinth an Gängen eine finden? Ich beschloss schon mal loszulaufen, denn mein Bedürfnis wurde von Sekunde zu Sekunde stärker. Nur schwer gelang es mir, die eindeutigen Geräusche zu verkneifen, die man von sich gibt, wenn man unter derartigen Beschwerden leidet. Also viel *Uhhh* und *Ahhhh*.

Meine Füße knickten auch noch bei jedem zweiten Schritt um, weshalb ich versucht war, mir die Heels runterzureißen und sie in den nächstbesten Mülleimer zu verfrachten. Aber Rosi hätte mir den Hals umgedreht, es waren nämlich ihre Lieblingsschuhe.

Gerade als ich dachte, ich würde ein unschönes Pfützchen auf dem Gang hinterlassen, bemerkte ich es: Das Schild, das in allen Ländern gleich aussieht. Eine Dame in einem Hausfrauenkleid.

Von meiner vollen Blase halb wahnsinnig stürmte ich mit vollem Elan durch die Tür und erstarrte, sobald ich erkannte, dass es sich hierbei *nicht* um ein gepflegtes Klosett handelte, sondern um eine Umkleidekabine. Und in diese trat gerade nackt, wie ihn Gott schuf, mit Wasserperlen auf dem ganzen Körper verteilt, ein Adonis von einem Mann.

Er trocknete sich das Haar mit einem schwarzen Handtuch ab, weshalb ich sein Gesicht nicht erkennen konnte. *Was* ich allerdings sah, war überdimensional groß und absolut ablenkend vom Rest der Welt.

Seine Füße!

Ich hasste Füße!

Dann glitt mein Blick nach oben. Mein empörtes Keuchen war wohl unüberhörbar, denn er ließ das Handtuch verwirrt sinken, und als mir dämmerte, *wem* ich gegenüberstand, folgte noch ein aussagekräftiger Keucher. Es handelte sich um niemand geringeren, als den Leadsänger der Band, *Sex on two Legs*. Und ich musste zugeben, der Name traf den Nagel auf den Kopf. Denn das oder besser gesagt *er* war tatsächlich Sex auf zwei Beinen. Zwar hatte ich diesbezüglich keine Erfahrung vorzuweisen, aber meine Fantasie signalisierte mir, dass man es sich so vorstellen musste.

Glatter, überall rasierter, muskulöser Sex auf zwei Beinen.

Tätowierter, atemberaubender, böser Jungen-Sex auf zwei Beinen! Selbstüberzeugter, frauenverachtender, Idioten-Sex auf zwei Beinen!

Dieser grinste mich verschmitzt an, als ihm auffiel, wie mein Blick über seinen athletischen, tätowierten und gepiercten Körper glitt und erneut an eindeutigen Stellen hängen blieb. Seine Stimme war samten, doch was er sagte, strafte sie Lügen und brachte mich völlig durcheinander.

»Ja ... mach so weiter und er wird tatsächlich allein von deinem blickgeficke steif. OH! Jetzt hat er gezuckt. Hast du´s gesehen?« Ich konnte nicht glauben, was er mir da gerade mitteilte, während er auf seinen Penis deutete, der wirklich zuckte und sich Stück für Stück aufrichtete. Jetzt wanderte der Blick seines Besitzers ganz unverhohlen über meinen Körper und blieb nicht etwa zwischen *meinen* Beinen, sondern auf meinem T-Shirt hängen.

Er zog eine markante Augenbraue nach oben.

»Nettes Shirt. Hältst du auch, was es verspricht?«

Verdattert betrachtete ich mein Oberteil und dann wieder den empörenden Bereich da unten. Ich konnte mich einfach nicht davon abhalten. Dort wurde es immer härter. Möglicherweise blieb ihm nicht verborgen, wie unendlich peinlich mir die Situation war. Doch anstatt mich daraus zu befreien, machte er es noch schlimmer. Ihn schien es überhaupt nicht zu stören, dass er komplett nackt und beinahe komplett erigiert vor mir stand. Na gut ... für seinen Körper musste er sich auch wirklich nicht schämen, denn dahinter steckte unter Garantie harte, disziplinierte Arbeit.

»Hast du da mit Absicht nichts drunter? Damit jeder deine steifen Nippel sehen kann? Ich muss ja sagen, du hast wirklich ansehnliche Nippel!«

SO! Jetzt hatte er den Vogel aber wirklich abgeschossen! Und Magda und Rosi auch, denn sie hatten mich förmlich dazu genötigt, keinen BH zu tragen. Natürlich verdeckte ich sofort mit beiden Händen die eben so ungeniert erwähnten Stellen.

»Wie bitte?« Ich bekam kaum meine Zähne auseinander, der Qualm schoss mir nur so aus den Ohren. »Ich denke, ich habe mich gerade verhört!«

Der arrogante Adonis war wohl nicht der Meinung, denn er schlenderte zu dem Buffet hinüber, das in einer Ecke des eher kleinen Raumes stand, und machte sich erst mal eine Coladose auf.

Als er die kühle Flüssigkeit seinen Schlund hinunterlaufen ließ, fühlte ich mich wie in einer Werbung für dieses koffeinhaltige Getränk, das übrigens fast ausschließlich aus Zucker besteht, weshalb ich dessen Genuss kategorisch ablehnte. Wie gebannt starrte ich seinen Adamsapfel und diesen muskulösen, tätowierten Hals an. Und heiliger Jesus, ich wollte Cola! *Jetzt!*

Als er die leere Dose mit einer Hand zerknüllte und erst mal laut und ausgiebig rülpste, zuckte ich zusammen. Gütiger Gott! Er benahm sich wie ein Neandertaler! Auch wenn es sich hierbei um ein ungewohnt haarloses Exemplar handelte ...

»Ich denke, du hast schon richtig gehört, Babe. Ich habe gesagt, du hast geile NIPPEL!« Er zwinkerte mir locker zu.

»Babe?«, wiederholte ich ungläubig. Mein Verlangen nach der Zuckerlösung hatte sich soeben verabschiedet, stattdessen bekam ich spontan Diabetes. »Ich fordere Sie höflich auf, in angemessenem Jargon mit mir zu kommunizieren. Ihre Ausdrucksweise lässt mehr als zu wünschen übrig, und würden Sie sich BITTE etwas überziehen. Falls es Ihnen bisher entgangen ist, eine DAME ist anwesend!«

Jetzt fing er an zu lachen. Melodisch und aus vollem Halse. »Damen würden wohl kein Shirt tragen, auf dem steht. ›Ich blase gut‹!«

»Was?« Perplex starrte ich ihn an. »Das heißt: Ich liebe Gott!«, murmelte ich vor mich hin und nun konnte er wirklich nicht mehr an sich halten. Dieser Mann lachte so ausgelassen, dass er sich mit beiden Händen an dem Buffet abstützen musste, was ein unglaublich anregendes Bild bot. Seine Hinterseite stand seiner Vorderansicht in nichts nach, und sie war genauso glatt ...

»Okay, lass mich das klarstellen«, meinte er, als er sich ein wenig beruhigt hatte. »Du bist kein verrücktes Groupie, das jetzt über mich herfallen wird? Du suchst keinen wilden SEX?«

»Nein, das bin ich sicher nicht!«, erwiderte ich empört. »Was ich suche, ist eine Toilette!«

»Oh! Da kann ich weiterhelfen. Aber die Tür bleibt offen!« Seine Augen tanzten vor Belustigung.

Ich konnte nichts anderes tun, als ihn anzustarren. Natürlich nur zur Sicherheit, damit ER sich nicht plötzlich auf MICH stürzte. Denn sein Penis hatte anscheinend genau das vor. Ich fragte mich, wie so ein Ungetüm je eine Frau begatten könnte, ohne dass es zu ernsthaften Verletzungen kam.

»Ja, der Schwanz eines Mannes ist wirklich interessant, nicht? Wenn du willst, kannst du ihn gerne mal anfassen.«

»Kommen Sie mir mit Ihrem PENIS bloß nicht zu nahe!«, rief ich schrill. »Wäre es eventuell möglich, ihn in eine Unterhose zu packen, wohin er meiner unbescheidenen Ansicht nach gehört?« Nur mit Mühe konnte ich verhindern, mir mit einer Hand die Augen zuzuhalten.

»Der gehört in keine Unterhose«, widersprach er sofort. »Sondern in eine Frau!« Er klang, als wäre es das Selbstverständlichste der Welt und verschränkte die Arme vor der breiten Brust.

Ich bemerkte die Tätowierung, die sich als dunkles Muster über seinen gesamten rechten Arm schlängelte. Sie reichte über seine Schulter bis zum Hals und ich sah errötend, dass sie an seiner rechten Seite wieder hinabfloss und sich in der ansehnlichen Leistengegend verlor.

»Sie werden mich doch nicht vergewaltigen?« Im Großen und Ganzen wirkte er nicht so, als würde er sich gleich kopflos auf mich stürzen, aber sein erregter Zustand zuzüglich dieses wilden, zügellosen Benehmens gab mir ernsthaft zu denken.

Er lächelte überheblich. »›Vergewaltigen‹ musste ich noch keine Schlampe, keine Sorge.« Ich zog scharf den Atem ein. Das war ja wohl die Höhe! Gut, dass ich mich nicht angesprochen fühlen musste, jungfräulich und fromm, wie ich war, aber allein diese Betitelung war eine unerhörte Frechheit.

»Ich beende jetzt dieses Gespräch«, verkündete ich sodann. »Es ist mir mehr als unangenehm, Sie getroffen zu haben, dennoch wünsche ich Ihnen noch einen erfolgreichen Abend!« Hoch erhobenen Hauptes wandte ich mich von ihm ab und wollte zur Tür marschieren. Doch ich kam nicht weit, denn er rief mit voller Inbrunst. »Was für ein Arsch!«

Dann wurde ich schon am Oberarm festgehalten, umgedreht und plötzlich war er mir besorgniserregend nahe. Ich konnte mich glatt in diesen frech funkelnden, goldbraunen Augen mit den dunklen Sprenkeln verlieren. Aus dieser Distanz erkannte ich, dass seine Haut absolut eben war, ohne jeglichen Makel. Es war einschüchternd, wenn ein Mann so einen Teint besaß. Einschüchternd war auch das Gefühl, das seine Finger auslösten. Es war, als würde eine Kraft von ihnen ausgehen, die sogar meine Knochen in dem Bereich zum Pulsieren brachte, den er gerade berührte. Seine Mundwinkel hoben sich und er lächelte mit seinen vollen Lippen auf mich herab. Fast schon charmant, aber ich ließ mich nicht täuschen.

»Ich dachte, du musst aufs Scheißhaus?« Sein nach Bier und Cola stinkender Atem fegte über mein Gesicht und riss mich aus meiner Starre.

»Haben Sie schon mal was von Kaugummi gehört? Das ist ja grauenhaft!« Angewidert hielt ich mir mit zwei Fingern die Nase zu. Der Schalk tanzte in seinen Augen und eine Strähne seiner chaotischen Locken fiel ihm in die Stirn. An den Seiten waren seine dunkelbraunen Haare aber raspelkurz. Er hatte eine wilde Frisur, die zum Rest seines wilden Auftretens passte. Meine Finger zuckten, und ich erschrak, als mir klar wurde, dass ich ihm eben jene Strähne aus der glatten Stirn streichen wollte.

Sein aufwühlender Blick wanderte über mein Gesicht und blieb schließlich an meinen Lippen hängen. Er leckte sich über seine glatte Unterlippe und ich visierte seine rosa Zunge an, die zum Vorschein kam, während sich eine ungekannte Hitze in mir ausbreitete. Er würde mich doch jetzt nicht einfach küssen?!

»Wagen Sie es ja nicht! Denken Sie nicht mal im ...« Weiter kam ich nicht, denn im nächsten Moment *hatte* er es auch schon gewagt und seinen Mund tatsächlich gewaltsam auf meinen gesenkt. Zunächst war ich wie erstarrt.

Die mich sofort durchrauschenden Gefühle waren mit nichts zu vergleichen, was ich jemals erlebt hatte. Eine Hand stützte er hinter mir an der Tür ab, die andere legte er bestimmend auf meine Taille und drückte mich gegen sich. Oder drückte er sich gegen mich? Er war so warm, und so hart, und so NACKT! Ich wusste nicht, was ich tun sollte; viel zu widersprüchlich waren meine Empfindungen. Dafür schien er allerdings ganz genau im Bilde darüber zu sein, was *er* tun musste, um meine Barrieren niederzureißen. Seine Zunge strich über meine Unterlippe und mir entkam ein peinliches kleines Seufzen, als ich spürte, wie samtig sie sich anfühlte. Durch meinen kleinen Patzer öffnete sich mein Mund, was er offensichtlich als Einladung auffasste, die ich ihm überhaupt nicht hatte erteilen wollen! Seine Lippen verzogen sich zu einem garantiert triumphierenden Grinsen, was seinen herausragenden Kussfertigkeiten aber keinen Abbruch tat.

Ohne dass ich es verhindern konnte, berührte meine neugierige Zungenspitze die seine, worauf eine Art Elektroschock durch meinen gesamten Körper rauschte, dessen Auswirkungen sich pulsierend zwischen meinen Schenkeln sammelten. Ungefähr im selben Moment schalteten sich mein logisches Denkvermögen und mein Anstand aus, auf die ich so stolz war, und ein unbekannter Teil meines Unterbewusstseins kämpfte sich nach oben. Er war dafür zuständig, dass ich beide Arme hob und mich in seinen vollen nassen Haaren festkrallte. Ebenso war es sein Verdienst, dass sich meine Hüften schamlos an seiner aussagekräftigen Härte rieben, was ihm prompt ein kehliges, überraschtes Stöhnen entlockte.

Mit diesem Gegenangriff hatte er nicht gerechnet. Mein Herz versuchte, mich von innen heraus zu erschlagen. Meine Atmung ging stoßweise und vermischte sich mit seinem leisen Keuchen. Plötzlich störte es mich nicht mehr, dass er getrunken hatte. Denn sein so süßes und gleichzeitig verruchtes Aroma, vermischt mit dem herben Geschmack von Cola und Bier war phänomenal. Die Geschmacksknospen in meinem Mund tanzten Samba. Ich hätte nie gedacht, dass sich ein einziger Kuss so anfühlen könnte. So alles verzehrend. Außerdem registrierte ich total überrascht, dass er mich allein damit so durcheinanderbringen konnte.

Mein Name war mir entfallen, ich wusste nicht, dass ich nach einer Toilette gesucht hatte oder dass ich Männer wie ihn abgrundtief verabscheute. Das lag wohl daran, dass der Mann, der mir gerade den Verstand raubte, der beste Küsser der Welt zu sein schien, obwohl sich meine Erfahrung auch hier gegen Null bewegte. Leider, oder sollte ich sagen: gottseidank, ging er einen Schritt zu weit, weshalb sich mein Haupthirn wieder einschaltete.

Denn er fuhr in dieser Sekunde mit seiner Hand über meinen Bauch hinauf, bevor seine langen Finger unvermittelt meine Brust packten und sie mit einem eindeutig primitiven Laut drückten, der aus den Tiefen seiner Kehle stammte. Und endlich, ENDLICH, tat ich das, was ich schon die ganze Zeit hätte tun sollen.

»Sie Rüpel!«

Mit aller Kraft stieß ich ihn an den breiten Schultern von mir, und im nächsten Moment landete meine flache Hand laut klatschend in seinem verdatterten Gesicht.

PATSCH!

Entgeistert und atemlos starrte er mich an, während seine langen tätowierten Finger langsam die geschändete Wange abtasteten. Ich hingegen stürmte wortlos an ihm vorbei in den Raum, aus dem er gekommen war, in der Hoffnung, dass sich in den Duschen auch Toiletten befanden. Ich hatte Glück. Natürlich sperrte ich ab und legte die Brille sorgfältig mit Papier aus, bevor ich mich erleichterte. Dabei ließ ich mir extra viel Zeit, denn schließlich müsste er ja wohl irgendwann auf die Bühne gehen.

So war es dann auch. Als ich die Geräusche einer zuschlagenden Tür hörte, linste ich vorsichtig in den Raum. Er war verschwunden. Nur sein wundervolles Aroma verharrte noch in der Luft. Wie von selbst hob sich meine Hand und meine Fingerspitzen strichen über meine immer noch prickelnde Unterlippe. Der Kuss war der Wahnsinn gewesen, aber den Rest konnte man vergessen. Ich betete, dass ich diesen primitiven Neandertaler nach diesem Konzert nie wiedersehen würde. Doch ich hatte soeben gesündigt, weshalb meine Gebete nicht erhört wurden ...

2. Down with the Sickness!

(Disturbed)

Als es mir endlich gelang, mich in die Halle zu meinen Schwestern durchzukämpfen, trug ich die Mörderschuhe tatsächlich in den Händen. Unsere Plätze befanden sich praktisch direkt neben der großen Bühne. Erschöpft wie nach einem Tagesmarsch durch den Dschungel, ließ ich mich auf den unbequemen Plastikstuhl fallen, zog mir die Dinger wieder an und verschnaufte ausgiebig.

Rosi und Magda beobachteten derweil, wie die letzten Techniker über die Bühne liefen. Dabei hielten sie sich aufgeregt an den Händen und bekamen gar nicht mit, dass ich von den Toten auferstanden war.

Zum Glück!

Nach diesem verruchten Überfall hatte ich mich nämlich immer noch nicht gefasst. Nach wie vor spürte ich seine langen Finger auf der Haut, und fühlte mich einerseits beschmutzt und entehrt, aber andererseits auch irgendwie ... *anders.* Ich wollte nicht, dass mich dieser Rüpel *anders* fühlen ließ.

Doch er tat es.

Wenn ich an die paar Minuten in der Umkleidekabine zurückdachte, in denen seine Lippen auf meinen gelegen hatten, geriet mein Blut in Wallung, ob ich wollte oder nicht.

Nachdem sich mein Puls normalisiert hatte, konnte ich mich wieder meiner Umwelt widmen. Die Bühne war rund und das schwarz funkelnde Schlagzeug mit der Riesenaufschrift »SEX ON TWO LEGS« befand sich auf einer Erhöhung. Rechts und links davon führten zwei Laufstege in die jetzt schon ungeduldig schreiende Menge, vermutlich um den Sänger seinen Fans näherzubringen oder dem Neandertaler in ihm die Möglichkeit zu geben, noch mehr unschuldige Frauen zu verwirren. Einer davon war vielleicht zwei Meter von uns entfernt. Dies bereitete mir Angst, denn ich saß genau neben einem Gang und hoffte aus tiefstem Herzen, dass er mich nicht erkennen würde. Zur Sicherheit sank ich auf meinem Sitz unauffällig zusammen.

Gütiger Gott! Jetzt war ich schon genauso hirnumnebelt wie meine Schwestern! Wie sollte er mich bitte unter 80.000 anderen Menschen identifizieren? Meine Paranoia war grenzwertig! Es galt, sich zu beruhigen und endgültig zu einem normalen Blutdruck zurückzukehren. Außerdem empfahl ich mir dringend, einfach zu vergessen, was geschehen war. Denn andernfalls würde meinen Schwestern klar werden, dass etwas nicht stimmte. Und sie mich daraufhin KÖPFEN, wenn sie jemals herausfänden, dass ihr innigster Traum in Erfüllung gegangen war. Für mich ...

Dabei hatte ich das gar nicht gewollt! Gierig blickte ich auf das Wasser in Rosis Händen und zog an ihrem kurzen schwarzen Rock, um auf mich aufmerksam zu machen. Nur ungern nahm sie den Blick von der Bühne, um den Störenfried in die Schranken zu verweisen. Als sie registrierte, dass ich es war, huschte Erleichterung über ihr Gesicht. Sie ließ sich auf den Stuhl neben mich fallen. Obwohl es sehr unhöflich war, nahm ich ihr ihren Wasserbecher aus der Hand, und trank ihn in einem Zug aus.

»Zum Glück bist du da! Wir dachten schon, du wärst getürmt!«, sagte sie mit ihrer für eine Frau viel zu tiefen Stimme.

»Als ob ich dazu eine Chance hätte!«, murmelte ich spöttisch.

»Und wo warst du?«

Jetzt wurde auch Magda auf mich aufmerksam, nahm ihren Platz neben Rosi ein und beugte sich vor, um mich von unten bis oben mit Blicken zu scannen.

»Ja, wo verdammt noch mal warst du und wieso sehen deine Haare so komisch aus? So zerwühlt? Und deine Lippen, sind die geschwollen?« Magda schob Rosi aus dem Weg und kam meinem Gesicht so entsetzlich nahe, um meinen Mund zu begutachten, dass ich zurückwich. Ihr Blick inspizierte auch meine Stirn, auf der mit Sicherheit in dicken, roten Buchstaben blinkte: Ich hatte Kuss-Sex! Automatisch rieb ich darüber.

»OH BITTE, Magda. Hör auf zu fluchen ... Ich ... bin umgefallen und wurde ohnmächtig.«

Rosi sog schockiert den Atem ein, doch Magda wirkte weiterhin skeptisch.

»SIEHST DU!« Ich hob meinen geraden Pony und zeigte ihr als Beweis die unschöne Beule auf meiner Stirn.

»OH!« Nun sah auch Magda mich mitleidig an.

»Ich wurde ins Krankenzimmer gebracht.« Die Augen meiner Schwestern weiteten sich. »Aber es war nicht der Rede wert«, winkte ich ab und drückte den kühlen Becher gegen die Beule. Alles, was weiter passiert war, ließ ich vorsichtshalber aus, denn mein Kopf gefiel mir eigentlich ganz gut auf meinen Schultern. »Es hat eben seine Zeit gedauert, bis ich mich zu euch durchkämpfen konnte. Zwischen den ganzen Verrückten hier könnte man glatt Angst bekommen!«, ergänzte ich und zuckte mit den Schultern, bevor ich mich erschöpft zurücklehnte und die Augen schloss

»Oh Süße, und wir haben dich einfach allein gelassen!« Rosi strich mir eine Strähne aus der Stirn, worauf ich ihr auf die Finger schlug.

»Ich kann schon auf mich selber aufpassen, vielen Dank!« Nebenbei kramte ich bereits in meiner Handtasche nach meinen Ohrstöpseln, die ich fast überall mitführte. Schließlich veranstalteten die in diesem Land Bauarbeiten an jeder Ecke und mein tadelloses Gehör bis in die höchsten Frequenzbereiche war mir heilig. Doch die Ohropax wurden sofort meinen Fingern entwunden und kurzerhand nach hinten in die Menge geschmissen.

Rosi lachte ihr dunkles Lachen, wohl wegen meines

Gesichtsausdrucks, und warf ihre Korkenzieherlocken über die Schulter. Ich betrachtete sie derweil düster und überlegte nicht zum ersten Mal, dass der Mann, der sie mal abbekam, ein armer aber auch glücklicher Kerl sein würde. Rosi hatte all ihre Schönheit von unserer Mutter geerbt. Die goldblonden Haare, die groß gewachsene Figur, mit den perfekten Proportionen. Sie besaß von uns Dreien die größten Brüste, worum sie Magda schon immer beneidet hatte, denn diese war so flach wie ein Brett. Außerdem war Magda die Kleinste von uns. Dafür hatte sie die größten Augen und den extrovertiertesten Charakter.

Was das Selbstbewusstsein anging, lagen meine Schwestern gleichauf. Daran mangelte es beiden nicht. Sie wussten, dass sie intelligent und gleichermaßen schön waren. Magdas feingliedriges Gesicht wurde von einem modernen Bob umrahmt, während Rosis Züge weicher und klassischer ausfielen – so auch ihr Haarschnitt. Ihr Körper steckte momentan in einem kurzen schwarzen Rock, gleichfarbiger Strumpfhose, Glitzeroberteil mit Fledermausärmeln und sie war behängt mit allerhand Ketten und Schmuck. Die Strumpfhose hatte wohl einen zu wilden Waschgang in der Maschine durchgemacht, denn sie war über und über mit Rissen verunziert. Unmöglich. Ich hatte ihr angeboten, sie zu nähen, worauf sie mir allen Ernstes einen Vogel gezeigt hatte. Magda wiederum hatte sich in ein dunkelblaues Korsage-Kleid mit Spitze gezwängt. Das kombinierte sie mit einer unversehrten Strumpfhose und vielen Armbändern.

Beide wirkten wie zwei Rockerbräute, was sie nebenbei bemerkt auch waren. Den ganzen Tag hörten sie nichts anderes als diese Musikrichtung. Bevorzugt ›Sex on two Legs‹. Dabei konnte ich Spank Ransoms grölende Stimme einfach nicht mehr ertragen, und sein Gesicht mochte ich auch nicht sehen! Denn wenn ich die Zimmer meiner Schwestern betrat, schaute er mich von allen Wänden mit diesem meines Erachtens hohlköpfigen Ausdruck an, der mein eigen Fleisch und Blut aber regelmäßig zum Seufzen brachte. Die Plakate bereiteten mir Angst und hatten mir den einen oder anderen Albtraum beschert! Sie verhielten sich wie zwei kleine Mädchen und nicht Erwachsene, wenn es um ihn ging! Aber er hatte es wohl an sich, die Frauen mit nur einem Blick in den Wahnsinn zu treiben. Auch wenn er sie nur von einem Plakat aus anstarrte ... Jetzt wo ich ihn kennengelernt hatte, konnte ich diese Faszination ein wenig verstehen, denn auf eine frivole Art hatte er auch mich in seinen Bann gezogen. Es fiel mir schwer, mir das einzugestehen, und ich war froh, als das Licht plötzlich erlosch und die Bühne strahlend rot erhellt wurde.

Verschiedene Laserlichter schossen unkontrolliert, wie verirrt, durch die Halle und hüllten sie in mystische Farben. Flüchtig, dann wurde es stockdunkel und gleichzeitig sehr still. Man hätte eine Stecknadel fallen hören können. Ein Rülpsen direkt ins Mikrofon durchbrach die Anspannung und alle begannen zu kreischen! Die Musik setzte ein, heftiges Schlagzeug, dann E-Gitarre ... Sie war mitreißend, das musste ich zugeben, ob ich wollte oder nicht.

»Can you feel that?«

... hauchte eine tiefe männliche Stimme in das Mikrofon, die anscheinend den puren Sex symbolisierte!

»Oh Shit ...«

Die Worte fuhren leider direkt in meinen Intimbereich. Vermutlich klang er so, wenn er gerade in eine Frau eindrang ...

»OW WAHAHAHAHAHAHA!«

... grölte er plötzlich ins Mikro. Ein Feuerwerk erhellte den Saal, und brachte die Menge zum Ausflippen, als Spank Ransom auf die nun erleuchtete Bühne sprang. Alle hechteten auf die Beine, Hände schnellten nach oben, ungebändigte Energie flutete alles.

»Was für ein Affe!« Ich verdrehte die Augen und verschränkte die Arme, während die Masse um mich herum zu toben begann.

Er gab weitere Primatengeräusche von sich. Neben ihm hüpfte sein blonder Gitarrist umher wie Rumpelstilzchen und sein Bärenschlagzeuger schlug wie ein Besessener auf sein Instrument ein. Doch die waren eher nebensächlich. Ich konnte nicht umhin, mir *ihn* genauer anzusehen, als er mit beiden Händen sein Mikrofon umfasste.

Zu Magdas und Rosis absoluter Benebelung vergewaltigte er im Takt den Mikrofonständer, während er weiterhin widerliche Töne produzierte. Mein Gott, konnten meine Schwestern nicht ›Richard Wagner‹ lieben?

Er hatte eine enge schwarze Lederhose und offene Stiefel an, über deren Schnüre er sicher noch stolpern würde und dadurch unter Umständen sich oder andere verletzen könnte, was ich persönlich sehr verantwortungslos fand. Dazu trug er ein zerrissenes enges, dunkles Muskelhemd, das mehr zeigte als verdeckte. Um seine ausgeprägten tätowierten Unterarme schlangen sich Lederarmbänder. An seinem Hals baumelte eine dicke silberne Kette, und die Haare hingen wirr in alle Richtungen. Seine schlanken Hüften – verziert mit ein paar Nietengürteln – bewegten sich im Takt der Musik, als hätte er das professionell gelernt. Dabei war seine Ausstrahlung wahnsinnig erotisch, das konnte ich nicht leugnen. Und als er anfing zu singen ... zu *singen* ... nicht zu grölen ... fühlte ich mich von seiner Stimme in eine andere Welt davongetragen ...

»Drowning deep in my sea of loathing
Broken your servant I kneel
(Will you give it to me?)«

Die Menge schrie. »JAAAAAAAAAAAAAAAAA!«

»It seems what's left of my human side
It's slowly changing in me
(Will you give it to me?)«

Die Masse flippte komplett aus, und auch mein Herz schlug inzwischen deutlich schneller. Entnervt merkte ich, wie mein rechter Fuß im Takt auf und ab wippte, weswegen ich mit beiden Händen mein Knie umfasste und es nach unten drückte.

»Looking at my own reflection
When suddenly it changes
Violently it changes (oh no)«

Seine Stimme nahm an Kraft zu, und ich erschauerte von dem Timbre, das unbarmherzig durch die Halle dröhnte. Ich spürte den Bass in jeder Nervenzelle, mein gesamter Körper kribbelte und vibrierte. Das Bein tat einfach, was es wollte, und auch mein anderes wollte längst nicht mehr stillhalten.

»There is no turning back now
You've woken up the demon in me ...«

Und dann schaute er mich an! Der Schreck fuhr mir derart in die Glieder, dass ich mich fast an meinem eigenen Speichel verschluckte. Denn sein Blick brannte sich in meine Augen – er fraß mich förmlich auf.

Und er sah *mich!* Er wusste, wo ich saß und er sprach mit mir über sein Lied. Seine Stimme, die runterging wie Honig, war atemberaubend ... wenn er nicht gerade brüllte, und ich hockte nur mit erstarrtem Herzen da, während mir aus irgendeinem Grund die Tränen kamen.

Auch wenn ich kein einziges Wort von dem verstand, was er von sich gab. Er grinste zufrieden, leckte sich über die volle Unterlippe, wandte seinen Blick von mir ab und legte richtig los, als der Refrain begann. Während er beide Arme mit den Handflächen nach oben ausstreckte und das Publikum mitriss, es animierte mitzugehen. Wo und wie auch immer er es haben wollte.

»Get up, come on get down with the sickness
Open up, your hate, and let it flow into me
Get up, come on get down with the sickness
Your mother get up come on get down with the sickness
Your fucker get up come on get down with the sickness

Madness is the gift, that has been given to me!«

Mittlerweile nahm mich das Lied so mit, dass ich schon etwas schunkelte, und mein Kopf unkontrolliert von vorn nach hinten wippte. Von seinen fließenden Bewegungen war ich wie gefesselt. Er war auf der Bühne zu Hause, man merkte genau, wie wohl er sich fühlte. Wie liebend gern er die Frauen zum Kreischen brachte und dazu, vor ihm zu knien und alles für ihn tun zu wollen. Sein durchtrainierter Körper und er waren eins. Eine mächtige Waffe gemischt mit dieser mitreißenden, vollen Stimme!

»I can see inside you, the sickness is rising
Don't try to deny what you feel

It seems that all that was good has died
And is decaying in me
(Will you give it to me?)«

Und immer noch hatte ich das beängstigende Gefühl, er würde mit *mir* reden!

»It seems you're having some trouble
In dealing with these changes
Living with these changes
Oh no, the world is a scary place
Now that you've woken up the demon in me.«

Die Meute war nicht mehr zu beruhigen. Sie sprangen umher und rempelten sich gegenseitig an – flippten vollkommen aus. Schon jetzt flogen die ersten Höschen und Bustiers! Eines nahm er an beiden Enden und rieb es zwischen seinen Beinen. Dann rief er ins Mikrofon.

»Bringt euch deswegen nicht um, ihr notgeilen Wichser!« Er schwenkte es über seinem Kopf und schleuderte es zurück in die Menge.

Ich sah nur die Hände, die hysterisch danach grapschten, und verdrehte die Augen. DAS war doch ekelhaft! Das Lied ging mit einem lauten Knall zu Ende und Spank Ransom sprang gut einen Meter in die Luft, nachdem er sich offenbar völlig verausgabt hatte. Schließlich landete er in guter alter Rockerpose auf den Knien, während rechts und links von ihm rote Feuerwerke explodierten.

Dann stand er mit einer aufreizenden Bewegung auf, schlenderte wie ein Raubtier zu seinem Mikrofonständer, während seine Bandkollegen schon die ersten tiefen Takte vom nächsten Lied spielten. »Fickt euch alle!« Er zeigte dem Publikum seine zwei Mittelfinger und grinste dämonisch, dabei wurde er bejubelt, als wäre er ein Gott. Aber dieses Grinsen hatte es auch wirklich in sich ...

»Wollt ihr mit uns ausflippen?«

»Jaaaaaaaaaaaaaaaaaaaa!«

»Ich habe gefragt, wollt ihr mit uns ausflippen?«

»JAAAAAAAAAAAAAAAAAAAAAAAAAAAAA!«

»DANN TUT ES, IHR FOTZEN! Vielleicht ist es das letzte Mal, DASS IHR ES KÖNNT!«, brüllte er ins Mikrofon und das nächste Lied fing an, während die Lasershow mir fast die Sicht raubte.

Ehrlich gesagt konnte ich meine Augen nicht von diesem rüpelhaften, aber faszinierenden Mann nehmen, der auf der Bühne herumlief, herumsprang, sogar herum*tänzelte* wie eine Prima Ballerina ... und ständig irgendwelche unschuldigen Gegenstände vergewaltigte, indem er sein Gemächt daran rieb – was meine zwei Schwestern im Übrigen jedes Mal zum WINSELN brachte. Er fasste sich immer wieder an den ausgefüllten Schritt und imitierte mit seiner Zunge eindeutige Bewegungen, die er offensichtlich gut beherrschte. Reihenweise fielen die Frauen neben mir in Ohnmacht, das hatte was von einem etwas chaotischen Dominospiel, und ich dachte, ich wäre in einem schlechten Film, als eine nach der anderen rausgetragen werden musste.

Rosi und Magda waren nicht mehr ansprechbar, sie nahmen nicht eine Sekunde den Blick von ihm. Ihre Augen mussten schon ganz ausgetrocknet sein, ich hatte sie noch nicht *einmal* blinzeln sehen. Er schaute mich nicht noch mal an, daher wog ich mich in Sicherheit, was ich nur leider nicht war. Denn als er das Ende der Show ankündigte, grinste er besonders fies. Während er ins Mikrofon sprach, und an den Rand der Bühne lief, über den er zu unseren Sitzreihen gelangen konnte, schwante mir bereits Übles.

»So, jetzt ist die Party gleich vorbei ... aber ein Knaller kommt noch ... Für diesen Song brauche ich allerdings weibliche Unterstützung ... denn ohne die ist ein guter Fick kein guter Fick!«

Anscheinend wusste die Masse, welches Lied jetzt folgen würde, denn man schrie schon mal vorsorgehalber los.

»CLOSER! CLOSER! CLOSER!«

»Yeah! Ihr habt so was von Recht! Je näher desto besser!« Entsetzt wich ich zurück, als seine glühenden Augen sich erneut wie Pfeilspitzen in meine bohrten. Magda und Rosi hielten die Luft an, während er von der Bühne und über die Absperrung sprang und mit leichtfüßigen Schritten auf *mich* zumarschierte. Dabei wurde er von sechs Bodyguards flankiert, ansonsten wäre er untergegangen wie Ramses im Roten Meer.

»NIMM MICH! NIMM MICH! NIMM MICH!«, schrien alle weiblichen Wesen im Umkreis von zehn Metern aus voller Kehle, und ich befürchtete, dass der seit Stunden drohende Hörsturz doch noch kommen würde. Da war er auch schon bei mir – *direkt vor mir!* – und grinste überheblich auf mich herab. Magda und Rosi erstarrten mit offenem Mund. Ich war wohl die einzige Frau von den 80.000 Anwesenden, die die Arme abweisend vor der Brust verschränkt hatte und ihn wütend anzischte.

»Auf keinen Fall! Ne... AHHHHHH«, kreischte ich, als er sich einfach bückte, mich an den Oberschenkeln packte, und mich über seine Schulter schwang! WAS?!

»Ich habe Beute gemacht, Leute! UGA, UGA«, scherzte er und ich fühlte seine Hand, die mir auf den Hintern klatschte.

»Ich muss doch sehr bitten!«, rief ich, doch das brachte ihn nur zum Lachen, während er mich mit sich schleppte. »Ich bin doch kein Stück Fleisch! Aber Sie sind wirklich ein Neander... URGH!« Er setzte mich mit einem Ruck auf eine Art Thron, der mitten auf die Bühne gestellt worden war. Inzwischen hielt er das Mikrofon nicht mehr in der Hand, sondern hatte eine kleinere Ausgabe hinter sein Ohr geklemmt. Seine Augen glühten mich verlangend und vorfreudig an und in diesem Moment wusste ich, dass ich verloren war. Vollkommen verloren ...

3. Closer

(Nine inch nails)

Als ich aufstehen und kurzerhand von der Bühne flüchten wollte, stützte er sich mit beiden Händen an den Lehnen ab und sagte etwas zu mir. Es war nur ein einziges Wort. Allerdings klang er so ... dominant ... dass ich tatsächlich vor Schock sitzen blieb.

»Bleib!«

Ich wusste nicht, wie mir geschah. Doch eins war sicher, ich würde es bitterlich bereuen, wenn ich ihm nicht gehorchte.

Das schrie mir zumindest mein Instinkt zu … Denn irgendetwas hatte sich soeben geändert. Womöglich war es die Stimmung, aber plötzlich gab es nur noch ihn und mich ... während er die vollkommene Macht über mich hatte. Es war etwas an seiner Art – etwas so Autoritäres und Bestimmtes, dem man sich nicht entziehen konnte. Etwas Dunkles … aber so … Sinnliches, etwas völlig Einnehmendes.

Die Bühne war sein Spielplatz. Hier hatte er das Sagen – was er mich auch mit jeder Bewegung und jedem einzelnen Blick fühlen ließ.

Dessen genauso sicher wie ich schlenderte er davon und kehrte mit einer roten Reitgerte zurück. Meine Augen weiteten sich, als er sich damit auf die Handfläche schlug und dann vor mir in die Hocke ging. Seine Augen brannten sich mit einem Glühen geradezu in meine, woben ihren Bann um mich, während er begann zu singen, oder sollte ich besser sagen ... zu zaubern ... zu flüstern ... zu stöhnen ...

»You let me violate you«

Er hob die Gerte und strich damit federleicht über meinen Kiefer. Dabei starrte er mich innig an.

»You let me desecrate you«

Er ließ sie an der Seite meines Halses hinabwandern und ich erschauerte, als ich das Leder fühlte. Vielleicht lag es an der Berührung, aber meine Augen verdrehten sich genussvoll nach oben, während er mich wissend anlächelte und seine strahlend weißen Zähne blitzten.

»You let me penetrate you«

Mit einem Mal schob er mir die Spitze der Gerte zwischen die Lippen, und ohne jeglichen Befehl leckte ich mit meiner Zunge darüber – schmeckte das Leder. In meinem Bauch zog sich alles zusammen, als seine Augen daraufhin dunkler wurden. Doch innerlich schrie ich vor Schock über mein anrüchiges Verhalten hysterisch auf. Es gelang nur nichts davon an die Oberfläche.

»You let me complicate you«

Auf einmal klatschte er mir mit der Spitze auf die Lippen, zwischen denen mein Atem schon stoßweise entwich. Er schlug nicht fest zu, dennoch zuckte ich zurück. Er behielt das Folterinstrument in der Hand und stützte sich mit beiden Armen wieder an den Lehnen des Stuhles ab, während er weitersang, hauchte, stöhnte.

»Help me; I broke apart my insides ... «

Langsam glitt er aus seiner knieenden Position an meinem Körper nach oben, woraufhin ich die Luft anhielt. Stattdessen konnte ich nur in diese lodernden Augen starren und diese harten Muskeln fühlen.

»Help me; I've got no soul to sell«

Als sich sein Gesicht genau vor meinem befand, verharrte er kurz, grinste verschmitzt und brach somit ein wenig den Bann, was mir zumindest einen Teil meiner motorischen Fähigkeiten wiedergab. Auch wenn es sich nur darin äußerte, dass ich mich hilflos auf diesem Stuhl wand. Dann bewegte er sich noch ein Stück höher, bis seine Nasenspitze fast die meine berührte und ich seinen Geruch wahrnahm. Bier, Zigaretten, Parfum und ein undefinierbares Aroma, das nach Sex schrie – purem Sex.

Was Letzteres anging, so konnte ich nur mutmaßen, aber genauso stellte ich es mir vor.

»Help me; the only thing that works for me«

Alles um mich herum, begann sich zu drehen. Seine Präsenz war derart überwältigend, dass es mir zu viel wurde und ich nicht klar denken konnte. Ich spürte, wie ich in seiner Gegenwart komplett die Kontrolle verlor, immer mehr abdriftete, wohin auch immer ... und wollte nur noch weg – sofort! Kurzerhand versuchte ich aufzustehen und ihn wegzuschubsen, doch er hielt mich mit einem Kopfschütteln auf meinem Platz, während er die nächsten Zeilen direkt in mein Ohr sang, als würde ich nicht gegen seine Brust drücken.

»Help me get away from myself!«

Mit einem Mal packte er meine Handgelenke und zog sie schmerzhaft nach hinten. Ich japste entsetzt auf, als ich kühles Eisen fühlte! Aber das war ja nicht genug, nein, seine Lippen waren plötzlich auch noch direkt an meinen!

»I wanna fuck you like an animal«

Ich umklammerte hilflos und ein Stöhnen unterdrückend die Stuhlbeine, bevor ein *KLACK*, *KLACK* an meine Ohren drang und ich erschrocken bemerkte, dass er mich tatsächlich mit Handschellen gefesselt hatte! Nun war ich wirklich komplett wehrlos! Nicht dass ich mich die letzten Minuten übermäßig zur Wehr gesetzt hätte! Was war nur los mit mir, ich war völlig ... Oh mein Gott ... Seine Lippen wanderten direkt an mein Ohr!

»I wanna feel you from the inside«

Ich fühlte seinen heißen Atem, bevor seine warme Zunge über mein Ohr leckte und ich erschauerte.

»I wanna fuck you like an animal«

Er sang nicht, sondern hauchte die Worte, bevor er mich kurz ins Ohrläppchen biss, sodass ich aufkeuchte. Er war ... *animalisch ...*

»My whole existence is flawed«

Mit einem Mal schaute er mir in die Augen – tief, bis auf meine Seele –, lehnte seine glatte Stirn gegen meine, während sein Atem mein Gesicht umströmte. Nun hatte er etwas Besänftigendes, etwas Warmes, etwas Trauriges und gleichzeitig Ehrliches an sich. Es fühlte sich an, als würde ich ihn ewig kennen.

»You get me closer to God«

Wir atmeten beide tief durch.

Dann verschwand die Intimität, die zwischen uns geherrscht hatte, als hätte sie nie existiert, weil er aufstand und sich von mir entfernte. Sofort kam ich mir allein und verlassen vor, was für mich völlig unverständlich war und mir gleichzeitig riesige Angst machte. Während ich die aufkommenden Tränen wegblinzelte, die mich in der jetzigen Situation geradezu demütigten, positionierte er sich hinter mir. Ich konnte ihn spüren, die Wärme, die von ihm ausging; seine Ausstrahlung, die in jede Zelle meines Körpers drang.

»You can have my isolation; you can have the hate that it brings«

Seine große Hand packte fest meine Haare und er beugte meinen Kopf zur Seite, bis mein Hals entblößt wurde. Ich fühlte, wie Feuchtigkeit sich zwischen meinen Beinen ausbreitete, aber verstand nicht wieso!

»You can have my absence of faith«

Mit der Reitgerte strich er erneut über meine Halsschlagader ...

»You can have my everything«

Hinab über meine Brüste, deren Nippel peinlicherweise steif waren.

»Help me, tear down my reason«

Meine Atmung ging mittlerweile derart heftig, dass ich Angst hatte zu hyperventilieren, denn das Leder machte auch an meinem Bauch nicht halt und rutschte zwischen meine Beine.

»Help me; it's your sex I can smell«

Er klatschte direkt auf meine pochende Mitte. Eine Welle der Lust durchströmte mich siedend heiß und das hysterische Kreischen in meinem Inneren nahm zu … Ich wollte meine Schenkel schließen, aber mein Körper gehorchte mir einfach nicht!

»Help me; you make me perfect«

Wieder rieb er über meinen Schritt, direkt zwischen meinen Schamlippen entlang. Wann hatte ich eigentlich die Beine so weit gespreizt und warum rekelte mich auch noch wohlig unter dem Leder?

»Help me become somebody else... «

Als er das erregende Folterinstrument von mir löste, schloss ich mit einem Ruck meine Schenkel, während Scham lichterloh in mir brannte. Endlich war ich wieder Herr meiner Sinne, zumindest teilweise. Er hatte mich bloßgestellt, meinen Körper manipuliert und mich Dinge fühlen lassen, Dinge, die allein jeden Gedanken daran verboten.

Alles, was er getan hatte, verhöhnte mich und meinen Glauben an Gott. Über meine Schulter hinweg funkelte ich ihn düster an, auch wenn ich spürte, dass ich knallrot war. Aber er grinste lediglich verschmitzt. Ich hasste es!

Tief roch er an der Spitze der Reitgerte und mein Mund klappte vor Empörung auf, während er mir zuzwinkerte!

Und dann NAHM ER SIE AUCH NOCH IN DEN MUND und leckte sie ab. Obwohl ich einerseits völlig angewidert von der Szene war, konnte ich andererseits nicht verhindern, dass ich reagierte, als er mir mit der Gerte über meine Brust strich, während er mich umrundete. Diesmal war es nicht nur Erregung, die meinen Körper durchfuhr, der wiederholt ein Eigenleben zu haben schien – ein Prickeln und Pulsieren. Nein, es waren Blitze und Sterne, die zusätzlich vor meinen Augen tanzten.

»I wanna fuck you like an animal. My whole existence is flawed«

Schließlich warf er die Gerte hinter sich ins Publikum, schaute mir wieder in die Augen – fesselte mich mit seinem mittlerweile komplett dunkel glühenden Blick – und ging abermals vor mir auf die Knie.

»You get me closer to God«

Bestimmend drückte er meine Beine auseinander, bevor er langsam, viel zu langsam, mit beiden Händen an der

Innenseite meiner Oberschenkel nach oben glitt, während seine schöne starke Stimme raunte – nur für MICH.

»Trough every forest, above the trees. Within my stomach, scraped off my knees«

Seine rechte Hand strich tatsächlich über meine Mitte. Die Berührung setzte alles in Flammen und beraubte mich jeden logischen Gedankens.

»I drink the honey inside your hive«

Seine langen Finger kamen an meiner Brust zum Stillstand, direkt über meinem Herzen, während er mir in die Augen blickte und sich vorbeugte. Seine Lippen millimeterweit von meiner Mitte entfernt.

»You are the reason I stay alive«

Und dann leckte er mit seiner Zunge über meinen Schritt.
ICH STÖHNTE! ER STÖHNTE! Die Musik ging aus und das Licht auf der Bühne erlosch.

***

Ich saß hier mit ihm in der Dunkelheit – keuchend, erregt, wütend. Wusste nicht, wie mir geschah, wusste nicht einmal, wie ich hieß und wo ich war.

»Jetzt hab ich eine Riesen-Latte ... Kein Vergleich zu der Begegnung in der Umkleidekabine ...«, flüsterte er in mein Ohr, während er die Handschellen öffnete.

Genau in dem Moment, als meine Hände frei waren, ich wieder in der Realität ankam und mir klar wurde, was er gerade mit mir getan hatte, ging das Licht an, und die Masse fing erneut an zu kreischen.

Einige Sekunden starrte ich sein dreckiges, selbstzufriedenes Grinsen absolut fassungslos an. Dann tat ich das einzig Richtige und Angemessene:

»Sie Rüpel!«

Ich schmierte ihm eine – zum zweiten Mal an diesem Abend.

Danach schüttelte ich meine Hand, denn sie brannte wie die Hölle. Er drehte sein Gesicht wieder zurück. Langsam ... Seine Hände ballten sich zu Fäusten.

»Aua«, wisperte ich vorwurfsvoll, erstarrte aber, als ich bemerkte, wie sich sein Blick wandelte.

»Das war einmal zu viel«, flüsterte er drohend, genau genommen ziemlich tödlich, doch er spielte seine Rolle zu Ende, als er mich erneut packte und über seine Schulter schmiss. Mit Sicherheit breit grinsend drehte er sich zu dem kreischenden und pfeifenden Publikum.

»Und jetzt werden wir der kleinen Wildkatze mal zeigen, wer der Herr im Haus ist!« Kein Danke, keine Verbeugung, kein Nichts! Mit diesen Unheil verkündenden Worten trug er mich von der Bühne. Mein Herz schlug in meinem Hals und ich vergaß jeglichen Anstand, während ich strampelte und auf seinen Rücken eindrosch.

»Lassen Sie mich runter! LASSEN SIE MICH LOOOS! HIIILFE! HIIIILFE! VERGEWALTIGUNG! MOOORD! TOOODSCHLAG!«

Hinter der Bühne angekommen lachten die Mitarbeiter über ihn und seine Beute. »Sonst wehren sie sich aber nicht so, Mason!«

»Ich werde ihr schon Benehmen beibringen!«, antwortete er belustigt und brachte mich dazu, ironisch aufzuschnaufen.

»*Benehmen!* Fangen Sie mir bloß nicht von Benehmen an!«

»Ruhe!«, befahl er nur und packte sich im Vorbeigehen einen Becher mit Wasser, den er auf einmal austrank und dann achtlos in den Mülleimer pfefferte.

Mir wurde schon ganz schlecht, weil sich bei jedem Schritt, seine Schulter mehr in meinen Bauch zu bohren schien.

»Lassen Sie mich gehen! Reicht es Ihnen denn nicht, dass Sie mich vor allen Leuten bereits gedemütigt haben?«

»Wenn du wüsstest ...« Bei diesen Worten machte sich ein ungutes Gefühl in mir breit, und ich brach komplett in Panik aus, als ich sah, wie er die Tür seiner Umkleidekabine öffnete. Bevor ich noch einen Mucks von mir geben konnte, stieß er sie mit seinem Fuß hinter uns zu und beugte sich vor, um mich unsanft auf die Beine zu befördern.

»Lassen Sie mich sofort gehen!«, rief ich aus und wollte ihn umrunden, doch er fasste nach meiner Hüfte und presste mich mit seinem starken Arm gegen die Wand. Mit seinem schweißnassen Körper pinnte er mich endgültig fest.

»Keine Chance, Babe ...« Er packte meine Handgelenke und zog sie über meinen Kopf. Als ich schon wieder kühles Metall an ihnen fühlte, weiteten sich meine Augen. Kurzerhand wehrte ich mich aus Leibeskräften. Leider ohne nennenswerten Erfolg, denn er schien mein Gezappel zu genießen, wie sein Grinsen verriet.

»WAGEN SIE ES NICHT!«

»Oh ... ja, so kannst du gern weitermachen«, schnurrte er fast und machte meine Hände mit den Handschellen fest. »Und wo hängen wir dich jetzt auf? AJA!«, überlegte er laut, hob mich einfach wie eine Puppe an den Hüften hoch und stellte mich ein bisschen weiter nach rechts. Direkt unter die Haken der Garderobe! Unerbittlich zog er an meinen Armen, sodass ich auf die Zehenspitzen gehen musste, während ich ihn förmlich anfauchte, und hängte mich schließlich kurzerhand einfach an einen der Haken.

»DAS IST NICHT IHR ERNST!«, rief ich aus. Ich fühlte mich gestreckt, entblößt und gedemütigt, doch die Genugtuung, dass er vorerst gewonnen hatte, wollte ich mir erstens nicht eingestehen und zweitens nicht zeigen. Also trat ich undamenhaft nach ihm, traf aber nicht, weil er behände auswich.

»Oh doch, Kleine.« Zufrieden ging er einen Schritt zurück, betrachtete sein Werk und leckte sich über die Unterlippe – schon wieder. Ich fühlte mich wie ein frisch geschlachtetes Schwein, das zum Ausbluten am Haken hängt, und kämpfte weiter – härter und wütender –, aber die Handschellen schnitten in meine Handgelenke und der Schweiß strömte nach ein paar Minuten aus jede meiner Poren. Ich biss die Zähne zusammen, während ich wie wild durch die Nase schnaufte.

Blöde Ratschläge konnte er sich auch nicht verkneifen! »Ich an deiner Stelle würde das nicht tun! Das gibt nur unschöne Blutergüsse«, meinte der Besserwisser gelangweilt.

Mit einem Ruck drehte er sich um und ging zu der Sporttasche. Dort suchte er gefühlte Ewigkeiten nach irgendetwas, bis er es schließlich fand und eine Schachtel Zigaretten herausholte. Mit einem silbernen Zippo zündete er sich eine an. Zufrieden ließ er seinen Kopf nach hinten hängen und inhalierte tief den Rauch.

»Sie werden nicht mehr lange so quietschfidel über die Bühne hüpfen, wenn Sie Ihren Körper mit diesen Todesstängeln vergiften.« Nein. In dem Punkt musste ich einen Kommentar abgeben, denn immerhin durfte ich an seinen Krebsverursachern teilhaben, auch wenn sein verschwitzter, rauchender Rockeranblick meinen Bauch zum Schwirren brachte, was ich jedoch niemals zugeben würde.

»Rauchen ist sexy. Das findest du doch auch, oder?« Ich sparte mir die Luft, um zu antworten, als er wieder auf mich zuschlenderte und mir den stinkenden Qualm direkt ins Gesicht blies, sich breitbeinig hinstellte und mich anblickte, als wäre ich ein Kunstwerk, das ausgestellt wird, während sich seine vollen Lippen immer und immer wieder um den Filter legten. Er aschte einfach auf den Boden und hielt schließlich den Kopf leicht schief.

»Was tu ich jetzt nur mit dir?«, fragte er nachdenklich und tippte sich mit einem Zeigefinger gegen die nachgebende Unterlippe.

»Aufhören, Ihre und meine Gesundheit zu ruinieren und mich losmachen!« Er grinste breiter, als ich mich beschwerte, und ich fühlte, wie die Dehnung sich ungut auf meinen Rücken ausübte.

»Du bist süß.« Er schlenderte auf mich zu, zog noch mal an seiner Zigarette und presste dann seine Lippen auf meine.

»Hön s uff!«, schrie ich so deutlich wie möglich gegen seine Lippen und versuchte, ihn mit meinen Beinen von mir zu stoßen. Doch er lachte nur und brachte sich mit einem Schritt zurück vor meinen Tritten in Sicherheit.

»Oops, jetzt hast du Tabak in der Lunge. Du musst ganz viel husten. Dann kommt der Scheiß raus.«

»MACHEN SIE MICH JETZT LOS«, kreischte ich nun lautstark und überlegte, gleich damit weiterzumachen, wenn ich schon mal angefangen hatte. »HILFE! HILFE! ICH WERDE VERGEWALTIGT!« Wenn ich dachte, dass ihn meine Anklage einschüchtern würde, so irrte ich gewaltig, denn nach wie vor zuckten seine Mundwinkel amüsiert.

Er runzelte die Stirn. »Wirst du doch noch gar nicht«, entgegnete er lapidar.

Meine Augen wurden aufgrund seiner Unverfrorenheit groß und so schrie ich weiter – durchdringender: »HILFEEEEE! ICH STEEERBE! HIIILFFFEEE!«

Das brachte ihn zum Seufzen, jetzt wirklich etwas entnervt, und er schnippte seine Zigarette einfach weg. Kurzerhand zog er sich die Boots und die schwarzen Nike-Socken aus und hielt die widerlich stinkenden Fetzen direkt vor meine Nase. Ich hätte sie mir sooo gerne zugehalten, doch in meiner Lage konnte ich nur absolut angewidert schauen.

»Noch ein Ton und die hier landen in deinem Mund, du Furie!«

Ich verfiel sofort in den Schweigemodus und presste meine Lippen fest aufeinander. Darauf lachte er melodisch und schmiss auch die Socken wie zuvor den Glimmstängel einfach weg. Dann ließ er sich nach vorne kippen und fing seinen Körper im letzten Moment rechts und links von mir mit seinen Armen ab, sodass er mir plötzlich viel zu nah war, ohne dass ich ihm ausweichen konnte. Einerseits wäre ich gern geflüchtet, weil er mir ein wenig Angst machte, andererseits wollte ein stärker werdender Teil das überhaupt nicht.

Er strich mit seiner Nase über meine. Seine goldenen Augen funkelten mich verwegen an.

»Wenn du wieder nach mir trittst, gilt dasselbe, und jetzt sag mir, wie du heißt, kleines *I Blow Good und glaube an Gott*-Mädchen.«

»Das geht Sie gar nichts an! Im Übrigen bin ich KEIN MÄDCHEN!«

»Hm hm«, summte er gelangweilt und ließ seine Nase über meinen Kiefer gleiten. »Du bist ein Mädchen, und das ist dein Glück. Wenn es nicht so wäre, hätte ich dich schon längst hier hängend durchgefickt, bis du nicht mehr wüsstest, wer Gott überhaupt ist.«

Ich zog scharf den Atem ein. »Das würden Sie nicht wagen!«

Er lachte – wieder einmal –, während seine Nase über meine Wange strich. Ich roch ihn ... fühlte ihn, so nah, hörte seine seidene Stimme. Und meine Beine wurden weich ... Ganz ehrlich ... Sehr weich.

»Du hast keine Ahnung davon, was ich wagen würde, Babe. Ich würde es am liebsten wagen, dich *ordentlich* mit der Gerte zu bearbeiten, bis du nach dem Allerheiligsten schreist ...«

»Meine Güte. Können Sie bitte aufhören, ständig Gottes Namen in den Dreck zu ziehen?«, presste ich zwischen den Zähnen hervor.

»Wenn du mir deinen Namen sagen würdest, könnte ich es ja mal mit dem versuchen.« Er stützte sich von der Wand hinter mir ab und zog sich einfach so sein Shirt über den Kopf. Dabei schaute er mir absolut arrogant grinsend in die Augen, während ich wirklich nicht anders konnte, als seinen Körper anzustarren.

»Das gefällt dir, hm? Das Piercing ist aber auch scharf ...« Als er seine Hände an einen seiner Gürtel legte, wurde mir ganz heiß. »Du musst keine Angst haben, Babe ... Ich habe dir schon gesagt, dass ich dich nicht vögeln werde. So hart ich auch bin und so gern ich es nach deiner Showeinlage auch tun würde ...« Seine langen, wendigen Finger hatten den Gürtel geöffnet. Es folgte der nächste ... und der nächste ... und der nächste...

... und der nächste ...

... und noch einer ...

»Verflucht noch mal«, motzte er nach dem fünften, und ich musste mir ein Lachen verkneifen. Er blickte mich intensiv an und ich verbarg schnell jegliche Belustigung, auf jeden Fall versuchte ich es, doch er zog nur eine Augenbraue nach oben.

»Du bist VERDAMMT süß, weißt du das?«

SO! Jetzt hatte er mich kalt erwischt. Die Röte stieg erneut in meine Wangen. Himmel Herrgott. SÜSS! Dieser Mann hatte mich gerade als süß betitelt, was ich eindeutig nicht sein wollte. Süß waren Plüschhasen! Aber mein Herz machte sich einen Spaß daraus, schneller zu schlagen.

»Ich bin nicht SÜSS!«, japste ich atemlos wie der Fisch am Haken, zumindest fühlte ich mich so.

Endlich hatte er den Kampf gegen seine Gürtel gewonnen und ließ alle klimpernd zu Boden fallen. »Jaja, und ich bin nicht scharf auf dich«, winkte er ab, während er den Knopf seiner Hose öffnete.

»Wie weit wollen Sie sich denn noch ausziehen?«, fragte ich nun deutlich verängstigt.

Meinen Einwand ignorierend zog er den Reißverschluss runter. »Den ganzen Auftritt über konnte ich nur an dein dummes Shirt denken! Wer denkt sich bitte so eine Aufschrift aus? Die Person muss doch wirklich komplett einen am Lümmel haben!«

Ich schaute ihn nur entgeistert an, während er sich die Hose von den Hüften streifte.

»Weißt du, wie ätzend es ist, wenn ich auf der Bühne hart werde? Weißt du, was ich mir dann von meinen Bandkollegen anhören darf?« Er sah mich stechend an, als könnte ICH irgendwas für seine entfesselten Hormone! »Dann hole ich dich auf die Bühne, denke, du wirst mir gleich davonlaufen, und WAS MACHST DU? Du leckst die Scheißreitgerte ab, spreizt von allein deine Beine für mich, windest dich in Trance wie eine verkackte Stripperin und weißt nicht mal, was du tust! Du genießt jeden Moment mit mir, und als Dank dafür schmierst du mir letztendlich eine!« Jetzt hatte er sich in Rage geredet und funkelte mich zunehmend dunkler an. »Ich bin ganz sicher nicht der Part, der geschlagen wird!«, beendete er seinen Monolog und entledigte sich nun auch seiner Shorts.

Mein Mund, meine Augen. Alles stand vor Entsetzen weit offen. Doch er grinste wieder, trotz seines Ausbruchs, und lehnte sich mit seinen Händen rechts und links neben meinen Kopf. »Dafür musst du bestraft werden«, raunte er nun so samtweich, dass es wohlig in mir nachhallte. Langsam presste er seinen Körper an meinen – rieb sich daran, verteilte seinen Schweiß auf mir, und was machte ich?

ICH STÖHNTE, als ich ihn hart und unnachgiebig an meinem Bauch fühlte, während sich meine Augen nach oben verdrehten.

»Oh ja, du willst mich ... Das habe ich schon vom ersten Moment an gespürt, Babe. Ich höre es an deinem hektischen Atem, sehe es an deiner erröteten Haut und in deinen gierigen Augen ... Also leugne es erst gar nicht!« Sein Mund schwebte über meinem.

Ich biss mir auf die Lippe.

»Lass mich das machen«, hauchte er, dann packte er meine Unterlippe mit seinen Zähnen und befreite sie, umschloss sie mit seinen Lippen und saugte zärtlich daran.

»Bitte nisch ...«, stöhnte ich.

Er ließ sie lächelnd los. »Hmm, du schmeckst auch ... SÜSS«, wisperte er in meinen Mund und strich mit seiner Zunge über meine Oberlippe. Meine Beine wurden unsagbar weich, mein Schritt noch feuchter; ich wusste nicht mehr, wie mir geschah, doch plötzlich stieß er sich von der Wand ab und ging einen Schritt zurück.

»Jepp, du willst mich. Aber du wirst mich nicht bekommen – noch nicht. Ich muss nämlich ganz dringend duschen und ich werde mir auf dich einen runterholen. Bleib schön hängen.« Somit drehte er sich pfeifend um und marschierte nackt, wie ihn ein sehr gütiger Gott erschaffen hatte, in das Bad.

Mir hingegen blieb nichts anderes übrig, als hier weiter am Haken zu hängen. Doch das war nicht mein größtes Problem.

Gütiger Gott! Ich war angefüllt mit unziemlichen Gedanken. Mein Kopf war komplett umnebelt. Ich hatte die schlimmsten Bilder vor Augen, die ich im Grunde nicht kennen durfte, weil ich noch nie Sex gehabt hatte.

Was machte dieser Mann nur mit mir? Wie würde ich diese grauenhaften Bilder nur jemals wieder loswerden?

Ich schloss die Lider, versuchte mich zu beruhigen und die dumme Farbe aus meinem Gesicht zu bekommen. Was kläglich scheiterte, denn im nächsten Moment hörte ich ein unverkennbar tiefes Stöhnen aus dem Bad. Ein Kribbeln durchfuhr meinen Körper, und wieder drang seine Stimme zu mir ... »Oh Babe, wenn ich deinen Namen wüsste, würde ich diesen jetzt stöhnen ...«

Ich verdrehte die Augen, konnte mir aber ein Kichern beim besten Willen nicht mehr verkneifen. Und DAS war erst peinlich! Denn ich kicherte SONST NIE!

Gerade in dem Moment, als ich dieses für mich so untypische Geräusch von mir gab, ging die Tür auf und meine zwei Schwestern, gefolgt von seinen Bandkollegen, stürmten das Zimmer wie ein Rettungskommando.

»OH FUCK!« Irritiert schauten sie sich in der Umkleidekabine um. Sie bemerkten seine Kleidung auf dem Boden und auch den dummen roten Schimmer auf meinen Wangen, wahrscheinlich hatten sie auch noch diesen Lachlaut bemerkt, und starrten mich schließlich entgeistert an.

»Wo ist er?«, fragte Magda, die sich als Erste fing, während seine Bandkollegen seufzend die Tür hinter sich schlossen.

»ICH BIN DUSCHEN und hole mir einen auf sie runter. Kann mir mal jemand ihren Namen verraten?« Ich seufzte nur, schüttelte den Kopf und verdrehte die Augen.

»Ahhh«, kreischten Rosi und Magda gleichzeitig. »OH mein GOTT. Oh mein GOTT. Oh mein GOTT!« Sie packten wieder ihre Hände und hüpften herum, als hätte sie jemand ihrer letzten Hirnfunktionen beraubt.

»Könnt ihr mich BITTE losmachen?« Unter meinem Blick kuschte Blondie sofort und kramte in der schwarzen Hose auf dem Boden nach dem Schlüssel.

»MACHT DAS JA NICHT! Ich bin noch nicht fertig mit ihr!«, rief er nun deutlich beunruhigt, während er das Wasser abstellte.

Zum Glück hatte mich Blondie bereits befreit, und ich rieb mir die Handgelenke, bevor ich meine Schwestern mit Eisengriff an den Armen packte und sie mit mir zerrte.

»NEIN, Han ... NEIN! NEIN! BITTE NICHT! NEIN!«

Sie wehrten sich, doch ich war stärker – getrieben von einer unbändigen Furcht vor diesem Mann und den Gefühlen, die er in mir hervorgerufen hatte.

»RUHE!«, befahl ich und floh so schnell ich konnte. Die beiden hatten keine Wahl, als mir stolpernd zu folgen.

Ich schaffte es nach draußen und bis zum Auto, wo sich Magda dann weigerte, ans Steuer zu setzen, weil sie schmollte – es liefen sogar ein paar theatralische Tränen. Also stieg ich entnervt ein und gab Gas.

Die ganze Fahrt über redeten meine Schwestern kein einziges Wort mit mir, während ich versuchte, zwanghaft die Bilder zu vertreiben, aber kläglich scheiterte.

CUT

4. Supermassive Black Hole

(Muse)

Rotzi

Rotzt Rotzi ab?

... stand dick und fett über dem Artikel, auf den meine Mutter mit ihrem rot lackierten Fingernagel einstach und mich dabei ansah, als wäre ich die personifizierte Ausgeburt der Hölle.

Ihr Blick glitt an mir entlang und verweilte auf meinen Beinen, die in schwarzen Lederhosen steckten, und meinen Füßen in den Boots, die an den Knöcheln verschränkt auf ihrem weißen Couchtisch lagen. Als ich auf diese stumme Aufforderung nicht sofort reagierte, zog sie eine ihrer perfekt gezupften Augenbrauen nach oben. Ich seufzte und setzte mich in eine mannesunwürdige Pose, während sie die Zeitung nahm, ihre Brille auf der Nase richtete und anfing vorzulesen. Dabei schritt sie vor mir auf und ab, wie eine verkackte Lehrerin.

Spank Ransom (halb Deutscher, halb Amerikaner) überschreitet von Auftritt zu Auftritt mehr Grenzen. Deshalb beratschlagen derzeit einzelne Länder, ob es nicht angeraten wäre, seine extremen Shows zu verbieten. Insbesondere die USA sprechen sich dafür aus, in denen er einen wahren Hype, ähnlich wie James Dean und Elvis Presley damals, auslöst.

"Sein Einfluss auf seine Fans grenzt an Hörigkeit. Er vermittelt einen derart negativen Vorbildcharakter, den die jungen Leute, die ihn sowie seine Musik geradezu vergöttern, bereits kopieren. Des Weiteren ist insbesondere seine weibliche Anhängerschaft davon betroffen. Seine stets ausverkauften Konzerte gleichen einer Fleischbeschau, in denen sich die jungen Mädchen ihrem Idol geradezu anbieten, während sie seine provokanten Texte lautstark mitsingen", betonen Kritiker wiederholt.

»Yeah!« Ich zupfte an meiner Locke, die mir gekonnt in die Stirn fiel. Meine Mutter verengte die Augen und warf mir einen Blick zu, der sicher dazu gedacht war, mich bei lebendigem Leib zu verkohlen, bevor sie weiterlas.

Neben angedeutetem Sex auf der Bühne, Urinieren an jeder Ecke und dem ständigen ... Sie räusperte sich, denn sie weigerte sich schlichtweg, Schimpfworte in den Mund zu nehmen, weil sie diese für geschmacklos und unter ihrer Würde hielt. Aber ich wusste, dass sie »FUCK YOU!« meinte. ... empört er die Menschheit mit nackten Auftritten, wo es ihm beliebt, Drogeneskapaden und was weitaus schlimmer ist: Sex in der Öffentlichkeit.

Seit dem letzten Fauxpas, als er im Schaufenster einer Parfümerie zwei Mitarbeiterinnen verführte und vor den Augen der Passanten begattete

(Youtube-Videos gibt es etliche), wird der Druck, sein Verhalten zu ändern, stärker. Das scheint unserem Rüpelrocker jedoch nichts auszumachen, seine neue Tour läuft schließlich blendend und die Verkaufszahlen steigen, genauso wie die Anhängerschaft.

Doch eine Frage sollte er sich wohl stellen: Was wird seine hoch angesehene und im Umweltschutz stark engagierte Mutter zu seinem Verhalten sagen?

Gibt es für ihn noch eine Rettung oder wird er so enden wie James und Elvis?«

Zutiefst vorwurfsvoll ließ sie die Zeitung sinken und ich verdrehte die Augen.

»Mum ...«, setzte ich an und stand auf, um sie gekonnt einzulullen.

»Nein, nichts Mum, Mason. Es hat sich ausgemumt!« Sie wich vor mir zurück, als ich ihr die Zeitung aus den Händen nahm, und öffnete schockiert den Mund, weil ich das Papier zweimal zerriss und die Fetzen über unsere Köpfe warf.

»Scheiß auf die Meinung anderer!«, sagte ich nur bestimmt, und jede andere Frau hätte jetzt gekuscht, aber nicht sie. Nicht meine Mutter. Ihre braunen Augen bohrten sich in meine. Sie presste die Lippen zusammen und dann ging's los.

»Ich wollte diese Zeitung noch lesen, Mason Anthony Hunter! Was denkst du eigentlich, wer du bist? Ein Gott? So geht das nicht weiter, mein Sohn! Ich kann mich nicht mehr auf die Straße trauen. Überall zeigen sie mit dem Finger auf mich! Dein Vater würde sich in seinem Grab umdrehen!«

»Soll er doch!«, spie ich ihr sofort entgegen und bereute es kein bisschen. »Und sollen die anderen doch auch! Ich lebe MEIN LEBEN und habe Erfolg damit, verstehst du? Ich will mich nicht anpassen und so sein wie alle anderen Spießer, damit ich innerlich genauso verfaule wie diese ganzen Idioten, die nicht wissen, was es heißt zu LEBEN und die sich mit fünfzig fragen werden, ob es das wirklich schon gewesen sein soll. NEIN! So werde ich nicht enden!«

»Du bist genusssüchtig und überheblich«, warf sie mir an den Kopf und verschränkte die dünnen Arme vor der Brust.

»Ja, und? Wer kann, der kann! Ich arbeite auch hart für meinen Genuss! Etwas, was die meisten nicht sehen!«

»Aber Mason! Man muss ein gutes Maß finden. Wenn man so exzessiv lebt wie du, muss man dazwischen auch mal ruhige Phasen einlegen. Aber du scheinst das Wort Ruhe nicht einmal zu kennen!«

»RUHE ist SCHEISSE«, trällerte ich und kramte in meiner Hosentasche, um meine Zigaretten rauszuholen. »Ruhe kann ich haben, wenn ich unter der Erde liege. Aber solange ich LEBE, will ich das auch wirklich tun!«

»Wenn du deine Gesundheit schon ruinieren musst, dann gehe wenigstens raus zum Rauchen!« Mit ihrem Monsterfingernagel zeigte sie jetzt auf die Terrasse. Ich steckte mir die Kippe zwischen die Lippen und tänzelte an ihr vorbei, ließ aber die Tür offen, denn ich wusste, die Diskussion war noch lange nicht vorbei.

Und ich behielt recht.

Sie kam mir nach und stellte sich hustend vor mich.

MANN! Dann sollte sie doch wegbleiben!

»So geht das nicht weiter!«

Ich verdrehte die Augen, denn diesen Satz hatte ich schon so beschissen oft gehört. Mit vierzehn nur am Wichsen: »So geht das nicht weiter«. Mit sechzehn nur am Klauen: »So geht das nicht weiter«. Mit achtzehn nur am Ficken: »So geht das nicht weiter« ... Und doch ging es so weiter!

»Doch, tut es. Genau *so!«,* antwortete ich nonchalant und zog heftig an meinem geliebten Glimmstängel.

»Dann werde ich dich enterben!«

»WIE BITTE?« Ich war so geschockt, dass bei mir sogar schon gutes Benehmen durchkam, weshalb ich mich sofort korrigierte. »WAS?« Die Zigarette fiel mir fast aus der Hand.

Sie hatte wieder diesen mütterlichen Howgh-ich-habe-gesprochen-Blick drauf und ich wusste, dieses Mal würde sie nicht zurückschrecken.

»DAS kannst du nicht tun!«

»Oh, und ob ich das kann. Ich muss nur beim Notar anrufen. Etwas anderes scheint ja bei dir nicht mehr zu funktionieren. Ich bin mit meinem Latein am Ende.«

Ich schüttelte meinen Kopf. Meine gegelte James Dean Locke wippte vor meinem Sichtfeld auf und ab.

»Entweder du besserst dich oder ich ziehe meine Konsequenzen. Ich ertrage das nicht mehr.«

Und das war jetzt kein: So geht das nicht weiter. Das war eine Stufe ernster.

»Vergiss nicht, dass du in drei Monaten eine Audienz bei der Bundeskanzlerin hast. Du musst mit ihr essen und dich mit ihr unterhalten, damit sie dich für das Wohltätigkeitskonzert engagiert, was deinem und *meinem* Ruf sehr gut tun würde. Aber so, wie du dich aufführst, wirst du dich blamieren und sie eher vergraulen als beeindrucken ...«

»Du meinst, ich werde *dich* blamieren ...«, erwiderte ich, ohne nachzudenken.

»Hüte deine Zunge und verdrehe mir nicht das Wort im Mund. Wann wirst du endlich begreifen, dass deine Taten Folgen nach sich ziehen?« Ihr Blick ruhte unentwegt auf mir, ehe ich den meinen senkte. SHIT!

»Mum«, jammerte ich, doch sie wandte sich ab und ging in ihr penibel aufgeräumtes, mit Blumen überfülltes Wohnzimmer.

»Ich habe eine Anstandsdame für dich gebucht. Sie wird morgen bei dir eintreffen.«

»WAAAAAAAAAAAAAAS?«, brüllte ich durch die ganze Villa und JETZT fiel mir die Kippe wirklich aus der Fresse. »Das ist nicht dein Ernst! Du weißt, ich bin ein unheilbarer Fall! Du ... du könntest die Kohle genauso gut das Scheißhaus runterspülen!«

»Jetzt reiß dich um Himmels willen zusammen! Sie ist die Beste, Mason. Miss Banner hat sie mir empfohlen. Sie ist im ganzen Land bekannt und hat schon die härtesten Fälle geknackt. Dich wird sie auch schaffen.« Unbekümmert zupfte sie an ihrem Grünzeug rum und drehte die Blumentöpfe in die richtige Richtung, während sie weitersprach. »Du wirst dich zwar als ihr härtester Fall erweisen, aber in den drei Monaten, für die ich sie bezahlt habe, wird sie sicherlich das richtigstellen, was ich versäumt habe: Dir endlich Manieren beizubringen! Da bin ich mir sicher, mein Liebchen!« Warm, aber kein bisschen reuevoll lächelte sie mich an.

Wütend verengte ich die Augen. »Ich wusste schon immer, dass du eine Sadistin bist.«

Sie lachte hell. »Das habe ich wohl an dich vererbt.«

»Das hast du wohl«, nuschelte ich vor mich hin, und sie fragte: »Wie bitte?«

»NICHTS«, winkte ich genervt ab und zündete mir eine neue Zigarette an. Ich hatte nicht vor, es dieser seltsamen Anstandsdame leicht zu machen. Sollte sie doch kommen, vielleicht sogar noch einziehen, mein Haus blieb mein Haus, denn ich war ein WAHRER MANN, der nicht einsah, vor einer Bitch zu kuschen.

»Schatz?«, fragte meine Mutter zuckersüß.

»Was?«, blaffte ich.

»Und sieh zu, dass dein Haus sauber ist. Sie legt äußersten Wert auf Ordnung, und ich möchte nicht, dass sie bereits an der Tür wieder umdreht und den Auftrag frühzeitig abbricht. Des Weiteren will ich, dass du ihr das Leben nicht unnötig schwer machst ...« Mein Blick belehrte sie wohl eines Besseren.

***

Einen Tag später kniete ich also wild fluchend auf dem Boden und putzte.

Ja, ich war natürlich nicht total dumm und hatte mir eine Putzfrau bestellt, aber die war so heiß gewesen, dass ich sie lieber meinen Schwanz polieren ließ, als das Haus. Leider hatte sie danach keine Zeit mehr und ich keine Möglichkeit, kurzfristig einen Ersatz zu besorgen, also musste ich selber ran. Megashit, war das! Aber leider unumgänglich.

Während ich also hier rumkroch wie ein Baby, wurde ich auch noch von Dom Dom und Sub Sub angeknabbert.

»Verflucht! Ich bin kein Salatblatt!«

Ich packte Dom Dom, dem ich auf seinen Panzer mit Neonfarbe das männliche Zeichen gemalt hatte, und setzte ihn in seinen Schildkrötengarten. Sub Sub, die etwas kleinere aber trotzdem mit dem weiblichen Zeichen versehene Schildkröte, nahm ich ebenfalls und brachte sie in ihr Haus. Alles, wie es sich gehörte: Mann im Garten. Frau im Haus.

Dom Dom rammte seinen Kopf gegen den weißen Zaun, der Idiot machte das ständig. Aber das Gartentor hielt stand – noch. Die Wichsflecken, die wirklich ÜBERALL auf meinen 200 Quadratmetern verteilt waren, gingen echt schwer weg. Ich kam so richtig ins Schwitzen, und als wäre das noch nicht genug, dachten meine Haustiere, dass ich hier am Boden rumkrabbelte, um ihnen Gesellschaft zu leisten. Zum Glück hatte ich ihnen ein eigenes Haus mit riesigem Anwesen und Garten in schwerer Eigenarbeit erbaut, in das ich sie verfrachten konnte, wenn sie zu aufdringlich wurden.

SO! Der letzte weiße Fleck war verschwunden. Ich kam meinen schmerzenden, nackten Rücken massierend wieder auf die Beine – nur eine schwarze Jogginghose tragend. Noch einmal ging ich meine mentalen Stichpunkte durch. Staub gesaugt hatte ich, gewischt ebenfalls. Der Küche war ich mit einem RIESEN-Müllbeutel zu Leibe gerückt ...

Jetzt musste ich nur noch Beweise verstecken. Wenn ich sie davon überzeugte, dass ich doch Anstand besaß, würde sie hoffentlich abdampfen und meiner Mutter erzählen, wie toll ich doch war, und dass ich diesen Termin mit dem Urtier im Nullkommanichts und absolut perfekt über die Bühne bringen würde! Das war ein genialer Plan! Also hechtete ich zu meiner ultramodernen Wohnwand und packte meine nicht gerade kleine Pornosammlung. Im Anschluss daran stand ich erst mal mit den Filmen in den Armen rum und überlegte, was ich mit ihnen tun sollte. *Wohin damit?* Ich schaute nach links, nach rechts, nach oben, nach unten. In die Schrankwand? Kein Platz!

»Scheiße!«, fluchte ich ungehalten und sah mich weiter um, bis mein Blick an der Couch hängen blieb! UNTER DIE COUCH!

»HA!« Kurzerhand fiel ich auf die Knie und stopfte die anrüchigen Werke darunter. Dabei achtete ich nicht auf die nackten Frauenkörper auf den Covern, ansonsten hätte sich mein krankes Hirn nur ein bestimmtes Gesicht darauf vorgestellt ... so wie immer in den letzten Wochen, wenn ich mir Pornos angesehen hatte.

Diese dummen braunen Augen verfolgten mich bis in meine Sexträume, was wirklich nicht mehr feierlich war.

Als Nächstes wanderte mein Blick zu der nackten Frauenstatue, die neben meiner schwarzen Monstercouch stand und mich verführerisch anlächelte.

»Babe, heute nicht«, raunte ich ihr zu und verfrachtete sie hinter meinen roten Vorhang.

»Sooo!« Nachdenklich rieb ich mir den Nacken und sah mich weiter nach Beweisen meines bösen, dreckigen, ungezügelten Rockerlebens um. Meine Augen verengten sich, als ich einen Stofffetzen unter meinem Chefcheckersessel entdeckte.

Als ich langsam darauf zuging, als würde ich mich einem wilden Tier nähern, und ihn hervorzog, stellte er sich als Spitzenslip heraus. Kurz wollte ich überlegen, wem der gehören könnte, aber ich ließ es besser sein, davon hätte ich nur Kopfschmerzen bekommen.

Unter dem Sessel, auf dem ich am liebsten thronte und mich reiten ließ, fand ich noch drei weitere Höschen ... die ich schnell in meiner Hosentasche verstaute, denn wegschmeißen wollte ich sie nicht.

Anschließend ließ ich mich zufrieden auf meinen Sessel fallen und zündete mir eine Zigarette an. Ich war schon weitergekommen. Es roch sogar mal frisch und nicht so abgestanden, weil ich eine Stunde zwangsgelüftet hatte – und das im Frühling! Die angrenzende Küche glänzte, der Boden war gesaugt! Kleidung lag auch keine mehr rum, genauso wenig wie Pornos, und die Drogen auf dem Couchtisch hatte ich ebenfalls weggeräumt.

»Verflucht!« Als ich mich noch mal umsah, bemerkte ich meine Lampe auf dem Fensterbrett, die schon so normal für mich war, dass sie nicht mehr als versaut galt. Es waren zwei Titten, die von innen her leuchteten.

Mit schief gelegtem Kopf betrachtete ich sie ein paar Sekunden lang, zog in Denkerpose noch ein oder zwei Mal an meinem Glimmstängel, ging in die Küche, packte mir ein Geschirrtuch und schmiss es drüber.

Problem gelöst.

Ha!

Als Frau könnte man sich hier nun glatt wohlfühlen! Und wenn sie sich nicht wohlfühlte, aber gut aussah, dann würde ich sie schon dazu bringen, sich mehr als wohlzufühlen!

Denn das konnte ich besonders gut!

Mein Blick fiel auf meine Gitarre, die das Herzstück meiner Wohnung und auch von mir selbst darstellte. Ich nannte sie liebevoll *Honey.* Der Gitarrist von Muse hatte sie mir nach einem ihrer Konzerte geschenkt, bei dem wir als Vorband gespielt hatten – vor gefühlten Jahrzehnten. Durch diese Gigs waren wir weltberühmt geworden und seitdem nur noch unterwegs.

Jetzt war ich das erste Mal seit Jahren wieder zu Hause und hatte auch noch FREI.

Sanft nahm ich Honey, strich über das kühle Holz und zupfte an ein paar Saiten.

Relaxed lehnte ich mich auf meinem Sessel zurück und legte einen Fuß auf mein Knie, um guten Halt für mein Babe zu haben und ließ meine Gedanken schweifen.

Während sie zu meinem letzten Konzert abdrifteten und ich härter als Marmor wurde, begann ich zu spielen und sang leise – nur für mich …

»Oh baby, don't you know I suffer?
Oh baby, can you hear me moan?
You caught me under false pretenses,
How long before you let me go?«

Shit! Wieso konnte ich die Konturen ihres Körpers nicht vergessen, der so zerbrechlich und anziehend gewirkt hatte, als sie hilflos vor mir hing? Ihre Augen hatten mich angefleht, sie zu nehmen und ihre Seele zu erhellen, während ihr Kopf mich davon abgehalten hatte. Ich wünschte, ich könnte ihre Gletscher zum Schmelzen bringen!

»I thought I was a fool for no one
But oh baby, I'm a fool for you
You're the Queen of the superficial
But how long before you tell the truth?«

Ich fragte mich wirklich, ob ich so eine Person wie sie jemals knacken könnte. Ob ich sie jemals dazu bringen könnte, vor sich selbst die Wahrheit zuzugeben. Ob ich jemals zu ihr durchdringen und ihr die Lust des Lebens zeigen könnte. Denn eins war sicher, sie hatte keine Ahnung, wie man lebte, wie man GENOSS! So etwas Verklemmtes wie sie war mir noch nie untergekommen. Und doch ... auf der Bühne ... als ich mit meiner Stirn an ihrer lehnte, war sie geschmolzen ... Sie hatte sich mir komplett hingegeben, sodass ich sie vor allen hätte vögeln können und sie trotzdem immer mehr gewollt hätte. Genauso wie ich ... Ich wollte MEHR!

Aber ich wusste nicht mal ihren Namen und ich würde sie NIE wiedersehen. Das war wirklich verflucht schade. Nur zu gerne hätte ich sie in das Leben der Lust eingeführt … Sie an ihre Grenzen gebracht, um einen neuen, FREIEN Menschen aus ihr zu machen, der sich nahm, was er wollte, ohne Rücksicht auf Anstand und Moral! Ohne Rücksicht auf die beschissene Gesellschaft, die sowieso nur auf einen scheißt!

Vor meinem geistigen Auge entstand das wunderbare Bild, wie sie komplett nackt und begehrenswert vor mir kniete, wie ihre blutrote Unterlippe vor Ungewissheit zitterte und ihr Atem vor Verlangen unkontrolliert ihren Lippen entwich, während ihre steifen hellbraunen Brustwarzen, die sich mir entgegenwölbten, nach meinen Fingern schrien und ihre Arme, die fest hinter ihrem Rücken gefesselt waren, bebten. Voller Begehren wanderte mein Blick von ihren blanken Schenkeln, zwischen die ich stoßen wollte, zu ihren Augen, die mich geradezu anflehten, sie aus ihrem Kokon zu befreien ... und so hart und lange zu vögeln, bis sie nicht mehr »Bitte« und »Danke« sagen konnte und aufhörte, so affektiert und überheblich zu sprechen.

»SHIT!«, fluchte ich, und mein Gitarrenspiel kam zu einem abrupten, unmelodischen Ende, denn mein Schwanz pochte fast schon schmerzhaft und verlangte nach Aufmerksamkeit.

Tja, blieb mir nur eine Möglichkeit ... Ich griff in meine Hose und umfasste ihn fest mit der Hand. War ja das Normalste der Welt. Auch wenn meine Mutter damals immer gesagt hatte: *»So geht das nicht weiter ...«*

»WÄH!« Ich fing an, mir einen runterzuholen und verdrängte ganz schnell die unliebsamen Gedanken an sie, sonst wäre meine Erregung gnadenlos abgekackt.

Stattdessen konzentrierte ich mich wieder auf diese heiße Vorlage in meinem Kopf.

Und in die versenkte ich mich mental gerade schön tief und ohne jegliches Erbarmen, während ihre Titten wackelten ... als es plötzlich an der Tür klingelte ...

CUT!

5.

Supersexyminisuperflowerpopo pcolafan

Prüdella

Die Gegend war ja schon mal ganz annehmbar, befand ich, als ich durch die Vorstadt marschierte und meinen Rollkoffer hinter mir herzog. Schöne gepflegte Gärten, grünes, penibel gemähtes Gras, Kinderschaukeln, ältere Damen, die mich skeptisch betrachteten, während ich sie freundlich grüßte und ab und zu auch mal winkte.

Die Sonne schien, die Vögel zwitscherten und ich wurde von dem weißen Stück Papier geblendet, das ich in der Hand hielt, und immer wieder drauf schaute, um zu kontrollieren, dass ich hier richtig war. So schlimm konnte er ja nicht sein, wenn er in so einer bezaubernden Gegend wohnte.

Doch meine Schritte stockten abrupt, als ich die Hausnummer 123 entdeckte.

Ich war versucht, meine Meinung noch einmal zu revidieren, denn der Gartenzaun war alt und die Farbe abgeblättert.

Und auch dahinter sah es nicht besser aus. Ein unüberwindliches Dickicht nahm beinahe die Sicht auf das gesamte Haus, was aber bei einem zweiten Blick nur als positiv zu bewerten war. In auffallend dicken roten Buchstaben prangten obszöne Worte auf den beiden Garagentoren, die mir die Schamesröte ins Gesicht trieben, weil ich diese Ausdrücke niemals in den Mund nehmen, geschweige denn denken würde.

Etwas schockiert betrachtete ich das Übel einige Sekunden und atmete tief durch, während ich mit meinen orthopädischen Schuhen den Kies der breiten Auffahrt betrat und versuchte, meinen unwilligen Koffer über diesen zu zerren. Mein eng anliegender schwarzer Rock war dabei nicht hilfreich, und als ich ein verdächtiges Reißen hörte, musste ich mir tatsächlich einen Fluch verkneifen, obwohl das sonst überhaupt nicht meine Art war. Zum Glück war die graue Strickjacke, die ich über meiner hochgeschlossenen strahlend weißen Bluse trug, so lang, dass man den Riss nicht gleich bemerken würde. Doch wenn ich im Haus war, musste ich mich umziehen – und zwar dringend.

Schließlich hatte ich es geschafft, erfolgreich das Gartentor zu erreichen. Als ich es öffnete, erklang ein protestierender Quietschlaut, und auch der üppige Rosenstrauch, der ein Betreten zusätzlich erschwerte, wirkte alles andere als einladend. Im Gegenteil, seine beinahe schwarzen Blüten lösten in mir den Wunsch aus, sofort auf dem Absatz kehrtzumachen. Doch so schnell gab ich nicht klein bei.

Schwarze Mosaiksteine führten mich an der Garage mit diesen unflätigen Ausdrücken entlang. In ihren Rillen sammelte sich zwar das Unkraut, aber mein Gepäck ließ sich hier leichter transportieren. Eine Stufe vor mir verriet, dass ich die Eingangstür erreicht hatte. Auch das Vordach ging als Hinweis durch, allerdings hinderten mich diverse Rosenranken daran, wirklich Genaueres zu erkennen. Vergeblich suchte ich nach einer normalen Klingel. Alles, was ich fand, war eine weibliche Brust mit der Brustwarze als Klingelknopf. Es widerte mich an, diesen zu berühren.

Also nahm ich ein Taschentuch aus meiner Strickjacke, wickelte es mir um den Finger und drückte drauf. Doch statt eines normalen Klingeltones hörte ich eine Frau laut stöhnen. Ertappt blickte ich mich um, denn ich wollte sicher nicht in ein tête-à-tête platzen! Es war allerdings weit und breit niemand zu sehen, also blieb ich ruhig und wartete geduldig, bis die Tür geöffnet wurde. Mir war nicht genau klar, was mich erwartete. Denn Frau Hunter, die mich für ihren Sohn engagiert hatte, schien eine nette, wohlerzogene Dame zu sein und ich konnte mir nicht vorstellen, wie jemand derart Vornehmes einen Rüpel erzogen haben sollte. Viele Informationen hatte sie mir nicht gegeben, nur gesagt, dass ich bei der ersten Begegnung sofort wüsste, was das Problem war.

Ein paar Zweifel kamen bei ihren kryptischen Äußerungen schon auf, jedoch überwog die Neugierde, sodass ich den mehr als großzügig entlohnten Auftrag angenommen hatte und die 100 Kilometer mit dem Zug hierher gefahren war.

Hätte ich gewusst, um wen es sich handelte, wäre ich niemals gekommen. Als die Tür geöffnet wurde, schrie alles in mir nach Flucht, denn vor mir stand kein Geringerer als jener unglaubliche Neandertaler, sexy Rüpel, der immer noch durch meinen Kopf schwirrte, und, ich konnte es nicht fassen, eine Hand in der Hose hatte.

...

...

...

Unsere Münder klappten auf, und unsere Augen schienen einen stummen Wettbewerb in der Disziplin des Starrens auszufechten, während sie immer größer wurden. Ich wagte nach wie vor nicht zu blinzeln, als er sich bereits gefangen hatte und sein Blick über meine versteinerte Gestalt glitt. An meiner Brille, meinem Dutt und der gestärkten Bluse verharrte er etwas länger. Ich sah ihm an, wie es in ihm arbeitete. Er versuchte die Person vom Konzert mit dieser vor ihm in Einklang zu bringen, während Misstrauen in seine nun verengten Augen trat und er mich genauer unter die Lupe nahm.

Ich hingegen wusste sofort, vor wem ich stand. Meine Erinnerung hatte mir keinen Streich gespielt, denn sein nackter, athletischer Traumkörper sah aus wie in meinen – ja, ich schämte mich deswegen sehr – Träumen. Langsam kam ich zu mir und riskierte einen Blick, auf sein Brustwarzenpiercing und die verschlungene schwarze Tätowierung auf seiner linken Seite.

Keiner sagte etwas. Bis er den Kopf schüttelte, die Lider zusammenkniff und sie wieder öffnete. Er rieb sie, aber ich war immer noch da.

»Ich sollte aufhören zu saufen!«, sprach er wohl mehr zu sich als zu mir und ich verdrehte die Augen. »Kannst du mir vielleicht mal verraten, ob du's bist? Oder bist du's nicht? Und warum zum Geier hast du so was an? Wo ist das tolle Blase-Shirt? Die offenen Haare? Die enganliegende Knackarschjeans? Die dunkle Fickschminke?«

Darauf gab es nur eine Antwort.

»Einen schönen Guten Tag. Ich heiße Hannah Amalia Hauptmeier. Gehe ich recht in der Annahme, dass es sich bei Ihnen um Mason Hunter handelt?«

»WOW! WOW! WOW! So bist du mir aber letztens nicht gekommen, als alles in dir danach schrie, dass ich dir meine Zunge in den Mund schiebe. Du machst mir Angst!«

Ich versuchte wirklich zwanghaft, nicht daran zu denken und es gelang mir. »Da hatte mich Ihre Mutter auch noch nicht als Anstandsdame engagiert. Sind Sie nun Mason Hunter oder Spank Ransom?«

»Such dir was aus, Babe.« Er grinste mich schief mit diesem rotzfrechen, umwerfenden, verschmitzten Grinsen an, doch ich wahrte die Fassung.

»Ich deute das mal als ein Ja. Wollen Sie mich nicht hereinbitten?«

»Shit! Klar!« Er trat einen Schritt zurück und öffnete die Tür ein Stück weiter, sodass ich eintreten konnte. »Hätten Sie die Güte, die Hand aus ihrer Hose zu nehmen, das schickt sich nicht, wenn man einer Dame gegenübersteht«, bat ich im Vorbeigehen, denn Anstand hin oder her, es irritierte mich zutiefst.

»Das Damen-Thema hatten wir doch schon geklärt, Blow-Job-Girl!« Er zwinkerte mir zu und ich konnte nicht anders, als mich zu rechtfertigen, während wir durch einen langen Flur gingen.

»Ich wusste wirklich nicht, was auf dem Kleidungsstück stand. Und für Sie immer noch Miss Hauptmeier!«

»Wieso immer noch? Ich hab dich doch noch nie so genannt. Ich wusste bis gerade eben nicht mal deinen Namen, weil du ihn mir verflucht noch mal nicht sagen wolltest.«

Ich atmete tief durch und blieb im Türdurchgang stehen, um ihm eins vorweg klarzumachen.

»Wenn Sie wollen, dass das hier klappt, dann werden wir nach meinen Spielregeln spielen.«

»Spielen ist gut«, warf er schnell ein und winkte mit einer Hand ab.

Es war besser so zu tun, als würde man manche seiner Kommentare nicht hören, ähnlich wie bei einem kleinen aufsässigen Kind, also sprach ich sachlich weiter: »Lektion Eins, Mister Hunter – für das Anbieten des ›Du‹ gilt

Folgendes: Nur der oder die höher Gestellte gewährt das ›Du‹, was in diesem Fall ICH bin.«

Sprachlos blickte er mich an. Ich hatte keine Ahnung, wieso er jetzt so überrumpelt war. Ihm musste doch bewusst sein, dass ich seine Anstandsdame und er mein Schüler war. Immerhin hätte seine Mutter doch den Auftrag nicht ohne sein Einverständnis erteilt.

»Oh, diese Ruhe ist himmlisch.« Ich genoss sie, solange sie anhielt, und ging an ihm vorbei in eine Art Wohnküche. »Schöne Einrichtung ... Feng Shui?« Mein Blick glitt durch die große, nobel eingerichtete Räumlichkeit mit bodentiefen Fenstern und hoher Decke.

»Japp! Meine Innenausstatterin hat für den Shit einen Spleen.«

»Aha.« Den Putzeimer mitten im Raum und den kalten Rauch, der mir in die Nase stieg, ignorierte ich. Als ich aber nach oben sah und einen roten Slip entdeckte, der an der Lampe hing, konnte ich mir einen Kommentar nicht verkneifen.

»Ist das Ihrer?«, fragte ich staubtrocken und zeigte nach oben. Sein Blick folgte meinem Finger und ich erwartete, dass ihm dies wenigstens ein wenig peinlich sein würde. Doch er belehrte mich eines Besseren, indem er grinste.

»Nein ... aber wenn du willst, kann ich ihn für dich anziehen.« Gütiger Gott ... dieser Mann würde wirklich die größte Herausforderung für mich sein, die ich je bestritten hatte. So viel war schon jetzt klar.

»Haben Sie die erste Lektion schon vergessen?«

»Ich würde nicht behaupten, dass DU mir höher gestellt bist!« Mit einem Mal wandelte sich die Stimmung, und er kam einen Schritt auf mich zu. Von einem Moment auf den anderen besaß er so eine einschüchternde Ausstrahlung, dass ich tatsächlich zurückwich. Er lächelte triumphierend, denn somit war für ihn die Stellungsfrage geklärt. Ich presste die Lippen zusammen. Wenn das hier funktionieren sollte, dann dürfte ich mich NIE von ihm einschüchtern lassen. Leider war dies nicht so einfach, wie auch die Röte bewies, die mein Gesicht überzog.

»OH Shit ...«, wisperte er, wie zum Beginn des ersten Liedes auf dem Konzert und ich erschauerte. »Weißt du was? Ich habe mir gerade einen runtergeholt, und soll ich dir verraten, was ich mir dabei vorgestellt habe?« Direkt vor mir blieb er stehen, sodass ich die Wärme seines Körpers fühlen konnte, auch wenn er mich nicht berührte, und blickte mit diesen gesprenkelten Augen auf mich herab.

»Ich will es nicht wissen«, flüsterte ich und ärgerte mich darüber, dass ich so schwach und unsicher klang. So viel zum Thema Einschüchterung, aber er hatte einfach diese natürliche Autorität an sich, die ich normalerweise auch ausstrahlte und die alle anderen zermürbte. Nicht ihn. Oh nein.

»Was, wenn es mich nicht interessiert, was du wissen willst oder nicht?«, fragte er eiskalt und hob eine Augenbraue. Ich brach aus dieser Nähe aus, denn es wurde mir zu viel. Viel zu viel.

»So kann ich nicht arbeiten, Mister Hunter. Wir sollten das Ganze hier abbrechen. Sie sind anscheinend nicht gewillt, sich auch nur für fünf Minuten zusammenzureißen und mit mir zusammenzuarbeiten!« Rückwärts ging ich von ihm weg, ließ ihn nicht einen Moment aus den Augen, als er mir dabei zusah, wie ich den Griff meines Koffers nahm. Er musste zustimmen, sonst hätte das hier keinen Sinn.

Irgendetwas flackerte in seinen schönen Augen auf, was mein Herz schneller schlagen ließ. Aber das hier war gefährlich. Ich fühlte es in meinen Adern und meinem Bauch. Dieser wunderschöne Mann würde mein Untergang sein, denn sobald er sich mir näherte, verlor ich meine geliebte Kontrolle. Kontrolle war alles für mich.

Ich erwiderte fest seinen Blick, während ich den Koffer anhob und einige Sekunden wartete, ob er etwas antworten würde. Aber er stand nur an der Küchenzeile und schaute mich derart intensiv an, dass sich mein Bauch heftig zusammenzog.

Schließlich drehte ich mich um und ging. Nach etwa zwei Metern vernahm ich seine sanfte Stimme »Warte!«, und meine Schritte gerieten ins Stocken, ob ich wollte oder nicht. Wieso machte sich jetzt Aufregung in mir breit? In mir herrschte das blanke Chaos. Allein seine Anwesenheit brachte mich völlig durcheinander, sodass ich nach einigen Sekunden weiterging.

»Ich werde Ihrer Mutter eine Kollegin empfehlen, die auch sehr gut ist. Aber zwischen uns beiden endet das hier und jetzt.« Es war das Beste, zumindest redete ich mir das ein.

Doch als ich hörte, dass er mir hinterherkam, fing mein Herz an zu rasen. Einerseits wollte es zu ihm, andererseits möglichst weit weg von ihm, so schnell es nur ging.

An der Eingangstür holte er mich ein. Seine langen Finger schlangen sich um meinen Oberarm, dann wirbelte er mich herum und drückte mich mit dem Rücken gegen die Tür.

»Ich will keine verfluchte Kollegin. Ich will dich und du willst mich auch!«, knurrte er mich an.

»Ich will Sie sicher nicht!«

Er verdrehte die Augen und atmete genervt in mein Gesicht. »Doch, du willst mich! Und du wirst mich bekommen. Ich zahle dir das Doppelte, wenn du hierbleibst!«

»WIE BITTE?« Meine Augen wurden groß, größer, am größten. »Das Doppelte? Das wären dann 30.000 Euro für drei Monate Arbeit?«

»Japp«, antwortete er schlicht und ich merkte, dass er es ernst meinte. Ich brauchte das Geld wirklich dringend ... So war es ja nicht ... Und so viel auf einmal! Dadurch wäre ich meinem Traum von einer eigenen Benimm-Schule fünf Schritte näher!

»Verstehe ich Sie richtig: Sie geben mir 30.000 für drei Monate? Da gibt es doch einen Haken!«

Er lächelte fast, doch im Großen und Ganzen wirkte er eher düster und unerbittlich. »Natürlich.«

»Ich kann Ihnen gleich sagen, dass es nicht funktionieren wird, wenn Sie nicht kooperieren!«

»Gehen wir ins Wohnzimmer und besprechen dort alles in Ruhe ...« Ohne meine Antwort abzuwarten, zog er mich in den besagten Raum.

»Ihnen ist schon klar, dass Sie sich unhöflich und bestimmend verhalten«, schimpfte ich und entlockte ihm damit ein echtes, melodisches Lachen.

Er dirigierte mich zur Couch und drückte mich hinab, bevor ich die Gelegenheit bekam, nachzuschauen, ob mich darauf etwas Ekelhaftes erwartete. Mit verschränkten Armen blieb er vor mir stehen, sodass ich diese unglaublichen Bauchmuskeln und dieses V vor Augen hatte, das in seiner tief sitzenden Hose verschwand. Sein Körper war die pure Versuchung, und ich war mir sicher, dass er sich dessen bewusst war. Genauso sicher wie er mich in Verlegenheit brachte. Er nutzte sein Aussehen als Waffe – eindeutig. Und das Allerschlimmste daran, es gelang ihm, denn alles, was ich in dem Moment wollte, war, mit meinen Fingerspitzen, dieses V nachzufahren und über seine gewölbten Muskeln zu streichen.

Wie eine Umnachtete starrte ich weiter nach unten ... auf seinen Schritt, wo ich den Umriss seines besten Freundes genau erkennen konnte. Wie es sich wohl anfühlen würde, ihn dort zu berühren? Sofort fluteten Bilder meinen Kopf. Wie er mich gefesselt hatte ... ich, wehrlos am Haken ... während sich seine Erregung gegen meinen Bauch gedrückt hatte. Ohne mein Zutun begann ich schneller zu atmen.

Mit einem Mal zuckte es in seiner Hose, was mich derart erschreckte, dass ich aufschrie, worauf er schadenfroh lachte. Natürlich wurde ich knallrot, weil er mich beim Starren erwischt hatte, und am liebsten wäre ich in der Couch versunken.

Was tat er nur mit mir?

30.000!, rief ich mir zwanghaft ins Gedächtnis.

Endlich schien auch er zu merken, dass es höflicher war, sich zu setzen. Zu meinem Glück nahm er nicht neben mir Platz, sondern auf dem Sessel gegenüber, wo er sich seine Gitarre nahm, die dort lehnte, und an den Saiten zupfte, während er mich düster betrachtete.

»Der Haken ...«, erinnerte ich ihn daran, als ich meine Fassung wiedererlangt hatte.

Mit einem Mal grinste er und drehte sich mit seinem Sessel einmal im Kreis, während er die Tonleiter nach unten spielte. Ich verdrehte die Augen. Manchmal war es, als würde ich mit einem Kind anstatt mit einem Mann reden.

»Also ... ich will dich, du willst mich. Das ist eine Tatsache, die dir nur nicht klar ist, weil du keinerlei Erfahrung mit Männern hast!« Ich fragte mich, woher er das nur wusste, sagte aber nichts. Er sprach weiter: »Ich werde dir einen Batzen Geld hinblättern und wirklich versuchen, umgänglich zu sein. Der Haken ist, dass ich im Gegenzug dasselbe von dir erwarte!«

»Duzen Sie mich nicht!«, entgegnete ich, um meiner Verwirrung Herr zu werden und ihn auch gleich schon mal zu testen. Er durchschaute mich und verdrehte die Augen, während die Titelmelodie von *Spiel mir das Lied vom Tod* erklang.

»Okay, Miss absoluter Obermeier ... ›Sie‹ passt für meine Zwecke sowieso besser.«

»Was wollen Sie denn von mir?«

Mit einem Schulterzucken spielte er leise weiter. Ohne nur einmal den Blick von mir nehmen zu müssen, zupften seine langen, talentierten Finger die Saiten. Versuchte er etwa gerade, mich zu hypnotisieren? Wenn ja ... klappte es ganz gut.

»Ach, nur ein bisschen dies ... ein bisschen das ... und einen Schuss jenes.«

»Och ...«, schnaufte ich genervt. »Drücken Sie sich genauer aus!«

Mit einem Mal legte er die Gitarre weg. Dann beugte er sich vor, lehnte sich mit den Ellbogen auf die Knie und stützte sein Gesicht auf den Händen ab.

»Lassen Sie sich überraschen. Ich kann nur eins sagen: Sie werden es nicht bereuen!« Als er die letzten Worte sprach, glühten seine Augen. Ich war unsicher, schließlich hatte ich wirklich überhaupt keine Ahnung, was er von mir wollte, doch mir schwante, dass es etwas mit Sex zu tun haben musste. Das Schlimme daran war, dass er warme, wohltuende Gefühle in mir weckte, die ich nicht kannte, aber sehr gerne näher kennengelernt hätte.

Er verdrehte die Augen, als ich nicht antwortete. »Okay, sagen wir es so. Sie haben am Tag Zeit, um mir Anstand einzutrichtern und ich werde aufpassen, Ihnen folgen wie ein Hündchen und mich wirklich bemühen, aber im Gegenzug dafür ... habe ich in der Nacht Zeit, Ihnen zu zeigen, was es heißt zu *leben – ohne Anstand!*«

OH GOTT! Unwillkürlich erschauerte ich aus unerfindlichen Gründen. Denn in seiner Stimme klang ein unausgesprochenes Versprechen mit, welches mich lockte und meine Neugierde weckte.

»Aber nur, wenn ich es ausdrücklich erlaube und … Sie werden mir nicht wehtun?« Aus meiner Forderung wurde eine unsichere Frage, aber ich musste sie stellen, denn sie schien mir im Moment enorm wichtig. Irgendetwas war da nämlich, abgesehen von der rotzigen, aber auch erotischen Ausstrahlung, das ich noch nicht erfassen konnte, und es ließ jegliche Alarmglocken schrillen.

Einige Zeit sah er mir nachdenklich in die Augen, wägte seine Antwort ab, ließ seinen Blick über meinen Körper gleiten, und entgegnete schließlich mit tiefer Stimme: »Ich werde nie komplett die Kontrolle über mich verlieren und du kannst immer Stopp sagen. Das ist alles, was ich versprechen kann.« Ich zögerte und ignorierte sogar, dass er mich schon wieder duzte. Unsere Blicke waren verwoben. Goldbraun auf schokobraun. Überheblich fragend auf eingeschüchtert verunsichert. Wunderschön auf ... durchschnittlich ...

»Ich muss auch irgendwann schlafen«, murmelte ich atemlos.

»Du wirst genug Schlaf bekommen. Für das, was ich mit dir vorhabe, brauche ich dich fit!«

Ich atmete tief durch und schloss meine Augen, unterbrach diesen intensiven visuellen Kontakt, denn er schien gerade bis auf meine nackte Seele zu blicken. Außerdem war mir sein Anblick zu viel. Wie konnte so ein zügelloser ... Teufel nur aussehen wie ein Engel? Oder war es nur Schein? Eine Maske? Das verwirrte mich zutiefst und brachte mich gleichzeitig dazu, alles daran zu setzen, es herauszufinden. Außerdem konnte ich das Geld wirklich gut zu gebrauchen, auch wenn ich mich bei dem Gedanken etwas schämte.

»Ich bleibe diese Nacht hier. Die nächsten Stunden nutzen wir als Testlauf, damit Sie mir beweisen können, dass Sie in der Lage sind, sich zu beherrschen.« Mein Schlucken geriet ziemlich mühsam, als ich ihm das anbot, denn in diesem Moment, genauso wie schon auf der Bühne, erkannte mich nicht wieder.

Aber ich WOLLTE es.

Ein winzig kleiner Teil von mir war fasziniert davon, dass er ausgerechnet mich auserwählt hatte, um was auch immer mit mir zu tun ... Er überlegte nicht lange, bevor er sich in seinem Sessel zurücklehnte, seine Gitarre ergriff und das Lied vom Tod weiterspielte.

»Geht klar, Babe, aber ich werde dich nicht siezen. Du bist in meinem Haus, also bin ich der HÖHER Gestellte. Aus und Pasta ... mit Soße!« Nebenbei drehte er sich mit dem Sessel von mir weg und rülpste als Bekräftigung seiner Worte. ICH würde ihn aber trotzdem siezen. Denn somit wahrte ich die Distanz, die ich zu ihm als Gegenpart benötigte.

»Wie Sie meinen, solange Sie es in der Öffentlichkeit tun, denn dort sind wir ja nicht bei Ihnen zu Hause. Apropos. Jetzt werden wir uns erst mal Ihre Lebensumstände anschauen!« Mit diesen Worten griff ich in meine Handtasche und holte meine weißen, dünnen Stoffhandschuhe raus. Mason drehte sich mit seinem Stuhl wieder zu mir und bekam große Augen, als ich diese anzog.

»Du willst mir aber jetzt nicht im Arsch rumpopeln, oder?«

»Nein, ich werde Sie nicht REKTAL untersuchen«, betonte ich, holte mein Lederetui mit dem Diktiergerät heraus und stand auf. »Dann wollen wir mal schauen. Die Wohnung eines Menschen sagt nämlich sehr viel über sein Innerstes aus.«

Ich schaltete es ein. »Mason Hunter. Besichtigung der Lebensumstände.«

»Geht's noch?«, ertönte hinter mir.

Ich schaltete mein Diktiergerät wieder aus und drehte mich zu ihm. »Ich brauche das fürs Protokoll«, antwortete ich ihm ruhig.

»Jaja, um später alles an die Zeitung zu verkaufen«, ätzte er.

»Das habe ich nicht nötig, Mister Hunter. Diskretion ist mein oberstes Gebot, und jetzt seien Sie bitte fünf Minuten still – Test Nummer eins ...« Ich wackelte mit meinen Augenbrauen.

Er tat so, als würde er seine Lippen abschließen und den Schlüssel über seine Schulter schmeißen. Dann lehnte er sich mit seiner Gitarre zurück und spielte eine leise, beruhigende Melodie.

Augenverdrehend schaltete ich das Gerät wieder ein, ging zu seiner Wohnwand und öffnete den Schrank. Das pure Chaos schlug mir entgegen. »Oberflächlich sieht die Wohnung recht annehmbar aus. Doch im Kern herrscht Chaos ...«

»Du weißt gar nicht, was es bedeutet...«, begann er, doch ich zeigte nur auf mein Diktiergerät. Er verstummte und spielte die Melodie nun etwas aggressiver.

Ich schloss den Schrank und strich mit meinem Zeigefinger über die Oberfläche des Holzes. Dann rieb ich meine Finger aneinander und war entsetzt.

Wieder sprach ich ins Diktiergerät. »Staubgewischt wurde hier eindeutig noch nie. Fazit: keine Regelmäßigkeit im Leben.« Mittlerweile schien er auf die Saiten einzuschlagen, so laut erklang die Melodie hinter mir.

Als ich mich umdrehte und ihn ansah, funkelte er mich von unten wie ein Raubtier kurz vor dem Sprung an. HILFE! Wieso wollten mich meine Beine zu ihm tragen, um mich radikal auf seinen Schoß zu schmeißen?

Ich atmete tief durch, um mich nicht von seinem Gitarrenspiel provozieren zu lassen, denn ich wusste, dass er das beabsichtigte. Jetzt waren die Fenster dran, da bemerkte ich, dass ein Geschirrtuch über einem runden Objekt hing.

»Was ist das denn? Das hat hier aber nun wirklich nichts verloren«, sagte ich und zog den karierten Stoff weg, nur um auf eine monströse Frauenbrust zu blicken. Es war eine Lampe. Wortlos wandte ich mich zu ihm um und hob eine Augenbraue.

Er zuckte mit den Schultern. »Ich brauche doch Licht!«

Ich sprach in mein Diktiergerät. »Mister Hunter hat eindeutig ein Problem mit Sexualität.« Offensichtlich war er mit meiner Einschätzung nicht einverstanden, denn die Melodie endete abrupt mit einem disharmonischen Klang. Ich musste fast lächeln, als ich hörte, wie er hinter mir aufstand.

»Ich habe ganz sicher KEIN PROBLEM MIT FICKEN. Darüber hat sich noch NIE eine beschwert! Mein Schwanz ist göttlich, soll ich's dir beweisen?«

»Nein, danke, und genau DAS, was Sie jetzt von sich gegeben haben, beweist ihr sexuelles Problem. Aber das zu therapieren ist zum Glück nicht mein Aufgabengebiet. Setzen Sie sich wieder hin und lassen Sie mich meinen Rundgang beenden!«

Nur sehr widerstrebend ließ er sich im Schneidersitz wieder auf seinem Sessel nieder und nahm erneut seine Gitarre. Wie ein Schutzschild hielt er sie vor sich, als würde er sich dahinter verstecken. Was vermutlich auch der Wahrheit entsprach. Ich drehte mich weg, um eine Blick auf die Fenster zu werfen. Mehr war auch nicht nötig. »Fenster wurden noch nie geputzt«, berichtete ich kurz und knapp. Als Nächstes ging ich zur Couch ...

Mason warf mir komische Blicke zu, als ich mich darüberbeugte und das Polster inspizierte. Da ich Handschuhe anhatte, traute ich mich in die Ritze zu greifen und wurde prompt fündig. Mit spitzen Fingern holte ich ein schwarzes Unterwäschestück hervor und hielt es ihm unter die Nase. »NATALIE! Der ist von Natalie«, freute er sich, packte ihn und erstaune mich schon wieder, als er ihn in seine Hosentasche verfrachtete.

»Schön, dass ich Ihnen weiterhelfen konnte«, meinte ich ironisch und blickte mich um, denn etwas Typisches für einen Mann fehlte. »Wo sind Ihre Erotikfilme?«, fragte ich geradeheraus. Im Schrank hatte ich keine gesehen, aber das Fach neben dem DVD Player war leer und staubfrei!

Er grinste unschuldig. »So was besitze ich nicht«. Nicht eine Sekunde kaufte ich ihm diese Antwort ab. Also ging ich zielstrebig auf die Schrankwand zu, um noch mal nachzusehen.

»Tu dir keinen Zwang an«, forderte er mich auf, die Schränke genauestens zu inspizieren. Das tat ich auch prompt. Ich öffnete beide Türen und alle fünf Schubladen. Es herrschte zwar Unordnung, aber Filme fand ich keine.

Mit verengten Augen drehte ich mich mit einem Ruck zu ihm um und sah gerade noch, wie sein Blick ertappt von der Couch huschte.

»HA!«, rief ich aus, hechtete dorthin und fiel auf die Knie. Als ich daruntergreifen wollte, spielte er plötzlich wie ein Verrückter auf seiner Gitarre. Ich erschrak mich fast zu Tode und hielt inne, um ihn völlig entgeistert anzublicken, während er seine Show ablieferte.

»I'm a sexyminisuperflowerpopopcolafan
- yes I am«

Dabei sprang er aus dem Sessel auf seine Beine, sang aus vollem Hals, bevor er auf die Couch hechtete.

»Yeees, I aaaaam a Coooolaaaa Faaaaaan!«

Er fuchtelte wie ein verrückt gewordenes Wiesel mit seinen Armen, wenn er nicht auf seine Gitarre eindrosch, und ich hatte Glück, dass er mich nicht erwischte. Am Schluss seiner Einlage rutschte er vor mir auf den Knien entlang und hatte dort wohl eine Art epileptischen Anfall.

»Yeees I am, Yeeeees, I aaaaaaaaahaaaam... a Colafan«

Mit einem Ruck verstummte er und grinste zu mir rauf.

Ich wusste nicht, ob ich ihm durch die Haare streichen und ihm sagen sollte, dass alles gut wird, oder ob ich kreischend davonlaufen sollte, um die Herren mit den weißen Jacken zu rufen, denn er war eindeutig verrückt geworden. Doch irgendetwas an diesem losgelösten, verschmitzten Grinsen brachte mich dazu, doof zurückzulächeln, und meine Finger zuckten schon in seine Richtung.

Das Lied war witzig gewesen ... Genauso wie seine Einlage ... Er hätte auch Komiker werden können, und irgendwas berührte mich an der Art, wie er vor mir kniete und mich angrinste.

»Ich brauch jetzt erst mal ’ne Cola«, meinte er, sprang auf die Beine, legte seine Gitarre auf den Wohnzimmertisch und hechtete über die Lehne der Couch, um in die offene Küche zu gelangen.

»Vielleicht sollten Sie ein bisschen weniger Koffein zu sich nehmen. Sie sind hyperaktiv. Waren Sie deswegen schon mal bei einem Arzt vorstellig? Es kann medikamentös behandelt werden«, sagte ich und erinnerte mich kopfschüttelnd daran, endlich mal mein Diktiergerät auszuschalten. Auch wenn ich mir diese Einlage sicher noch mal anhören würde, irgendwann ... heimlich.

Er holte eine Coladose aus seinem Riesenkühlschrank, den ich auch noch inspizieren würde, und setzte sich auf die Anrichtefläche, während er sie öffnete und trank. Irgendwie war dieser Vorgang sehr ... ablenkend von meinem eigentlichen Tun.

»Willst du auch was? Cola, Kaffee, Koks? Dir würde ein bisschen Hyperaktivität nicht schaden!« Er rülpste laut und aus vollstem Herzen.

Mit einem Seufzen drehte ich mich von ihm weg und wollte wieder zum Sofa gehen, denn von diesem hatte er mich mit seiner Einlage eindeutig ablenken wollen.

Doch meine Schritte stockten, als mir ein grauenhaftes, gefährliches Reptil in die Augen sah.

Ich hörte ihn direkt hinter mir. »Oh Shit, Dom Dom! Lass doch mal den verfluchten Zaun stehen!«

In meinen Ohren rauschte es; dann ließ ich, ohne zu überlegen, den schrillsten Schrei los, den ich jemals von mir gegeben hatte, und sprang Mason Hunter mit Armen und Beinen an, um mein Leben zu retten.

Hatte ich erwähnt, dass ich eine Reptilien-Phobie hatte?

CUT!

6. Dom Dom

Shit.

Eben hatte ich sie mir noch vorgestellt und mir dazu einen runtergeholt. Jetzt umklammerte mich meine fleischgewordene Wichsvorlage mit Armen und Beinen. Keine Ahnung, womit ich das verdient hatte, aber es war beschissen gut!

»Nehmen Sie dieses Ungetüm weg!«, kreischte sie mir direkt ins Ohr – was weniger gut war, schließlich war mein Gehör mein A und O – und presste ihre weichen Titten gegen meinen nackten Brustkorb, was den Hörsturz wiedergutmachte. Genauso wie die Tatsache, dass ihr Rock ganz schön weit hochgerutscht war. Außerdem merkte sie nicht mal, dass ich sie an den Oberschenkeln gepackt hatte, da sie sonst zu Boden gestürzt wäre wie ein Sack chinesischer Reis. Das war natürlich keine Option, also machte ich den einen Schritt zu meiner Küchenzeile und pflanzte ihren delikaten Arsch darauf, blieb aber nah bei ihr. Alles andere wäre bei ihrer Umklammerung sowieso nicht möglich gewesen. Panisch starrte sie Dom Dom an, der sich weiterhin träge seinen Weg zu uns bahnte.

Sie zitterte tatsächlich am ganzen Körper, und ich konnte nicht umhin, diese Situation fucking geil zu finden.

»Hey!« Ich umfing ihr Kinn mit meinen Fingern und drehte mir ihr bleiches Gesicht zu. »Es ist nur eine verkackte Schildkröte ... kein menschenfressendes Raubtier! Und er legt auch Wert auf Manieren, also darf ich vorstellen? Das hier ist Dom Dom. Sub Sub ist zu Hause und kocht.«

Hannah absoluter Obermeier, die heißeste und im Moment ängstlichste Anstandsdame des Landes, runzelte die Stirn und biss sich auf die Lippe, während sie Dom Dom skeptisch betrachtete. Kurz darauf schweifte ihr panischer Blick zu dem hübschen Schildkrötenhäuschen.

»Was, noch eine?«, wimmerte sie hilflos, und ich war wirklich fasziniert von der verletzlichen Seite, die sie mir gerade offenbarte und die man aufgrund ihrer sonst so kontrollierten Art nur schwer vermuten würde.

Shit!

Ich stand auf Verletzlichkeit, wurde prompt verflucht hart und wollte mich liebend gern ausgiebig zwischen ihren Beinen reiben. Aber dann hätte ich mir nur wieder eine gefangen, also ließ ich es sein – schweren Herzens! Stattdessen konzentrierte ich mich auf ihre Frage.

»Dom Dom braucht ja jemanden zum Spielen. Wusstest du eigentlich, dass Schildkröten beim Sex stöhnen?«

»Echt?«, fragte sie, und dieses kindliche Flackern in ihren Augen, das manchmal überhandnahm, war *wirklich* unsagbar süß. Anders konnte ich es nicht betiteln, obwohl ich dieses Wort normalerweise zutiefst verabscheute.

»Ja, ich hab mich so erschreckt, als ich sie das erste Mal gehört habe ... dachte hier liegt irgendwo eine Tussi hinter der Couch, und macht's sich selbst!«

Sie atmete tief durch, schloss die Lider und ich ahnte, dass sie gleich wieder mit ihrer Oberzicken-Lehrer-Tour anfangen würde.

So war es auch ...

»Gut ... jetzt, wo wir dieses lebenswichtige Thema geklärt haben, könnten Sie dieses ... *Ungetüm* ... wieder in seinen Vorgarten platzieren?«

»Dom Dom hat Dampfwalze gespielt ... Ich muss den Zaun erst mal reparieren. Bleib hier sitzen!«, forderte ich knapp, trat schweren Herzens einen Schritt weg und wandte mich schließlich meinem Gerümpelschrank zu.

Als ich ihn öffnete, ging ich ihn Deckung, weil ich wusste, dass mir einiges entgegenfliegen würde. Ich spürte förmlich, wie sie die Augen verdrehte und grinste in mich hinein, besonders als sie wieder zu ihrer alten Form zurückkehrte.

»Ich kann nicht auf einer Küchenzeile sitzen! Hier werden Speisen angerichtet. Das ist äußerst unhygienisch!«

»Wenn du wüsstest, was ICH da schon alles angerichtet habe ...« Ja! Schuldig im Sinne der Anklage! Ich konnte es mir beim besten Willen nicht verkneifen, sie zu provozieren. Denn je mehr sie raste, umso anziehender wirkte sie und umso lustiger wurde mein Tag.

Jetzt musste sie sich auch noch mir – dem Feind – fügen, und dort bleiben, wo sie war! Denn Dom Dom dachte ja nicht mal daran, auf die holde Maid Rücksicht zu nehmen und bahnte sich weiterhin mit gemütlichen Schritten den Weg zu seiner heißen, aber äußerst prüden Beute. Er liebte es von Frauen gestreichelt zu werden – eben wie das Herrchen.

Währenddessen schnallte ich mir profimäßig meinen Handwerkergürtel um, woraufhin sich ihr Gesicht auf eine Art verzog, die mir klarmachte, dass sie schon wieder an meinem geistigen Zustand zweifelte. Um dieses Bild zu unterstreichen, kramte ich noch eine Weile und beförderte schließlich meinen Bauarbeiterhelm ans Tageslicht, holte zwei Dosen Bier aus dem Kühlschrank und steckte sie in die Halterungen am Helm.

»Was?«, fragte ich, als sie skeptisch die perfekt gezupften Augenbrauen hochzog. »Arbeitsschutz!«

Ich nahm Dom Dom unter den Arm, klappte das Dach vom Haus ab und setzte ihn zu seiner Angetrauten, bevor ich den Holzzaun aufstellte und die Schrauben fixierte. War das etwa ein Kichern, das an meine Ohren drang?

»Sie sehen aus wie ein ... *Kasper.*«

Ich grinste in mich hinein, nachdem alles stand, wie es stehen sollte, und öffnete mit einem Zischen eine der Dosen. Diese leerte ich in aller Seelenruhe, dann packte ich mein Werkzeug wieder weg.

»Kasper also? Ich hätte eher gedacht, du sagst ... Adonis ... Geile Sau ... Traum aller Frauen ... Buchentstiegener

Sexgott ... Höschen und Häschenbefeuchter auf zwei Beinen ... Anstandsdamenkopfverdreher!«

»Seien Sie mal nicht so überheblich. Nicht alle Frauen liegen Ihnen gehirnlos zu Füssen. Erst recht nicht ich!«

Ich schaute zu ihr hoch und hob nun meine Augenbraue. »Auf der Bühne sah DAS, meine liebe Miss Obermeier, aber ganz anders aus ... und als *Sie* wie ein Fisch an meinem Haken hingen, auch ... Wie auch immer ... Ich werde Ihnen schon beweisen, dass es Wichtigeres für einen Menschen gibt als von der Gesellschaft auferlegte Regeln, die einen einengen und einem vorschreiben, was man tun oder nicht tun muss!«

Sie verdrehte nur die Augen, stützte die Arme hinter sich ab und ließ sich laaaaaangsam an meiner Anrichte herab. Die Frau besaß eine wirklich heiße Figur, glaubte ich mich zu erinnern, aber jetzt ... Wieso musste sie diese schreckliche Kleidung anhaben? Und was sollte dieses Nasenfahrrad mit der schwarzen Umrandung eigentlich in ihrem Gesicht?

»Wieso hast du dir das nur angetan? Du siehst aus, als wärst du geradewegs aus einem fünfziger Jahre Kotzfilm entsprungen!«

»Sie sind wirklich charmant, Mister Hunter, aber nicht alle Frauen laufen den ganzen Tag in Minirock und hohen Schuhen herum. Das ist nicht immer angebracht. Eigentlich gibt es nur sehr wenige Gelegenheiten, zu denen sich ein solcher Aufzug geziemt.«

»Aber DAS ist angebracht, oder was?« Ich fuchtelte äußerst anklagend in ihre Richtung.

»Beurteilen Sie die Menschen nicht immer nach ihrem Äußeren. Lektion zwei: Vorurteile sind schlecht!«

Jetzt musste ich lachen. »DAS sagst DU mir!«

»Mister Hunter, ich kann über Sie *denken*, was ich will, aber es zeugt von Anstand, es dem anderen nicht immer zu zeigen.«

»Wenn mir was an dem anderen nicht gefällt, dann sage ich ihm das in sein verdammtes Gesicht! Das nennt sich WAHRHEIT! Etwas, das jeder Mensch von einem verlangt, aber nur die wenigstens vertragen können ... you know?«

»Ganz so ist das nicht. Jeder Mensch hat doch seine eigenen Wahrheiten und Vorstellungen, und wir dürfen von den anderen nicht erwarten, dass sie immer mit unseren Ansichten übereinstimmen. Aber dies ist ein Thema, das es zwischen uns nicht zu besprechen gilt, also gehen wir zur Tagesordnung über. Geben Sie mir bitte einen Müllbeutel, ich muss die Schmuddelfilmchen unter der Couch entfernen.«

»WAS? NEIN!« rief ich aus. Sie lächelte höflich, wissend und äußerst hinterlistig!

»Ich dachte, Sie benötigen so etwas nicht ... Wir können damit sogar etwas Gutes tun und sie an eine Samenbank spenden!« Als ich nicht reagierte, machte sie sich selber auf die Suche nach Müllbeuteln. Und ich ließ sie suchen, weil ich sowieso keine hatte. Allerdings fand sie eine Plastiktüte von ALDI und gab sich mit dieser zufrieden.

Misstrauisch beäugte sie das Heim meiner Schildkröten, als sie sich daran vorbeischob, und verengte die Lider, während sie leise las: »I love BDSM.« Sie drehte sich fragend zu mir um und ich verkniff mir mit aller Macht das Lachen. »Was heißt DAS denn?« Verwirrt deutete sie auf das kleine, handgemachte Schild, das im Vorgarten stand, und nicht nur auf die Vorlieben meiner Schildkröten aufmerksam machte.

»Ähh ... das heiiiiißt ...«, zog ich es lang, bis mein Hirn etwas aus den Buchstaben gebastelt hatte »Ich liebe ... Babes, ... die Salat mögen!«

»Das glauben Sie ja wohl selber nicht!«

»Aber ich liebe meine Schildkröten. Heiß und innig!«

»Wie auch immer ...« Abwinkend kniete sie sich vor meine Couch und holte einen Film nach dem anderen mit spitzen Fingern raus, ohne die Cover genau zu betrachten. Dabei streckte sie ihren Arsch in die Höhe, weshalb ich mich nicht auf ihr Tun konzentrieren konnte. Meine ganze SuperdupaCola Aktion war kurz gesagt: für 'n Arsch!

»Kann ich wenigstens einen Einzigen behalten? Nur *einen*? SHIT! Nicht Vivien Schmitt!«, schrie ich grell und wollte danach greifen, doch sie war flink und schlug mir damit auf die Finger! Ich zuckte nicht zurück und riss ihr den Film mit einem bestimmten Ruck aus den Händen. Dann beugte ich mich vor, sodass meine Nase fast die ihre berührte, denn sie hatte einen kleinen Bonus gehabt, der damit endete, dass sie sich auf unsere Abmachung eingelassen hatte! Wenn ich Anstand lernen sollte, dann würde sie lernen, den Bogen nicht zu überspannen!

Ein Geben und Nehmen. Ganz einfach!

»Ich habe dir gesagt«, betonte ich langsam und kühl, »dass du deine Hand nicht gegen mich erheben sollst. Sonst lernst du mich schneller kennen, als dir lieb ist und damit meine ich *richtig*, alles klar?«

Sie schluckte mühsam und starrte mich mit ihren kurzzeitig erfolgreich hypnotisierten Rehaugen wie die heilige Madonna persönlich an.

Oh Shit ... ich liebte es, wenn ich sie einschüchterte. Doch sie fing sich wie immer schnell und das brachte sonst keine andere Frau zustande!

»Ich habe nicht die Hand gegen Sie erhoben, sondern die DVD-Hülle!«, winkte sie ab und packte die restlichen Filme ungerührt ein, während ich schmerzverzerrt dabei zusah, wie meine Schlitze im Müll verschwanden.

Das Leben kann so grausam sein ...

***

Nachdem sie mein Wohnzimmer zu Ende inspiziert hatte, natürlich bewaffnet mit ihrem Diktiergerät, führte ich sie in die obere Etage meines geilen Riesenhauses. Wie im Rest der Villa hingen an den Wänden schwarz-weiß Aufnahmen von Körpern, die ein befreundeter Fotograf extra für mich gemacht hatte.

Als sie merkte, dass ein Bild schief hing, ließ sie es sich natürlich nicht nehmen, diesen schlimmen Fauxpas zu korrigieren und es gerade zu rücken. Dabei war sie so gewissenhaft, dass ich ein Gähnen nicht unterdrücken konnte, während ich mich neben sie an die Wand lehnte.

»Gegen die Bilder hast du wohl nichts, hm?«

»Nein ... das ist Kunst.« In dem Moment wusste ich, dass es tatsächlich Hoffnung für sie gab. Wir brauchten eine Ewigkeit, bis wir die Treppen erklommen hatten, da fast jedes Bild schief hing.

Das obere Geschoss war nicht so groß wie das untere, aber für mich reichten die vier Räume und das Marmor-Bad völlig. Dabei nutzte ich die Gelegenheit, ihr gleich das Zimmer neben der Treppe zu zeigen, welches ihr gehören würde.

Wunder geschehen noch, denn sie schien zufrieden. Hier war alles für den Aufenthalt von Frauen eingerichtet, weshalb ich auch so gut wie nie hier hereinkam. Sie stellte ihre Tasche auf die Kommode vor dem großen lilabezogenen Bett ab.

»Hier ist es ja ganz in Ordnung«, stellte sie fest, doch selbstverständlich folgte der Dämpfer auf dem Fuß. »Aber natürlich werden wir gemeinsam das gesamte Haus grundreinigen.«

»Den Keller lassen wir da mal lieber aus ...«, murmelte ich vor mich hin.

»Habe ich eigentlich ein eigenes Bad?«, fragte sie fast schon ängstlich und ich musste grinsen.

»Nein, hier oben gibt es nur eins ... und den Schlüssel dafür habe ich verloren. Unten gibt es nur eine Toilette.« Kaum konnte ich mir ein anzügliches Grinsen verkneifen.

»Das ist ja wirklich beruhigend ... Dann müssen wir wohl Badregeln aufstellen«, antwortete sie und öffnete ihre Tasche.

»Ich kann ja immer meine Schildkröte davor setzen, wenn ich drin bin, denn dann kommst du sicher nicht rein.«

»Das ist nicht witzig, Mister Hunter. Ich würde Sie jetzt bitten ... mir etwas Privatsphäre zu gönnen!« Wieder mal verschränkte sie die Arme vor der Brust und wartete darauf, dass ich ihrer Aufforderung nachkam.

»Okaaay, ich wollte sowieso eine rauchen ... Komm dann einfach runter – wenn du dich traust«, neckte ich sie noch einmal, sah ihr tief in die Augen und zog die Tür hinter mir zu.

***

Eine Viertelstunde später erschien sie tatsächlich.

ZUM GLÜCK trug sie keinen Dutt mehr, sondern hatte ihre Haare zu einem Pferdeschwanz gebunden, und der dunkle Rock war durch einen weißen ausgetauscht worden. Ehrlich gesagt kotzten mich die Röcke schon jetzt an, wobei sie auch praktisch hätten sein können. Aber so weit war sie noch lange nicht.

»Es ist sechs Uhr. Also Zeit fürs Abendessen. Schauen wir mal, was Sie alles im Haus haben.«

»Bier«, erwiderte ich prompt und meine Aussage wurde bestätigt, als sie den Kühlschrank öffnete, der bis oben hin voll mit Flaschen war, nur unterbrochen von ein paar vereinzelten Cola-Dosen.

»WANN trinken Sie das alles?«

»Man weiß ja nie, wer alles kommt ... Doppeldeutig«, antwortete ich und wackelte anzüglich mit den Augenbrauen.

»Essen Sie auch mal etwas?«, fragte sie spitz und schloss bestimmt den Kühlschrank.

»Der Lieferservice ist mein bester Freund.«

»Oh mein Gott! Das geht überhaupt nicht. Sie müssen sich ordentlich ernähren. Ich glaube, ich stelle Ihnen einen Ernährungsplan zusammen.«

»Hab ich das etwa nötig?«, fragte ich lapidar, und wir beide blickten auf meine sechs penibel antrainierten Bauchmuskeln hinab, die ich nur für sie zucken ließ.

»Äh.« Sie schluckte, war kurz abgelenkt, bevor sie sich viel zu schnell wieder fing – verflucht! »Ich würde vorschlagen, wir fahren einkaufen.«

»Okay!« Das kam mir gerade recht, denn ich brauchte neue Kippen, und schon marschierte ich zur Eingangstür.

»Hallo!«, rief sie mir hinterher.

»Hallo!«, rief ich mit Piepsstimme zurück.

»Mister Hunter!«

»Jaaaa, der bin ich. Autogramme gibt's später«, ärgerte ich sie und schnappte mir meine Schlüssel vom Haken.

»Sie haben kein T-Shirt an!«, stellte sie fest, ohne auf meine Provokation einzugehen.

Ich grinste und drehte mich zu ihr um. »Stört's dich?«

»Das ist Erregung öffentlichen Ärgernisses, wenn Sie so auf die Straße gehen!«

»Und ich dachte, es ist ein Ärgernis, wenn ich *nicht* so auf die Straße gehe.« Ich konnte es beim besten Willen nicht lassen. Es war zu amüsant, wie sie im Stillen sicherlich bis zehn zählte, bevor sie mir antwortete.

»Bitte gehen Sie sich etwas anziehen!«

Ich tat ihr den Gefallen.

Als ich eine schwarze, zerrissene Jeans, die von meiner heißen Anstandsdame missbilligend betrachtet wurde, und einen gleichfarbigen passenden Pullover trug, und außerdem eine Lederkette, die ich nie abnahm, mit meinem allerersten Plektrum als Anhänger um meinen Hals baumelte, machten wir uns auf den Weg zu meiner Garage. Sie deutete anklagend auf das Tor.

»Was sollen denn die Nachbarn denken?«

»Fuck you?« Was sollten sie sich sonst denken. Da stand es schließlich rot aufgesprayt!

»Hier wohnen sicher auch Kinder.«

Ich drückte auf den Knopf der Fernbedienung, sodass sich das Tor öffnete, und zuckte mit den Schultern. »Ist nicht mein Problem!«

Kopfschüttelnd folgte sie mir und blieb wie angewurzelt stehen, als ich meine rot-schwarze Yamaha Höllenmaschine vom Ständer löste und rückwärts aus der Garage auf den Kies rollte.

»Das ist nicht Ihr Ernst!«

»Eigentlich heißt sie Klaus ...« Sie reagierte nicht, also verdrehte ich die Augen und erklärte: »Bei dem schönen Wetter muss man Motorrad fahren!«

»Aber ... das ist gefährlich!« Ähnlich wie bei Dom Doms Anblick wich sie zwei Schritte zurück, was ich ignorierte, während ich Helm und Rucksack holte.

»Jetzt hab dich nicht so, Babe ... Motorradfahren wird mit Orgasmen verglichen, und da du das eine noch nicht hattest, solltest du wenigstens das andere schon mal ausprobieren!« Somit zog ich ihr den Haargummi aus den Haaren und setzte ihr kurzerhand den Helm auf.

Das Visier war glücklicherweise heruntergeklappt, deswegen blieben mir ihre Proteste erspart.

»Hier ist der Rucksack!« An den Schultern drehte ich sie um und zog ihr das Teil an. Sie ließ alles über sich ergehen, wenn auch deutlich grummelnd. Ich würde ihr nicht sagen, dass sie das Visier auch hochklappen konnte, so hatte ich wenigstens kurzzeitig meine Ruhe vor ihren Klugscheißersprüchen. Sie meckerte und dampfte und zischte und brodelte immer noch, als ich sie zum Motorrad führte, die Maschine umdrehte und mich draufsetzte. Lässig klopfte ich auf die Sitzfläche hinter mir. Mit verschränkten Armen blieb sie vor mir stehen.

Ich seufzte tief, denn sie machte mal wieder ein Gewese um nichts. Dabei wollte ich einfach nur, dass sie sich hinter mich setzte, ihre Arme um meinen Bauch schlang und mir verflucht noch mal vertraute. WIRKLICH!

»Hannah ...«, hauchte ich also samten und hielt ihr meine Hand entgegen. »Bitte ... vertrau mir. Wenigstens bei dieser Sache, okay?«

Shit! Wieso war es plötzlich so wichtig für mich, dass sie sich mit mir auf das verdammte Motorrad setzte?

Ein Ruck ging durch ihren Körper und ich könnte schwören, dass hinter dem Visier etwas in ihren Augen aufflackerte, worauf mein Herz allein bei der Vorstellung schneller schlug. Sie zuckte nicht zurück, als ich meinen Arm um ihre Hüfte legte und sie kurzerhand hinter mich auf das Motorrad beförderte. Ihr Rock wurde dabei unerträglich weit nach oben geschoben, was mich ziemlich ablenkte. Aber ich versuchte nicht zu sehr auf ihre seidigen Schenkel zu achten und erinnerte mich stattdessen daran, sie irgendwie dazu zu bringen, sich ein paar Hosen zu kaufen! Ich zog sie näher als erlaubt an mich heran und drehte mich dann um, damit ich mein Lieblingsgefährt starten konnte.

Mir nur ins Ohr grummelnd, schlang sie von hinten ihre Arme um mich. Insgeheim war ich aber mehr als verwundert, dass sie sich doch so schnell darauf eingelassen hatte. Das war ein verflucht gutes Zeichen, für was auch immer! Ihre Titten fühlten sich verboten perfekt an, während sie sich gegen meinen Rücken presste und ihre Knie an meinen Seiten zitterten, als ich den starken Motor röhrend startete.

Am liebsten hätte ich ihre Hand berührt und beruhigend gedrückt, aber ich wusste, dass sie dann wieder einen Aufstand gemacht hätte, also fuhr ich einfach los, nachdem ich auch mir einen schwarzen Helm aufgesetzt hatte. Sie klammerte sich fester, ihre Fäuste packten den Stoff meiner Lederjacke und ihre Schenkel drückten sich enger an mich, als ich auf die Straße einbog, doch richtig umklammerte sie mich erst, als ich auf der Autobahn ordentlich Gas gab, um an den Autos vorbeizuschießen und das losgelöste Gefühl zu genießen.

Ganz ohne Blech um mich herum. Nur der Asphalt, der Wind und ich – die vollkommene Freiheit!

Ich liebte Motorradfahren einfach!

Und sie sollte das verflucht noch mal auch!

Leider war es zu schnell vorbei.

Es waren nur läppische zehn Minuten vergangen, bevor ich in einem Affenzahn die Kurve nahm und uns auf den Supermarktparkplatz lenkte. Ich stellte mich quer über die ersten Parkplätze und wartete darauf, dass Hannah abstieg.

Das hatte sie wohl nicht vor, denn sie klammerte sich weiterhin steif an mir fest, was mir langsam zum Verhängnis wurde. Nun konzentrierte ich mich nämlich noch mehr auf ihre weichen Titten und ihre langen Schenkel. Ich befürchtete schon, in meine Hose zu kommen, als ein Ruck durch sie ging und sie endlich ein zitterndes Bein auf den Boden stellte, dann folgte das andere.

Sofort wollte sie sich den Helm vom Kopf zerren, doch es gelang ihr dank eiskalter Finger natürlich nicht. Ich grinste und zog sie an ihrer Bluse an mich heran, um für sie den Verschluss zu öffnen.

Natürlich war nicht zu übersehen, wie es in ihr brodelte – eine tiefschwarze Gewitterwolke namens Prüdella braute sich zusammen, die nur darauf wartete, auf mich niederzugehen. Trotzdem half ich ihr, den Helm abzunehmen, den sie mir prompt gegen die Brust klatschte.

»Also wirklich!«, schrie sie und funkelte mich wutschnaubend an. »Sie ... Sie ... widerlicher Tölpel, Sie Rowdy, Sie. Wie können Sie es wagen, so schnell zu fahren? Was, wenn Sie einen Unfall gebaut hätten? Ihnen ist Ihr Leben wohl gar nichts wert, ganz zu schweigen von meinem! Und dann auch noch hier auf dem Parkplatz ... Sie hätten jemanden überfahren können, Sie ... Sie ... hemmungsloser Wüstling! Sie ekelhafter ...« Weiter kam sie nicht, denn sie war gerade einfach *zu* sexy und ich von der Fahrt zu aufgeheizt.

Ich drückte ihr meinen Finger auf die vor Wut bebenden, so verflucht anregenden Lippen und legte den Helm ab, ohne sie aus den Augen zu lassen. Dann stand ich auf, bis ich sie überragte. Sie verstummte und starrte zu mir hoch.

In aller Ruhe griff ich mit einer Hand in ihre Haare, bog ihren Kopf nach hinten und zwang sie so, den Blick nicht zu senken. Sie keuchte auf, als ich meine Lippen, spontan wie ich war, auf ihre presste. Mit der anderen Hand umfasste ich ihre Taille, sodass sich meine Finger in ihr weiches Fleisch bohrten, um ihren gesamten verletzlichen Körper *endlich* frontal an mich zu ziehen.

Ich hatte erwartet, dass sie Widerstand leisten würde, doch sie schmolz sofort mit einem leisen, sanften Seufzen an meiner

Brust dahin. Dann packte ich ihre Handgelenke, hielt sie hinter ihrem Rücken fest, genoss das kleine Wimmern, das ihr entwich, bevor ich ihren Kopf so beugte, dass ich tiefer in ihren Mund eindringen konnte, in ihm wild wütete und sie dominierte. Rau stöhnte ich aus den Tiefen meiner Kehle, als ihre Zungenspitze meiner genauso drängend entgegenkam, weil wir beide mehr von dem anderen bekommen wollten. Zumindest wollte ich mehr. Noch so viel mehr!

Leider gab es kein Mehr, weil eine Handtasche auf meinem Kopf landete. Die dazugehörige Oma wusste anscheinend nicht, über was sie zuerst schimpfen sollte. Auf jeden Fall hörte es sich ungefähr so an:

»Die Jugend von heute. So etwas geziemt sich nicht in der Öffentlichkeit! Habt ihr kein Zuhause? Und wie hältst du nur das arme Kind fest, das muss doch wehtun!« Mit einem genervten Knurren löste ich meine Lippen von Hannahs samtigen und kraulte mit meinen Fingern ein bisschen ihren Nacken, als ich mich zu der Oma in Blümchenkleid umdrehte und sie so wütend anfunkelte, dass sie sofort einen Schritt zurückwich, sich abwendete und mir im Davonwackeln noch zurief, dass sie gleich mit ihren zwei Enkeln kommen würde.

»Da hab ich aber Angst, Omi!«, rief ich ihr hinterher und drehte mein Gesicht wieder der Frau zu, deren Handgelenke ich immer noch hinter ihrem Rücken festhielt und deren zarte Haut ich immer noch massierte. Sie wirkte völlig benebelt.

Ich musste sie einfach anlächeln, denn sie sah wirklich verflucht heiß aus, wenn ihre Wangen so rot leuchteten, ihre Lippen zitterten und ihr Innerstes tobte. Weil ich sie einfach geküsst hatte und gleichzeitig weil ich aufgehört hatte. Sie war voll widersprüchlicher Gefühle, die sich deutlich auf ihrem Gesicht zeigten. Ich war der König dieses Aufstands und stolz darauf!

Schließlich entließ ich ihre Handgelenke aus meinem Eisengriff, um meinen pochenden Schwanz in meiner Hose zu verlagern.

Das riss sie aus ihrer Trance.

Sie nutzte prompt ihre Armfreiheit, funkelte mich an, hob eine Hand und ... klatschte mir wortlos eine! Schon wieder!

Kurzerhand drehte sie sich um und stolzierte hoch erhobenen Hauptes davon, um einen Einkaufswagen holen.

Etwas sprachlos rieb ich mir die stoppelige Wange und schwor RACHE.

Sie würde schon sehen, was sie davon hatte. Mit einem Grinsen auf den Lippen formte sich in meinem Kopf ein teuflischer Plan.

(Anmerkung der Autorin: Kapitel von IHM fangen immer mit Shit an, merkt es euch ;)

7. Womanizer

(All American Rejects – Cover)

Meine Güte, dieser ungehobelte Kerl war eine wahre Herausforderung für mein Nervenkostüm. Normalerweise hatte ich mich stets unter Kontrolle, nur er schaffte es mit einer unvergleichlichen Präzision, mich zu reizen und meine Grenzen zu überschreiten. Sein Gesichtsausdruck dabei drückte jedes Mal die pure Freude aus, als wäre er tatsächlich ein Teufel! Was mich am meisten ärgerte, war der Umstand, dass ich seine unverfrorene Art irgendwie mochte. Wie kam er überhaupt dazu, immer wieder meine Grenzen zu überschreiten? Und wie kam ich dazu, es jedes Mal so zu ... genießen, wenn er das tat? Es war nicht zu fassen! Und so schimpfte ich immer noch vor mich hin, als ich den Laden betrat, wo grauenhafte Musik mein Gemurmel übertönte.

»Prüdella! Jetzt komm schon! Es war nur ein Kuss! Ein verdammt HEISSER Kuss!«, hörte ich ihn hinter mir rufen. Dabei lenkte seine Lautstärke die komplette Aufmerksamkeit auf uns.

Und so stoppte ich bei der Gemüseabteilung und wirbelte zu ihm herum, während ich nicht zum ersten und garantiert nicht zum letzten Mal versuchte, ihn mit Blicken zur Strecke zu bringen.

Er schlüpfte mit einer anmutigen Bewegung unter der Schranke für die Einkaufswägen hindurch, schnappte sich einen Strauß Rosen, die gleich am Eingang angeboten wurden, machte eine Drehung, ging auf ein Knie und hielt ihn mir entschuldigend ala Casanova unter die Nase.

OH MEIN GOTT! Dieses Lächeln! Diese funkelnden Augen! Dieser Körper! Diese Geste!

Superstar, where you from? How's it going?
I know you got a clue what you're doing
You can play brand new to all the other chicks out here
But I know what you are, what you are, baby

Look at you gettin' more than just a re-up
Baby, you got all the puppets with their strings up
Fakin' like a good one but I call ‚em like I see ‚em
I know what you are, what you are, baby

Wortlos nahm ich den Strauß und stellte ihn zurück. So etwas funktionierte vielleicht bei seinen Groupies, aber nicht bei mir, obwohl ich schon gerührt war. Nur sollte er nicht glauben, dass er mich jetzt einfach immer küssen konnte, wenn er nicht hören wollte, was ich ihm zu sagen hatte. Auch nicht, dass ihm sein Aussehen irgendeinen Bonus einbrachte.

Genauso wie seine samtene Stimme oder diese Blicke! Nein!

»Sie brauchen Obst und Gemüse!« Ihn ignorierend betastete ich ein paar Gurken, um herauszufinden, ob sie nicht zu weich waren.

»Uhhh ja, Babe ... genau so ist es richtig, du hast einen tollen Griff ... Nur noch ein bisschen fester, und immer schneller ...«, flüsterte er mir von hinten ins Ohr, und ich erschauerte errötend. Ich hob den Blick und bemerkte, dass wir von einem älteren Pärchen beobachtet wurden. Die Frau schüttelte ihren Kopf und ich legte die Gurke aus der Hand, als hätte ich mich verbrannt.

Er lachte in mein Ohr. Grundgütiger Gott! Wie konnte man nur so melodisch lachen? Das war doch einstudiert!

»Konzentrieren Sie sich aufs Einkaufen!«, blaffte ich ihn an, und stieß ihn mit dem Hintern von mir weg. Er zischte und ich verdrehte die Augen, als er ihn eingehend inspizierte, während ich bereits zu den Äpfeln tänzelte.

»Äpfel«, stellte er schlau fest und nahm zwei besonders große Exemplare.

»Jaaaa«, antwortete ich lang gezogen und betrachtete ihn mit gerunzelter Stirn Er grinste breiter, hielt sie an seine Brust und zwirbelte die Stiele zwischen Zeigefinger und Daumen.

»Ohhh, ich liebe Äpfel!«

»Hören Sie endlich auf damit!«, rief ich, umrundete das Obstregal und riss sie ihm aus den Händen.

Er hob provozierend eine Augenbraue. »Mit was? Ich selbst zu sein?«

»Sie sollten wirklich eine Therapie machen!« Aggressiv legte ich das geschändete Obst in den Einkaufswagen.

»Aber nur, wenn du mein Doc bist, Babe!« Er pustete mir eine Strähne aus dem Gesicht und marschierte gut gelaunt davon. Heute roch er nicht nach Bier, stattdessen nach Minze ... und einfach ... lecker ...

MIST!

Einige Sekunden blieb ich benebelt stehen, dann packte ich schnell irgendeine Gurke, einen Salatkopf sowie Tomaten, und folgte ihm.

Ich fand ihn in der Drogerie-Abteilung. Dort begutachtete er nachdenklich zwei Päckchen. Sobald er mich am Ende des Ganges erspähte, hob er sie hoch und rief: »XXL KONDOME mit oder ohne Noppen?« Als ich hinter mir ein Keuchen hörte, wollte ich am liebsten im Boden versinken. Erst recht, als ich mich umdrehte und die ältere Dame vom Parkplatz wiedererkannte.

»Du meine Güte!«, rief ich aus, fühlte, wie mein Gesicht förmlich in Flammen aufging und lief auf ihn zu, um ihm die ... *Utensilien* aus den Händen zu reißen. »Können Sie sich nicht mal benehmen?«, schrie ich fast und schleuderte die Verpackungen zurück in die Regale.

»Was denn? Ich bin mir sicher, du willst verhüten, oder?«, fragte er auch noch und schob seine Hände unschuldig in seine Hosentaschen.

Ich schloss die Augen und zählte im Geiste bis zehn.

»Hmmm, ich könnte dich auch anders zum Beben bringen ... und es wäre viel angenehmer für dich.«

»GEHEN SIE und holen Sie sich ... Bier oder Chips ... oder was Sie sonst so für Grundnahrungsmittel halten!«, presste ich nur zwischen den Zähnen hervor und hörte zu seinem Glück, wie er sich lachend entfernte. Erst als ich sichergehen konnte, dass er außer Reichweite war, öffnete ich meine Augen und atmete noch einmal tief durch, bevor ich den restlichen Einkauf erledigte. Allein! Mit ihm wäre das nicht möglich gewesen, zumindest nicht, ohne endgültig meine Beherrschung zu verlieren. Ich konnte nur hoffen, dass er sich morgen bei der eigentlichen ersten Lektion zumindest ein wenig besser benehmen würde.

An der Wursttheke sah ich ihn wieder. Er hingegen bemerkte mich nicht, weil er gerade von zwei weiblichen Teenagern belagert wurde, und ihnen wohl Autogramme gab.

Ich blieb im Hintergrund und beobachtete, aus meiner Position hinter einem Regal mit Windeln heraus, wie eine auf die glorreiche Idee kam, ein Bild mit ihrem Idol zu machen. Er legte einen Arm um ihre Schultern und lächelte atemberaubend schief in die Kamera, während die Mädchen völlig hin und weg waren. Er grinste, er war charmant, freundlich, und genoss scheinbar die Aufmerksamkeit, aber seine Augen wirkten leer ... Sie strahlten keine echte Wärme aus. Fast hätte man meinen können, die Situation wäre ihm unangenehm, aber er überspielte jegliches Unwohlsein gekonnt mit seiner rotzigen Art.

Mir entkam ein Seufzen und er blickte prompt auf. Als er mich entdeckte, zuckte ich ertappt zusammen, aber er winkte mir locker zu. Während ich zu ihm ging, betrachteten mich die Mädchen, als ob ich ihnen ihr Lieblingsspielzeug weggenommen hätte, doch ich ignorierte sie kunstvoll. Wenn ich eines konnte, dann das! Mürrisch zogen sie von dannen und überließen mir schweren Herzens ihren Superstar.

»Sind Sie fertig? Brauchen Sie noch etwas Bestimmtes?«, fragte ich und erschrak, als er plötzlich mit einer langen Jagdwurst zu mir herumwirbelte. »OH … ja …« Natürlich hielt er sie direkt vor seinen Schritt und legte sie dann erst in den Einkaufswagen, als wäre er nicht wahnsinnig.

Augenverdrehend ging ich weiter.

Als ich etwas aus dem Tiefkühlregal holte, hängte er sich ein Stück weiter auch hinein und winkte mir über die gekühlten Produkte hinweg. »Huhu, Prüdella!«

Ich seufzte, kommentierte seine Albereien aber nicht mehr. Offensichtlich hatte er Langeweile und wollte permanent meine Aufmerksamkeit erregen. Tatsächlich schoss mir der Gedanke durch den Kopf, ihn in den Einkaufswagen zu setzen, damit er keinen weiteren Blödsinn anstellte. Ein Schmunzeln zupfte bei diesem Gedanken an meinen Mundwinkeln, was er Gott sei Dank nicht bemerkte.

Er schlenderte neben mir her und ob ich wollte oder nicht: Mir blieben die Blicke der Frauen, die er auf sich zog, nicht verborgen. Verstohlen begutachtete ich ihn von der Seite und versuchte ihn mit den Augen seiner Fans zu sehen. Was fanden sie an ihm und seiner Art so toll, dass sie alles für ihn tun wollten?

War es sein sicheres Auftreten? Die Anmut, mit der er sich bewegte? Der Charme, den er sehr wohl besaß, wenn er wollte? War es das Lächeln, das einen verzaubern konnte, wenn er es darauf anlegte? Oder war es seine Stimme, mit der er einen in eine andere Welt entführen konnte?

»Babe ... ich weiß, dass du scharf auf mich bist, aber du rennst gleich gegen das Süßwarenregal!«

»OH!« Im letzten Moment blieb ich stehen, Auge in Auge mit den Gummibärchen.

»AHH! Gut, dass du fast dagegengelaufen bist, als du mich blickgefickt hast, die brauchen wir auch noch!« Er packte fünf Tüten und riss eine davon auf. Die anderen warf er in den Einkaufskorb. Während er sich den Mund vollstopfte, hielt er sie mir unter die Nase.

»Au weche?«

Ich nahm ihm die Packung ab und legte sie zu den anderen Sachen. »Mit vollem Mund spricht man nicht!« Ohne ihn zu beachten, ging ich weiter, musste an der Unterwäsche-Abteilung aber schon wieder haltmachen, weil er sich theatralisch zwischen die Regale schmiss und aus meinem Sichtfeld verschwand. Ich kam mir vor, als wäre ich mit einem Kind auf Zuckerschub unterwegs und die Idee, ihn in den Einkaufswagen zu setzen, wurde zu einer ernst zu nehmenden Überlegung!

Denn als er wiederkam, hatte er eine schwarze Unterhose über den Kopf gezogen und angelte die Jagdwurst aus dem Einkaufswagen.

»Was?«, rief ich erschrocken, als er sie wieder aufrecht an seinen Schritt hielt und mit verstellter tiefer männlicher Stimme röchelte:

»Prüdella ... Ich ... bin dein Ficker!« Die Leute starrten mich an, als würde ICH etwas für den geistigen Zustand dieses unmöglichen Menschen können, und es REICHTE! Mit voller Wucht stieß ich mit dem Wagen gegen ihn und sein »Lichtschwert« namens Jagdwurst und stolzierte davon, ansonsten hätte ich ihn angeschrien.

»Prüdella, sei doch nicht immer so, Prüdella!« Ich hörte nicht auf ihn. Stattdessen ließ ich ihn mit dem Einkauf stehen, durchquerte den Kassenbereich und ging zu seinem Gefährt, um dort mit dem Fuß tippend auf ihn zu warten.

Wieso konnte dieser Mann *nichts* ernst nehmen? Wieso machte er sich selbst aus den alltäglichsten Dingen einen Spaß? Und wieso regte mich das so auf?

Ich kochte, denn ich konnte die tadelnden Blicke der anderen Menschen nicht auf mir ertragen, und fragte mich gleichzeitig, wie ihm die Meinung anderer so unwichtig sein konnte.

Und vor allem, wieso er es nötig hatte, ständig zu provozieren und aufzufallen?

Er reizte mich so sehr, dass ich heute schon einige Male meine Kontrolle verloren hatte. Das ging so nicht. Er tat mir nicht gut. Machte vor nichts Halt. Wirklich NICHTS war ihm heilig. Er konnte sich nicht mal ein paar Minuten zusammenreißen! Dabei hatte ich ihm klipp und klar gesagt, dieser Tag würde eine Probe für ihn werden! Aber vor allem verlor ich ständig die Fassung, und das nicht nur aus Wut, sondern auch aufgrund seiner Annäherungen.

Seufzend dachte ich an den Kuss – nein, Korrektur, mittlerweile ja schon *die Küsse!* – zurück, daran, dass ich mich nicht gewehrt hatte, und eines wurde mir klar: Ich MUSSTE den Fall abgeben, egal wie viel Geld er mir geboten hatte und vielleicht noch bieten würde!

***

Er kam mit einem unförmigen Rucksack aus dem Geschäft und mir war klar, dass er alles einfach irgendwie reingestopft und das Teil mit Gewalt verschlossen hatte. Die Tomaten waren sicher Matsch. Schnaubend nahm ich das Ding entgegen und schaute ihm nicht ins Gesicht, als er mir den Helm reichte. Er versuchte auch nicht das Schweigen zwischen uns zu brechen, beobachtete mich nur mit verengten Augen. Wahrscheinlich hatte er mit einer Standpauke meinerseits gerechnet, aber ich hatte (absolut untypisch für mich – wieder mal) aufgegeben, und das würde ich ihm auch sagen, wenn wir wieder bei ihm wären.

Bisher konnte ich mich mit dem Ruf rühmen, die beste Anstandsdame zu sein, doch er verunsicherte mich, ließ mich an mir zweifeln und *ver*zweifeln.

Warum nur machte er es mir so schwer? Wir waren doch übereingekommen, dennoch schien er jegliche Maßregelung zu torpedieren. Fast war es, als wollte er nichts lernen und damit auch nicht gerettet werden. Lieber machte er sich aus allem einen Spaß, sein Auftreten war nur Show. Er stand immer noch auf der Bühne und ließ mich nicht hinter die Maske blicken – kein bisschen.

Deswegen war ich auch der Meinung, dass er in erster Linie einen Therapeuten brauchte und nicht jemanden wie mich.

Er hatte zugesagt, sich heute zu bemühen, aber er bemühte sich kein bisschen.

Zwar war ich ehrgeizig und eine Kämpferin, aber ich erkannte auch, wann ich verloren hatte und aufgeben musste. Es dennoch zu versuchen, würde mich nur unnötig Zeit kosten. Zeit, die ich stattdessen in Fälle investieren könnte, die es wert waren.

***

Auf dem Weg zurück fuhr er nicht mehr so schnell, trotzdem schlug das Herz rasant in meiner Brust. Das allein bestärkte mich darin, diesen Fall – als ersten in der Geschichte meines Anstandstrainings – aufgeben zu müssen. Denn sein Körper, an dem ich mich festhielt, war hart und unnachgiebig – genauso wie sein Charakter – und ich liebte es ihn zu berühren.

Wie konnte es sein, dass sein Inneres so abstoßend war und sein Äußeres so wunderschön und anziehend? Jedes Mal verschlug es mir die Sprache, wenn ich ihn ansah, insbesondere als ich das Spiel seiner Muskeln unter dem engen schwarzen Pullover betrachtete, während er die schwere Maschine in der Garage verstaute.

Doch ich wollte mich nicht von seiner perfekten Hülle blenden lassen, wollte auch gar nicht auf diese gewisse Art über ihn nachdenken. Das war oberflächlich, falsch und entsprach keineswegs meiner Natur. Schon allein deshalb musste ich gehen, um nicht noch mehr in den Abgrund gerissen zu werden. Ja, vielleicht war ich feige, und eine kleine Stimme in mir wisperte, dass ich ihn im Stich ließ, doch der überwiegende Teil konnte es einfach nicht mehr in seiner Nähe ertragen.

Mein Ehrgefühl und mein Instinkt stritten weiterhin miteinander, als ich nach oben ging, um mein Gepäck zu holen. Der Instinkt gewann – ich würde flüchten. Denn wenn eines sicher war, dann die Tatsache dass Mason Hunter Gefahr bedeutete.

Als er hereinkam, wartete ich bereits auf ihn, um mich zu verabschieden.

Zum zweiten Mal an einem Tag hielt ich den Griff meines Koffers in der Hand!

Sofort flackerte etwas in seinen gold-braunen Augen auf, als er die Situation erfasste, und seine Schritte stockten im Türdurchgang.

Fast schon schmerzlich blickte er zu meinem Koffer, dann in mein Gesicht, während mein Herz dabei einen Schlag aussetzte und er eine Hand zur Faust ballte.

»Schon wieder?« Wenn es nicht so traurig gewesen wäre, hätte ich darüber gelacht, denn dasselbe war mir ebenfalls durch den Kopf geschossen.

»Ja«, antwortete ich schlicht und hob mein Kinn in die Höhe.

»Vergiss es!«, murmelte er vor sich hin und zog sich den Pullover über den Kopf, sodass er nur noch ein schwarzes Muskelhemd trug, bevor er in seine Küche marschierte und sich in aller Ruhe ein Bier öffnete. Er trank einen Schluck und beobachtete mich dabei. Wie angewurzelt stand ich da, unfähig, mich ihm zu entziehen. Irgendetwas hielt mich an Ort und Stelle, obwohl ich in Gedanken schon längst auf dem Heimweg war. Mir kam es vor, als wäre die Zeit stehengeblieben. Unter seinem eindringlichen Blick wurde ich rot und starrte wie gebannt seine Zunge an, mit der er sich über die Lippen leckte, nachdem er die Bierflasche abgesetzt hatte. Die Art und Weise, wie er das tat, fesselte mich weiterhin und hinterließ ein Kribbeln in meinem Unterleib. Die Spannung baute sich weiter auf. Es knisterte geradezu zwischen uns. Die Luft war wie elektrisch aufgeladen, und ich wusste, nur ein Funke wäre nötig, damit alles explodierte. Wie es mir gelang, mich aus diesem Bann zu befreien, war mir ein Rätsel, aber ich schaffte es. »Ich gehe jetzt!«

»NEIN!« Mit einem Knall, so heftig, dass das gesamte Bier überschäumte, stellte er die Flasche auf den Tresen. Mit fünf energischen Schritten war er bei mir und packte mein Gesicht mit seinen großen Händen.

»Du wirst nicht gehen, bevor ich dir nicht gezeigt habe, was dich bei mir erwartet! Wir hatten einen Deal!«, flüsterte er mit heiserer Stimme und ich schluckte unter seinem brennenden Blick.

»Aber ich ...«, wollte ich ihm erläutern, doch er erstickte meinen Protest schon wieder mit seinen Lippen. Heißhungrig bewegten sie sich auf meinen ... Und aus irgendeinem mystischen Grund schlangen sich meine Arme SCHON WIEDER um ihn, während meine Hände fest und verzweifelt seine Haare griffen und ich sein Gesicht an meins presste. Ich öffnete meinen Mund, kam ihm entgegen und ... stöhnte ...

Denn ganz ehrlich, genau gegen das hier hatte ich angekämpft, doch es war so befreiend, meine Zurückhaltung einfach aufzugeben und den Moment zu leben. Ich wollte ihn nicht mehr loslassen. Wollte dieses losgelöste Gefühl bis in alle Ewigkeit genießen.

All das Kribbeln und all die Elektrizität verklang zu einem sanften Summen, als sein Daumen über meine Wange strich, seine Hand in meine Haare fuhr und sich die Art seines Kusses plötzlich änderte. Er wurde weich – fast schon zärtlich umschmeichelte mich seine Zunge ... weswegen mein Kopf schwirrte wie die Bienen in einem Bienenstock.

Nachdem ich Wachs in seinen Händen war, was er erfolgreich zum Schmelzen gebracht hatte, flehte er mich an. Mit seinen weichen Lippen an meinen!

Bleib bei mir ... ich kann dir so viel mehr von dem hier geben ....

Dabei strich seine andere Hand sanft über meinen Rücken, kitzelte mich schon fast ... verirrte sich allerdings nicht und fuhr dann in meinen Nacken um mich dort zu halten. Diese eine kleine Berührung löste ein beinahe unerträgliches Flattern in mir aus, während mein Atem stoßweise kam und Tränen in meine Augen traten.

Was machte ich hier eigentlich?

Wer war ich überhaupt?

Mit einem Ruck (anders ging es nicht) riss ich mich von ihm los und hauchte aufgewühlt an seinem Mund: »Was ist das nur?«

»Ich weiß es nicht … So habe ich das auch noch nie erlebt …« Seine Stimme war heiser, so rau und so unsagbar erotisch … »Ich weiß nur eins. Ich will nicht, dass du gehst!«, wisperte er, bevor er seine vollen Lippen noch einmal sanft auf meine drückte. »Bitte bleib hier ...« *Kuss.* »Lass uns spielen ...« Er glitt an meiner Wange entlang, bis er mir samten ins Ohr hauchte: »Fair.«

»Spielen?«, fragte ich und konnte bei diesem Wort einen Schauer nicht unterdrücken.

»Hannah. Ich wollte noch nie eine Frau so dringend wie dich... Wirklich! Das ist nicht einfach so dahingesagt ... Ich verspreche dir, zu versuchen mich zu benehmen ... und mich auch an deine Spielregeln zu halten. Ich werde *alles* tun, damit du bleibst, und sei dir sicher: Das habe ich noch *nie* zu einer gesagt: GEH. NICHT!« Seine Finger tänzelten hauchzart über meinen Oberarm. »Es gibt so vieles, was ich dir zeigen kann ... Tausende von Arten, wie ich dich fühlen lassen kann ... Ich weiß, was ich will und das bist du! Vertrau mir«, flüsterte er in mein Ohr, während seine Hand in meinen Nacken mich so wissend mit den Fingern berührte, dass ich leise seufzte. Oh ja ... dieser Mann wusste leider wirklich, was er tat. Er fühlte wohl meine Unsicherheit, aber wie auch nicht, und sprach weiter. »Gib mir noch eine Chance. Lass uns neu beginnen – mit Anstand.«

Damit löste er seine Lippen von meiner Haut und lächelte tatsächlich ... *schüchtern* auf mich herab, während ich die eine Strähne, die immer noch in seiner Stirn hing, aus seinem Gesicht streichen wollte. Er hielt mir seine rechte Hand hin, die andere hinter seinem Rücken.

»Guten Tag ... Mason Hunter ist mein Name.« Fast schon flehend schaute er unter seinen langen Wimpern zu mir, während er sich formvollendet verbeugte.

Ich biss mir auf die Lippe, denn er war schlichtweg bezaubernd, wenn er wollte!

Er würde es probieren? ERNSTHAFT? Weil er MICH wollte? Unglaublich, aber offensichtlich meinte er es Ernst. Trotzdem sollte ich mich auf so etwas Unprofessionelles niemals einlassen. Tja ...

Seine Lippen und Finger hatten mir einen Strich durch die Rechnung gemacht – wieder einmal. Überhaupt schien es, als würden wir die Hälfte unserer Konversationen und Diskussionen durch Küsse führen! Wer unterhielt sich schon so? Das war weder normal noch akzeptabel.

Dennoch: Seine Worte hatten mich neugierig gemacht – auf seine Welt. Auf das, was er mir zeigen konnte ... auf das, was er mir geben wollte ... auf seine Spiele aber vor allem auf Mason Hunter. Es kribbelte und schwirrte und summte, wenn er in der Nähe war und ich war bereits süchtig nach diesem Gefühl.

Mir blieb keine Wahl.

Also ergriff ich kurz entschlossen seine große Hand und schüttelte sie fest.

»Hannah Amalia Hauptmeier, schön, Ihre Bekanntschaft zu machen.«

Seine Augen funkelten triumphierend, aber auch äußerst heiß und dunkel.

»Die Freude liegt ganz auf meiner Seite.« Und selbst DAS klang überaus anrüchig, genau genommen so sehr, dass ich schon wieder knallrot anlief und beschämt lächelte.

CUT

8. Corrupt

(Depeche Mode)

Shit ...

Dieser kleine prüde Anstandswauwau mir gegenüber raubte mir wirklich noch den letzten verfluchten Scheißnerv! Was war nur mit mir los?

Ich hatte sie geküsst. OKAY! So weit, so gut. Ich küsste viele Weiber. Nur an der Art, *wie* ich das getan hatte, stimmte etwas nicht. Gewohnt dominant hatte er angefangen … zärtlich hatte der Kuss geendet. Denn, ich, Mason Hunter, war in dem Gefühl ihrer Lippen auf meinen förmlich ertrunken. *Machtwechsel* ... und plötzlich hatte sie mich in der Hand ... oder auf der Zunge. DAS hatte noch keine Frau zuvor geschafft. Sonst gab ich immer den Ton an.

UND nicht nur das!

Ich hatte mich ihr vorgestellt. Auf ganz höfliche Scheißart und Weise. Ich hatte dieses Weib angefleht! Sie gestreichelt! Mich vor ihr verbeugt und wenn nötig, wäre ich sogar vor ihr auf die Knie gefallen, was gar nicht ging!

Ich war ein ROCKER! Kein zahmer Warmduscher!

So ging das nicht weiter!

Gruslig! Jetzt hörte ich mich schon wie meine Mutter an, aber egal. ICH war Spank Ransom – okay, genau genommen Mason Hunter – und ich hatte ein Problem.

Ein Riesenproblem!

Ein GIGANTISCHES Problem.

Und das hieß: Prüdella!

Das wollte ich ändern, und das würde ich ändern! Heute Abend. In meinem Keller. Sex, Drugs and Rock'n'Roll. Immerhin waren die spontanen Partys die besten, die Vorräte da und die Räumlichkeiten sowieso.

Warum nur war es mir überhaupt so VERFLUCHT wichtig, dass sie blieb? Ohne sie wäre mein Leben eindeutig leichter! Sie hatte gesagt, dass sie blieb. Und nachdem wir die letzten Tage Vorräte aufgestockt, Gardinen gewaschen, gebohnert und gewienert, kurz: mein ganzes verschissenes Haus geputzt hatten, sodass meine verschissenen Hände ganz wund waren, würde ich heute Abend wieder alles einsauen. Meine Fenster waren jetzt sauberer als meine Klobrille! Mein Scheißhaus war DESINFIZIERT, genauso wie mein beschissener Kühlschrank und mein verkackter Herd! Man hätte sogar von dem blöden Boden essen können. Herrje, so pikobello war es nicht mal gewesen, als ich einzog. Hatte ein wenig was von einer Klinik. Überall Fliesen, und das Feeling wäre perfekt. Fehlte nur noch, dass sie die Couch mit diesen widerlichen Plastikschonbezügen ausstattete und mich gleich mit überzog, wie mit einem Riesenkondom, damit ich ja nirgendswo Dreck hinterließ. Verdammt, ich fühlte mich wie auf einem anderen Planeten. Überall funkelte, blitzte und glänzte es. Es war nicht zum Aushalten.

Was hatte sich meine Mutter nur dabei gedacht, mir diese Irre nach Hause zu schicken?

Am Anfang war sie ja noch ganz süß. Sie hatte sich küssen lassen und wurde regelmäßig so niedlich rot. Aber jetzt war alles anders. Innerhalb der letzten Tage hatte sie ihr wahres Gesicht gezeigt und nicht eine einzige Annäherung zugelassen!

Von der Anstandsdame zum Oberfeldwebel. Wenn ich jetzt noch salutieren musste, würde ich streiken, ausziehen, was weiß ich ... hmm, oder sie fesseln und knebeln und ihr zeigen, wer wirklich das Sagen hatte. Aber sie ließ mich ja keinen Meter mehr an sich ran. Verflixtes Weibsstück.

Mit verengten Augen blickte ich sie an.

Sie saß auf der beschissenen Couch, hatte die Füße hochgelegt und las ein verkacktes Scheißbuch über irgendwelchen Stolz und die Geißel der Menschheit: Vorurteile. Ab und zu japste sie oder seufzte verträumt und manchmal murmelte sie: »Oh, Mister Darcy!«

Mir wäre: »Oh GOTT, Mason!« lieber gewesen.

Ich thronte auf meinem Sessel, spielte vor mich hin, beobachtete sie und dachte, mein Schwein pfeift, aber irgendwann hielt ich das Gepfeife einfach nicht mehr aus.

Also packte ich mir Dom Dom und Sub Sub, setzte mich mit ihnen auf den Boden und erzählte ihnen irgendeinen Scheiß.

»Ach komm! Jetzt beschwer dich nicht so! Jaaaa, sie mit ihren Analdildos ... Ich weiß ja, du bist ein richtiger Mann und dir kommt nichts in den Arsch. Sub Sub, das musst du tolerieren, du hast schließlich einen Vertrag unterschrieben. Ja, auch die Nippelklemmen und die Peitschen. Ja, auch die winzig kleine Ledermaske. Es ist alles nur zu deinem Besten. Denk dran, die Sub hat das letzte Wort: Ja, Herr.

Nein, Dom Dom, ich scherze nicht, das solltest du wissen ... Es ist deine Aufgabe, Vertrauen und Respekt zu vermitteln. Hingabe zu vermitteln und auch zu empfangen. Aber bei allem vergesse ja nicht die Achtung! Achte sie, wie du noch niemals etwas geachtet hast ... Du musst Autorität ausstrahlen und klare Bedingungen für die glaubhafte Ausführung schaffen. Du musst sensibel sein ... Ja, du hast richtig gehört, *sensibel* ... Du musst die Gefühle und Gedanken von Sub Sub erkennen und verstehen, noch bevor sie es tut. Aber vor allem, mein Freund, musst du flexibel sein und dich auf die Gefühle und Bedürfnisse von Sub Sub einstellen. Und nicht BRECHEN! Du DARFST. SIE. NICHT. NIEMALS. NEVER. EVER. BRECHEN!«

»Sonst geht's Ihnen gut, oder? Das sind nur Schildkröten, die verstehen Sie sowieso nicht. Haben die überhaupt Ohren?«, fragte sie plötzlich von der Couch aus und senkte ihr Buch, um mich anzusehen, als wäre ich komplett durchgeknallt.

SHIT!

Wieso musste sie so dermaßen heiß sein und mit ihren hübschen, nackten, manikürten Zehen so verlockend nah vor meiner Nase rumwackeln? Ich wollte daran SAUGEN.

»Pff, die Alte sagt, ihr versteht mich nicht. Willst du es ihnen lieber erklären?«, erkundigte ich mich bei Sub Sub und hielt sie ihr entgegen. Im Nullkommanichts saß sie aufrecht, bereit, die Flucht anzutreten.

»Packen Sie ... Ihre ... komischen ... Sex-Schildkröten auf der Stelle weg!«, fiepte sie und zog die Nase kraus, auf der dieses grauenvolle Nasenfahrrad thronte.

»Och ... hast du DAS gehört Sub Subilein?« Ich setzte sie in ihr Häuschen und streichelte beruhigend ihren Kopf. »Sie hat gesagt, du bist eine SEX-Schildkröte – als hättest du nichts anderes in deinem kleinen Hirn. Aber das stimmt nicht. Du bist so viel mehr als das, man muss nur mal die Augen aufmachen, damit man sehen kann! Lass dir von der blinden Prüdella nichts einreden. Wir wissen, wie es wirklich ist, nicht wahr?«

Besagte Prüdella schüttelte ihren Kopf, aber ihre Mundwinkel zuckten verdächtig, als ich auch Dom Dom wieder in seinen Vorgarten verfrachtete und ihm auftrug, den Rasen zu mähen. Dann stand ich auf. »Wenn du willst, kannst du dich umziehen, Dom Dom. Bald werden die ersten Leute eintrudeln.«

»Wie bitte?« Nun legte sie ihren Mister Farty zur Seite.

»Ich habe mich entschieden, heute eine Party zu schmeißen!«, rief ich euphorisch aus und streckte meine Hände zum Rockerzeichen nach oben, während ich ein bisschen headbangte, sodass meine legendäre Locke vor meinen Augen rumwippte.

»Aber wir haben doch gerade erst alles aufgeräumt!«

»Dann kann ja alles wieder dreckig werden!« Meine Logik war die beste und Miss Prüdella konnte dem nichts entgegensetzen.

»Aber Mister Hunter, das ist ...« Ich konnte nicht anders. Ohne Vorwarnung beugte ich mich zur ihr und küsste sie auf den Mundwinkel, worauf sie wie geplant verstummte. Ich grinste in mich hinein und lehnte mich wieder zurück. »Eine geniale Idee«, vollendete ich ihren Satz und ließ sie von dieser einen beinahe flüchtigen Berührung atemlos zurück, bevor ich nach oben in mein Zimmer ging, um mich fertig zu machen.

Das Schlimme: Ich war noch atemloser als sie.

***

Zwei Stunden später betrat ich meinen Keller.

Es hätten noch locker fünfzig Leute mehr reingepasst, aber ich hatte nur die ›engsten Freunde‹ eingeladen. Wenn man die die Stufen nach unten stieg, kam man in einen langen Flur, von dem links und rechts eine Tür abging. Auf der rechten hing ein Schild mit der wahren Aufschrift:

Betreten auf eigene Gefahr!

Wagte man es, durch dieses magische Tor zu schreiten, gelangte man ins Herzstück meines Imperiums. In diesem Raum galt striktes Schuhverbot, denn er war mit rotem Samt ausgelegt. Drehte man sich nach rechts, so sah man eine leicht erhöhte Bühne, auf der Max, Friedl und ich gern Hauskonzerte schmissen. Auf dieser standen ein Schlagzeug und meine E-Gitarre. Doch heute Abend hatte ich mich für Karaoke entschieden, auch wenn wir sicher ein, zwei Lieder von uns spielen würden, weil uns sonst die Leute nicht in Ruhe ließen.

Hinter der Bühne befand sich eine weiße Leinwand, auf die ich entweder Muster, Pornos oder normale Filme projizieren konnte. Oder ich nutzte sie als Hintergrund, wenn ich meine eigenen, verbotenen Filmchen drehte. Ansonsten waren die Wände komplett verspiegelt, sodass der Raum unendlich wirkte – ein verrückter Effekt, den ich liebte. An der dem Eingang gegenüberliegenden Wand stand eine große Bar mit zehn Hockern. Sie war immer mit den besten Getränken und Drogen gefüllt. Neben dem Tresen, schön ausgeleuchtet, befand sich eine Vitrine, welche mit einem Schloss gesichert war, das nur ich öffnen konnte, weil ich den Schlüssel immer bei mir trug. Perfekt in Szene gesetzt und in allen Farben blinkend, beinhaltete sie alles, was ich zum Spielen brauchte. Links davon stand ein moderner schwarzer Hochglanz-Kleiderschrank. Diese zwei Möbelstücke waren für mich, neben meiner Gitarre, die wichtigsten Dinge in meinem Leben. Gleich daneben konnte man sich auf einer Liegewiese ausleben, die erfahrungsgemäß über zehn Leuten Platz bot.

Eine abgehende Tür führte in meine persönliche Wellness-Oase der Luxusklasse, in der man sich herrlich entspannen konnte, und in der linken Ecke, mit dem typischen Danger-Absperrband abgetrennt, befand sich mein letztes Heiligtum – mein dunkel glänzendes Klavier.

Das alles wurde nur von Deckenlichtern erhellt, bei denen ich Farbe und Helligkeit per Drehregler einstellen konnte. Dazwischen hingen bunte, verschieden lange Tücher von der Decke, die ich auch ab und an für meine Spiele nutzte.

Grinsend überblickte ich den Raum und begrüßte Tom, der heute Nacht als Barmann einsprang. Ich hockte mich an den Tresen und trank mit ihm zur Einstimmung ein kühles Bier, während die ersten Wichser und Schlampen eintrudelten. Lässig kümmerte ich mich um meine Gäste, unterhielt mich hier, quatsche dort mit dem ein oder anderen, bis mein Tontechniker Marcus die Musik anmachte, die aus den überall verteilten Boxen dröhnte.

Schon bald war der Raum gut gefüllt mit partygeilen Fotzen, und ich begrüßte meinen Bandkollegen Max, der ins Zimmer gesprungen kam.

»TRARATRARA, DER MAX IST DA!«, singsangte er, und ich stand auf, um mit ihm einzuschlagen und »UGA UGA!« zu rufen. Max war einer meiner besten Freunde – fast wie ein Bruder. Kein Wunder, ich kannte ihn ja auch schon einige Jahre und wir waren zusammen erfolgreich geworden.

»Na, schon irgendwelche Miezen abgecheckt, Mason?«, erkundigte er sich, während Tom ihm ungefragt ein Bier einschenkte.

»Klar!« Ich zuckte mit den Schultern. »Tu ich das nicht immer?«

»HEEEEEY, MEINE BRÜDER, ALLES FIT IM SCHRITT?«, grölte plötzlich der Dritte im Bunde über die Musik hinweg, kam angestürmt und hängte sich um meinen Hals. Mit der Faust zerwuschelte er meine Haare.

»Shit! Friedl ... nimm deine Wichsgriffel aus meinen Haaren!«, knurrte ich und drückte ihm ein alkoholfreies Bier in die Hand, damit er mich in Ruhe ließ. Ihn kannte ich noch länger als Max. Besser gesagt, schon seit dem Sandkasten, in den wir immer zusammen reingeschissen und dann die Kacke verbuddelt hatten. Friedl war der einzige Mensch auf diesem Planeten, der alles von mir wusste und ich hatte nicht das Bedürfnis, das jemals zu ändern. Einträchtig tranken wir unser Bier und unterhielten uns über dies und das, nur nicht über unsere Musik. Wir würden uns schon früh genug im Tonstudio zusammensetzen, um ein neues Album zu produzieren. Aber das war heute nicht das Thema, wir hatten schließlich frei und trafen uns als Freunde.

Zum Party machen!

Und ficken! Oh jaaaaaa ...

Ich hatte viel zu lange keinen Schlitz um mich herum gefühlt, und heute würde es nicht nur bei einem bleiben!

Schließlich musste ich ja auf mein wöchentliches Pensum kommen – zweideutig.

Passend zu meinen Gedanken trudelten in diesem Moment drei geile Schlampen ein. Die eine hatte schon des Öfteren die Ehre gehabt, von mir beglückt zu werden, einfach weil sie so willig und für jeden Scheiß zu haben war – ohne Widerrede oder gar Stolz. Ich hatte ihren verdammten Namen vergessen, aber ihre Höschen lagen noch in meiner Sammlung. Ihr langes schwarzes Haar, diese endlosen Beine und die schlanke, weiblich geschwungene Figur machten sie zum perfekten Fickmaterial. Als mich ihre hellbraunen Augen erblickten, strahlte sie förmlich über mehrere Gesichter und zerrte ihre Freundinnen, die indianischer Abstammung zu sein schienen, zu mir.

»Masoooooon!«, flötete sie bereits zwei Meter vor mir und fuchtelte wild mit ihrer Hand herum, als könnte ich sie sonst übersehen. Max und Friedl checkten währenddessen ihre Freundinnen ab, die in ihren kurzen Kleidern und ihren wilden Natur-Locken auch ziemlich fickbar aussahen, und neigten einträchtig ihre Köpfe zur Seite.

»Hey ... kein Ahnung, wie du heißt!«, grüßte ich zurück, zog sie, sobald sie in Reichweite kam, an der Hüfte an mich und hauchte ihr einen Kuss auf die Wange, woraufhin sie sofort dahinschmolz wie ein Stück Eis in der Sonne.

»Aber Mason ... ich bin's doch ... Angela!« Sie legte ihre manikürten Finger auf meine Brust und kraulte über mein dünnes rotes Shirt mit dem simplen, aber aussagekräftigen Aufdruck: »Fuck you!«

»Ah ja, alles klar ... Angi ... und wie heißen deine zwei kleinen Freundinnen?« Ich zog eine Augenbraue nach oben und legte meinen Kopf leicht schief, während ich ihre willigen Anhängsel begutachtete. Wenn die noch ein bisschen mehr mit ihren künstlichen, meterlangen Wimpern klimperten, würden sie davonfliegen.

»Das sind Michelle und Chantal, und sie sind etwas aufgeregt, weil sie der Legende endlich mal persönlich gegenüberstehen.«

»Sie können auch gerne persönlich unter mir liegen«, erwiderte ich grinsend und packte Angela an den Arsch. Sie quiekte und hängte ihre dünnen Arme kichernd um meinen Hals. Ja, die Weiber hatten heutzutage keinen Funken Selbstwertgefühl und ich besaß keine Skrupel, mir das zu nehmen, was sie mir freiwillig und so freizügig aufdrängten.

Aber wo war Miss Selbstwertgefühl persönlich eigentlich? Sie hatte (nach einer Stunde meiner Überredungskünste) versprochen, sie würde auch erscheinen. Aber bis jetzt konnte ich sie nirgendwo entdecken, und das, obwohl es schon elf Uhr war und die ersten Spasten »My heart will go on!« lallten. Ich sah in Angelas Puppenaugen und verzog den Mund.

»Muss schnell pissen!«, kündigte ich an und schob sie an ihrem knackigen Hotpants-Arsch von mir.

***

Leichtfüßig schlenderte ich die zwei Stockwerke nach oben und zwang mich, an ihrer Tür zu klopfen, bevor ich reinplatzte. So gern ich sie in Unterwäsche sehen wollte, so heftig hätte sie mir eine geschmiert, wenn ich in den Genuss gekommen wäre.

»Herein«, rief sie und klang zum Glück nicht verschlafen. Sie lag auf dem Bauch, mitten auf dem Bett, und las immer noch ihr komisches Seufzebuch, während ihr Arsch in den dünnen Hosen förmlich nach mir schrie. Sprechen war für einen kurzen Moment nicht drin, dann fing ich mich.

»Unten steigt die Party«, knurrte ich knapp und ignorierte dabei WIRKLICH ihre strammen Backen. Zum Glück drehte sie sich auf die Seite, um mich zu betrachten. Was leider auch nicht besser war, denn für ihre Verhältnisse war sie fast nackt!

Sie trug lediglich ein weißes Tank-Top und eine hellblaue Pyjama-Hose! Ihre heißen, weiblichen Rundungen, die mir so genau noch nie aufgefallen waren, brachten meinen Schwanz sofort zum Zucken. Angela und eine ihrer Freundinnen müssten mir sehr bald und sehr ausgiebig aus diesem Debakel helfen, in das sie mich Tag für Tag stürzte. Sonst würde mir aufgrund des Blutstaus der Schwanz platzen. Und das wäre äußerst widerlich und schmerzhaft noch dazu!

»Es ist nur schwer zu überhören, wo die Party steigt ... Das heißt aber nicht, dass ich dieser beiwohnen möchte«, antwortete sie gewohnt höflich und stockarschig. Dabei sah er gar nicht so knochig und verdorrt aus.

»Boah ... sei kein Spielverderber ... Ein bisschen Alk und Musik wird dich nicht umbringen!«

»Ich habe kein Interesse an Gift oder dem Gegröle, welches Sie Musik nennen. Es steht Ihnen frei, ohne mich runterzugehen und sich zu amüsieren ... Lassen Sie sich nicht aufhalten.« Demonstrativ hob sie ihr Buch.

Ich verdrehte die Augen, beugte mich vor und schob es mit meinem Zeigefinger wieder herunter, damit ich ihr in die dunkelbraunen Glupscher sehen konnte. Und in den Ausschnitt – war ja fast dasselbe. »Wenn du nicht sofort deinen kleinen Arsch aus dem Bett bewegst, werde ich die Scheiße nach oben verlagern.«

Schon saß sie aufrecht.

Zufrieden verschränkte ich die Arme vor der Brust und richtete mich wieder auf. »Wenn du nicht zum Spaß willst, muss der Spaß eben zu dir. Ich kann dir ein paar heiße Kerle im Schildkrötenkostüm vorbeischicken. Das wär doch mal was ...«

»Wagen Sie es nicht!« Voller Elan hechtete sie aus den kuschligen Federn. »Und verschwinden Sie endlich, dann ziehe ich mir schnell etwas über und komme! Raus mit Ihnen, Sie Erpresser!«

»Babe, es reicht, wenn du erscheinst«, konterte ich mit einem anzüglichen Grinsen, bevor sie mich mit einem wütenden Funkeln in ihren Augen zur Tür schob. Doch bevor diese hinter mir zugeschlagen werden konnte, zwängte ich noch einmal meinen Kopf durch den Spalt.

»Du hast fünf Minuten!«

»Raus!« Gerade so konnte ich zurückweichen, sonst wäre mein Gesicht platt wie eine Flunder gewesen!

Ich gluckste immer noch vor mich hin, als ich die Treppen runterging, hoffte aber gleichzeitig, sie würde nicht wieder in ihren fünfziger Jahre Klamotten inklusive Nasenfahrrad aufkreuzen.

***

Als ich in meinen lauschigen Keller zurückkehrte, wurde ich sofort von einer Rauchwolke empfangen, die ich tapfer durchschritt, und von der dröhnenden Musik eingelullt. Die Leute tanzten teilweise ausgelassen, während Friedl und Max ihre Instrumente auf der Bühne stimmten. Das hieß wohl, dass ich auch ranmusste.

Auf der Liegewiese tummelten sich bereits die ersten Knutschenden. Leute, die ein wenig Ruhe wollten, verzogen sich gleich in den Wellness-Bereich, wohingegen an der Bar der größte Andrang herrschte. Die Lichter wechselten die Farben, auf die Leinwand wurden verschiedene bunte Muster projiziert und durch die Spiegel im ganzen Raum vervielfältigt. Verbunden mit den leicht wehenden Tüchern, die von der Decke hingen, sah mein Keller einfach nur unglaublich mystisch aus. Wie ein verbotener Ort. Ich mochte die etwas düstere Clubatmosphäre. Sie gab mir die Anonymität, die ich ansonsten leider nur noch selten genießen durfte.

Auf dem Weg zur Bühne zwinkerte ich Angela zu, die immer noch an der Bar saß, bevor ich nach oben sprang und zu Friedl ging, der an seiner E-Gitarre rumzupfte. Ich schnappte mir den Mikrofonständer mitsamt Mikro und nahm es raus ... Meine Gitarre ließ ich liegen.

»Nur eine Nummer! Ich muss echt dringend ficken«, verkündete ich meinem Kollegen. Er verdrehte die Augen, grinste gleichzeitig aber wissend. Dabei verkniff er sich jeden Kommentar, denn er kannte mich zu gut. Wenn ich meinen regelmäßigen Sex nicht bekam, wurde ich zur Diva.

In dem Moment öffnete sich die Tür und mein Anstandswauwau betrat in den Raum.

WOW!

Sie hatte eine braune, etwas engere Strickjacke und eine Jeans an! *Keinen Rock!*

Die Haare waren natürlich zum Pferdeschwanz gebunden, aber wenigstens nicht in einem Dutt totgewürgt ... Ihre großen braunen, nicht verdeckten Augen sahen sich suchend um, und als sie mich fand, konnte ich nicht anders, als ihr zu winken.

WINKEN! Ging es eigentlich noch schwuler?

»Wer ist die denn?«, fragte Pornoname-Chantal Angela leise. Sie hatten sich direkt vor die Bühne gestellt, um mich ordentlich anhimmeln zu können.

Ohne mir etwas anmerken zu lassen, bedeutete ich Hannah, dass sie zur Bar gehen sollte.

Dort war aber kein Platz frei, also stoppte ich kurzerhand meine Bandkollegen in ihrem Intro, nahm meinen Hocker von der Bühne und sprang runter, um ihn für sie an die Bar zu stellen und sie draufzuheben.

Sie errötete, weil sie dies in einer Milliarde Jahren nicht erwartet hätte, und bedankte sich absolut niedlich. Ehrlich gesagt war ich ebenso von mir erstaunt, aber sie sollte einen guten Sitzplatz haben. Das war am Wichtigsten. »Mach keinen Scheiß! Ich sehe dich!«, forderte ich grinsend, bevor ich auf die Bühne zurücksprang und Friedl und Max zurief, dass sie weitermachen konnten. Sie begannen wieder zu spielen und mein Blick glitt noch einmal zu der Frau, der ich gerade MEINEN Hocker unter den Arsch gestellt hatte.

Sie lächelte mich an und strich sich eine gelöste Strähne hinter ihr Ohr ... Etwas, das sie selten tat. Wenn es geschah, traf es mich allerdings mit der Wucht eines fliegenden Elefanten, und mein Herz raste plötzlich. Das war peinlich! Und warmduscherig! Einfach nicht mehr feierlich. Völlig inakzeptabel. Der Gedanke an einen Exorzismus ließ mich nicht mehr los. Das ging doch nicht mehr mit rechten Dingen zu. Sie war vermutlich doch ein Teufelsweib ... Und das Süße und Unschuldige an ihr nur eine Masche!

Also konzentrierte ich mich auf die anderen Fotzen, insbesondere auf Angela, die mich regelrecht anhimmelte und sich mit dem Zeigefinger lasziv über das Schlüsselbein strich, als ich begann zu singen.

»I could corrupt you

In a heartbeat«

Verführerisch grinste ich sie mit einem Höschen nässenden Grinsen an und marschierte langsam auf sie zu ...

»You think you're so special
Think you're so Sweet
But what are you trying?«

Ich ging in die Hocke und hob mit dem Zeigefinger ihr kleines Kinn hoch, sodass sie mir direkt in die Augen sehen musste.

»Don't even tempt me
Soon you'll be crying«

Unerwartet packte ich in ihre vollen Locken und riss ihren Kopf zurück, sodass sie keuchte,

»And wishing you'd dreamt me«

Ich ließ sie etwas los und drehte ihren Kopf, sodass ich an ihren duftenden Haaren riechen konnte. Der Geruch von Frauen, egal wo und wie machte mich unsagbar an.

»You'll be calling out my name«

Mit einem Mal schwang ich mich von der Bühne, und erschreckte sie, als ich sie mit einer Hand an der Hüfte packte und an mich zog.

Grinsend ließ ich mein Becken gekonnt an ihrem kreisen, als wäre ich bereits in ihr.

»When you need someone to blame
I could corrupt you
It would be easy
Watching you suffer
Girl, it would please me«

Sie seufzte, während sie meinen Bewegungen entgegenkam, und bemerkte, wie erregt ich war. Oh Shit! Sie war heiß ... am liebsten hätte ich sie jetzt und hier gevögelt!

»But I wouldn't touched you
With my little finger«

Hingebungsvoll neigte sie sich nach hinten und präsentierte mir so ihre in ein schönes glitzerndes rosa Top eingepackten Katschongas, während ich mit meinem Zeigefinger von ihrem Kinn über ihren langen Hals und zwischen ihre Titten strich. An ihrem Bauchnabel stoppte ich abrupt, denn ab einem gewissen Punkt hätte ich mich nicht mehr zurückhalten können und ihr zwischen die Beine gefasst, sodass es für uns beide zu spät gewesen wäre. Also zog ich sie wieder hart zur mir hoch und sang die nächsten zwei Zeilen in ihr Ohr.

»I know it would crush you
My memory would linger«

Unverhofft ließ ich Angela los und wirbelte zu ihrer heißen Freundin herum, die vor Schreck aufkeuchte, bevor ich mich rechts und links hinter ihr an der Bühne abstützte und ihr in die Augen sah, mich vorbeugte und mit meiner Nase über ihren Hals strich. Parfum ... süßes, pappiges Parfum ... schlug mir entgegen.

»You 'd be crying out in pain«

Ich biss ihr in den schlanken Hals, wobei sie quiekte und sich an meinen Rücken klammerte. Grinsend leckte ich über ihre weiche Haut.

»Begging me to play my games«

Plötzlich prickelte mein Nacken. Ich drehte mich nach rechts, um zu sehen, wieso.

Hannah!

Sie sprang in diesem Moment vom Hocker, um, wie es ihre Art war, hoch erhobenen Hauptes davonzumarschieren.

SHIT!

Sofort ließ ich die Tussi Tussi sein und folgte Hannah, während mir die Masse mir jaulend Platz machte. An der Tür erwischte ich sie am Oberarm und wirbelte sie zu mir herum.

Ich schüttelte meinem Kopf. Ich musste ... *so sein* ... musste mich auf die anderen konzentrieren, mich von ihr ablenken, verstand sie das denn nicht?

Meine Hand verselbstständigte sich, als sie sich an ihre Wange schmiegte und sanft in ihre Haare griff, während ich sie mit dem Daumen streichelte. Nein, sie war echt. Keine Spielchen. Eindeutig unschuldig. Zu unschuldig für ein Monster wie mich.

»I could corrupt you
It would be ugly
They could sedate you
But what good would drugs be?«

Ohne es verhindern zu können, lehnte ich meine Stirn an ihre und sog nun den besten Duft dieser Welt ein. Hannah. Nichts anderes ... Eine Hand legte ich an ihre schmale Hüfte.

»But I wouldn't touched you
Put my hands on your hips«

Schließlich beugte ich meinen Kopf und sang die nächsten Zeilen direkt in ihren rosigen Mund, während ich mit meinen Lippen FAST über ihre strich ...

»It would be too much to
Place my lips on your lips«

SHIT!

Sie wimmerte hilflos.

Ich wollte sie auf meine Arme nehmen, hier raustragen und auf mein Bett legen, um langsam und genüsslich in sie eindringen. Der Gedanke schockte mich! Ich war noch nie langsam in eine Frau eingedrungen!

Mit einem Ruck, der mir in der Seele wehtat, löste ich mich von ihr und ging rückwärts von diesem kleinen duftenden Magneten weg.

»You'd be calling out my name
Begging me to play my games«

Plötzlich fühlte ich Angelas Hand auf meiner Brust und ohne groß darüber nachzudenken, packte ich sie an den Haaren, zerrte ihren Kopf zurück und versenkte meine Zunge tief in ihrem Mund. Ohne Rücksicht auf Verluste.

Ich musste mir beweisen, dass SIE keine Macht über Mason Hunter besaß, sondern Mason Hunter über die Frauen. Über alle Frauen!

Etwas atemlos riss ich mich los und blickte zu Hannah, um mich zu vergewissern, ob sie die Botschaft verstanden hatte. Das hatte sie, denn ihre Augen schwammen in Tränen.

Wortlos schnappte ich die mittlerweile genauso atemlose Angela und deutete ihr mit dem Zeigefinger, dass auch die andere Tussi, deren Namen ich schon wieder vergessen hatte, zu mir kommen sollte. Sie folgte mit wiegenden Hüften und laszivem Grinsen ...

Beiden schlang ich einen Arm um die Schultern und führte sie unter lautem Gegröle und anzüglichen Sprüchen von der Bühne weg, während die letzten Töne von dem Stück gespielt wurden.

Dabei verschloss ich mein Innerstes vor dieser kleinen Person, die mich immer wieder so sehr in ihren Bann zog, wie ich das sonst nur bei Frauen tat. Was hatte sie nur für eine Macht über mich entwickelt?

Sie war doch nichts weiter als meine verdammte Anstandsdame. Mehr nicht! Verfluchte Scheiße! Aber jetzt würde ich jeden Gedanke an sie ein für alle Mal aus dem Kopf vögeln.

CUT!

9. Männer sind Schweine

(Die Ärzte oder die beste Bänd der welt)

Shit!

Die Tüte, die ich gerade geraucht hatte, war wirklich nicht von schlechten Growern gewesen. Ich saß nackt, wie ich den Weibern am besten gefiel, im Whirlpool und ließ mir von – wie hieß die Schlampe noch mal? Ach ja – Angela ... den Rücken massieren, während Schlampe Nummer zwei dem unmöglichen Befehl nachkam, mir unter Wasser einen zu blasen.

Dabei hielt sie sich auch noch die Nase zu, und ich musste jedes Mal lachen wie ein praller Idiot, als sie nach oben kam, um Luft zu holen. Da es sowieso ohne Ende sprudelte, wusste ich nicht, ob ihre Luftblasen auch dabei waren, daher legte ich zur Abwechslung meine Hand nicht auf ihren Hinterkopf, um nachzuhelfen, obwohl sie sich schon etwas mehr anstrengen könnte.

Schließlich hatte ich so gar keinen Bock auf eine tote Nutte am Sack, wo ich mich einfach nur entspannen wollte.

Sie versuchte es – wirklich –, aber es war grausam.

Nach zehn Minuten, die wohl uns beiden ewig vorkamen, beschloss ich, sie zu erlösen – das Trauerspiel war nicht mehr zu ertragen – und zog sie nach oben, um meine Lippen auf ihren Mund zu pressen.

Ihren Anblick ersparte ich mir. Denn jedes Mal wenn sie aufgetaucht war, sah sie derangierter aus, weil ihr das Make-up in Schlieren über das Gesicht lief, und ihre nassen Haare an ihren hohlen Wangen klebten. Eine Wasserleiche war ein Scheißdreck dagegen.

Die andere Schlampe ... Fuck, wie hieß sie noch mal? Ha, genau, Angela ... wanderte mit ihren Händen über meine Brust, spielte mit meinen Nippeln, während ihr Mund über meinen Nacken strich und ihre blanken, kleinen Titten sich eng an meinen Rücken pressten.

Schlampe Nummer zwei hingegen hatte wohl grundsätzlich Schwierigkeiten mit der Luftzufuhr – vermutlich zu doof zum Atmen –, denn kaum war sie aus dem Wasser, geriet sie schon durch den Kuss in die nächsten Atemschwierigkeiten. Ich hob eine Hand und massierte ihre operierte Titte, reizte mit dem Daumen ihren Nippel – und sie schmolz dahin. Mit der anderen lehnte ich mich lässig an den Rand des Whirlpools. Angelas Patschefinger wanderten über meine Bauchmuskeln nach unten, und schon fing sie an, mir einen runterzuholen.

Ich zischte in den verschmierten Mund vor mir und fickte Nummer zwei mit den Fingern, während sie wie wild stöhnte.

SHIT! Jetzt wollte ich da rein! Sofort!

Geistesgegenwärtig, wie ich trotz meines sehr berauschten Zustandes war, angelte ich nach einem Kondom aus der Schale neben dem Pool und zog es mir über. Natürlich tat ich das – i.m.m.e.r!

Wenn man so viel Sex hat wie ich, wäre es Harakiri, nicht zu verhüten. Kinder, ehrlich, Verhütung ist das A und O!

Als Nächstes packte ich Nummer zwei – ich hatte endgültig aufgegeben, mir ihre Namen zu merken – kurzerhand an den Hüften und hob sie ohne große Worte auf meinen Schoß. Sie wimmerte, als ich in sie stieß, und ließ ihren Kopf völlig benebelt zurückfallen, denn ich war gut bestückt und die Frauen drehten jedes Mal durch, wenn ich sie das erste Mal ausfüllte. Schnell schloss ich meine Lider, um ihren zerstörten Zustand nicht zu sehen, denn der machte mir ehrlich gesagt ein wenig Angst, während Angela leise seufzend an meinem Hals knabberte. Das Miststück liebte meinen verfluchten Geschmack nach Geld, Sex und Ruhm.

Aber geschlossene Augen waren scheiße, weil mein blödes Hirn sich sofort fröhlich andere Gesichter vorstellte. So wurde, zu meinem maßlosen Schrecken, aus Nummer zwei ganz schnell ... *Prüdella!* Und DIE hatte HIER ganz sicher nichts verloren, verfluchte Scheiße!

»Ohhhhh Shit!«, fluchte ich und öffnete meine Augen, zog Angelas Kopf über meine Schulter, um meine Zunge tief in ihr zu versenken, was sie wie die andere zum Keuchen brachte, während ich sie an meine Seite dirigierte, damit ich sie fingern konnte.

Multitasking können nicht nur Frauen. Das war der Beweis.

Für mich war es ein Leichtes, zwei Frauen gleichzeitig zu befriedigen. Die Bewegungen waren einstudiert, alles geschah mechanisch. Solange ich auf meine Kosten kam – bei den Schlampen war in der Hinsicht keine Anstrengung nötig, die gingen schon ab, wenn sie mich berühren durften –, reichte das völlig. Aber heute, das erste Mal in meinem Leben, dachte ich plötzlich: LANGWEILIG!

WAS? Stirnrunzelnd griff ich nach dem Duschkopf und fesselte damit Nummer zweis Hände, die ich hinter ihrem Rücken zusammenhielt. Sie keuchte erschrocken und verspannte sich heftig, was gut für meinen Schwanz war. Ich grinste sie an und beugte mich vor, um an ihrem Oberkörper zu saugen und sie rücksichtslos zu beißen, während ich von unten in sie stieß und sie um den Verstand brachte.

Doch das war nicht genug ...

Also löste ich mich von ihren Titten und hauchte leise in ihr Ohr: »Willst du kommen, Babe?« Ich schlängelte meine Finger zwischen unsere Körper und strich über ihren Kitzler. Sie stöhnte auf und warf den Kopf nach hinten – verspannte sich erneut.

»JAAAA, bitte ...«, flehte sie und ihre Bewegungen wurden absolut arrhythmisch, als ich sie mit zwei Fingern zärtlich massierte.

»Mhhmmm, dann tu es ... JETZT«, wisperte ich und ließ meine Hüften kreisen, während ich fester über ihren empfindlichsten Punkt rieb. Sie kam prompt, wie von mir gewollt, und ich ließ sie gewähren, bevor ich sie von mir runterhob und Angela an den Haaren packte.

»Ich will deinen Arsch!«, forderte ich knapp, und sie nickte schnell und eifrig, bevor ich sie mit dem Bauch über den Rand des Whirlpools lehnte, sodass mir ihre zwei glatten Backen entgegenblickten. Ich LIEBTE diese Aussicht und klatschte erst mal schnalzend darauf!

»Wurdest du schon mal in den Arsch gefickt?«, fragte ich, während ich mich über sie lehnte und ihre Wirbelsäule hinaufküsste. Langsam führte ich einen Finger ein, um sie zu dehnen. Mit der anderen Hand umschlang ich ihren flachen, glitschigen Bauch und massierte ihre Clit.

»Ja, von dir letztens ... weißt du das nicht mehr...«, wimmerte sie und presste mir ihren Unterkörper entgegen. Sie keuchte, als ich mit dem zweiten Finger eindrang.

»Oh Babe ... ich bekomme nur Kopfschmerzen, wenn ich versuche, mich an längst vergangene Ficks zu erinnern ... « Kurzerhand richtete ich mich auf, und setzte meinen Schwanz an – sie war eindeutig genug gedehnt. »Ich weiß es nicht mehr und jetzt halt still!« Somit stieß ich in sie. Sie kreischte auf.

Da ich kein kompletter Vollwichser war, verharrte ich erst einmal, um ihr die Möglichkeit zu geben, sich an das Gefühl meines Schwanzes in ihrem Arsch zu gewöhnen, was sicher heftig war. Doch sehr lange hielt ich es nicht aus und bewegte langsam meine Hüften.

SHIT! Sie war SO eng im Hintereingang!

»So gefällt mir das schon besser ...« Ich war froh, dass ich immer an die Verhütung dachte, denn auf eine Geschlechtskrankheit war ich genauso wenig scharf wie auf die Daddyschiene. Und sie war froh, dass ich wusste, was ich tat, weil ich ihren Kitzler so reizte, dass sie innerhalb von ein paar Minuten abwechselnd meinen Namen und den des Typen da oben schrie, während ich mich fast bis ganz zum Anschlag vorwagte.

Sie kam ... LAUT!

Ein klitoraler *und* analer Orgasmus in einem. Für genau das liebten mich die Frauen. Mir klingelten die Ohren, so laut war sie. Mit Sicherheit konnten es alle im Haus hören, aber das ging mir völlig am Arsch vorbei, auch wenn die Tussis sich wünschten, an ihrer Stelle zu sein ... Aber es war nicht genug ... Immer noch nicht!

»SHIT!« Ich ließ meiner Fantasie freien Lauf und der schwarzhaarige Kopf änderte sich ... zu braunen wallenden Locken ... rosigen weichen Lippen, REINER Haut ... und einer spitzen Zunge. Mit einem Mal, schwuppdiwupp, war es doch genug und ich spritzte ab, denn Prüdellas perfekter Arsch streckte sich mir entgegen. Gleich darauf löste ich mich von der absolut atemlosen Schlampe vor mir und klatschte ihr noch mal fest auf die Backen.

»Ich brauch jetzt ein Bier!« Wankend zog ich den Gummi ab, bevor ich aus dem Pool stieg und ein Handtuch aus einem Schränkchen nahm, um mich abzurubbeln. Irgendwie fühlte ich mich ... nicht so befriedigt wie sonst, auch wenn der heftigste Druck zum Glück erst mal verschwunden war.

Eilig zog ich mich an und ärgerte mich über mich selbst, weil ich an SIE gedacht hatte.

»Auch eine?«, fragte ich die zwei zerstörten, besoffenen Tussen und hielt ihnen meine Schachtel Zigaretten hin. Ich war vieles, aber nicht geizig. Doch sie winkten ab und versuchten zwanghaft zu Atem zu kommen, wobei es Nummer zwei schon besser ging als der anderen ... äh ... scheiß auf die Namen!

Schulterzuckend zündete ich mir eine an und sog den Rauch tief in meine Lungen, als ich von drüben plötzlich lautes Gegröle hörte. Ich verengte meine Augen. »Zerlegen die meine Hütte, oder was?«, fluchte ich und schmiss die Kippe in den nächsten Aschenbecher, bevor ich in den Partyraum ging.

***

Was ich dort sah, ließ mich in meinen Schritten stocken ... DENN ... Hannah *absoluter* Obermeier, gefürchtetster Anstandswauwau des Landes, stand AUF DER BÜHNE und lachte aus vollem Halse, weil meine Bandkollegen, die genauso durchgeknallt waren wie ich, ihr gerade eine erstklassige Idiotenshow hinlegten.

Ich lehnte mich mit verschränkten Armen an die Wand neben der Tür und beobachtete mit verengten Augen das Szenario.

»Hallo, mein Schatz, ich liebe dich.
Du bist die Einzige für mich.
Die andern find ich alle doof,
deswegen mach ich dir den Hof.«

Friedl sang den Teil ... mit gekonnter Backroundstimme, war stockbesoffen, während Max im selben Zustand vor ihr kniete und eine Plastikrose zwischen den Zähnen hielt. Wo hatte er die Scheiße her? Aber was noch viel wichtiger war – warum lachte sie, mit geröteten Wangen und zurückgeworfenem Kopf, als Max sich an ihre Hand schmiegte und weitersang.

»Du bist so anders ganz speziell,
ich merke so was immer schnell.
Jetzt zieh dich aus und leg dich hin,
weil ich so verliebt in dich bin.«

Mit diesen Worten zog Friedl sie an sich und öffnete mit einem Ruck den Reißverschluss ihrer braunen Strickjacke. Ich lehnte meinen Oberkörper abrupt nach vorne, weil ich nicht glauben konnte, was ich da sah. Sie lachte lauter.

Jetzt sangen wieder beide Idioten und fuchtelten dabei warnend mit ihren Zeigefingern vor ihrem glühenden, fröhlichen Gesicht rum.

»Gleich wird es dunkel,
bald ist es Nacht.
Da ist ein Wort der Warnung angebracht.«

Und dann sangen alle zusammen, auch das Publikum, den Refrain aus vollem Halse, wobei Max und Friedl die Arme um ihre Schultern schlangen und sich alle drei ein Mikro teilten.

»Männer sind Schweine.
Traue ihnen nicht, mein Kind.«

Wieso fühlte ich mich angesprochen?

»Sie wollen alle nur das Eine,
weil Männer nun mal so sind.«

Sie zerrten Hannah zwischen sich hin und her, und sie taumelte, woraus ich schloss, dass sie tatsächlich GIFT getrunken haben musste. Wegen mir?

»Ein Mann fühlt sich erst dann als Mann,
wenn er es dir besorgen kann.
Er lügt, dass sich die Balken biegen,
nur um dich ins Bett zu kriegen.
Und dann am nächsten Morgen
weiß er nicht einmal mehr, wie du heißt.
Rücksichtlos und ungehemmt,
Gefühle sind ihm völlig fremd.«

Ich knurrte, als sie vor Hannah andeuteten, sich einen runter zu holen und das mit ausschweifenden Bewegungen, die nicht der Wahrheit entsprachen.

Und SIE, die sich sonst über jeden Furz aufregte, vergnügte sich köstlich. Das, was ich die ganze Zeit von ihr wollte, gab sie ihnen. Ihre Losgelöstheit.

»Für ihn ist Liebe gleich Samenverlust,
Mädchen sei dir dessen stets bewusst.«

Und dann wieder alle Deppen zusammen:

»Männer sind Schweine.
Frage nicht nach Sonnenschein.
Ausnahmen gibt's leider keine,
in jedem Mann steckt doch immer ein Schwein.
Männer sind Säue.
Glaube ihnen nicht ein Wort!
Sie schwören dir ewige Treue,
und dann am nächsten Morgen sind sie fort.«

Friedl und Max taten so, als würden sie in Zeitlupe vor Hannah davonlaufen. Witzig! Waren die beknackte Pantomimen? Friedl sang zusammen mit Hannah und viel zu hoher Stimme zu Max:

»Was hab ich denn getan, dass du mich immer quälst,
und sagst du liebst mich nicht?«

Max antwortete ganz tief:

»Du hast doch nicht die geringste Ahnung, was Liebe ist, wir kennen uns ja nicht mal!«

Prüdella taumelte verdächtig, doch Max fing sie in dem Moment auf, in dem ich bereits dabei war, mich von der Wand abzustoßen und auf die Bühne zu stürmen. Friedl sang alleine zu Ende und zeigte Max, dass er sie runterbringen sollte. Wie ein kichernder Sack hing sie in seinen Armen und ich beeilte mich, um sie in der Partymeute an der Tür abzufangen.

Ich packte Max am Oberarm, als er Hannah rausschaffen wollte. Das war MEINE Aufgabe!

»Was machst du mit meiner Anstandsdame?«

»Ich bring Hanni ins Bett, bevor sie noch alles vollreihert. Was denn sonst?« Wie bitte? HANNI?

»DAS – mein Lieber – kannst du mal schön vergessen!« Sie kicherte, als ich sie an den Hüften nahm und eng an mich zog.

»Lass'n Se ... mich los und geh'n Sie zu Ihr'n ... leichten Mädch'n ...« Vergeblich versuchte sie, sich von mir wegzudrücken, aber ich packte sie ein bisschen fester und sah sie empört an.

»Heilige Scheiße, du bist total voll!« Ich warf Max einen wütenden Blick zu, bevor ich sie auf meine Arme hob, weil sie nicht aufhörte, mich von sich zu schubsen. Dafür strampelte sie jetzt mit den Beinen, klammerte sich aber an meinem Nacken fest. Ihre Fluchtversuche waren ziemlich halbherzig.

»HEY! Sie war total down, nachdem du mit deinen Miezen abgezogen bist, und Friedl und ich haben ihr nur ein paar ausgegeben, um sie wieder auf die Beine zu stellen!«

»Und nun läuft sie auf allen vieren. Da ist der Plan wohl etwas schiefgegangen!« Keine Ahnung, wieso mich das alles jetzt so unsagbar pissig machte, aber ich ignorierte ihre Gegenwehr vehement, während ich mich davonmachte, um sie nach oben zu tragen, genauso wie das Gefühl, das mich warm durchflutete, als ich sie in den Armen hielt.

Wann hatte ich das letzte Mal eine Frau so getragen?

Wieso fühlte es sich besser an als jeder Fick, den ich je gehabt hatte?

»Sie sin' echt mies. Mich einfach so steh'n zu lass'n ...«, lallte sie, drückte aber dabei ihr Gesicht eng an meine Brust und atmete tief und erleichtert durch.

»Musst du kotzen?«, fragte ich direkt, denn dann hätte ich einen Abstecher aufs Klo gemacht.

»Nein ... wenn ich mich übergeb'n muss ... sag ich's ... schonnnn!« Ich musste grinsen, weil die ach so tolle, immer perfekte Hannah Amalia Obermeier tatsächlich fett einen sitzen hatte.

Ich drückte die Klinke ihres Zimmers mit dem Ellbogen runter, und trat die Tür mit dem Fuß hinter mir zu.

Gut! Erst mal in Sicherheit, doch jetzt würde erst der schwere Part kommen. Derjenige, bei dem ich eine attraktive Frau, nach der ich mich bereits seit Tagen verzehrte, ausziehen und ins Bett bringen musste, OHNE SIE ZU FICKEN! Eine absolute Premiere!

Zu allem Überfluss rekelte sie sich genüsslich grinsend auf dem weichen Untergrund, sobald ich sie abgelegt hatte, und ich musste schon jetzt mühsam und äußerst trocken schlucken.

Wieso verfluchte Scheiße noch mal zuckte es schon wieder in meiner Hose? Ich hatte doch gerade erst abgespritzt!

Tief atmete ich durch, und gleich noch einmal, schloss die Lider ganz fest und drehte mein Gesicht weg, als ich ihre Jeans öffnete und am Bund über ihre seidige Haut zog. Sie seufzte leise, als meine Knöchel sie streiften, und rekelte sich noch ein bisschen mehr.

Sie war die Verführung in Person UND sie besaß mit einem Mal HUMOR!

»Jetzzieh'n Sie mich aus ... so weit sin' wir also schon.«

Und sie war sooooooooooooooooooo verflucht süß!

»Sind wir das?«, fragte ich schmunzelnd und öffnete doch die Augen, aber nur um in ihr Gesicht zu schauen, das mich so sanft anlächelte. Die langen dichten Wimpern warfen Schatten auf ihre rosigen Wangen, die Arme hatte sie selbstvergessen über den Kopf nach oben gestreckt. Sie lag vor mir wie eine Muse vom Mondschein erhellt ... und ich konnte kaum dem Drang widerstehen, jetzt sofort ein Lied über sie zu schreiben und ihr somit zu huldigen.

»Da is' ja sogar die deusch'e Bahn schnella! Wirds heut noch was? Ich muss ... austret'n ...«, nuschelte sie und ich verdrehte die Augen, während sie freundlicherweise schwankend ihre Füße hob, damit ich ihr die Hose über die zarten Knöchel ziehen konnte.

NEIN! Du lässt diese Knöchel in Ruhe! Sie ist halb bewusstlos!, ermahnte ich mich, bevor sie sich aufrappelte, um sich in ziemlicher Verrenkungsakrobatik ihrer Strickjacke zu entledigen. In NICHTS WEITER als einem Höschen!

Shit!

Diese perfekt geschwungenen Beine waren der Hammer! Besonders um mich geschlungen! Wie gern hätte ich sie mit meinen Lippen inspiziert. Jeden Winkel und jedes Stück zarter Haut wund geleckt, geküsst und gebissen, bis sie nicht mehr laufen könnte.

Erneut zwang ich meine Lider sich zu senken und bekam somit einen halben Herzinfarkt, als sie plötzlich mit ihrem ganzen Gewicht seitlich auf meinem Schoß plumpste.

»Ooops!« Sie KICHERTE tatsächlich! Ein Laut, den ich so von ihr noch nie gehört hatte, der mich aber verflucht scharfmachte. »Der Pullovaaa is dooooof!«

Gleich würde sie sich den Arm auskugeln, wenn sie so weiterzappelte.

Nur den dämlichen Pullover! Du ziehst ihr nur den Scheißpullover aus, und nicht das schwarze, viel zu enge T-Shirt, das sie drunter trägt! Es kann dir auch total egal sein, was für einen BH sie anhat. Hunter, reiß dich einmal im Leben zusammen und mach deinem Nachnamen nicht alle Ehre!

»Warte!« Ich musste lachen, als sie in ihrem Versuch aus dem Strickteil rauszukommen, fast rückwärts von meinem Schoß stürzte, und stellte sie vor mir ab – weit weg von meinem mehr als harten Schwanz! Bei ihrem Versuch, mir beim Ausziehen zu helfen, behinderte sie mich mehr als alles andere. Tatsächlich gehorchte sie aber meinem knappen Befehl, sich nicht zu bewegen, und stolperte kurz darauf unter lebensgefährlichen Umständen ins Bad.

Ich überlegte, ob ich sie jetzt allein lassen und verschwinden sollte, aber ich fühlte mich beschissen bei dem Gedanken, sie in diesem Zustand sich selbst zu überlassen. Schließlich war sie wahrscheinlich das allererste Mal besoffen. Also blieb ich brav auf der Bettkante sitzen und wartete wie ein kleines Hündchen darauf, dass sie wiederkam. PREMIERE NUMMER ZWEI!

Als hätte sie es gerochen, ließ sie sich natürlich Zeit und sang fröhlich Kinderlieder vor sich hin, während sie auf der Schüssel saß.

Irgendwann schaltete ich das Licht aus, legte mich mit hinter dem Kopf verschränkten Händen aufs Bett und versuchte zu ergründen, was die Scheiße zu bedeuten hatte, dass ich jetzt hier in diesem Zimmer war – um auf irgendwen, oder besser gesagt AUF SIE, aufzupassen.

Bevor ich meine fatalen Überlegungen zu sehr vertiefen konnte, ging die Tür mit einem *Ruumms* auf, und sie stürzte kopfüber ins Zimmer. Mit Schmackes schmiss sie sich auf ihr Bett, ohne Rücksicht auf meinen dort weilenden Luxuskörper, und landete quer über meinem Bauch.

»UFFFFFFFF!«

»Sie sin' ja noch da ...« Ihre nun offenen Haare hingen ihr ins Gesicht, und ihre Gestalt, die warm auf mir ruhte, wurde vom Mond, der durch das Fenster direkt auf das Bett schien, sehr vorteilhaft beleuchtet. ZU VORTEILHAFT! Besonders dieser Arsch.

Eilig löste ich meinen Blick von diesen verführerischen Rundungen und schaute hoch in ihr Gesicht, aus dem sie sich gerade versuchte, die Haare zu streichen. Sie scheiterte kläglich und wurde immer genervter deswegen. Also ergriff ich gnädigerweise ihre vollen, dichten Strähnen und hielt sie an ihrem Hinterkopf fest. Darin war ich Profi.

Ausgiebig betrachtete sie meine Augen, meine Nase, meinen Mund und leckte sich mit ihrer Zunge über die volle Unterlippe ... *Genau, Babe, du willst mich so was von ... und jetzt rutsch nur noch ein Stück nach unten, sodass deine hübschen Knie den Boden berühren, und öffne meine Hose. Ich halte dabei weiterhin gerne deine Haare, damit ich sehen kann, wie du diese Hammerlippen um meinen ... Heilige SCHEISSE, NEIN!*

Wieder einmal schloss ich die Lider, um dieser elendigen Scheiße zu entkommen – getreu dem Motto: Aus den Augen, aus dem Sinn –, und fühlte kurz darauf erleichtert, wie sie ENDLICH komplett über mich kletterte. Dabei rammte sie mir ihr Knie in den Magen, was wirklich ALLE Gedanken, die nicht sein sollten, endgültig über den Jordan schickten.

Leider platzierte sie kurz darauf ihren zarten Körper neben mich, als würde er dorthin gehören und griff nach meiner Hand!

Huh?

Sie schmiegte ihre Wange dagegen.

»Sie ham ... so ... flauschige ... Hände ... «, murmelte sie, während sie ihre glatte Wange an meiner Handfläche rieb wie ein kleines, rolliges, wunderbar süßes, duftendes, perfektes Kätzchen. Ich drehte mich etwas zu ihr und hob eine Augenbraue.

»Flauschige Hände?«, fragte ich trocken, denn auf so einen Mist konnte wirklich nur eine besoffene Prüdella kommen.

»Jaa ... soooo flauschig ...« Sie schloss die Augen und rieb sich verträumt daran. Okay ... wenn sie meinte ... dann ließ ich ihr mal ihren Willen, obwohl meine Hände sicher alles andere als FLAUSCHIG waren! Nichts an mir war FLAUSCHIG!

Einige Zeit lagen wir stumm in Dunkelheit gehüllt, während sie ununterbrochen über meine Hand strich.

»Glaub'n Sie eigentlich ... an das Leb'n ... nach'm Tod?«, wisperte sie plötzlich in die Stille, und ich musste laut auflachen. Sie hatte doch jetzt nicht ernsthaft vor, tiefgründige, philosophische Fragen zu erörtern?

»NEIN! Tot ist TOT«, rief ich aus.

»Sie hab´n keine Ahnunnng!« Sie nickte bestimmend.

Dann war es wieder still. Man hörte nur das Ticken der Uhr und den Regen, der konstant runterpisste. Ab und zu lief einer der Idioten durchs Haus oder es knallte mal eine Tür. Ich lag bescheuert da, starrte an die Decke, bloß nicht auf sie, und hoffte, sie würde bald einschlafen, denn so langsam wurde meine Hand taub.

»Stöhnen ... Schildkröt'n wirkliiich ... beim Geschl… Geschle... beim Sex?«, fragte sie nach gefühlten Stunden vollkommener Reglosigkeit, während ihre Worte noch abgehackter kamen, weil sie Schluckauf hatte.

»Jaaa«, versicherte ich lang gezogen und drehte mich auf die Seite, denn ich wollte in ihre unschuldigen Glupschis blicken, während sie mich tatsächlich SO ETWAS fragte. WO WAR PRÜDELLA? DAS hier war nicht Prüdella. Das war Blow Job Girl! Prüdella wollte ich reizen ... provozieren. Blow Job Girl wollte ich küssen, ihre warme Zunge an meiner fühlen, sie streicheln und halten und... Aber dann würde ich ihre Zunge auch woanders spüren wollen ... Und ihre vollen Lippen um meinen ...

SHIT, NEIN!

»Würdest du wohl endlich schlafen!?«, fragte ich äußerst ruppig, musste aber grinsen, als sie mit diesen großen verschleierten Augen nachdenklich den Kopf schüttelte, und letztendlich die Lippen verzog, die ich die ganze Zeit um MEINEN SCHWANZ FÜHLEN WOLLTE.

»Ich würd das gern mal hör'n.« Die Akte ›stöhnende Schildkröten‹ war also noch nicht geschlossen. »Kann mir das gar nicht ... vorstell'n ... Ist das eher so ... AH-AH-AH oder so UH-UH-UH?«, machte sie mir voll besoffener Hingabe tatsächlich vor, und ich konnte erstmals nachvollziehen, wie sie sich fühlte, wenn ich mit meinem Stuss daherkam.

Shit!

Sie war *verflucht* ... süß ... und ... versaut ... Zum Ficken süß ... Hatte ich gerade schon wieder das Unwort SÜSS gedacht? Sie musste schlafen, auf der Stelle! Und ich auch!

»Sie hören sich an wie Luftpumpen, und jetzt mach deine Glupscher zu und schlaf endlich!«, antwortete ich deutlich und wollte ihre Lider mit meiner Hand schließen, die nicht zwischen ihrer Wange und dem Kissen eingekeilt war. Doch sie fing sie geschickt ab und presste sie gegen ihre andere Wange.

»SAG'N Sie mal ...«, fing sie schon wieder an, als hätte ich NICHTS gesagt, und ich seufzte tief: »Mal …«

Sie ließ sich von meinem Einwurf nicht aus der Ruhe bringen und formulierte lallend ihre äußerst wichtige Frage. »WARUM sind Sie auf ... der Bühne ... sooo'n Traumman ... und sonst ... so ein Kretin?« KRETIN? Hatte sie mich gerade wirklich KRETIN genannt?

»Ist das hier ein Verhör, oder was?«, erwiderte ich düster, konnte aber nicht anders als zu lachen. Sie war sogar VERDAMMT MEGASÜSS und schaute mir zu allem Überfluss grinsend ins Gesicht!

Sie hatte noch nie so leckere Grübchen gezeigt wie jetzt ... und wenn ich weiter hinunter schaute erst ... diese mich erhärtenden Rundungen ...

»Ach! Sie sin' dooof!«, rief sie aus, ließ meine Hände frei und drehte sich schmollend mit verschränkten Armen auf den Rücken, um stur an die Zimmerdecke zu starren. Leider hatte ihre abweisende Haltung nur zur Folge, dass ihre süßen Äpfel nach oben gedrückt wurden – die kleine Prüdella, die jetzt gerade in einer kindlichen Version ihrer selbst auf dem Bett lag und nicht anziehender auf mich hätte wirken können. Auch noch dieser schmollende, volle Mund, der sich um meinen Schwanz legen und kräftig daran saugen sollte ... Diese Gedanken mussten wirklich dringend aufhören, also legte ich mich auch auf den Rücken zurück und nahm mit der Decke vorlieb. Nebenbei massierte ich mir die eingeschlafene, geschändete Hand und lauerte insgeheim auf die nächste, niedliche Dämlichkeit. Sie enttäuschte mich nicht.

Sanft lallend füllte ihre weibliche, tiefe Stimme die Stille des Zimmers. »Dom Dom ... und Sub Sub ... das sin' wirklich dooofe Nam'n ...«, philosophierte sie nun langatmig weiter, und ich fragte mich, ob sie nur noch über verfluchte Panzerechsen nachdachte.

»Das sind keine Namen, das sind Lebenseinstellungen«, grummelte ich müde, und legte mir einen Unterarm locker über die Stirn, während ich die Hoffnung immer noch nicht aufgeben hatte, dass die spanische Inquisition einschlief. Tat sie nicht. Natürlich nicht. Blow Job Girl war noch nicht fertig mit ihrem Ausbruch. Noch lange nicht. Jetzt kamen erst die Burnerfragen!

»SAG'N Sie jetzt mal ... XXL ... Das geht mir schon seit Tag'n nich aus'm Kopf ... is das so?« Sie zeigte *SO* mit zwei Händen. »Oder sooo?« Sie nahm sie weiter auseinander, und schließlich streckte sie die Arme ganz weit von sich. »Oder soooooooooooooo groß? Also ich meine richtig ... ausgefahr'n?« Dann brach sie in schallendes Gelächter aus und ich verdrehte meine Augen.

»Ich hab dir schon tausendmal angeboten, es dir zu zeigen, Babe ...« Natürlich hörte sie gar nicht, was ich sagte. Redete ich so leise oder was? Denn mit einem Mal wirbelte sie auf ihre Seite und rückte näher an mich heran; brachte mich und meine Vorsätze, nicht an ihre vollen Lippen um meinen Schwanz gelegt, daran saugend und ihre Augen gleichzeitig zu mir aufblickend, zu denken, mit ihrem weichen duftenden Körper zunichte.

»Darf ich mal anfass'n?!« Wie ein kleines Mädchen, das nach einem verdammten Lutscher fragt, schaute sie zu mir auf. Es gab sonst wohl keine einzige Frau auf dieser Welt, die so unschuldig schauen konnte wie Hannah Obermeier. Und das bei SO EINER Frage!

»Nein!«, rief ich panisch aus und fing ihre Hand ab, als sie einfach meinen halbsteifen Schwanz berühren wollte. Sie kicherte und wand ihr Handgelenk mit viel Aufwand aus meinen Fingern.

»Komm'n Sie schon ... Sie hab'n es mir doch selbst angebot'n ... nur gaaaanz kurz ... ich tipp ihn auch nua an!« Und somit tippte sie mit ihrer Fingerspitze gegen meinen Schwanz. Ich zischte und versuchte ihre tastenden Finger abzufangen, die plötzlich zu Hunderten zu sein schienen. »Ich find den gar nicht ... da ist nur so'n harter Knochen!« Stirnrunzelnd zog sie ihre Hände zurück und hob ihren zutiefst enttäuschten und auch empörten Blick, um mir vorwurfsvoll ins Gesicht zu sehen.

Nur so ein harter Knochen!

Ich brach in schallendes Gelächter aus und das so lange, bis ich Tränen flennte.

Nur ein harter Knochen!

So was konnte nur Prüdella bringen!

Jetzt verengte sie ihre Augen zu Schlitzen und fuchtelte mit ihrem Zeigefinger vor meiner Nase rum. »Na, na, na ... eine Dame lacht man nich' aus ... hör'n Sie auf ... sonst müss'n Sie geh'n!«

»Okay!« Schnellstmöglich wollte ich die Chance nutzen und mich aus dem Bett schwingen, doch schlagartig klammerte sie sich an meinem Arm fest wie ein Affenbaby bei seiner Mama. Und zwar so, dass sie ihre Titten eng an meine Seite schmiegte. Weiche, warme Titten ... Hannahs Titten!

»NEIN, geh'n Sie nich! Das Leb'n is so hart ... ich brauch doch Ihre flauschig'n Häääände!« Ich wusste nicht, womit ich das verdient hatte. Aber nun meinte sie wohl, mich komplett töten zu müssen, als sie sich mit dem gesamten Körper an mich schmiegte und diesen Ort in die Hölle auf Erden verwandelte. Wann hatte ich mich das letzte Mal bei einer Frau zurückgehalten? Ziemlich angestrengt dachte ich zurück, um mich abzulenken, und kam zu einem einzigen Wort, wenn es darum ging, wann ich eine Frau *nicht* gefickt hatte, die ich ficken wollte: NIE.

Dieses spezielle Exemplar hier wollte ich auch noch DRINGEND.

Wieso legte ich dann nicht endlich mit meinen Spielstunden los? Ich wusste doch, dass sie sich die letzten Tage insgeheim gefragt hatte, was aus denen eigentlich geworden war. Schließlich hatte ich doch angekündigt, sie in der Nacht zu beanspruchen, aber ich wollte sie zappeln lassen! Und ich wollte, dass sie mich darum bat! Dass sie den ersten Schritt machte, dass ihr klar wurde, dass sie das *wirklich* wollte.

Trotzdem!

Wieso fickte ich sie nicht einfach? Unkompliziertes, hartes Ficken!

Weil es nicht meinen Fantasien entsprach, sie banal zu ficken. Die waren weit von plattem Sex entfernt. Ich wollte sie verführen. Sie in eine andere Welt katapultieren. Ich wollte sie völlig BERAUSCHEN!

Blow Job Girl machte während meines inneren Monologes mit ihrem lallenden äußeren Monolog weiter.

»Eigentlich ... sind Sie ja ganz paasaabl ... aba nur eigentlich ... nich' wirklich ... nur sooon bisschen ... ein gaaanz kleines ... ABER KÜSS'N!«, fiel ihr plötzlich ein. Sie richtete sich mit einem Ruck auf und schaute mit großen, wunderschönen Augen auf mich herab, riss mich somit aus meinen Gedanken. Denn sie hatte gerade KÜSSEN gesagt! Ihre Küsse waren wie eine Droge für mich ...

»Küss'n können Sie gut!«, stellte sie fest und starrte meine Lippen an, die sich von selbst zu einem selbstgefälligen Grinsen verzogen. Da lag sie goldrichtig und das war nichts, was nicht auch ein paar andere Weiber auf dieser Welt wussten. Doch sie küsste ich in Wahrheit ganz anders. »Hab'n ... Sie ihre Zunge trainiert, zum Küss'n ausgebildet, an einer Kussschule? Oda warum könn' Sie das so gut? Nein, neinnein ... ich will's gar nich' wiss'n ... hab mal davon gelesen, wiss'n Sie ... was Männer da unt'n so machen bei 'ner Frau mit der Zunge ... Ihhhhhh!« HILFE! Wollte sie mich vielleicht TÖTEN, wiederbeleben und noch mal TÖTEN? So fühlte sich das hier nämlich gerade an!

Sie war schon wieder beim nächsten Thema angelangt, über das sie mir dringend ihre Meinung mitteilen musste, während ich noch an dem letzten verreckte. »Und Sie ham da so Bretta am Bauch ...« Okay. Eigentlich war dieses *Gespräch* ziemlich gut, denn es zeigte mir deutlich, dass sie mich sogar verflucht scharf fand! Schließlich dachte sie über meine Küsse, meinen harten Knochen, meine flauschigen Hände *und* meine Bretter am Bauch nach.

Geile Scheiße!

»Das nennt man Bauchmuskeln oder Sixpack«, antwortete ich amüsiert und nahm den Arm von meiner Stirn. In der Zwischenzeit hatte sie sich neben mir aufgerappelt, sodass sie mehr oder weniger aufrecht saß, und schwankte vor sich hin. Der Zeigefinger war natürlich krumm erhoben. Aber die Wangen waren rot, die großen Augen glänzend und die zarten Mundwinkel, die sicher gut schmeckten, nach oben verzogen. »Wenn ich mit'm Kopf dagegen hau ... dann tut das sicha weh!«, stellte sie schlau fest.

»WHAT?«, fragte ich schrill, da rammte sie mir doch tatsächlich ihren Dickschädel in den Bauch. Dieser frontale Angriff brachte mich zum Aufkeuchen. Mit ihrem Gesicht blieb sie auf den harten Brettern liegen und nuschelte vorwurfsvoll: »Jetz' muss ich mich übergeb'n!«

Ich wollte gerade aufspringen, da kicherte sie schon wieder.

»Ach neee, doch nich'.« Sie winkte mit der Hand ab und patschte dann unkoordiniert in mein Gesicht. »Jetzt hab ich Sie mal an der Nase rumgefüüührt, Sie Schling'l, Sie ...«

Sie packte meine Nase, nachdem sie diese gefunden hatte, und zog daran, während sie monoton in meinen Bauch lallte. »Gleiches mit Gleichmmm ... Schweres zu Schwerem ... und auch Rosa zu Rosa ... Schwarz zu Schwaaarrrz.« Sie musste immer lauter kichern und rieb ihre Nase an meinen Muskeln.

»Drauß'n is' es imma dunkler als nachts ... wiss'n Sie?« Abrupt richtete sie sich auf und robbte mit ihren Titten WIEDER über meinen Arm und meine Seite nach oben, um mit meinem guten alten Freund – ihrem Zeigefinger – vor meiner Nase rumzufuchteln. »Wiss'n Sie eigentlich, was der Hamma is'?«, lallte sie gewichtig und ich fragte belustigt:

»Was?«

»EIN WERKZEUG!« Sie brach in schallendes Gelächter aus und ich musste mitglucksen, ob ich wollte oder nicht.

»Ich sag Ihnen jetz′ mal wasss ...« Ernsthaft schaute sie mir kurz darauf in die Augen und nuschelte weiter ... »Es saßen zwei Tomat'n auf der Leiter ... die eine fiel runter ... Und die andre ... hieß Erika!« Darüber – ihren eigenen Witz! – lachte sie so laut, dass sie sogar grunzte. Dabei versteckte sie ihr Gesicht an meiner Brust und war sich dessen nicht mal bewusst. Ich musste auch lachen, bis mir schlecht wurde, denn ich konnte nicht glauben, was sie hier für SCHEISSE abließ. Sie ließ sogar mehr Scheiße ab als ICH! SO eine Frau hatte ich noch nie getroffen! Sie war das witzigste, niedlichste, weichste und tollste Ding, dem ich jemals begegnet war – wenn sie nur wollte –, so viel war mittlerweile klar!

Mein Arm umfing sie wie von selbst und drückte sie eng an mich.

Ihr heftiges Glucksen verklang und wandelte sich zu einem leichten Schluckauf, während sie mit ihrer Nase über meine Brust strich und tief durchatmete.

»Ich liebe Ihren … Mund … auch wenn immer so unflätige Dinge herauskommen …«

Plötzlich hob sie den Kopf und sah mich an. Genauer genommen meine Lippen!

Die Stimmung kippte, die Stille zog sich schier in die Unendlichkeit, jetzt, wo sie nicht mehr lachte und lallte und ich meinen Arm um ihren Rücken gelegt hatte. Nicht um sie zu reizen, sondern um sie zu halten.

Mit einem Mal traten ihr die Tränen in die Augen.

OH SHIT! Verletzlich zu sein passte nicht zu ihr! Wenn sie sich verletzlich zeigte, fühlte ich mich automatisch verantwortlich sie zu beschützen und noch mehr zu ihr hingezogen.

»Diese ... Küsseee ... das war das Schönste, was mir ein Mann jemals geschenkt hat«, offenbarte sie in einem leisen Flüstern. Und traf mich damit so unvorbereitet, dass sich in meinem Magen etwas verkrampfte. Fast, als würde mir schlecht werden ...

DAS war das Schönste für sie gewesen? SHIT!

Das erste Mal war ich nackt und besoffen gewesen, das zweite Mal hatte ich nichts weiter gewollt, als sie zum Schweigen zu bringen, und das dritte Mal war ich komplett außer mir gewesen. Hatte sie denn außer mir niemals jemand geküsst? Verfluchte Arschlöcher! Waren die Vollpfosten nicht mehr ganz dicht und blind noch dazu?

Schmerzerfüllt schaute ich sie an. Ihre vollen, intensivroten Lippen, die blasse zarte Haut, die großen ausdrucksstarken Augen, die bei mir immer viel tiefer blickten, als sie blicken sollten.

»Wirklich?« Meine Hand strich ihr ganz von alleine die Haare aus dem Gesicht, und mein Daumen legte sich ganz von allein auf ihre volle Unterlippe, um darüberzugleiten. Ich konnte verflucht noch mal nicht glauben, dass es noch nie einen Idioten gegeben haben sollte, der ihr Gesicht berühren wollte!

Sie nickte heftig, was mich zum Lächeln brachte, denn SHIT, irgendwie war es geil, dass meine Küsse die einzigen waren, die sie je bekommen hatte. Demnach war sie eine süße, kleine Jungfrau ... MEINE kleine, süße Jungfrau.

»Ich will Sie noch mal küss'n!«, meinte sie schließlich fast flüsternd und jeglicher Humor war wie weggeblasen. Sehnsüchtig blickte sie mich an, als wäre ich ein Sandwich und sie kurz vorm Verhungern. Ich biss mir auf die Unterlippe, denn SHIT, ich wollte sie doch auch küssen – genauer gesagt, nichts lieber als das –, aber ich wusste, dass es verdammt unbedacht wäre, es in diesem Moment zu tun. Wusste, dass ich mich vielleicht nicht mehr kontrollieren konnte, wenn ihre anschmiegsame Zunge über meine streichen würde. Ich war wirklich ein verdammter ... Arschrocker, ABER ich würde sie sicher nicht ficken, wenn sie besoffen war. Nicht SIE!

Wenn morgen wieder Prüdella da wäre und Blow Job Girl vergessen, würde sie mir den Arsch aufreißen. Außerdem wollte ich all ihre Sinne, wenn es geschah, stark und aufnahmefähig, nicht so umnebelt wie jetzt.

Also sagte ich schweren Herzens mit peinlich heiserer Stimme: »Ich weiß nicht, ob ich mich kontrollieren kann.« Und es quälte mich, das vor ihr zuzugeben. Aber der Drang, ihr das mitzuteilen – SIE ZU WARNEN – war übermächtig. Bei ihr ging es mir nicht nur um MEINE Bedürfnisse.

»Ich weiß, du kanns' es ...« Mit einem Mal schob sie sich weiter nach oben, und ich starrte sie nur an, weil sie mich gerade das erste Mal geduzt hatte und weil sie so voller Vertrauen schien. Ich konnte den Anblick davon nicht mehr ertragen, wie sie sehnsuchtsvoll in meine Augen sah, und schloss die Lider, während meine Hand noch immer an ihrer Wange lag. Dennoch fühlte ich, wie sie sich herabbeugte, und schob ganz ehrlich Panik, als ihr Duft intensiver wurde. Mein Atem ging hektischer, strömte in ihr Gesicht, genauso wie mich ihrer streichelte. Am liebsten wäre ich weggelaufen.

Und gleichzeitig hätte ich sie am liebsten in meine Arme gezogen, um sie verflucht noch mal an mich zu tackern.

Zu viele Widersprüche, die mich lähmten. Also wartete ich darauf, dass sie mich küsste ... denn ich war geschwächt ... von ihr ... und ich wollte es genauso wie sie. Einfach nur küssen. Was sollte daran falsch sein? Besonders, wenn sie sich so gut dabei fühlte?

Sie war erwachsen! Ich war erwachsen! Und ich wollte ihr ja nicht meinen Schwanz in den Mund schieben, sondern sie *nur* küssen ... also!

Ich wartete und wartete ... unterdrückte ein Gähnen, und merkte erst nach ein paar Sekunden, als ich die Augen wieder öffnete, dass sie soeben nach vorne gekippt und eingeschlafen war und mir lauthals ins Ohr schnarchte. ZUM GLÜCK!

Ich war nämlich kein scheiß weißer Ritter. Ich war Mason Hunter und es wäre sicher nicht bei diesem Kuss geblieben.

CUT

10. Lost
(Noir Désir)

Der heutige Abend war schlecht, aufwühlend und verwirrend gewesen. Dementsprechend ruhelos warf ich mich in meinem Bett herum. Mich plagten die schönsten und die schlimmsten Träume in einem. Schlimme Träume, in denen Mason Hunter die Haare anderer Frauen hielt. In denen sie auf ihm lagen und ihm ins Gesicht lachten, während er mit seinem Daumen über ihre Unterlippen strich und sie liebevoll anlächelte. Schöne Träume, in denen ich es war, die mit ihm auf dem Bett lag. Die ihn berühren durfte und einfach nur offen, losgelöst und fröhlich war, während ich mich so wohl in seiner Gegenwart fühlte, als wäre ich ein komplett neuer Mensch ...

Aber das entsprach nicht meinem Naturell ... Das waren nur Träume und die sind ja bekanntlich Schäume. Ich ignorierte zwanghaft die Botschaften meines Unterbewusstseins an mich. Vor allem, dass ich mir in meinem Inneren wünschte, einfach nur etwas – zumindest ein kleines bisschen – von seiner Art anzunehmen und mich gehen zu lassen.

Genauso wollte ich nicht wahrhaben, dass mir die Vorstellung, er würde mit anderen Frauen lachen, scherzen, sie küssen und auf seine umwerfende Art angrinsen, ernsthafte Bauchschmerzen verursachte.

So wie jetzt ...

Ich sah die Frau, die seine Hand hielt, als schwarzen Schatten – eine Fremde. Ein glühendes unangenehmes Gefühl durchschoss mich, als ich den Blick bemerkte, den er ihr schenkte. Die Wärme in seinen Augen, als sie mit geschlossenen Augen genüsslich ihre Wange an seiner Hand rieb. Der Schmerz nahm an Intensität zu, als er lauthals wegen ihr lachte, so sehr, dass er seinen Kopf nach hinten warf und ich seinen langen schönen Hals und den Adamsapfel sehen konnte. Und dann schmiegte sie sich an ihn ... Ganz eng ... Ich konnte fast für die Fremde fühlen wie geborgen sie sich an seinem Körper fühlte. Konnte fast seine Wärme wahrnehmen, die er ihr schenkte, indem er seine Arme beschützend um sie legte.

Doch ICH würde niemals so vertraut mit ihm umgehen. ICH würde ihm niemals so nahe kommen. ICH würde niemals mit ihm lachen. ICH würde niemals ... von ihm geliebt werden.

Ich war verloren.

Der Gedanke riss mich aus meinem unruhigen Schlaf, als hätte mir jemand ins Gesicht geschlagen oder mich mit eiskaltem Wasser übergossen.

Verwirrt blickte ich in die Dunkelheit und setzte mich auf, während ich mir über das Gesicht rieb. WAS waren das nur für Visionen? Wieso hatte mein Unterbewusstsein nichts anderes mehr im Kopf als ihn? Seine Augen, seine Lippen, seine Hände. Und wieso ... kam mir jetzt der Begriff ›flauschig‹ in den Sinn?

Schnaubend schüttelte ich meinen umnebelten Kopf, als auf einmal sanfte Klänge aus der unteren Etage zu mir nach oben wehten. Offensichtlich spielte er Gitarre. Das, was seine talentierten Finger da fabrizierten, hörte sich fantastisch an und trieb mir fast die Tränen in die Augen, so gefühlvoll war es. Obwohl ein äußerst schmerzhaftes Pochen hinter meiner Stirn rumorte und meine Beine die Konsistenz von Gummi hatten, rappelte ich mich auf, wickelte mich in meine Decke und schlurfte mehr als das ich ging aus meinem Zimmer.

Im Flur angekommen vernahm ich sein Gitarrenspiel genauer, also blieb ich am obersten Rand der kühlen Treppe stehen und lauschte den harmonischen Tönen, die nun auch noch durch seine Stimme komplettiert wurden. Doch er sang keineswegs auf Deutsch oder gar Englisch, nein, es war Französisch. Vor Erstaunen klappte mein Mund auf, denn ich hätte niemals gedacht, dass ausgerechnet der Neanderthaler-Rüpel Französisch konnte!

Gütiger Gott! Wie er die Worte streichelte ... sie liebkoste und zu einem akustischen Genuss machte.

Es war kein Wunder, dass mir plötzlich so unsagbar warm wurde und seine Stimme durch alle Gliedmaßen fuhr. Wieso musste es mich immer so tief treffen, wenn er sang?

(Hier in Englisch.)

»Will you be able to say it
You have to try it all
You have to become
You have to look forward to
You have to come back
Lost in your way
You'll see the worst
To find the south
Without losing the north

I'm lost but I'm not stranded yet«

Sein Gitarrenspiel wurde etwas kräftiger, und obwohl ich aus einem unerfindlichen Grund Tränen in den Augen hatte und ihn eigentlich nicht stören wollte, zog er mich an wie ein Magnet. Ich wickelte die Decke fester um meinen vor Müdigkeit und Kälte zitternden Körper, und ging langsam und vorsichtig die Treppen hinunter. Am untersten Absatz blieb ich stehen und linste um die Ecke. Mason saß mit dem Rücken zu mir in seinem Sessel. Nur der Mond schien hell durch die großen Fenster, tauchte alles in mystisches Silber und

Schwarz, und ließ seine wirren Haare glänzen.

Ich konnte einfach nicht widerstehen und musste sein Gesicht sehen. Er hörte sich so ... zerschlagen an ... so verzweifelt ... sodass meine Träume in Vergessenheit gerieten und gleichfalls alles andere. Es gab nur noch ihn. Vorsichtig näherte ich mich ihm.

Als ich neben ihm ankam, bemerkte ich, dass er die Augen geschlossen hatte. Doch anstatt Entspannung auf seinen Zügen zu sehen, wirkte er, als hätte er Schmerzen, auch wenn es seinem perfekten Äußeren keinen Abbruch tat. Er hatte sich locker zurückgelehnt, ein Fuß über sein Knie gelegt, mit nichts weiter als seiner schwarzen, tief sitzenden Sporthose, seiner dunklen Gitarre und seinem nackten, vom Mondschein bleich aussehenden Oberkörper. Mich überkam eine Gänsehaut, weil sein Spiel und sein Gesang so intensiv wurden, dass ich mich auf die Couch setzen musste.

Im Nachhinein betrachtet war das mein Glück, ansonsten wäre ich mit Sicherheit aufgrund der Energie und der puren Qual, die er ausstrahlte, als er richtig loslegte, ganz sicher eingeknickt. Heiße Tränen rannen unkontrolliert über meine Wangen und ich schloss die Lider, während ich ihm das erste Mal im Leben genau zuhörte. Zwar verstand ich kein einziges Wort, aber mir war eins klar: Das hier ... war ein Hilferuf einer genauso einsamen Person, wie ich es war ...

»Between the slip-ups

Between the lines of thunderstorms

Between time & between us
& between dog & wolf
At highest voltage
The message just passed
at the edge of a razor

Fights of authority
Interests conflicts

you have to look forward to
you have to come back
you have to try it all
you have to come back

I'm lost but I'm not stranded yet«

Der letzte Klang hallte scheinbar ewig nach, eine winzige Unendlichkeit, in der ich nicht einmal zu atmen wagte. »Hör auf zu weinen, Babe.«

Ich öffnete meine Augen, als seine Worte meine Tränenflut unterbrachen und ich schockiert bemerkte, dass er mich wahrscheinlich seit geraumer Zeit anblickte.

Wieso machte er keine Witze?

Reizte mich nicht?

Brachte mich nicht zur Weißglut?

Aber die wichtigste Frage: Wieso konnte ich nicht aufhören zu heulen?

Er kniff gequält die Augen zusammen, als er beobachtete, wie ich mit mir kämpfte und doch nicht gewann. Er war so allein. Ich war so allein. Wir waren beide verloren und wussten eigentlich nicht wohin.

Ich heulte mehr.

Wortlos legte er seine Gitarre zur Seite. Ohne irgendwelche Anweisungen folgte ich der stummen Einladung, stand auf, kletterte seitlich auf seinen Schoß und kugelte mich dort zusammen. Es war ein Instinkt, dem ich gehorchte – zu stark, um ihm im Moment zu widerstehen. Während er eine Decke über uns zog und mich fest in seine starken Arme schloss, atmete ich zittrig durch. Seine nackte warme Haut unter meinen Fingern zu fühlen, beruhigte mich enorm, und ich lehnte mein Gesicht an seinen Hals, sog alles von ihm auf. Ich vergrub meine Hände in seinem Nacken und ließ es zu, dass er sanfte Kreise auf meinem Rücken malte und seine Wange auf meine Haare legte.

Die Schluchzer verebbten mit der Zeit und die Trauer machte tiefer seliger Zufriedenheit Platz, während ich in der stillen dunklen Nacht auf seinem Schoß saß und mich von ihm streicheln ließ, wie das kleine unbekümmerte Mädchen, das ich in meinem Inneren manchmal sein wollte.

Doch nicht nur ich wurde durch ihn zu einem anderen Menschen.

Er war im Moment alles andere als ein rotziger Rüpel, sondern ein einfühlsamer Gentleman.

Eine Riesenlast fiel von meinen Schultern, während ich mich an ihn kuschelte ... so *zwanglos* ... dass ich schon bald einschlief.

***

Als ich jetzt träumte ... hellte sich der Schatten auf und offenbarte mir ein perfektes, lupenreines Bild auf die Szenerie oder besser gesagt die Erinnerungen an den letzten Abend, die mein Unterbewusstsein gerade verarbeitete. Und ich erkannte, dass ICH es gewesen war, die so sorglos mit ihm umgegangen war, die so fröhlich gewesen war und die sich einfach nur von ihren Gefühlen hatte leiten lassen.

Keine Fremde.

***

Am nächsten Morgen wachte ich auf, weil ich vor Hitze fast umkam. Ich schwitzte am ganzen Körper, und die wortwörtlich heiße Haut unter meiner Wange klebte, als ich meinen Kopf hob und geradewegs auf einen Hals blickte, an dem sich schwarze Tinte nach oben schlängelte. Er schlief tief und fest, hielt mich aber immer noch in seinen Armen und hatte den Kopf entspannt nach hinten gelehnt. Gut, so war wenigstens sein vorlauter Mund zu und ich konnte ihn ganz in Ruhe ansehen. Dies tat ich ausgiebig, während ich mich vorsichtig auf seinem Schoß aufrichtete. Erstens, um ihn nicht zu wecken und zweitens, weil mein Schädel dröhnte, als würde darin jemand Rasenmähen.

Die Sonne schien durch die Fenster auf uns und ließ seine ebenmäßige Haut strahlen. Er hatte zwar tiefe Augenringe, aber so lange Wimpern, dass sie den Fokus automatisch auf sich lenkten. Ohne zu übertreiben, war er der schönste Mann war, dem ich jemals begegnet war. Ehrfürchtig betrachtete ich seine glatte, sanft gewölbte Stirn und seine gerade Nase. Wie gern wollte ich sie nachfahren ... über die hohen Wangenknochen streichen ... über diesen ausgeprägten Kiefermuskel, der sich so anregend anspannte, wenn er die Zähne zusammenbiss. Zwangsläufig blieb mein Blick an meinem liebsten Körperteil von ihm hängen. Seinem Mund.

Diese leicht rosafarbenen vollen Lippen, die förmlich dazu einluden, an ihnen zu saugen und darüberzulecken, sie zu schmecken ... Oder einfach mit den eigenen Lippen darüberzufahren ... um zu fühlen, wie das zarte Fleisch nachgab.

HUCH! Was machte denn meine Fingerspitze dort?!

Als hätte ich mich verbrannt, und das hatte ich in diesem Fall wohl auch, zog ich meine Hand zurück und legte sie auf meinen Mund, um meine Atmung zu kontrollieren.

Selbst wenn er schlief, brachte er mich komplett durcheinander!

Und dann ...

Grundgütiger Gott! Was tat er mir nur an?

Dieses Lächeln, das seine Mundwinkel nun zucken ließ, sollte als höchst gefährlich eingestuft werden! Eine Hand war um meinen Rücken gelegt. Die andere um meine Hüfte.

Er verstärkte seinen Griff und drückte mich leicht gegen seine Brust, während er sich unter mir streckte. Das ließ sich an Sinnlichkeit kaum überbieten, weil ich die Arbeit seiner Muskeln genau fühlen konnte. Wortlos tänzelte seine Hand meine Wirbelsäule herauf bis in meinen Nacken, wo er mich dann wieder mit seinen Fingerspitzen verrückt machte, und zwar SO verrückt, dass mir augenblicklich noch viel heißer wurde. Als ich erschauerte, lächelte er breiter.

Dann fuhr seine Hand in einer wahnsinnig erotischen Bewegung hoch in meine Haare, wo er mir zärtlich den dröhnenden Kopf massierte und mich sofort entspannte. Ich hätte eigentlich wissen müssen, dass Finger, die so gut Gitarre spielen konnten, auch enormes Talent für andere Dinge haben mussten. Mir entglitt ein leises Seufzen und ich schloss die Augen. Am Rande bemerkte ich einen leichten Druck auf meinem Hinterkopf und gab ihm nach, beugte mich nach vorne und tat das, was ich unbewusst die gesamte Zeit hatte tun wollen.

Ich drückte meine Lippen hauchzart auf sein warmes weiches Fleisch und bewegte sie leicht auf seinen. Heiser stöhnte er in meinen Mund und ich kniff die Augen fester zusammen, doch sein Kuss blieb ungewohnt passiv. Er überließ mir die Führung, ließ mich seinen Mund erkunden und genoss es, seinem Lächeln nach zu urteilen, genauso wie ich.

ICH war die, deren Finger ehrfürchtig über seine stoppelige Wange strichen. ICH war die, deren Zunge sich weiter vortastete, um seinen einzigartigen Geschmack zu kosten. ICH war die, die leise stöhnte, als er mir mit seiner Zunge entgegenkam und ICH war auch die, der mit einem Mal einfiel, was er gestern Abend getan hatte.

Ich versteifte mich. Als hätte er geahnt, was gleich folgen würde, schnellten seine Hände vor und packten meine Handgelenke.

»Nein, das tust du jetzt nicht!«, forderte er.

»SIE ... SIE ... SIE …« Mir fiel kein passender Ausdruck für ihn ein, während ich daran zurückdachte, was er während des Auftritts mit mir angestellt hatte. Wie er mich zuerst eingewickelt und dann einfach fallen gelassen hatte, um sich mit seinen leichten Mädchen davonzumachen.

»Rüpel? Kretin? Käse?«, bot er mir schmunzelnd an und ich wusste nicht, was er dieser Situation an Komik abgewinnen konnte! Ich fand sie ehrlich gesagt zum Übergeben. Genau das bahnte sich auch an, denn mein Magen verkrampfte sich – mir wurde übel – richtig übel – und alle Farbe wich aus meinem Gesicht.

»Oh, oh!«, lautete sein schlauer Kommentar und er ließ mich los, damit ich von seinem Schoß springen und aufs Klo stürmen konnte, um mich dort kläglich aus vollem Halse zu übergeben. Ich verlor gerade meine Contenance, aber wie sollte ich sie wahren, wenn sich mein Inneres undamenhaft nach außen wölbte und mich durch meinen Mund verließ?

Als ich fertig war und mein Magen sich nicht mehr ruckartig und schmerzhaft zusammenzog, während ich schreckliche Geräusche von mir gab, putzte ich mir die Zähne. Auf einen Blick in den Spiegel verzichtete ich und schlurfte völlig fertig in den Wohnbereich. Ihn ignorierend ließ ich mich auf die Couch plumpsen und schnappte mir meine ordentlich zusammengefaltete Decke, um mich darin einzuwickeln, die Augen zu schließen und darauf zu hoffen, dass mein Kopf bald zu dröhnen aufhören würde.

Erst nach ein paar Sekunden öffnete ich ein Lid, um mich zu vergewissern, ob Mister *Ich- vergnüge-mich-mit-Bordsteinschwalben-und-küsse-dich-danach-als-wäre-nichts-geschehen-und-du-die-Einzige* noch anwesend war.

Er schlenderte wie gerufen in mein Blickfeld und stellte mir mit viel Schwung ein Glas mit klarem Wasser auf den Couchtisch, der natürlich nicht trocken blieb, weil es überschwappte. Ich seufzte schwer und linste zu den Tüchern, die ich überall in seiner Wohnung deponiert hatte. Sie waren eindeutig zu weit entfernt! Scheinbar auf einem anderen Stern! Kein Wegwischen möglich. Er grinste und knallte eine weiße Tablette daneben.

»Schluck, du Luder!« Somit ließ er sich wieder auf seinen Sessel fallen, um auf seiner Gitarre rumzuzupfen – zum Glück leise! Ausnahmsweise fügte ich mich kampflos und schluckte die Tablette. »So ist es brav ...«, lobte er dümmlich. Ich schnaufte und wandte ihm mit zu viel Schwung den Rücken zu, was nicht gut für meinen Magen und meinen Kopf war.

Er lachte leise und klimperte weiter ...

Beobachtete er mich? Lauerte er förmlich? Nach einiger Zeit konnte ich es nicht mehr ertragen, ihn nicht anzublicken, und drehte mich zurück. Zum Glück hatten die Kopfschmerzen bereits ein wenig nachgelassen. Und während ich dort lag und ihm dabei zusah, wie er spielte und mich schmunzelnd beobachtete, wie ich ihn beobachtete, fiel es mir ein! Ich hatte vergessen, meine Schwestern anzurufen!

Gott, das würde Ärger geben. Sie hatten seit Tagen nichts mehr von mir gehört. Dabei hassten sie es, nicht über alles informiert zu sein, was ich machte. Also richtete ich mich auf, langsam wohlgemerkt, und fragte. »Kann ich Ihr Telefon benutzen?«

»Ob du kannst, weiß ich nicht …«, antwortete er frech grinsend und spielte eine mysteriöse Melodie. Ich verdrehte schwach die Augen. »Hat aber keinen Vibrationsalarm ...«, ergänzte er abwinkend und kramte in seiner Hosentasche, um sein Handy rauszuholen. »Einen Moment, Prüdi.« Er wählte eine Nummer und wartete dann konzentriert … Kurz fragte ich mich, warum er mir nicht das Handy gab, aber vielleicht hatte es keine Flatrate.

»AHHH, DA IST ES!«, rief er aus, als es von irgendwo aus der Couchritze klingelte, doch ich wagte nicht, ohne Handschuhe reinzufassen, um es rauszuholen. Mason war so nett und wühlte für mich in den Tiefen seiner Couchritzen, wofür ich so weit wie möglich von seinen Fingern wegrutschte.

Triumphierend hielt er es hoch, nachdem er es gefunden hatte.

»Hier ... es hat sogar noch Akku!« Fröhlich drückte er es mir ans Ohr, aber ich nahm es nur mit spitzen Finger – weg von meinem Gesicht –, um es mit einem Sagrotan-Tuch, von denen ich für den Notfall eine Familienpackung unter dem Tisch drapiert hatte, abzuwischen.

»Na jetzt geht's los ... Ich hab doch kein Aids!«

»Wissen Sie, dass Handys und Telefone sehr keimbelastet sind? Besonders Ihre. Man weiß ja nie, wo Ihre Finger vorher waren.«

»Also, wenn du's genau wissen willst, waren Zeige- und Mittelfinger im Arsch von ... keine Ahnung, wie sie hieß ...«, antwortete er locker, und zeigte mir die zwei langen schönen Finger.

»Sie sind so widerlich. So vulgär ... so Frauenverachtend ...«

»Wieso, sie wollte es doch auch!«

»Ich möchte jetzt nicht über Ihre kranken Praktiken sprechen, mir ist sowieso noch übel.«

»Also gestern Nacht hast du noch meinen harten Knochen begrabscht, und heute willst du nichts über meine Finger wissen, die so flauschig sind?« Er wackelte nun mit zehn schönen Fingern.

»Ich habe *was*?«

»Du hast ihn angetippt, Babe.«

»Wen?«

»IHN!« Er deutete auf seinen Schritt und hakte die Finger so ein, als würde er die Hose runterziehen wollen. »Soll ich ihn dir nun zeigen!«

In Windeseile hielt ich mir die Augen zu »Nein, nein, nein, nein, nein, das Thema hatten wir schon und jetzt seien Sie BITTE fünf Minuten ruhig! Ich muss meine Schwestern anrufen und die sollten nicht wissen, wo ich bin. Das werden Sie doch wohl schaffen, oder?«

»Jaaa, ich bin jetzt ganz brav und beschäftige mich mit mir selber.«

»Gott bewahre ...«, erwiderte ich stöhnend und verdrehte die Augen, während er lachte, aufstand und zu seinem Schildkrötenbarbiehaus ging, um ihre kleinen komischen Köpfe zu streicheln. Währenddessen versuchte ich zwanghaft, ihn nicht zu beobachten, nicht an das zu denken, was er mir soeben gesagt hatte, und wählte meine Festnetznummer.

Nach dem gefühlt zehntausendsten Klingeln ging eine sehr verschlafene Magda ran.

»Hallooo?«

»Guten Tag ... ich bin's ... Hannah. Deine Schwester ...«, informierte ich sie sachlich.

»Ich weiß, wer du bist ... Nur eine Person kommt auf die Idee, um diese Uhrzeit anzurufen!«, nuschelte sie und gähnte ausgiebig. Ich konnte förmlich sehen, wie sie sich an unpassenden Stellen kratzte und weitermurmelte: »Hast du schon mal auf die Uhr geguckt?«

»Jaaa ... es ist ...« Ich schaute nach. »... elf Uhr und siebenundzwanzig Minuten, Berliner Zeit.« Oh Gott ... wie lange hatte ich nur auf seinem Schoß gesessen und danach auf der Couch gelegen? Es war schon fast Nachmittag!

»Ja! Mitternacht! Wegen dir muss ich mir jetzt Eiswürfel für meine Augen holen. DANKE, HAN!«

»Hannah!«, zischte ich sofort.

»Ja, ja ... du Nervensäge ...«

»Magda ... ich muss doch bitten. Schließ nicht von dir auf andere.« Jetzt hörte ich ein eindeutiges melodisches Lachen. Mein Kopf fuhr warnend zu ihm herum, und ich legte meinen Finger auf meine Lippen, um ihm anzudeuten, dass er ja keinen einzigen Mucks von sich geben sollte. Denn wenn Magda und Rosi rausfänden, wer mein rüpelhafter Klient war, würden sie alles stehen und liegen lassen und in ihren Schlafsachen, mit Lockenwicklern in den Haaren und Masken im Gesicht hierher trampen. Mason, der anscheinend jetzt erst so richtig wach wurde, grinste mich diabolisch an und ich wusste, das Ende der Welt stand bevor, als er neben seinem Schildkrötenhaus auf die Knie ging und langsam auf mich zukroch. Wieso musste er dabei so sinnlich aussehen? Wieso hatte er nichts an, was das Spiel seiner Muskeln verdeckte?

Warnend blickte ich ihn an, doch er ließ sich nicht stoppen, während Magda loslegte.

»Bitte mich um was du willst, aber ruf mich nie wieder so fucking früh an ... Mann, Rosi hat heute Nacht wieder schlafgewandelt, und ich habe sie mit Vanilleeis in den Haaren am Kühlschrank gefunden. Dann musste ich bei ihr schlafen, während sie sich hin und her gewälzt hat, und ›Mason, Mason ... OHHH, MASON‹ vor sich hin stöhnte ... Deswegen habe ich jetzt ein blaues Auge, und es war nicht ihre Hand, sondern ihr Fuß ... Mir tut mein kleiner zierlicher Körper weh, weil sie sich auf mich gewalzt hat und mich reiten wollte, während sie ihren Arm schwang, als hätte sie ein Lasso in der Hand und ›Mason, *ohhh jaaaaa, Mason, ich reite dich zu, du wilder Hengst*‹ schrie. Sonst machst du das ja immer mit ihr, aber jetzt bist du nicht da ... und ICH muss das ertragen. Deswegen kann ich nicht schlafen, und dann besitzt du auch noch die fotzige Frechheit, mich hier mitten in der Nacht anzurufen!«

»Achte bitte auf deine Wort- und Tonwahl, mein Fräulein!«

»Ich scheiße auf die Wort- und Tonwahl! Ich habe ein Schleudertrauma! Hab du mal Rosi auf dir sitzen!«

»Das hatte ich schon oft genug«, konterte ich und beobachtete Mister sexy Rotzer, der sich an der Couch hochstemmte und über mich beugte. »Nein, nein, nein, nein!«, flüsterte ich ihm zu und versuchte, ihn an den Schultern wegzudrücken, was aber keine gute Idee war, denn er brachte mich – völlig untypisch für mich – zum Quietschen, als er sich plötzlich rittlings auf meinen Bauch setzte, das Telefon nahm und den Lautsprecher anmachte. Ich schüttelte nur panisch meinen Kopf, als er das Telefon auf meiner Brust ablegte und mich angrinste, bevor er blitzschnell meine Hände einfing, über meinem Kopf festhielt und mich somit streckte.

Immer dieses ... unverschämte ... rüpelhafte ... Höschen nässende... in andere Sphären versetzende Grinsen. Das würde irgendwann noch mein Untergang sein. Und wie kam er überhaupt dazu, mich jetzt als Sitzgelegenheit zu nutzen?

»Gehen Sie runter!«, flüsterte ich voller Empörung, doch nicht leise genug.

»Wer soll wo runtergehen?«, quäkte es sofort aus dem Telefon, und mit einem Mal hörte sich meine kleine Schwester überhaupt nicht mehr müde an.

»Ähhh …« Ich überlegte zwanghaft, doch Mason Hunter alias Spank Ransom ließ mir keine Zeit meine Gedanken zu ordnen, denn er beugte sich vor, während er meine Hände weiterhin nicht aus seinem Griff entließ, strich mit seiner Nase über meinen Kiefer bis zu meinem Ohr und flüsterte dort samten: »Sag es ihr, Blowjob-Girl. Sag ihr, wer auf dir sitzt und dich scharfmacht.«

»NEIN! Sind Sie verrückt? Sie wird ausrasten ...«, wisperte ich zurück und wollte ihn von mir runterbekommen, indem ich meine Hüften drehte – zumindest versuchte ich es.

»HEY!«, erklang Magdas Stimme aus dem Hörer. »Hat da eben ein Mann gesprochen? Wieso rauscht es plötzlich so?« Mason lachte leise ... und glitt mit seinen Lippen an meinem Hals hinab. »Ja, Hannah … wieso?«, neckte er mich mit seidiger Stimme.

Ich konnte ihm keine gepfefferte Antwort um die Ohren hauen, weil Magda mich sonst gehört hätte, und so versuchte ich mich einfach nur weiter durch Rütteln zu befreien, doch er hielt mich fester, während seine Lippen auch am Schlüsselbein nicht haltmachten.

»HANNAH! REDE MIT MIR!«, forderte meine kleine Schwester und meine Augen verdrehten sich wie von selbst nach oben, als sich ein süßes Prickeln von seinen Lippen ausgehend ausbreitete, das mir geradezu den Verstand raubte.

»Ähhh Ich … äh ... ich rede doch mit dir ...«, presste ich hervor, doch das DIR klang viel zu hoch, weil er mich in dem Moment leicht in meine Haut biss. Er lachte leise.

»HAT DA GERADE JEMAND GELACHT? Oh GOTT! Das hörte sich sexy an! Guckst du gerade was über *Sex on Two Legs* im Fernsehen?«, fragte Magda misstrauisch.

AHHH! Was machte er nur mit mir? Und wieso gefiel es mir so gut, was ich auf meinem Bauch fühlte? Wieso gefiel es mir so gut, so FEST von ihm gehalten zu werden? Wieso schlug mein Herz bis zu meinem Hals, und wieso konnte ich mich beim besten Willen nicht mehr auf mein Telefonat konzentrieren?

»NEIN!«, rief ich aus, denn ich bemerkte schockiert, wie er sein Knie zwischen meine Beine schob. Das NEIN war eindeutig an beide gerichtet ... Doch natürlich ignorierten mich auch beide. Er hob sein Gesicht und blickte mir fordernd direkt in die Augen, als er den Druck verstärkte, sodass meine verräterischen Beine sich weit spreizten. Äußerst zufrieden lächelnd rieb er dann mit seinem harten Oberschenkel über meinen Schritt. Ein leises Seufzen entwich mir, denn mit einem Mal durchströmte es mich wohlig heiß ...

Ich wand mich etwas mehr, wollte ihn einerseits von mir stoßen, aber andererseits mehr von dieser wundervollen Reibung ... mehr Körperkontakt ... mehr ... *Mason*...

»Und da ist sie wieder ... mein Blowjob Girl ...«, hauchte er gegen meine Haut ... strich mit seiner Zunge über meinen Hals ... leckte ... saugte ... blies über die feuchten Stellen und erhöhte den wundervollen Druck.

»HANNAH! Was zum Teufel machst du? Hast du gerade geseufzt? Hat da jemand geflüstert? Wirst du gerade gefingert, geleckt oder anderweitig befriedigt? Das kann doch gar nicht sein. Was ist denn da los?«

»Magda!«, stieß ich schockiert und außer Atem aus, während er lachte.

»Gute Idee ... du bist sicher schön eng«, raunte er hauchzart. AHHH, diese Worte ... Mein Kopf begann, sich zu drehen.

»ROSI!«, schrie Magda plötzlich. »ICH GLAUB'S NICHT! UNSERE SCHWESTER MACHT RUM, WÄHREND SIE TELEFONIERT!«

»TU ICH NICHT!«, rief ich aus, aber Mason drängte nun auch sein anderes Bein zwischen meine, stützte sich dabei auf einen Armen ab, und flüsterte: »Nein, du doch nicht, Blowjob Girl ... AH SHIT ... bist du feucht!«, stellte er fest, als er seinen harten Unterkörper gegen meinen presste. »Das sind ja die reinsten Niagarafälle hier unten ...« Er hatte recht, meine Höschen waren völlig überflutet und eigentlich hätte es peinlich sein sollen … ABER … Sein heiserer, erregter Tonfall gemischt mit diesen glühenden, nach mir verlangenden Augen hatte es fertiggebracht. Irgendwie hatte es in meinem Kopf *Klick* gemacht, und alles Rationale, jeglicher Anstand und jede Moral waren wie weggeblasen.

»Magda, ich hab keine Zeit. Ich lebe ... Bin angekommen ... mach keinen Blödsinn ... küss Rosi von mir ... Liebe euch ... Tschüss!« Sofort ließ Mason meine Hände los, denn er hatte anscheinend schon gewusst, was ich tun würde. Ich schnappte mir das Telefon, legte auf und schmiss es über die Couchlehne.

»So gefällst du mir!«, war sein faszinierter Kommentar.

Ich wollte nur noch eins ... ihn schmecken ... ihn fühlen ... ihn riechen ... also vergrub ich meine Finger in seinen Haaren und zog sein Gesicht zu mir. Fest drückte ich meine Lippen auf seine und kam ... seinem ... harten Knochen bei der Reibung entgegen. Die Aussicht auf das *Mehr* reichte nicht mehr – ich wollte es GANZ!

Damit hatte er nicht gerechnet ... Überrascht stöhnte er in meinen Mund, umfasste meinen Kopf mit seinen starken Händen und küsste mich mit einer Intensität zurück, die mir jeden Atem raubte. Dabei bewegte er seine Hüften nach oben und nach unten ... rieb mit seiner Spitze über einen Punkt, bei dessen Berührung sich alles in meinem Bauch zusammenzog und ich hilflos wimmerte.

Diese Reaktion meines Körpers schockte mich. Ganz ehrlich.

Also packte ich ihn fester an den Haaren und riss seinen Kopf von mir weg.

Schwer atmend, mit wunderbar geröteten Lippen und mit dunkel verschleierten Augen blickte er auf mich herab ... Wie damals auf der Bühne ... OH GOTT! Dieser Blick, der pures Verlangen ausstrahlte, war fast schlimmer als seine Berührungen.

»Was tust du nur mit mir?«, fragte ich schwach flüsternd – verzweifelt ...

Wie konnte es sein, dass ich mich so gut fühlte, sobald er diese unflätigen Dinge mit mir tat ... Wie konnte es sein, dass ich alles um mich herum vergaß, von einer Sekunde auf die andere? Ein Fingerschnippen von ihm und ich schmolz dahin, weil diese unglaublichen und doch beängstigenden Gefühle meinen Körper durchströmten, ohne dass ich das Geringste dagegen tun konnte. Das war furchteinflößend und absolut nicht normal. Doch die Erklärung war einfach.

Mason Hunter war ein Meister der Verführung.

Und er machte diesem Titel alle Ehre.

Er kreiste leicht mit seinen Hüften, sodass ich nach Luft japste.

»Lektion Nummer eins, Miss Obermeier:« Seine heisere, sexy Stimme fuhr mir in Mark und Knochen. »Menschen werden erregt, wenn man bestimmte Punkte reizt ... und jeder Mensch mag es, erregt zu werden. Auch du!«, raunte er heiser und biss die Zähne zusammen, als ich am ganzen Körper zusammenzuckte, weil er den Druck erhöhte.

»Hör auf damit!«, bettelte ich fast, denn ich wusste, ich konnte nicht aufhören, auch wenn mein Verstand mir sagte, dass ich aufhören MUSSTE. Das hier war unerhört und falsch ... und so ... berauschend.

Er lächelte bezaubernd auf mich herab, beugte sich vor und strich mit seinen Lippen über meine. »Wieso soll ich aufhören, Blowjob Girl ... Ich liebe es, wenn du mich mit deinen Blicken anflehst. Wenn du dich verlangend an mir reibst, wenn dein Atem für mich schneller wird, wenn deine Wangen sich so wunderbar röten. Wenn du mich mit jeder einzelnen Faser WILLST ... Wenn du dein wahres Ich zeigst und dich nicht hinter deiner Prüdella-Maske versteckst!« Somit verstärkte er den Druck noch ein bisschen, während sein süßer Atem in meinen Mund strömte, als er meine Unterlippe mit seiner Zunge nachzeichnete.

»Es ziemt sich a…aber nicht ... wenn Sie Ihren ... Knochen ... an mir reiben! Sie ... Sie ... Hund!« Wieso musste ich jetzt selbst kichern?

»Wenn du meinen Schwanz noch einmal Knochen nennst, dann reib ich ihn nicht nur außen ... denn Hunde verbuddeln ihre Knochen tief unter der Erde ... Sehr tief!«, informierte er mich rau lachend und ich erschauerte. »Also halt einfach die Klappe!« Natürlich schlängelte sich wieder seine seidige Zunge in meinen Mund, dominierte mich ... bis ich wirklich nicht mehr atmen konnte. Mein Gesicht und mein Körper brannten um die Wette.

Wieder zog ich seinen Kopf weg und keuchte schwer atmend: »HÖREN SIE JETZT AUF!«

Er lachte leise. »Sagt Prüdella ... während Blowjob Girl mich anfleht, sie ZU BEFREIEN. ALLES ANGESTAUTE RAUSZULASSEN ... Sie kommen zu lassen. Das könnte ich ohne jede Probleme. Weißt du, Babe ... Ich könnte dich innerhalb von zwei Minuten SO verflucht GUT fühlen lassen ... aber ich weiß, wenn ich dich jetzt fingere, schlägst du mich.«

»Fingern? Können Sie nicht Deutsch mit mir reden? UND GEHEN SIE ENDLICH RUNTER!«

»Nö!« Er packte wieder meine Hände und verschränkte unsere Finger neben meinem Kopf, bevor er mich erneut küsste.

»DOCH!«, rief ich in seinen Mund. Mein Geist war dagegen, während mein Körper absolut dafür war.

»Nein.« Er küsste mich heftiger, hielt mich komplett bewegungslos ... Ich stöhnte hilflos in seinen Mund, als etwas in mir explodieren wollte, doch gleichzeitig bekam ich Panik, denn ich verlor immer mehr die Kontrolle über meinen Körper. Also machte ich das einzig Richtige – zumindest verstandesmäßig.

Ich kippte mit einem Ruck meine Hüften zur Seite, und zwar so kräftig, dass ich ihn von mir runter auf den Boden warf.

Vorwurfsvoll und wunderschön starrte er mich von dort an und rieb sich seine Seite, während ich mich aufrichtete und versuchte, mein rasendes Herz zu beruhigen. Alles in mir pulsierte, dröhnte, knisterte, spielte verrückt ... Mein Kopf rauschte. Meine Gliedmaßen fühlten sich an wie Gummi. Schockiert erwiderte ich seinen Blick. Ich konnte nicht glauben, dass er es so einfach zustande brachte, mich SO fühlen zu lassen. Gleichzeitig wurde mir klar, wie sehr er sich bis jetzt zurückgehalten hatte und wie unsagbar hilflos ich war.

»Sie machen so etwas Ungeplantes nie wieder!«, forderte ich, wobei es einfach nur peinlich klang, weil ich dabei nach Luft japsen musste.

»Du bist wirklich eine verdammt harte NUSS!«, sagte er, verdrehte die Augen und setzte sich locker auf. Er krabbelte zu mir an die Couch, legte dort sein Kinn auf meinen Oberschenkel wie ein kleiner Hund und rieb sich an meinem Knie. Dabei kratzte er mit seinen Stoppeln über meine nackte Haut, was schon wieder prickelte. Ich wollte ihn ja wegschieben, aber ich konnte einfach nicht … Nicht bei diesem Dackelblick! »Sei nicht böse, Babe«, flüsterte er gegen meine Haut und küsste mich auf die Kniescheibe. AHHH ... wieso musste er in einem Moment so schreckliche empörend erotische Sachen mit mir machen, und mich im nächsten Moment treudoof mit seinen großen braunen Augen ansehen?

»Wissen Sie was?« Ich packte seinen Kopf an den Haaren, hob ihn an und stand auf. »Jetzt reicht es! Ende mit der Faulenzerei! Beim Faulenzen kommen die Leute nur auf schlechte Ideen! Es wird Zeit, dass wir an die Arbeit gehen und mit diesen Spielchen aufhören! Ziehen Sie sich an!

Rasieren Sie sich! Sie führen mich jetzt schick zum Essen aus!«

»Zu McDonalds?«, fragte er hoffnungsvoll und sprang auch auf die Beine, über die Couchlehne und folgte mir die Treppen nach oben. Die Decke hatte ich um meine Schultern geschlungen, schließlich trug ich lediglich ein Höschen und ein dünnes Top. Er hob den Saum meiner Decke hoch und ich quiekte auf, drehte mich um und schlug ihm auf die Finger.

»Ja sorry ... Ich musste schon die ganze Zeit widerstehen, um deinen kleinen süßen Arsch nicht mit zwei Händen zu packen und dich gegen meinen Schwanz zu reiben, da wollte ich ihn wenigstens mal bei Tageslicht sehen ... Gestern Nacht im Mondschein hat er mich schon so angelacht«, rechtfertigte er sich grinsend, verschwand blitzschnell in sein Zimmer, das gegenüber von meinem lag, und ließ mich wie so oft gleichermaßen fassungslos und erregt zurück.

»Sie Rüpel!«, rief ich ihm noch hinterher und musste schmunzeln, als ein diabolisches Lachen hinter seiner geschlossenen Tür erklang.

CUT!

11. Walk away from the Sun

(Seether)

Shit. Mein scheiß Schwanz in meiner scheiß Hose NERVTE!

X-tausend Mal hatte ich mich umziehen müssen, weil ihr meine Klamottenauswahl nicht gefiel – ob nun meine zerschlissene, zerrissene schwarze Jeans oder mein ›Get of my dick‹-Shirt, nichts konnte ich ihr rechtmachen. Vielleicht hätte ich sie doch anlügen sollen, als sie mich im Oberlehrerton fragte, was der Aufdruck zu bedeuten hatte. Ich mutierte eindeutig zum Weichei mit dieser Frau in meiner Nähe.

Aber irgendwann, nach diversen Motzattacken Prüdellas, saß ich neben ihr im Auto – sie weigerte sich einfach, auf mein Motorrad zu steigen – ich überlegte wirklich, warum – und fuhr mit dröhnender Musik in Richtung Innenstadt.

Natürlich war mir aufgefallen, dass sie zur Abwechslung mal ihre Haare nicht in einem Dutt zu Tode knotete und ihre Monsterbrille anscheinend durch Kontaktlinsen ersetzt hatte. Ebenfalls entging mir nicht, wie anziehend und jung sie doch wirken konnte, wenn ihr die Locken glänzend über die Schultern fielen und wie gerne ich eine dieser Strähnen um meine Faust gewickelt und sie daran zu mir gezogen hätte, um ein bisschen mit ihrer Zunge zu spielen.

ABER ich benahm mich absolut untypisch und hielt mich zurück.

»Also, Mister Hunter. Ich werde mir Ihr Verhalten in der Öffentlichkeit heute mal genauer ansehen. Ich werde nicht einschreiten, selbst wenn sich meine Zehennägel kringeln werden. Doch dieser Schritt gehört dazu. Nach der Lektion werden wir uns noch mal zusammensetzen und Ihr Verhalten auswerten.«

»Na heilige Scheiße, das wird lustig!«, erwiderte ich grinsend und parkte vor dem Dreisternerestaurant, zu dem uns mein Navigationsgerät geführt hatte. Denn in solche Schickimickifickischuppen brachten mich sonst nicht mal eine Horde Paparazzi.

Prüdella stieg alleine aus, während sie schon fleißig und mit der Zunge zwischen ihren Zähnen in ein kleines Kackblöckchen kritzelte, in dem sie sicher meine empörenden Schandtaten festhalten würde. Na, dann sollte ich ihr auf jeden Fall was bieten!

»Schreibst du meine Memoiren, oder was?«

»Nein ... ich notiere mir kurz und bündig alles, was mir auffällt.«

»AHA! Bist du sicher, dass dein kleines Blöckchen ausreichen wird?«, fragte ich immer noch grinsend und steckte meine Hände in die Hosentaschen, während ich auf das Restaurant zuschlenderte und sie mir folgte. Irgendwie war ich ziemlich sauer auf sie – wieso wusste ich noch nicht so recht.

Stirnrunzelnd öffnete ich die Tür, marschierte hindurch ... und hörte nur noch einen unschönen Laut. *PLONK*.

»SHIT!«, nuschelte ich, als ich mich umdrehte und die Tür wieder öffnete, die Prüdella gegen die Nase geknallt war. Sie hielt sich ihr kleines Riechorgan und schaute mich mit Tränen in den Augen an, denn der Scheiß tat sicher weh. »Das Timing war schuld! Ich auf jeden Fall nicht!«

»Schon klar, Mister Hunter! Sie sind ja nie an irgendwas schuld, nicht wahr?« Sie rieb sich mit einer Hand ihre Nase. Dann zückte sie ihren Stift, den sie sich streberhaft hinters Ohr geklemmt hatte, und notierte etwas mit grimmigen verzogenen Lippen.

Mindestens schon zwei Minuspunkte ...

Die blonde Kellnerin mit schwingenden Titten kam tittenschwingend angeschwungen, und ließ ihren Blick erst mal offensichtlich über meine männlichen Vorzüge gleiten.

»Japp ... da haste was zu gucken, Babe ...«, konterte ich schief grinsend. Sie leckte sich über die glänzenden Lippen, fixierte meine Augen und lächelte dümmlich. Ja ... es klappte eben immer wieder – bei jeder, außer Prüdella. Mein Kiefer presste sich angepisst aufeinander. Lippenleckende Schwingtitte führte uns zu einem Tisch, wo ich mich auf meinen Stuhl fallen ließ.

Dort lehnte ich mich zurück und präsentierte mich in bester Pose. Schwingtitte wurde knallrot, als ich *ihn* in meiner Hose richtete.

Hannah nahm mir gegenüber auf der Bank Platz und kritzelte schon wieder oder immer noch ihn ihren scheiß Block.

»HEY!« Ich riss ihr das Teil aus den Händen und blätterte wild herum, um mein letztes Vergehen zu erfahren. »Ich hab doch gar nichts gemacht!«, rief ich aus. Doch sie stand nur auf, beugte sich über den Tisch und rupfte mir das Papier aus den Fingern.

»Genau das ist das Problem!«

Ich verdrehte die Augen und lehnte mich erneut in meinem Stuhl zurück, während ich der Restaurantschupse in den Ausschnitt gaffte. Und Prüdella schrieb ... wieder mal ... fleißig, wie sie so war.

»Was kann ich Ihnen zum Trinken anbieten?«, fragte Tittchen freundlich und mit sanft hauchender Stimme. OH YEAH ... Mit Sicherheit würde ich bald einen wegstecken, wenn sie so weitermachte und das wäre mehr als angebracht. Denn mein Anstandswauwau ließ mich ja nicht ran, und das obwohl sie mir letzte Nacht so eine bezaubernde Seite von sich offenbart hatte, und ich wirklich nichts anderes mehr wollte außer sie.

Verfickt noch mal! Das war übel! Irgendwas lief hier falsch! Die Frau hatte mich an den Eiern!

»Ich nehme bitte ein stilles Wasser mit einer Scheibe Bio-Zitrone«, meinte Prüdella freundlich und ich bestellte das einzig Wahre. »Ein Mass Bier, Babe.«

»Ein Mass haben wir leider nicht. Wir haben nur 0,5 Liter Gläser.«

»Dann gib mir eben das ...«, wiegelte ich unkompliziert ab und sah schon wieder den dämlichen Stift über das Papier gleiten. Die Kellnerin dampfte ab und ich schaute ihrem leckeren Arsch mit schiefgelegtem Kopf hinterher ... Die hatte schließlich Endlosbeine, und wenn der Bleistift sowieso die ganze Zeit schrieb, konnte ich auch übertreiben. Außerdem gehörten meine verdammten Eier ganz sicher nicht IHR! OH NEIN!

Sie blickte auf, als ich mir den Salzstreuer packte.

»Ich glaube, mit dir werde ich Glück brauchen! Tü, tü, tü!«, verkündete ich grinsend und schmiss das ganze Teil über meine linke Schulter. Wenn dort jemand saß, würde er sich schon melden, wenn das Ding mit seinem Gesicht Bekanntschaft machte. Prüdella hörte auf zu schreiben, keuchte schockiert auf und starrte mich einige Sekunden an. Ich zuckte nur mit den Schultern. »Kennst du das nicht, oder was? Salz über die linke Schulter bringt Glück!«

»Ah ja«, antwortete sie trocken und notierte natürlich wieder fleißig drauflos.

»Du warst früher eine Streberin.«

»Ich wusste, worauf es ankam, meinen Sie. Für mich war meine schulische Laufbahn schon immer von enormer Bedeutung.«

»Für mich nicht ... bin nach der achten Klasse runtergegangen ... damit ich länger ausschlafen kann … Aufstehen ist fast so schlimm wie kotzen!«

»Hatte Ihre Mutter dagegen keine Einwände?«

»Klar, aber sie konnte mich ja nicht mit Gewalt zur Penne schleifen.«

»Ich sehe schon, Ihre Mutter hat viel durchgemacht mit Ihnen.«

Darauf antwortete ich mal nicht. Vor allem, weil die langhaarige, blonde Schwingtitte mit unseren Getränken zurückkehrte und sich nach der Vorspeise erkundigte.

»Bring mir irgendeine verkackte Suppe ...«

Die Suppe kam. Das Brot auch. Ich fragte nach Maggi und zerpflückte das Brot in viele Stücke, um es in die Suppe zu schmeißen, meinen Löffel reinzutauchen und genüsslich vor mich hin zu schlürfen, während ich mich darüberbeugte, weil ich nicht alles vollsauen wollte.

Hannah hingegen schrieb und schrieb und schrieb und ließ das Essen Essen sein, dabei war sie sowieso ziemlich dünn. Zwar versuchte sie sich nichts anmerken zu lassen, aber ein paar tadelnde Blicke konnte sich mein Anstandswauwau nun wirklich nicht verkneifen.

»Mann! Jetzt leg diesen beschissenen Block weg und iss! Das gute Zeug wird doch kalt ... Willste mal von mir probieren?«, fragte ich, während ich ihr einen Löffel mit Brot und Suppe unter die Nase hielt und damit verführerisch vor ihrem Gesicht kreiste. Doch sie presste ihre Lippen zusammen und zog eine Augenbraue hoch. »Hier kommt der Flieger ... Mach die Ladeluke auf ...«, trällerte ich und gab dazu passende Motorengeräusche von mir. Sie konnte sich ein winzig kleines Schmunzeln beim besten Willen nicht verkneifen, aber das wäre auch schwer gewesen bei der Show, die ich gerade hinlegte. Schließlich öffnete sie ihre vollen Lippen, die ich nach wie vor um meinen Schwanz fühlen wollte und so weiter und sofort, um wenigstens den Löffel aufzunehmen.

SHIT! Jetzt war ich wieder hart!

»Braves Mädchen ... Wenn du alles aufisst, dann gibt's morgen schönes Wetter!« Ich beugte mich vor und tätschelte ihr den Kopf, während sie ihre Augen verdrehte und – war das zu fassen? – schrieb.

Ich aß weiter. Schlürfend und auch kauend redete ich auf sie ein. »Du kannst dich auch mit mir unterhalten, Babe ... Weißt du ... Ich finde, du hast eine ziemlich scharfe Stimme. Würde sich sicher geil anhören, wenn wir Telefonsex hätten oder ein Duett zusammen singen würden. Am liebsten mit diesen Geräuschen. Es würde sich ungefähr so anhören ... Ich hab es schon seit Tagen im Kopf. Uhhh. Ahhh. OHHH, JAAA. GOOTT, MASOOOOON!«

»Müssen Sie zufällig auf die Toilette, Mister Hunter?«, fragte sie nur, aber ihre Augen glänzten leicht und ich wusste, dass sie mich insgeheim verflucht witzig fand, wenn sie mal den ganzen Wahnsinn übersah ...

Nachdem die Suppe gegessen, die Kellnerin um den Verstand gebracht und der Hauptgang auf dem Tisch war, schaute ich mir das Schälchen mit dem Wasser vor mir genauer an und entschied spontan, dass es Tee war. Als ich es nahm und trinken wollte, schoss eine Hand in mein Blickfeld und hielt meinen Arm in der Bewegung auf.

»Das ist nicht zum Trinken, sondern zum Finger säubern, Mister Hunter.« Ich verdrehte die Augen und stellte das Schälchen zurück.

»Wieso stellen die das dann nicht danach hin, die Vollidioten?«, fragte ich und sie schrieb nur wieder auf ihren Block, während sie mit den Schultern zuckte.

»Es gibt einfach gewisse Tatsachen im Leben, die so sind, wie sie sind. Sie müssen nicht immer alles hinterfragen, sondern können auch einfach mal hinnehmen«, antwortete sie geistesabwesend, und ich zog eine Augenbraue nach oben.

»Dann sterbe ich dumm und tatenlos – so wie die Meisten dieser Gesellschaft!«

»Das hat nichts mit Dummheit zu tun. Das sind eben Sitten und Benimmregeln unserer Gesellschaft.«

»Die mir am ARSCH vorbeigehen, weil ich ein eigenständig denkendes Individuum bin, das sich an keine Scheißregeln hält, die es nicht für notwendig erachtet!« Jetzt ließ sie ihren Block sinken und sah mich mit schief gelegtem Kopf herausfordernd an.

»Was stellen dann für Sie notwendige Regeln dar?«, fragte sie provokativ.

»Ähhhh, zum Beispiel ... den Gefrierschrank immer zu schließen! Oder die Frau immer kommen lassen oder ... Dom Dom und Sub Sub was zu essen zu geben ... Sehr WICHTIG! Omas über die Straße helfen, nicht nachtreten, wenn einer am Boden liegt … sowas sind für mich wichtige Regeln ... Alles andere?« Ich winkte ab. »Ist Bullshit!«

»Es gibt noch viele andere Regeln, die wichtig sind und die Welt davor bewahren, ins Chaos zu stürzen, aber darüber können wir uns ein anderes Mal unterhalten. Ihr Essen wird kalt, Mister Hunter.«

»OHHH, DAS geht natürlich gar nicht«, antwortete ich ernsthaft und lehnte mich zurück, während ich mir die Serviette in den Ausschnitt stopfe und begann, meine Garnelen mit den Fingern aufzupuhlen. Natürlich schrieb sie wieder mal, die Schreibsüchtige ... Eine Garnele machte sich selbstständig und flutschte mir aus der Hand, direkt unter den Tisch.

»Schlüpfriges Scheißerchen«, kommentierte ich in voller *Pretty Woman*-Manier, denn den Film hatte ich mir früher tausend Mal ansehen müssen, und ging auf die Knie.

Eigentlich ... ja eigentlich wollte ich das Meeresgetier aufheben und zurück auf den Tisch legen ... Aber DANN sah ich erst mal die Aussicht hier unter dem Tisch ... und die war glatt und lang ... und sicher leckerer als die schlüpfrigen Scheißer auf meinem Teller.

»Oh, wo ist sie nur hin ... die dumme Garnele?«, murmelte ich belustigt und packte mit beiden Händen diese schönen festen Unterschenkel, um nach oben bis zu ihren Knien zu streichen.

»Mister Hunter! Ich muss doch bitten!«, empörte sie sich natürlich auf ihre niedliche Prüdella-Tour, doch ich ließ mich nicht beirren.

»Ja, wo ist sie denn? Die ist doch bestimmt nicht da hochgekrabbelt, oder?« Und dann glitt ich, nur so versuchsweise, mit meinen Fingern ihre Innenschenkel entlang und konnte mir ein Lachen nicht verkneifen, als ihre Hände nach unten schossen und meine Handgelenke mit Eisengriff umklammerten.

»Da unten ist gar nichts für Sie, und jetzt setzen Sie sich wieder auf ihren Platz! Sofort!«

Ich knurrte genervt und kam auf die Beine. Eigentlich war ich auch schon voll und nun so richtig genervt. Wenn sie nur wüsste. *Da unten ist nichts für Sie*, äffte ich sie in Gedanken nach und strich durch meine Haare. Um mich zu entspannen, holte ich meine Zigaretten aus der Hosentasche und zündete mir eine an. Prüdella rief sofort: »Rauchen ist hier verboten!«

»Wuuu ... ich weiß schon, warum ich sonst nur zu McDonalds gehe ... da gibt's wenigstens noch Aschenbecher zum Mitnehmen!«, antwortete ich und drückte die Kippe mitten auf meinem Teller aus. Prüdella rümpfte angewidert ihre Nase, und ich hatte schon Bedenken, denn sie wollte mir eindeutig an meine heißgeliebte Gurgel springen, und das im negativen Sinne.

Nicht so wie großes Brüstchen, das uns kurz darauf die Nachspeise brachte und mit gebleichten, kerzengeraden Zähnen auf mich herablächelte.

»Hier bitte, Ihr Mango-Sorbet.« Sie biss sich auf die Lippe, als sie auf meinen Schritt starrte. Ich hob eine Augenbraue und grinste.

Sie wurde feuerrot und stammelte: »Kann ich ein Autogramm bekommen? Ich finde, Sie haben eine wahnsinnige Stimme und einen ... *eleganten Hüftschwung*.« Hannah schnaubte. Doch ich grinste breiter, checkte noch mal ausgiebig ihren Arsch, indem ich mich nach hinten lehnte. Und ja, der gefiel mir mehr als nur gut, also nahm ich Prüdella den Stift weg.

»Klar! Wo willst du es haben?« Mit Absicht spielte ich mit meiner Stimme ... und meinem Lächeln, was eine tödliche Kombination für jede Frau außer den WauWau war. Geiles Ärschchen stieß die Luft zittrig aus und nahm anscheinend ihren kompletten Mut zusammen, während ihre blauen Augen sehnsüchtig an meinen Lippen hingen.

»Kann ich Ihnen das unter vier Augen zeigen?« Sie wurde rot, nachdem sie das gefragt hatte, und ich hörte Hannah schockiert aufkeuchen. Mein Grinsen umrundete nun fast meinen Kopf, als ich meinen Stuhl zurückschob.

So eine Gelegenheit würde ich sicher nicht verstreichen lassen und die kam mir nach den endlosen Abweisungen von Hannah gerade recht! Danach würde es mir besser gehen und ich wäre vor allem nicht mehr so scheiß wütend!

»Wieso nicht ...« Hey, einem geschenkten Prachttittchen schaut man nicht ins Maul ... oder besser gesagt schon ... und zwar mit der Zunge und dem Schwanz ... Mein Blick wanderte kurz zu der geschockten Prüdella, als ich aufstand und die Serviette auf meinen Teller schmiss.

»Dauert nicht lang, Babe!«, kündigte ich an, denn mit dem Ständer, den ich schon die ganze Zeit wegen ihr schob, würde es sich um eine Sache von drei Minuten handeln. Hannah klappte ihren Mund zu und sah mit einer Mischung aus Empörung und Ekel zu mir auf.

»Das können Sie doch nicht machen ...«, flüsterte sie und wollte anscheinend nicht, dass meine Baldfickgelegenheit sie hörte. Ich grinste noch breiter, das lief perfekt! *Oh jaaa ... komm, fleh mich an ... sei ehrlich – nur ein einziges Mal! Sag mir, dass du nicht willst, dass ich sie ficke! Sag, ich soll nur dir gehören ...* »Sie wissen nicht, ob Sie irgendwelche Krankheiten hat!«, rief sie panisch aus. Shit … sie sorgte sich lediglich um meine verfluchte Gesundheit! Was anderes interessierte sie nicht! Mein Magen zog sich abartig heftig zusammen und ich presste die Zähne aufeinander.

»Ich ... hab immer Gummis dabei ... XXL, weißt du noch?« Somit strich ich ihr eine lange braune Strähne hinters Ohr, beugte mich vor und flüsterte noch: »Du könntest an ihrer

Stelle sein, aber du willst ja nicht …« Immer noch mit einem ekelhaften Gefühl in der Magengegend richtete ich mich auf, zwinkerte ihr noch mal zu und packte die heiße Kellnerin an der Hüfte, um sie kichernd aufs nächstbeste Klo zu verfrachten.

Die kleine Bitch war gut ... Sie wusste ganz genau, was sie tat, als ich sie gegen die Kabinenwand der Toilette schob und küsste. Doch währenddessen wurde der Druck in meinem Bauch immer übler, immer stärker und er verkrampfte sich immer mehr. Schweiß trat auf meine Stirn und … ich dachte, ich müsste kotzen. Verflucht! Währenddessen stöhnte Blondie und schlang ein Bein um meine Hüfte, rieb sich an mir, worauf ich ihren Arsch packte, sie hochhob und fester gegen die Wand presste … Dabei strengte ich mich wirklich an, nicht an dieses ungute Gefühl und vor allem nicht an *sie* zu denken.

Doch es war unmöglich!

Verflucht!

Da war nur Prüdella! Nur ihre Küsse, nur ihre Stimme, nur ihr Stöhnen!

Alles andere widerte mich an!

Also schob ich dieses wunderbare willige Geschenk an die Männerwelt von mir und löste meine Lippen von ihr. Ich konnte einfach nicht. Nichts regte sich in meiner Hose, kein Kribbeln war in meinem Bauch – zumindest kein angenehmes –, nicht einmal mein Atem ging stoßweise.

Blond war halt einfach nicht mehr mein Typ …

Natürlich wollte sie meine Nummer, und nur um sie schnell loszuwerden gab ich ihr eine falsche und verabschiedete mich, nachdem ich ihr das verdammte Autogramm auf die Titten gekritzelt hatte.

Ich war erleichtert, als ich das Scheißhaus wieder verließ, und stürmte zurück zu Hannah, der Frau, die meine Hände »Flauschis« nannte und sich nichts von mir sagen ließ … Die mich irgendwie völlig in ihren Bann gezogen hatte und gegen die keine andere mehr eine Chance hatte.

Doch als ich ins Restaurant kam, war der Tisch leer. Vermutlich hätte ich damit rechnen sollen ... Andere Tussis warteten vielleicht, wenn ich mich bei einem Date kurzzeitig umentschied und jemand anderes vögelte. Aber nicht Prüdella ... Sie war verschwunden.

»SHIT!« Ich fuhr mir durch die Haare, während ich den leeren Stuhl anblickte, wo sie soeben noch mit ihrem Blöckchen, Stift und Stock im Arsch gesessen hatte. Was war das denn jetzt für eine ausgewachsene Elefantenscheiße? Wieso konnte sie kein braver WauWau sein, einfach sitzenbleiben und auf mich warten, während ich meinen Druck abbaute?

Ich verengte die Augen, als ich nach draußen ging und mir eine Zigarette anzündete.

Störte es sie etwa? Hatte sie was dagegen, wenn ich meinen Schwanz woanders reinsteckte? Aber warum sollte es?

Sie war doch nur meine Anstandsdame ... und ich verhütete und hatte das Kellnerweibchen ja nicht direkt in der

Öffentlichkeit begattet! Ich hatte keine Regeln gebrochen! Also könnte es Prüdella doch egal sein. Sie sollte nicht verschwunden sein und mich sollte es nicht so nerven, dass sie sich verpisst hatte!

Energisch stieg ich in mein Auto ein, drehte die Musik laut auf und trommelte auf der Fahrt nach Hause genervt den Takt auf dem Lenkrad. *Sie ist sicher daheim ... und wartet dort darauf, mir die Leviten zu lesen. Sie ist nicht abgehauen. Ihr Koffer wird noch da sein. Sie wird ... auf mich warten.*

Doch als ich die Einfahrt erreichte, wurde es schon langsam dunkel und es brannte kein Licht. Meine Fenster waren schwarz und düster ... Mit zusammengebissenen Zähnen parkte ich, stieg aus und ging rein.

»Hannah?«, rief ich, sobald ich die Tür aufgesperrt hatte, da fiel mir erst ein, dass sie gar nicht drinnen sein konnte, weil sie ja keinen Schlüssel hatte. Shit! Ich musste ihr schnellstmöglich meinen Zweitschlüssel geben!

Wild sah ich mich um. Wo war sie nur?

Ganz sicher konnte ich mich nicht hier hinsetzen und einfach nur Däumchen drehen, also zog ich die Tür zu ... legte aber den Schlüssel auf die Fußmatte, damit sie ihn sah, wenn sie kam, und ging wieder zu meinem Auto.

Und dann fuhr ich los. Ziellos ... durch den gesamten Vorort. Ich fand sie nicht ... Auch nach einer Stunde nicht ... als die Nacht schon komplett über mir hereinbrach und einen imposanten Sternenhimmel offenbarte.

Erst am Chiemsee machte ich eine Pause und stieg aus, um mich an die Motorhaube zu lehnen und eine zu rauchen.

Meine Gedanken schweiften zurück zu dem heutigen Nachmittag ... als sie in diesem kleinen engen Shirt und ihrer anschmiegsamen dünnen Hose auf meiner Couch gelegen und mit einem Lächeln auf den Lippen mit ihrer Schwester telefoniert hatte ... Wie schockiert sie gewesen war, als ich mich auf ihren flachen Bauch gesetzt hatte. Wie ihre Augen erwartend funkelten, als ich sie an den Handgelenken festhielt.

Ihr verlangender Gesichtsausdruck, als sie das Telefon wegschmiss und sich auf mich stürzte ... sich mir hingab ... Ihre kleinen sanften Geräusche, als ich sie mit meinem Oberschenkel bearbeitete ... Das leichte Umherwinden ihres delikaten Körpers. Ihre unschuldigen und doch so verzehrenden Küsse ... Ihre geröteten Wangen. Ihr wunderschönes Gesicht zwischen meinen Handflächen ... Ihre erregte, leicht kratzige Stimme, die für mich stöhnte ...

»FICK DEN SHIT!«, rief ich aus und schnippte meine Kippe weg, während ich meinen Ständer verlagerte.

Was machte sie nur mit mir?

Wieso brachte sie mich dazu, ständig an sie zu denken? Und WARUM hatte ich sie heute Nacht ohne jegliche Hintergedanken einfach nur in meinen Armen gehalten und sie dann am frühen Morgen auch noch SO geküsst? Nach wie vor ohne Hintergedanken. Einfach nur um des Haltens und des Küssens willen.

Wann hatte ich das letzte Mal eine Frau einfach so gestreichelt oder auf dem Schoß gehabt. Und wann hatte ich das letzte Mal einen Kuss so sehr genossen, wie jeden einzelnen Kuss, den sie mir gnädigerweise schenkte?

NIE!

In meinem gesamten Leben hatte ich niemals so empfunden.

Ich wollte sie! Koste es, was es wolle! Und sie wollte mich auch!

Sonst wäre sie nicht davongelaufen, hätte meinen Knochen nicht angefasst und hätte nicht gesagt, meine Küsse seien das Schönste, was ihr ein Mann jemals geschenkt hatte! Sie hätte mich nicht so angeschaut – so brennend und verlangend und so hingebungsvoll …

Schon so lange wollte ich mit meiner ultimativen Verführungstechnik beginnen und sie in meine ganz persönliche Welt der Lust und Begierde einführen, denn in dieser Welt war ich Meister. Aber wenn sie nicht da war, konnte ich sie auch nicht berühren ... von ihrer süßen Haut kosten und in ihre glänzenden Augen blicken, während ich sie dem Himmel entgegenfickte, leckte und fingerte.

Ob ich sie jemals so weit bringen würde? Wenn sie nur so wenig Blowjob Girl zuließ, dann sicher nicht ... Aber die harte Prüdellaschale musste doch auch mal für längere Zeit zu knacken sein, bevor sie wieder zuwuchs!

Ich hatte nicht die geringste verfluchte Ahnung ... Ich wusste nur eins:

Sie hatte mich tatsächlich in der Hand. Wenn es nicht so wäre, würde mich der Gedanke nicht so ankotzen, dass sie ihre Sachen packen und gehen könnte. Die Vorstellung war geradezu grässlich.

Ich mochte unsere Wortgefechte, mochte ihre selbstbewusste Art, mochte sogar, wie sie mich maßregelte und doch nichts weiter wollte als meine Lippen auf ihren. Wenn sie mit mir sprach, gab sie sich nicht mit meinen dämlichen Antworten zufrieden, so wie jeder andere.

Es war ihr scheißegal, wer ich war und was ich in meinem Leben geschafft hatte. Nein, sie diskutierte mit mir und lag mir nicht nur blind zu Füßen wie der Rest der Welt.

Für andere war ich ein Rockstar, für sie war ich ein Mensch.

Mit Kopfschmerzen fuhr ich nach Hause, und jegliche Hoffnung war dahin, als ich sah, dass hinter den Fenster immer noch kein Licht brannte.

Seufzend hob ich den Schlüssel auf, öffnete die Tür und betrat meinen einsamen Flur. Ich wohnte schon seit Ewigkeiten allein, und jetzt störte mich die Stille?

Ich wurde zum Waschweib ... Es war offiziell.

Vermutlich wurde es Zeit, dass wir wieder auf Tour gingen, rumpöbelten, die Nächte durchmachten und durchfickten, so, wie es Männer machten. Zu Hause rumzusitzen tat mir einfach nicht gut. Dieses ganze Scheißanstandstraining tat mir nicht gut!

Ich war ein Rotzer, kein verdammter Ritter. Ich war kein Gentleman ... kein Typ, der einer Frau verfluchtes duftendes Kraut schenkt oder ihr jede Tür aufhält, als wäre die Tusse armbehindert ... Ich war einfach nicht so ... und ich gefiel den anderen Frauen, egal, wie ich war ... Wieso konnte ich IHR nicht gefallen? Wieso konnte sie denn nicht einfach verflucht noch mal bei mir bleiben? Wie war ich überhaupt schon wieder auf SIE gekommen?

Frustriert betrat ich das Wohnzimmer und erstarrte im Türdurchgang, als ich zu meinem Sessel blickte. Denn dort war sie tatsächlich ...

Unter ihrer Decke zusammengerollt lag sie da. Beide Hände unter ihren Wangen gefaltet, die Knie angezogen – nur vom Mond erhellt.

SHIT!

Ihr Anblick traf mich mit voller Wucht. Denn sie sah einfach nur unschuldig aus, wie ein kleines süßes Mädchen ... wie MEIN kleines süßes Mädchen ... Natürlich musste ich wieder daran denken, wie sie in genau derselben Pose auf mir gelegen hatte. Wie sie mich festgehalten hatte und wie sie mich am Morgen geküsst hatte.

Sie war noch hier!

Ich wollte zu ihr laufen und sie in meine Arme reißen. Aber so eine Scheiße würde ich ganz sicher nicht tun!

Also ging ich entschlossen hoch und duschte mir erst mal den anderen Schlitz vom Körper, denn obwohl wir uns nur geküsst hatten, fühlte ich mich mies und dreckig.

Nur in meiner Jogginghose kam ich danach wieder runter, packte meine Gitarre und ließ mich ihr gegenüber auf die Couch fallen.

Leise spielte ich, sodass es sie nicht störte. Trotzdem fuhr ein leichtes Seufzen durch ihren Körper und sie schmatzte ein bisschen, als ich anfing zu singen ...

»Walk away from the sun, come slowly undone. I can see in your eyes I've already won. I could bleed for a smile, I could cry for some fun. Walk away from the sun, and tell everyone.

There's so much left in the air. So much to tell from a stare. There's so much left to defend. But I am no fun. So turn away from the ones who hurt everyone. I can tell by your smile you're coming undone. I could bleed for a smile; could die for a gun. Walk away from the sun and kill everyone.

And you're fading with every day (you could've been the next one, should've been enough for me ...)«

Während ich leise und verletzlich in den Tönen versank, die meine Finger und meine Stimme produzierten, blickte ich sie an ... Sah, dass sie ihre Stirn ein kleines bisschen gekräuselt hatte und dass sie sich wohlig rekelte ... Sie kniff ihre Augen fester zusammen, als sie wach wurde, doch ich war viel zu egoistisch, um sie weiterschlafen zu lassen. Und ich wollte, dass sie hörte, was ich ihr zu sagen hatte! Auch wenn sie kein Wort verstand, so verstand sie das Gefühl, das ich ihr durch meine Musik vermittelte, auf die einzige Art, die mir möglich war.

»There's so much left in the air. So much to tell from your stare. There's so much left to defend But I am no fun ...«

Sie verstand mich ... natürlich tat sie das. Denn eine kleine einsame Träne lief ihre Wange hinab, und ich wusste, dass ich jetzt mit Blowjob Girl allein war.

Ich spürte, dass meine Botschaft angekommen war, als sie die Augen öffnete und mich direkt ansah. Schmerzerfüllt schaute ich in ihr verflucht hübsches Gesicht, wollte es einfach nur halten, streicheln, küssen ... wollte nicht, dass sie ging, und sich von mir entfernte, sondern mir näherkam. Und das, obwohl ich sie verletzen könnte … Ich wollte, dass sie als Blowjob Girl bei mir blieb und nicht immer wieder zur kalten unnahbaren Prüdella wurde!

Mein Spiel verstummte und ich schluckte mühsam.

Ihr Blick war gequält, aber wenigstens nicht angewidert, so wie im Restaurant, als ich sie sitzengelassen hatte, um mit einer anderen davonzugehen. Weg von meiner Sonne.

Ich musste mich beherrschen, um sie nicht an mich zu reißen. Also schloss ich meine Augen und ließ den Kopf nach hinten über die Couchlehne fallen, hielt dabei meine Gitarre lasch in meinen Händen. Sie gab mir keine Sicherheit mehr ...

Bereits gestern Nacht hatte ich seelisch vor dieser Frau gestrippt ... aber jetzt wurde es noch eine Stufe heftiger. Ich öffnete mich für sie ... und es nervte mich, dass sie es nicht tat.

Merkte sie das denn nicht? Merkte sie nicht, dass wir trotz der äußeren Umstände, die uns trennten, irgendwie doch zusammengehörten? Verfluchte Scheiße!

Wie kam ich nur auf so einen Shit? Wer war ich? Und was hatte sie mit Mason Hunter gemacht?

»Mason«, sagte sie plötzlich leise und ich dachte, ich hätte mich verhört. Ich war mir sicher, dass sie noch NIE meinen Vornamen benutzt hatte; und ich war mir sicher, dass er sich noch NIE so gut angehört hatte wie von ihr ausgesprochen. Mein Herz schlug schneller, als ich meinen Kopf wieder hob und sie fragend anblickte.

»Was?« Wieso musste meine Stimme so kratzig klingen?

»Wieso tust du so etwas, obwohl es dich nicht glücklich macht?« OH SHIT! Wieso musste sie mich das jetzt auf diese Art fragen? So weich ... so warmherzig ... Wie brachte sie mich dazu, mich mit ein paar Worten zu fühlen, als wäre ich der asozialste Penner dieser Welt? Eine kleine Stimme in meinem Kopf flüsterte nervig: *Du BIST der asozialste Penner dieser Welt, du Penner!*

»Ich bin ein Monster ... Es ist ganz gut, dass du dich nicht auf mich einlässt ...« SHIT! Wieso sagte ich denn jetzt *so was*? Es war ÜBERHAUPT nicht gut, dass sie sich nicht auf mich einließ! »Du solltest deine Sachen packen und weit vor mir weglaufen! Ich bin nicht gut für dich ...« WIESO redete ich weiter? Konnte ich vielleicht mal meine verfluchte Klappe halten? »Ach, und ich habe sie nicht gefickt! Ich konnte nicht, ich musste nur an dich denken … ich kann sowieso nur noch an dich denken, sogar wenn ich mit anderen zusammen bin«, ergänzte ich, was einem verfluchten Kopfschuss glich.

Hannahs Blick wurde sofort eine Stufe weicher, und mit einem Mal wurde sie rot. OH, ich liebte es, wenn ihr etwas peinlich war ... und wenn sie dabei von mir wegsah, um sich auf die Lippe zu beißen und wenn sie wie ein kleines Mädchen an ihren Fingern rumfummelte. Ich wusste, dass sie jetzt etwas sagen würde, was ihr sehr schwerfiel.

»Was kann ich dir bedeuten, wenn du es nicht mal ein paar Tage ohne andere Frauen schaffst?«

»Wenn du mir eine Chance gibst, brauche ich keine anderen!«

»Ehrlich?« Sie zog streng eine Augenbraue hoch und in meinem Kopf klangen Engelsglocken, doch sie sprach schon weiter … »Denkst du wirklich, du bist dazu imstande? Nur mich und sonst keine?« Ihr gepeinigter Blick flog zu mir und sie war rot wie eine Tomate, während sie mich ansah, als würde von meiner Antwort ihr Seelenheil abhängen. Meine Augen wurden groß, als mir klar wurde, was sie mir gerade unterschwellig sagte!

Sie WOLLTE es mit mir versuchen!

ENDLICH!

Ich hatte soooooooo lang darauf gewartet, dass sie von alleine darauf zurückkam!

Fast wäre ich aufgesprungen und hätte einen Strike vollführt, aber ich blieb cool. Ganz cool.

Ich zwang mich dazu, auf meinem verkackten Arsch sitzenzubleiben und ernsthaft darüber nachzudenken ... Obwohl sie mir nur ein paar Küsse geschenkt hatte, konnte ich fast nur noch an sie denken. Wie wäre es erst, wenn ich mehr von ihr bekam?

ARGH!

Mein Kopfkino spielte verrückt und meine Atmung beschleunigte sich rapide.

Würden die anderen Schlitze tatsächlich komplett ihren Reiz verlieren, wenn ich DEN Oberschlitz haben konnte? Kam es nicht nur auf die Haarfarbe an, sondern auf die gesamte Frau?

Tja … Sie HATTEN ihren Reiz verloren, schließlich waren die Girls im Whirlpool dunkelhaarig gewesen und es war geradezu ein Kampf gewesen, zu kommen! Letztendlich hatte ich es mit den anderen nur getrieben, weil ich es gewohnt war, regelmäßig Druck abzubauen, okay, und weil Hannah mich nicht ranließ! Was hieß: Wenn ich sie ENDLICH haben könnte, wären mir die anderen scheißegal!

Oh wow … was für eine verfluchte Erleuchtung!

»Alles in Ordnung?«, fragte sie auch noch besorgt, während ich sie anstarrte und die Hände zu Fäusten ballte, um nicht sofort meine innigsten Fantasien wahrzumachen. Ich musste meine verfluchte Kontrolle zurückerlangen, über mich und vor allem über sie!

Denn für das, was ich mit ihr vorhatte, brauchte ich meine gesamte Selbstbeherrschung, auch wenn de facto alles von ihr abhing. Tief durchatmend schloss ich die Lider, um ihren verführerischen Anblick auszublenden.

»Ich denke, das lässt sich machen, Babe ...«, antwortete ich locker und öffnete die Augen erneut, um sie schief anzugrinsen. Das würde sich sogar auf jeden verfluchten Fall machen lassen!

Sie lächelte schüchtern zurück und wurde eine Stufe dunkler, als sie aufstand und die Decke fallen ließ. Ich bekam fast einen ausgewachsenen Herzinfarkt, als sie mir ihren weichen zierlichen Körper in einem dunkelblauen Spitzenhöschen, einem dünnen weißen Tank Top und sonst NICHTS präsentierte.

OH SHIT! WO WAR PRÜDELLA?

»Ich hoffe, du hast geduscht«, murmelte sie verlegen und nestelte weiter an ihren kleinen delikaten Händen rum.

SHIT! War sie *süß*! SHIT! SHIT! SHIT!

Sprachlos schaute ich zu ihr auf. Ich konnte mich nicht bewegen ... na gut ... ich hätte mich schon bewegen können, aber nicht so sanft und einfühlsam, wie sie es brauchte.

»Was tust du da?«, fragte ich viel zu hoch und klammerte mich fast schon panisch an die Couch, als sie auf mich zukam. Langsam ... unsicher ... rotwangig ... Lippen beißend ... barfuß und vor allem so verführerisch.

Sie blieb direkt vor mir stehen und schaute schneller atmend auf mich herab. Und dann zog sie mich komplett in ihren Bann, als sich ihre vollen Lippen, die ich um meinen Schwanz fühlen wollte, nach oben verzogen und sie hauchte:

»Brauchen Sie auch ein Diktiergerät für ihre erste Lektion, Mister Hunter? Denn ich bin bereit.«

Und ich schaltete sofort in den Spielmodus – ENDLICH!

CUT

12. Crystalised
(The XX <3)

Seine Augen verbrannten mich geradezu ...

Die Spannung, die in der Luft lag, knisterte ...

Mein Magen vollführte einen Looping nach dem anderen ...

Meine Beine zitterten unruhig, weil ein Teil von mir einfach nur flüchten wollte ...

Denn für einen Moment wirkte er, als würde er sich völlig kopflos und entfesselt auf mich stürzen, wie ein ausgehungertes Raubtier. Doch mit einem Mal änderte sich die steife Haltung seines Körpers ... und er entspannte sich. Er wurde zum ruhigen, kontrollierten Jäger.

»Willst du mit mir spielen, Babe?«, hauchte er und strahlte dabei so eine enorme Sinnlichkeit aus, dass ich dachte, ich müsste wegen meiner weichen Beine zusammenbrechen.

»Ja!« DAS WOLLTE ICH! WIRKLICH!

Denn er brachte mich so durcheinander wie kein Mensch jemals zuvor. Er konnte mit meinen Emotionen spielen wie keiner jemals zuvor – in jeder Hinsicht.

Die Wut, die ich noch im Restaurant verspürt hatte, war so brodelnd, so alles einnehmend gewesen, dass ich mir die Wahrheit eingestehen musste. Ich empfand etwas für ihn. Und es war nicht nur *meine* Wahrheit, sondern auch seine. Schließlich hatte er die andere Frau verschmäht und war mir gefolgt. Das sagte viel mehr über ihn aus, als Worte es hätten tun können. Auch ich war ihm wichtig.

Auch er hatte Gefühle für mich entwickelt, Gefühle, gegen die ich mich beim besten Willen nicht mehr wehren konnte. Ich war zu schwach …

Und jetzt war er hier bei mir ... und er hatte versprochen, die Finger von anderen lassen ... Im Gegenzug wollte ich ihm zeigen, was er dafür bekam.

Deshalb stand ich jetzt halbnackt vor ihm ... deshalb sprang ich über meinen Schatten und deshalb legte ich meinen Körper und meine Seele in seine erfahrenen Hände. Denn eine Trennung von beidem war in diesem Augenblick nicht möglich. Nicht bei Mason Hunter.

Mein Herz schlug bis zu meinem Hals und ich war mir sicher, dass er sehen konnte, wie schnell ich atmete, während ich auf ihn hinabblickte. Auf seinen langen geschmeidigen Körper, auf seine glänzenden zerwühlten Haare, auf seine immer dunkler werdenden Augen und auf diese weichen Lippen, die ich so gerne auf meinen fühlte.

Langsam legten seine schönen großen Hände die Gitarre zur Seite, ohne dass er mich dabei aus den Augen ließ.

Und seine gemächlichen, animalischen Bewegungen brachten mein Inneres nur noch mehr in Aufruhr. Er nahm die Fernbedienung vom Couchtisch hinter mir und kurz darauf erklang leise fließende Musik, die meine Sinne vernebelte und gleichzeitig anregte.

Was würde er jetzt mit mir tun? Worauf hatte ich mich nur eingelassen? Ich war nicht wirklich bereit ... aber mein Höschen war es – eindeutig.

»Beruhige dich, Hannah«, summte er, sodass sich seine einmalige Stimme in die Melodie der Musik einfügte ... Er streckte eine Hand aus und strich mit den Fingerknöcheln über die Außenseite meines rechten Oberschenkels ... Seine Berührung prickelte auf meiner Haut. Seine Augen sahen in dem Mondschein, in den wir gehüllt waren, fast schwarz aus vor Verlangen. Tief in meinem Bauch zog sich alles zusammen, als ich erkannte, dass ich das hier, genau DAS, ebenso dringend wollte wie er – brennend!

Gleichzeitig bemerkte ich, wie stark er sich zurückhielt. Nur für mich ...

Denn er hätte mich auch jetzt einfach packen und mich zu allem bringen können, was er von mir verlangte. Aber das tat er nicht. Weil er zwar meinen Körper wollte, aber meine Seele respektierte. Und ich vertraute ihm ... jetzt, hier... in der dunklen Nacht. In der wir beide andere Menschen waren als am Tag.

Seine Knöchel machten nicht Halt und ich erschauerte, als ich die Fingerspitzen seiner anderen Hand fühlte, die auch an meinem anderen Bein nach oben tänzelten.

»Du hast so weiche Haut ... Ich wusste, dass sie sich so anfühlen würde«, flüsterte er und seine Finger wanderten weiter und jagten mir einen Schauer über den Rücken ... Dann ließ er beide Hände mit gespreizten Fingern am obersten Ansatz meiner Oberschenkel liegen, bevor er tief durchatmete und langsam aufstand. Meine Augen wurden groß, als er mich überragte und mir der einlullende Duft nach Parfum und Mason in die Nase stieg.

»Das hier ist nicht mein Therapiesessel«, sagte er und bedachte mich mit einem umwerfenden Lächeln. Mit einem Mal packte er mich fester und hob mich hoch. Keuchend klammerte ich mich an ihm fest, als er die drei Schritte zu seinem Sessel ging und mich davor runterließ.

»Bleib so ...«, forderte er, umrundete mich und setzte sich hinter mir auf den Sessel. Die Anspannung, ihn nicht sehen zu können und zu wissen, dass er komplett auf mich fixiert war, brachte mich fast um, aber ich drehte mich nicht zu ihm. Ich lauschte einfach nur mit geschlossenen Augen der Musik und versuchte irgendwie, meinen Herzschlag und meine Atmung zu kontrollieren. Das erwies sich leider als unmöglich.

Seine Finger wanderten über die Seiten meiner Knie, meine geschwungene Form entlang, blieben an meinen Hüften liegen, packten mich etwas fester und zogen mich dann sanft nach hinten. Dabei hielten sie mich aufrecht, als ich mich rückwärts auf seinen Schoß setzte, was sich wahnsinnig intim anfühlte. Ihn so nah bei mir zu haben und seine Wärme zu spüren, war schlichtweg göttlich, und so aufregend, dass sich kurzfristig alles in mir drehte.

»Entspann dich ... Ich tue nichts, was du nicht willst! Vergiss das nicht«, hauchte er in mein Ohr, und ich legte meinen Kopf vertrauensvoll zurück auf seine Schulter. Seine weichen Lippen tupften hauchzarte Küsse auf meinen Hals, während seine Hände auf meiner Taille verweilten, damit ich mich an die Pose gewöhnen konnte, und ich seine sehnigen Unterarme berührte.

»Spreiz deine Beine für mich ...«, forderte er samten. Ich versteifte mich ... »Ich werde dich dort nicht berühren ... So weit bist du noch nicht«, fügte er hinzu und ich gehorchte, spreizte zaghaft meine Beine, sodass er mit seinen Knien den Winkel noch vergrößern konnte.

Obwohl ich ihm vertraute, mir zumindest alle Mühe gab, war die Situation derart neu für mich, dass ich nicht wusste, wie mir geschah. Die Emotionen tobten durch mein Inneres. Ich fühlte mich entblößt, aber auch wagemutig, gleichzeitig war ich unsicher und unsagbar hilflos in seinen Armen.

Nur nicht nachdenken, nur genießen, sagte ich mir – wenigstens für die heutige Nacht. So war der Deal. Also konzentrierte ich mich auf seine Daumen, die kleine Kreise auf meinen Bauch malten.

»So ist es richtig, Babe ... alles, was ich jemals tun werde, ist dich gut fühlen zu lassen ... Du musst keinen Finger rühren. Bist mir nichts schuldig. Es geht hier einzig und allein NUR um dich. Fühl die Musik ... fühle deine Reaktionen auf mich ... fühle meinen Körper unter dir ... Spürst du, wie sehr ich dich will?«

Ohhhh jaaa! Ich spürte es sogar sehr genau an meinem Steißbein und es ... *gefiel mir.* Seufzend nickte ich und rekelte mich leicht auf ihm.

»Ja, ich will dich, aber ich werde dich nicht nehmen, solange du es nicht willst. Du bist sicher bei mir ... bist sicher *vor* mir ... Es sei denn, du verlangst das Gegenteil. Willst du deine Arme hinter meinem Nacken verschränken?«, fragte er samten und ich tat sofort wie mir befohlen, denn mit einem Mal gab es nichts Dringenderes für mich, als herauszufinden, was er mit mir vorhatte.

»Mhhhmmm«, summte er in mein Ohr und drückte seine Nase gegen meine Haare. Seine Hände strichen an meinen Seiten herauf ... seitlich an meinen Brüsten entlang bis zu meinen Armen, wo seine Fingerspitzen ein wenig verharrten, um dann auf und ab zu fahren. Sanft glitten sie immer wieder von meinen Ellbogen zu meinen Achseln, während er in mein Ohr hauchte: »In meiner Welt geht es darum, sich fallen zu lassen und dem anderen zu vertrauen. So wie du es gerade tust. Ich merke, du wirst eine gelehrige Schülerin sein. Es geht ums Geben und Nehmen, und darum sich gegenseitig gut fühlen zu lassen.«

Seine mich verwöhnenden Finger sorgten dafür, dass ich heftig erschauerte und er lächelte. »Ja ... es gibt verschiedene Möglichkeiten, wie ich dich gut fühlen lassen kann ... Ich kann dich nur hauchzart mit meinen Fingerspitzen berühren, so wie jetzt, oder ...« Seine Hand griff in meine Haare, unbarmherzig zog er meinen Kopf zurück, sodass er direkt in meinen Mund reden und ich mich nicht rühren konnte. »Oder ich kann dich an mein Bett fesseln und dich so hart und lange ficken, bis du ohnmächtig wirst ... Es geht nur um uns beide, Babe ... Um unsere Wünsche.«

Er ließ mich los, während ich ihn mit großen Augen anstarrte und glitt fast schon unschuldig über meine Schultern, malte dort kleine unschuldige Kreise ... bis zu meinen Schlüsselbeinen und zurück.

»Keine Regeln ... Kein Anstand und keine Gesellschaft, die uns etwas vorschreiben. Alles, was zählt, ist das Hier und Jetzt und das Du und Ich ... Ich werde nichts tun, was du mir verbietest ... aber alles, was du brauchst. Du musst es nicht mal sagen, zeig es mir einfach …« Ich wand mich seinen zarten Berührungen entgegen. Konnte einfach nicht mehr stillsitzen, als ich merkte, wie auch sein Atem sich beschleunigte ... Wie versprochen kam er meinem stummen Befehl nach und seine Finger rutschten nach unten, umfingen sanft meine Brüste, die von nichts weiter als meinem Top bedeckt waren.

Ich starrte das erregende Bild seiner großen schönen Hände auf meinen empfindlichen Rundungen an. In meinem Rücken zuckte es. Aber seine Stimme war immer noch dunkel und kontrolliert, wenn auch heiser.

»Mein Körper wird dir gehören, wenn du mir deinen schenkst.« Er rieb leicht mit seinen Handflächen über meine aufgestellten Spitzen und brachte mich dazu, die Augen fest zusammenzukneifen und mich enger an ihn zu pressen.

Denn die Empfindungen, die durch mich rasten, waren so intensiv, dass ich ihnen schwer standhalten konnte. Noch nie hatte mich jemand so angefasst und schon gar nicht meine Brüste ... Es war ungewohnt, aber alles andere als unangenehm. Masons Berührungen fühlten sich genau genommen himmlisch an – egal wo.

Mein Herz schlug so laut, dass ich die Musik kaum hörte ... Aber alles, auf das ich mich konzentrieren konnte, waren sowieso seine Finger, sein Körper und seine Stimme.

»Oh Shit! Ich will DICH wirklich ... und es verwirrt mich! Normalerweise bin ich der, der die vollkommene Macht hat ... aber du ... oh Himmel ...« Er stöhnte leise, als ich meine Brüste gegen seine Hand presste und meine Finger sich fester in seinen Nacken krallten. Denn seine verlangende Stimme und seine heiseren Worte fuhren mir in Mark und Knochen.

»Du machst mich schwach ... Bei jeder kleinsten Bewegung von dir spielt mein Körper verrückt ...«

Sein Stöhnen wurde lauter und sein Atem kam rauer gegen meinen Hals. Seine Hände umfingen meine Brüste etwas fester ... kneteten sanft, ließen das Blut in meinen Adern wild pulsieren.

»Wenn du errötest ... wenn du dir auf die Lippe beißt ... wenn du dir die Haare zurückstreichst ... an deinen Fingern rumspielst ... Das ist wie eine Droge für mich ... meine ganz persönliche Droge«, hauchte er, und plötzlich fühlte ich seine talentierten Zeigefinger und seinen Daumen, wie sie meine Brustwarzen nahmen und sie sanft zwirbelten. Selbst durch das dünne Top hindurch spürte ich, dass die Haut an seinen Fingerspitzen ein wenig rau war … wahrscheinlich vom Gitarrespielen.

»OHHH«, stöhnte ich und bog meinen Rücken durch.

»Lass mich dich genießen ... lass mich dich begehren ... dich unterwerfen und dir gleichzeitig zu Füßen liegen ... Lass mich dein Lehrmeister und dein Schüler sein.«

Er drückte fester zu, während sein Atem stoßweise kam, und ich wirklich nicht mehr stillhalten konnte, sondern mich völlig schamlos auf ihm rieb. Als seine Finger das erste Mal zupften, dachte ich, ich würde sofort in all meine Einzelteile zerspringen. Zwischen meinen Beinen pochte und zog es heftig.

»Sei mein Blowjob Girl ...« Er zupfte erneut und die Wellen drohten mich zu ertränken. »Schalte deine Gedanken aus und lass mich dich leiten. Soll ich dir zeigen, was du für dein Vertrauen bekommst?

Wie sich der Gipfel der Lust anfühlt? Darf ich dein Erster sein, meine süße Jungfrau?« Beim nächsten Zupfen konnte ich ein peinliches lautes Stöhnen, gemischt mit einem Schluchzen einfach nicht mehr unterdrücken. Ich bog noch mehr meinen Rücken durch und rieb mit meinem Hintern schamlos über seine Härte.

»JA!«, keuchte ich und drehte ihm mein Gesicht zu, um ihn zu küssen – wild und gierig. Vor meinen geschlossenen Augen tanzten Blitze.

Mein Kopf war vernebelt.

Mein Körper übersensibel und bis zum Bersten gespannt ... Alles in mir war auf diesen sinnlichen Mann unter mir fixiert ... alles in mir schrie nach ... ihm ... schrie nach ... *Erlösung.* Er kam meinen Kuss entgegen ... war genauso ausgehungert wie ich.

Doch mit einem Mal drang ein weinerlicher Laut zu mir. Durch all die Schichten der Lust, die er gerade um mich gesponnen hatte. Ich versteifte mich am ganzen Körper, mit meinen Lippen an seinen, und öffnete die Augen, während ich angestrengt lauschte.

Ja, eindeutig!

Es war ein Stöhnen ... ein helles, schwaches Stöhnen, und es stammte ganz sicher nicht von dem sinnlichen Mann unter mir, der immer noch meine Brüste hielt und genauso regungslos verharrte wie ich.

Ich riss mich von ihm los und starrte ihn keuchend an. Er starrte keuchend zurück. Mein Hirn arbeitete auf Hochtouren, und erst als sein Blick zu dem Schildkrötenhaus glitt, wusste ich, wer diese extremen Laute von sich gab und dabei klang wie Mickey Maus persönlich.

Wir sahen uns wieder an und begannen aus vollem Halse zu lachen, während Dom Dom und Sub Sub ihrer Lust frönten, und das nicht unbedingt leise.

Jegliche Stimmung war dahin.

»Jetzt weißt du, wie es sich anhört!«, brachte Mason gerade noch raus und verlagerte mich auf seinem Schoss, sodass ich seitlich auf ihm saß. Ich schlang meine Arme um seine Schulter und seine Brust und drückte mein Gesicht gegen seine nackte Haut. Wir weinten schon vor Lachen, aber sie waren noch nicht fertig. Jetzt ging es erst richtig los und es schien, als würde sogar das Häuschen wackeln.

»Oh Gott ... Mason ich kann nicht mehr«, schluchzte ich bebend und er prustete erneut los, als sie *noch* eine Stufe zulegten.

Als sie endlich zu einem pompösen Ende kamen, tat mein Bauch weh und ich lag völlig abgekämpft auf ihm. Irgendwann kehrte sanfte und ausgelaugte Stille ein, sogar die Musik war längst verstummt. Jegliche Ekstase war verflogen.

Mason hielt mich mit einem Arm fest und beugte sich vor, um die Decke aufzuheben, die ich vorhin fallen gelassen hatte.

»Ich glaub, die haben dir das mit der der Lust ganz gut vorgemacht. Ach, und Lektion Nummer zwei wäre: Wenn du in Ruhe deinen Orgasmus genießen willst, dann sorge dafür, dass dich NICHTS stören kann. Kein Bombeneinschlag, kein Telefon, keine Klingel und vor allem keine notgeilen BDSM-Schildkröten.«

»Ich werde es mir merken!« Ich kicherte leise vor mich hin, während ich mich an seine Brust kuschelte und seinen Geruch tief einsog. »Das war sehr interessant, Mister Hunter«, flüsterte ich lächelnd an seiner Tätowierung und lauschte seinem Herzschlag, der sich beruhigt hatte. »Ich muss unbedingt noch meine Zähne putzen und du solltest das auch tun …«, murmelte ich noch im Halbschlaf.

»Gute Nacht, Blowjob Girl ... Es war schön, deine nähere Bekanntschaft gemacht zu haben. Willkommen, Prüdella …« Und mit diesen in meine Haare gehauchten Worten schlossen sich meine Augen und ich schlief ... ziemlich losgelöst und mit einem breiten Grinsen ein ...

***

Irgendwann wachte ich auf, weil sich alles in meinem Kopf drehte ... und mein Magen grummelte ...

Hui ... Was war denn jetzt los? Als ich einen heftigen Luftzug spürte, öffnete ich die Augen und bemerkte, dass sich *tatsächlich* alles drehte. Genervt kuschelte ich mich enger an die heiße Brust unter meiner Wange und murmelte an seiner Haut: »Mason, hör auf damit!«

»Hör DU auf, Babe!«, brummte er verschlafen zurück und suchte mit seiner Hand nach meinen Händen, die auf seiner Brust lagen. Als er sie fand, wurde mir klar, dass er uns sicher nicht wie ein Idiot im Kreis drehte, also blinzelte ich und schaute mich um ... Nur um immer für zwei Sekunden in Friedls und Max´ belustigte Augen zu blicken, bevor das restliche Wohnzimmer an uns vorbeizog. Die zwei drehten unseren Sessel im Kreis und das mit Freude.

»Oh GOTT!«, rief ich aus und klammerte mich an Mason fest, während sie lachten und uns noch schneller drehten.

»Wer will noch mal? War hat noch nicht? Das verrückte Karussell zum kotzigen Klo hat noch geöffnet«, kommentierte Friedl tief, als Max noch einmal Schwung holte.

»AHHHHHHHHHHHHH!«, schrie ich, kniff die Augen zusammen und presste mein Gesicht gegen Masons Hals. »MIR WIRD ÜBEL!«, jammerte ich und fühlte, wie sich Mason aufrichtete.

»Ihr Vollpfosten!«, knurrte er nur und drückte mich mit einem Arm an sich, damit ich nicht runterfiel.

»Are you ready toooooooooooooo...« Mit einem Mal verstummte Friedls grölende Stimme, stattdessen gab er ein würgend keuchendes Geräusch von sich. Wir blieben mit einem Ruck stehen und ich konnte gerade noch sehen, dass Mason, um uns anzuhalten, blitzschnell den Arm ausgestreckt und sich an Friedl festgehalten hatte, worauf dieser umgekippt war. Ich verharrte weiterhin an Ort und Stelle und wartete darauf, dass mein Kopf sich aufhörte zu drehen.

»Ihr habt sie doch nicht mehr alle!«, schimpfte Mason ungehalten und ich merkte, dass er am liebsten aufgestanden wäre, um sie neandertalermäßig windelweich zu prügeln. Eine Vorgehensweise, die ich im Moment gut geheißen hätte, doch ich konnte mich leider nicht bewegen. »Ihr seid doch echt total GAGA in der Birne! Was tut ihr hier, und wie kommt ihr nur immer auf so beschissene Ideen?«, motzte er weiter und rieb mir den Rücken. »Hey, du kotzt mich jetzt aber nicht an, oder?«, fragte er besorgt und ich atmete tief durch. Immer schön zwischen den Zähnen ein- und ausatmen …

»Ich denke nicht ...«, nuschelte ich schwach.

»Wenn ich in seinen Armen wäre, würde ich auch kotzen. Wir befreien dich von dem Ungetüm, holde Maid«, schlug Max grinsend vor und ich fühlte panisch, wie er die Decke von meinem Körper ziehen wollte. Doch Mason hielt sie sofort fest.

»Wag es nicht!«, knurrte er nur und Max ließ die Decke los. PUH!

Als sich mein Kopf einigermaßen beruhigt hatte, hielt ich die Decke um meine Brust zusammen und stand auf – vorsichtig. Trotzdem ging der erste Schritt beinahe daneben und ich konnte gerade noch im letzten Moment mein Gleichgewicht halten. Nachdem ich diesen peinlichen Ausrutscher überwunden hatte, straffte ich meine Schultern und hob das Kinn.

»Einen schönen guten Morgen, erst mal ... und vielen Dank für die ›Rettung‹. Ich werde ewig in eurer Schuld stehen.«

Mason zeigte mir den Vogel, während er gähnend aufstand und sich streckte. Aahh, Bilder von gestern Nacht schossen in meinen Kopf und ich schaute errötend von ihm weg, als er seine Meinung preisgab:

»Bist du irre, oder was? Sag doch so was nicht! Das werden sie bis an dein verfluchtes Lebensende ausnutzen, die Säcke!« Ich ignorierte ihn gekonnt und stieg vorsichtig die Treppen nach oben. Dabei hörte ich noch Masons aufgebrachte Stimme. »Jetzt habt ihr mir die Morgennummer versaut, ihr Idioten, und ich muss den ganzen Tag mit Moprawala rumlaufen!«

Ich runzelte die Stirn und nahm mir vor, ihn bei Gelegenheit zu fragen, was bitte ein oder eine Moprawala war!

Als ich geduscht und meinen knielangen weißen Rock und meine gleichfarbige Bluse angezogen hatte, ging ich nach unten. Der schwarze dünne Gürtel hielt den Rock auf meinen Hüften und die Halskette mit dem Kreuz hing um meinen Hals. Meine Brille hatte ich nicht aufgesetzt und meine Haare waren zu einem französischen Zopf geflochten.

Doch all das bemerkten die Männer nicht, als ich die Kochnische betrat, wo sie auf der Anrichtefläche – aufgereiht wie Hühner – saßen und Kaffee tranken.

Masons Augen wurden groß, als er den Rohrstock in meiner rechten Hand erblickte.

Ich konnte es mir einfach nicht verkneifen, mich vor sie zu stellen und mit meinem geliebten Stöckchen auf meine Handfläche zu klatschen, während ich ihn mit erhobener Augenbraue ansah.

»SHIT! Jetzt macht sie ernst. Lasst mich zurück und rettet euch, Freunde!« Mason fasste sich theatralisch ans Herz, und Max und Friedl spuckten fast ihren Kaffee aus, als sie meinen Anblick in sich aufnahmen.

»Du willst doch nur so schnell wie möglich die Rollen wechseln und den Stock an ihr benutzen …« Ich hob meine Augenbraue noch ein wenig höher und Mason sprang von der Anrichte.

»Halt die Klappe, Mann!« Dabei zwickte er Max, der diesen Spruch losgelassen hatte, fest ins Knie.

Ich entschied mich einfach anzufangen und ließ mich nicht von ihm ablenken, der immer noch oben ohne und nur in eine Jogginghose gekleidet war,.

»Also, meine Herren. Da Sie so zahlreich erschienen sind, werden Sie alle in den Genuss meiner heutigen Lektion kommen.«

»OH SCHEISSE! RETTE SICH, WER KANN!« Friedl und Max sprangen nun ebenfalls von der Anrichte und wollten die Flucht antreten, doch Mason packte beide hinten am Kragen und zog sie zurück.

»Nein, ihr Penner. Einer für alle, alle für einen!« Friedl wuselte herum, während sich Max schon mit seinem Los abgefunden hatte und mir zuzwinkerte.

»Mason ... Alter ... du hast gesagt, du opferst dich für uns, und wir sollen dich zurücklassen. Das kannst du uns jetzt nicht antun, Mann ... um neun Uhr in der Früh!«

»Ja, da dachte ich noch, dass ich den Stock an ihr benutzen darf. Ich wusste ja nicht, dass sie hier die Domina raushängen lässt ...«

Max jammerte erbärmlich: »Ich will nicht geschlagen werden ... Mami! Mami!«

Mason und Friedl wirbelten zu ihm herum. »Alter, bist du eine verfluchte Maus oder ein Mann? Ein Indianer kennt keinen Schmerz!«

Doch Max jammerte weiter. »Ich bin doch kein Indianer ...«

»Ruhe jetzt!« Ich schwang meinen Stock zwischen die drei auf die Anrichte, sodass es laut schnalzte, sie sich erschreckten und mich mit großen, verängstigten Augen ansahen.

»Wuuu ... Babe ... ich werde schon wieder hart«, kommentierte Mason anzüglich.

»Das würde ich Ihnen nicht raten, Mister Hunter«, säuselte ich freundlich, wenn auch streng, und er verstummte abrupt. »Am heutigen Vormittag wollte ich eigentlich mit Ihnen meinen Wochenplan erstellen und das gestrige ... *Fiasko* auswerten, aber ich habe mich kurzfristig umentschieden, als Ihre Kollegen uns so liebevoll weckten.«

»Oh Shit«, sagten alle drei auf einmal und schauten sich panisch an. Ich verkniff mir ein Grinsen.

»Es wird um den ersten Eindruck gehen, denn dieser vermittelt dem Gegenüber das vorrangige Bild eines Menschen. Da Sie alle drei den Termin mit der Bundeskanzlerin haben, ist es gut, dass Sie alle mitmachen und sich anhören und vor allem geistig aufnehmen, was ich zu sagen habe. So ... meine Herren ... ich dulde keine Unterbrechungen. Also wenn Sie noch mal austreten wollen, dann erledigen Sie das bitte jetzt! Übrigens«, ergänzte ich noch lächelnd, »jegliche Flucht ist zwecklos.« Mit einem höflichen Lächeln trat ich zur Seite, sodass die drei mit hängenden Schultern an mir vorbeischleichen konnten.

Während sie murrend nach oben liefen, atmete ich tief durch und nahm mir erst mal einen Kaffee aus einer dieser vulgären Tassen, die man als solche im Grunde nicht bezeichnen konnte. Es waren Nachbildungen von Brüsten, doch was anderes besaß Mason nicht. Es ekelte mich wirklich, daraus zu trinken, also beschloss ich, diese Geschmacksverirrungen beim nächsten Einkauf durch vernünftige Becher zu ersetzen.

Nachdem sie wieder in der Küche waren – natürlich unter lautstarken Gepolter –, dirigierte ich sie in den Wohnbereich und stellte sie dort an den Schultern in einer Reihe nebeneinander auf.

»Es gibt ein paar Faktoren, die uns ein ungefähres Bild des Menschen vermitteln, mit dem wir es zu tun haben. Das Offensichtlichste ist die Kleidung. Mister Hunter, würden Sie sich zur Verfügung stellen, damit ich es an Ihnen demonstrieren kann?«

»Du kannst mit mir noch viel mehr demonstrieren, Babe ... und zur Verfügung steh ich dir auch immer.«

»Yeeeaaahhh, uuhhhh«, riefen Max und Friedl im Chor, als Mason die zwei Schritte auf mich zukam und ich mich NICHT von diesem umwerfenden Grinsen ablenken ließ. »Gib's ihr, Alter!«

»Sie wollen doch sicherlich auch einen guten Eindruck bei Ihrem Termin hinterlassen. Dann würde ich Ihnen raten, sich jetzt zu konzentrieren!«

»Genau ... Mein Weib hat gesprochen. Hough!«

»Mister Hunter, Sie erst recht!« Ich konnte nicht widerstehen und ließ meinen Stock auf seinen Hintern schnalzen. Den benutzte ich nie, aber bei ihm würde ich ein paar Ausnahmen machen. Er zuckte, verschloss aber seine wunderbar weichen Lippen und funkelte mich an.

»Wollen wir mal Ihre nichtvorhandene Kleidung begutachten.« Ich umrundete mein Versuchsobjekt, während ich sprach. »Kompetenz, sicheres Auftreten und Designerkleidung bringen alles nichts ... wenn sie nicht ordentlich sitzt!« Damit packte ich den Bund seiner Jogginghose über diesem sehr anziehenden Gesäß vor mir und zog sie mit einem Ruck nach oben. Er klappte japsend nach vorne. »AHHH! Willst du mich kastrieren, oder was?«

Ich drehte mich breit grinsend zu Friedl und Max und sah gerade noch, wie sie hektisch ihre Hosen nach oben zogen.

»Die Hosen dürfen nicht zu weit unten hängen. Sie sind keine pubertierenden Jungs mehr. Hemden müssen geschlossen sein. Ärmel dürfen nicht umgekrempelt werden. Die Kleidung muss sauber sein und darf nicht stinken. Vor diesem Anlass werden wir sowieso noch einen Einkaufsbummel machen. Denn wenn ich Sie mir so ansehe, glaube ich kaum, dass Sie die passende Kleidung im Schrank haben. Also überspringen wir diesen Punkt erst einmal und kommen zu den Details, denn jeder Anzug nützt nichts, wenn die Fingernägel abgeknabbert oder die Haare fettig und ungekämmt sind. Also, Mister Hunter, zeigen Sie mir Ihre Hände!«

»Du solltest eigentlich wissen, dass ich keine dreckigen Hände hab, so eingehend, wie du sie gestern Nacht an deiner Wange gerieben hast. Hier sind die Flauschis!« Er streckte mir theatralisch und leicht homosexuell wirkend seine schönen, großen, feingliedrigen Hände unter die Nase und drehte sie dort hin und her. Er hatte recht. Die Fingernägel waren kurz geschnitten und sauber, anscheinend sogar manikürt. Erstaunt schaute ich ihn aus verengten Augen an. Er grinste nur schief, gab aber nichts preis. Friedl hatte ebenfalls ganz passable Hände, doch leicht angeknabberte Fingernägel, aber Max' Hände machten mich sprachlos. Denn ich konnte gar nicht sehen, wie es unter seinen Nägeln aussah, weil er schwarzen Nagellack trug.

»Ich beuge vor«, informierte er schulterzuckend und ich drehte mich wieder zu Mason, dessen Haare wild in alle Richtungen abstanden.

»Eine solche Frisur«, sagte ich auf seinen Kopf deutend, »wird am Esstisch und bei öffentlichen Anlässen nicht gerne gesehen.« Auch wenn sie mir persönlich sehr gut gefiel – wenn man sich erst mal daran gewöhnt hatte. »Mister Hunter, wir müssen etwas gegen diesen Wildwuchs unternehmen. Friedl, Sie müssen Ihre Haare zu einem Pferdeschwanz binden. Max, Ihre Frisur ist in Ordnung.« Friedls Haare reichten fast bis zum Kinn, während Max' dunkle Locken kurz waren.

»HAHA, zwei zu null!«, rief Max.

»Deine Fingernägel gelten nicht, du Schwuchtel!«, gab Friedl zurück und rammte ihm seinen Ellbogen in die Seite.

Ich ignorierte diesen Einwand und sprach weiter: »Neben dem Aussehen spielen die Ausstrahlung und das eigentliche Auftreten eine wichtige Rolle. Sehen wir uns mal Ihre Körperhaltung an, Mister Hunter.« Damit stellte ich mich wieder vor ihn und blendete alles aus, was hier nicht hingehörte. Wie seinen Duft oder das schalkhafte Schmunzeln in seinen Augen.

»Hau rein«, sagte er nur und blieb locker vor mir stehen.

»Die linke Hand repräsentiert das Gefühl, die rechte den Verstand. Die Füße und Beine zeigen den Standpunkt, die Festigkeit, mit der jemand im Leben und zu seiner Meinung steht.« Ich berührte mit meinem Stock sein linkes Knie. »Liegt das Gewicht wie bei Ihnen auf dem linken Bein, herrscht im Moment das Gefühl vor. Steht man auf dem rechten Bein, so wie Ihr Kollege Friedl, dann ist der Verstand aktiviert.

Schnelles Verlagern von einem Bein zum anderen verrät Unentschlossenheit, so wie bei Max.«

»Ich bin nicht unentschlossen. Ich muss nur schon wieder aufs Klo …«

»Na dann gehen Sie schnell. Ich habe Ihnen eigentlich vorhin die Möglichkeit dazu eingeräumt!« Wieder einmal fühlte ich mich wie im Kindergarten, als Max an mir vorbei nach oben lief. Kurz atmete ich durch und sprach weiter, kaum dass Max wieder da war.

»Ein dynamischer Gang mit großen Schritten zeigt, dass Sie es mit einem Menschen zu tun haben, der sein Ziel kennt und es erreichen will. Schlurfende Schritte und hängende Schultern zeugen hingegen von Antriebsschwäche. Wer viel stolpert, stolpert auch durchs Leben. Die Fußsohle auf dem Boden zeigt Bodenhaftung und Realitätssinn, das gilt im Sitzen. Ein vorgebeugter Oberkörper kann besondere Aufmerksamkeit, aber auch Anspannung bedeuten.« Ich machte es vor, indem ich Mason an den Schultern nahm und leicht nach vorne beugte, was Friedl zum Schmunzeln brachte. Ich brachte Mason zurück in eine aufrechte Position. »Das Zurückweichen schafft Distanz oder Abwehr – genauso wie verschränkte Arme. Merken Sie sich das, Mister Hunter, und wenn es der Fall sein sollte, dass die Kanzlerin Ihnen so gegenübersitzt, unternehmen Sie etwas dagegen.«

»Kann ich mir mal dein Diktiergerät ausleihen? Wie soll ich mir den ganzen Shit einfach so merken?«

»Ich werde Ihnen natürlich alles noch einmal in schriftlicher Ausführung geben, sodass Sie die Möglichkeit haben, es am Abend durchzugehen und es zu verinnerlichen«, antwortete ich höflich. »Wir werden gleich zu dem praktischen Teil kommen, aber erst möchte ich ein paar Worte zur Stimmlage sagen. Die Stimme ist das Transportmittel für Ihre Gedanken, Ideen und Argumente. Sprechen Sie zu laut, ist das genauso unangenehm wie zu leise. Sensibilisieren Sie Ihre Wahrnehmung für die Stimmen anderer Menschen. So können Sie erkennen, ob Ihr Gesprächspartner wirklich von Ihren Argumenten überzeugt ist oder dies nur vorgibt.« Aber wem erzählte ich das eigentlich gerade? Ich war mir sicher, dass er genauso gut darin war, in anderen Menschen zu lesen, wie im Ignorieren der Dinge, die er gelesen hatte ...

»Gefällt dir meine Stimme etwa nicht, Babe?«, säuselte er mit dieser Honigstimme, die ihn weltberühmt gemacht hatte und Frauenherzen schmelzen ließ, und ich schluckte.

»Das tut jetzt nichts zur Sache. Kommen wir zu einem wichtigen Punkt. Der Begrüßung. Ich will, dass Sie die Begrüßungssituation mit mir Schritt für Schritt durchspielen. Hier gilt zunächst: Bevor man einen Raum betritt, wird um Einlass gefragt, und das meistens mit einem Klopfen oder durch ein Klingeln. Man tritt erst ein, wenn dieser Einlass gewährt wurde, und konzentriert sich vorrangig auf die Menschen in diesem Raum, nicht die schönen Pflanzen oder die Brüste der anwesenden Damen.

Beim Vorstellen ist dem Gegenüber in die Augen zu schauen und ein fester Händedruck gehört ebenfalls dazu. Der Ranghöhere wird immer zuerst begrüßt, genauso wie der Ältere. Es wird nur der Name genannt und nicht drum herum geredet, so wie Sie es immer gerne tun, Mister Mason. Die FRAU reicht dem MANN zuerst die Hand. Und damit Sie in diesem Punkt wirklich nichts falsch machen, würde ich Sie bitten, sich vor die Tür zu begeben und das erste Eintreten mit mir zu üben.«

»Oh Mann, du Sadistin. Draußen ist es arschkalt! Können wir das nicht hier drin machen?«

»Nein, Mister Hunter. Es muss so realistisch wie möglich sein.« Nur mit viel Anstrengung verkniff ich mir das schadenfrohe Grinsen, als ich ihn an den Schulterblättern nach draußen schob. Ein grummelnder Friedl und ein brummelnder Max folgten. Fröhlich schloss ich die Tür vor ihren Nasen.

»Mister Hunter, Sie sind zuerst dran. Stellen Sie sich vor, ich bin die Bundeskanzlerin«, rief ich durch die Scheibe der Tür.

»Gleich muss ich kotzen!«, brummte er gequält.

»Konzentration, meine Herren!«

Somit drehte ich mich im Flur zum Spiegel und betrachtete mich mit meinem Rohrstock. Ich schlug mir damit auf den Hintern und probierte, ob es wehtat und ob es verführerisch aussah. Ja, beides. Ich rieb mir mit einem leisen »Aua« die Stelle und erschrak, als das Gestöhne der Klingel ertönte. »Herein«, sagte ich höflich.

»Du bist witzig, du musst uns aufmachen«, rief ein leicht wütender Mason von draußen.

»Oh ...«, war mein Kommentar, bevor ich zur Tür ging, sie öffnete, und mich drei frierende Männer anblickten und nach innen stürmen wollten. »Nein, nein, nein, nein, immer der Reihe nach!«

Mason schlüpfte mit einem »Ätsch-Bätsch!« rein in die Wärme und ich schloss hinter ihm die Tür.

»Ich habe Sie nicht aufgefordert und eine ordnungsgemäße Begrüßung war das auch nicht. Und noch einmal« Damit öffnete ich die Tür wieder und drückte ihn an der Brust hinaus. »Stellen Sie sich hinten an«, rief ich ihm noch zu.

Es stöhnte entnervt und ein sehr wohlerzogener, bis auf die Knochen abgefrorener Friedl kam herein und machte sofort alles richtig, und das sehr charmant, weil er ins Wohnzimmer gehen und sich aufwärmen wollte.

»Du Streberschwein!«, kommentierten die anderen beiden von draußen und es stöhnte erneut. Max' Wille war da. Aber leider blieb sein Blick dann an Körperteilen hängen, die er später lieber nicht anschauen sollte, doch er bemerkte seinen Fehler selbst.

»Ja, ja, ich stell mich ja hinten an …«

Ein sehr charmanter Mason Hunter kam als Nächster an die Reihe und legte ein tadelloses Verhalten an den Tag, zumindest zu Beginn. Doch dann fuhr er sich durch die Haare, bevor er mir die Hand gab, und machte damit alles zunichte.

»Und wieder raus, Mister Hunter!« Ich zog meine Hand zurück.

»WAS? Wieso? Hab doch gar nichts gemacht, so eine verfluchte Scheiße, mein Nippelpiercing friert gleich ein! SHIT, ECHT«, fluchte er, während er rausging. »Du willst doch nur das Gestöhne hören, du Luder!« Motzend schloss er die Tür hinter sich.

Ich rief: »Die Haare! Nicht in die Haare fassen, bevor Sie jemandem die Hand geben!«

»Ich hab doch keine Vogelscheiße auf'm Kopf!«, rief er zurück.

Max machte dieses Mal alles richtig und bekam ein aufmunterndes Lächeln von mir.

Jetzt war nur noch Mason übrig. Er klingelte, wartete, bis ich aufmachte, funkelte mich mit dunklen Augen an, sodass mein Herz fast stehenblieb, denn diesen Blick kannte ich mittlerweile, und drückte mich kurzerhand im leeren Flur gegen die nächstbeste Wand.

Bevor ich den Schock überwunden hatte, küsste er mich kurz, intensiv und sehr aufwühlend, bevor er sich wieder von mir trennte.

»Ich werde sie einfach so begrüßen, dann hab ich sie im Sack!« Er ließ mein Gesicht los und schlenderte pfeifend ins Wohnzimmer, wobei er sich die ausgekühlten Arme rieb.

»Ich hoffe, das werden Sie *nicht* tun!«, rief ich schwach hinterher, während ich mir über die Lippen strich.

Toll!

Jetzt war mein Innerstes wieder entfacht und alles spielte verrückt. Was hatten wir gerade getan? Wieso war ich noch mal hier? Wieso war sein Rücken so schön und langgezogen?

Dann wiederholte ich mit einer Tasse Kaffee erneut alles mit meinen Schülern und war froh, dass sie tatsächlich einiges behalten hatten.

Der Rohrstock, den ich immer bereithielt, schüchterte sie ein, weswegen sie aufpassten. Eine weitere Lektion war jedoch nicht möglich, weil alle drei die Stunde für sich beendeten.

Mason nahm seine Gitarre, Friedl packte die seine aus, und dann klimperten sie darauf herum und sangen etwas á la Supersexyminiflowerpopopcolafan, während Max auf der Playstation spielte.

Also beschloss ich es gut sein zu lassen und überlegte mir, als ich in der Küche das Essen zubereitete, weitere Lektionen.

Allerdings hatte ich Schwierigkeiten, mich zu konzentrieren, denn der bevorstehende Abend schlich sich in meine Gedanken und ich fragte mich, was Mason geplant hattc.

Dabei zog sich alles tief in meinem Bauch zusammen, und ich musste ganz schnell den Blick von dem schönen Mann nehmen, der mich angrinste, als wüsste er, an was ich soeben gedacht hatte.

Natürlich errötete ich umgehend, was sich nur intensivierte, als mir in den Sinn kam, wie sehr es Mason gefiel, wenn ich die Farbe einer überreifen Tomate annahm.

Sein Gitarrenspiel verstummte abrupt und er formte zwei Worte mit seinen wunderbaren Lippen, von denen meine Beine ganz weich wurden.

»Später, Babe …«

CUT!

13. Intro

(The XX)

Mit geschlossenen Augen saß ich auf dem Sessel im Wohnbereich und wartete darauf, dass Mason Hunter zu mir kommen und mich in seine Welt der Lust entführen würde. Ich versuchte meinen Atem zu kontrollieren und mein wild schlagendes Herz zu beruhigen, denn er hatte mir versprochen, nichts zu tun, was ich verbieten würde – ganz im Gegenteil. Laut seiner Worte würde es einzig und allein um mich gehen, ehe er mit diesem gewissen Funkeln in seinen Augen ergänzt hatte, dass er mir auch seinen Körper schenken würde, wenn ich bereit dazu wäre. Aber war ich das?

Zu meinem Ärgernis wusste ich in letzter Zeit kaum noch, wo oben und unten war, demnach war es mir kaum möglich, diese doch recht simple Frage zu beantworten. Nur eines war klar, das Bedürfnis schreiend wegzulaufen, schien mir eine verlockendere Alternative als hier rumzusitzen. Denn jetzt ... in der dunklen Nacht, in der draußen ein Sturm tobte und die wehenden Bäume gruslige Schatten ins warme Wohnzimmer warfen ... fühlte ich mich so schutzlos ... geradezu ausgeliefert.

Allerdings konnte ich auch nicht leugnen, dass ich mich insgeheim darauf freute, diese Erfahrungen mit ihm zu machen, selbst wenn ich nicht wusste, was er für heute geplant hatte. Zugegeben, Mason Hunter war ein wunderschöner Mann, den man nur zu gerne berühren wollte. Aber nicht nur das ... er wusste auch ganz genau, was er tat ... wie er mit mir sprechen und mich berühren musste, sodass er mich wirklich in eine andere Welt entführte – in eine mir völlig unbekannte. Im Grunde hielt ich nicht viel von Sex vor der Ehe und war somit Jungfrau. Aber als dieser Mann in mein Leben gekommen war, hatte ich all meine Vorsätze, die mich 26 Jahre begleitet hatten, einfach über Bord geworfen.

Jetzt, in der Nacht, während ich hier in nichts weiter als einem von ihm angeforderten Höschen und Tank Top in der Dunkelheit saß, gestattete ich mir, es vor mir selber zugeben: *Ich wollte ihn.* Mit jeder Faser meines Körpers. Ich wollte seine Lippen auf meiner Haut spüren, wollte mich von seinen wissenden Fingern berühren lassen, wollte eins mit ihm werden. Mit ihm und mit keinem anderen.

Ich schloss die Augen und atmete noch einmal tief durch, wischte meine schwitzigen Hände ab und versuchte den Aufruhr in mir zu beherrschen. Doch ich scheiterte kläglich. Es war einfach zu nervenaufreibend, hier zu sitzen und auf ihn zu warten, während er seine Schildkröten vorsichtshalber nach oben in sein Zimmer brachte, das ich nicht betreten durfte.

Als mit Musik ertönte, öffnete ich die Augen und zuckte leicht zurück, weil er auf einmal vor mir stand. Das Herz stockte für einen Moment in meiner Brust denn sein Anblick war fast mehr, als ich ertragen konnte.

Wie immer zu unseren Spielstunden trug er lediglich eine schwarze, tief sitzende Stoffhose ... Die Tätowierung schlängelte sich vorteilhaft über seine trainierten Muskeln und sein Brustwarzenpiercing blinkte in der Dunkelheit, als er einen Arm hob und sich durch die Haare fuhr. Mit einer Intensität, die mir fast den Atem raubte, sah er mich an. Dabei konnte ich seine Augen kaum erkennen, denn sie waren tiefschwarz, aber ich fühlte, wie meine Haut prickelte ... fühlte, wie sich alles in meinem Bauch zusammenzog, während ich daran dachte, dass er mich gleich wieder berühren und küssen würde. Doch sein Blick war fast schon abwartend. Beinahe unsicher ... Als wäre auch er aufgeregt.

DAS HIER war etwas komplett anderes zwischen uns als normalerweise! Es knisterte nicht nur, dass ich erwartete, jeden Moment Funken sprühen zu sehen, die Stimmung passte auch.

Ich lächelte schwach, um ihn aufzumuntern, was mir offensichtlich gelang. Er hob einen Mundwinkel und lächelte ebenfalls. Nicht frech ... sondern ... fasziniert, fast schon schüchtern. Das Lächeln eines wahren Engels.

»Hi, Blowjob-Girl«, grüßte er mich mit der sexiesten und verruchtesten Stimme, die gleichzeitig so unschuldig wie die eines Heiligen klang, und setzte sich anmutig in Bewegung, um auf mich zuzukommen ... Das Herz schlug mir bis zum Hals.

»Hallo, Mister Hunter«, stammelte ich, und es war mir nicht mal peinlich. Es war einfach, wie es war. Er schüchterte mich ein ... und gleichzeitig begehrte ich ihn. Ich schluckte.

Sein Lächeln wurde einen Tick breiter, als er vor mir stehenblieb, sich vorbeugte und sich mit beiden Händen auf meinen Knien abstützte. »Nenn mich Mason«, forderte er. Sein Gesicht war so schön, sein Blick war so dunkel. Ich war so verloren und konnte nur dumm nicken ... Ich würde ALLES zu ihm sagen! »Willst du mit mir spielen?«, fragte er halb neckend, halb ernst und vor allem heiser. Ich schluckte erneut, und befeuchtete meine Lippen.

»Ja, Mason«, antwortete ich und es klang kratzig, weil meine Kehle so trocken schien wie die Wüste Gobi.

»Yeah«, bestätigte er leise, und ich konnte nicht anders, als aufgeregt zu kichern, während er mit seinen Lippen über meine strich, und dann zu seufzen, als seine Zunge über meine Unterlippe glitt. Natürlich begegnete ich ihr auf halbem Weg und genoss es in vollen Zügen, wieder seinen typischen Geschmack zu kosten; genoss, dass seine Daumen über meine Knie streichelten und auch, wie er sich weiter vorlehnte und den Kuss so intensivierte, dass sich mein Kopf drehte, bevor er mit seinen warmen Lippen von mir abließ.

Verträumt blickte ich ihm nach. Er schlenderte lässig zu einem Glasgebilde. Wie sich herausstellte, war es ein moderner Gelkamin. Sobald er uns in warmes flackerndes Licht gehüllt hatte, kam er wieder zu mir, nahm meine Hände und half mir auf die Beine. Langsam zog er mich an seinen

Körper. Dabei schaute er mir abwartend in die Augen und fragte um Erlaubnis. GOTT! Als wäre das noch nötig. Im Moment war ich Wachs in seinen Händen und er könnte alles von mir kriegen – ohne Widerrede ... Aber nur, weil ich ihm in der Hinsicht vertrauen konnte und wusste, dass er niemals etwas nehmen würde, was ich ihm nicht zu geben bereit war. Ihm war das hier ERNST! Seine Hände glitten an meinen Armen nach oben ... kitzelten mich mit den rauen Fingerspitzen ... über meine Schultern und an meinem Rücken hinab. Meine Hände hoben sich – scheinbar wie von selbst – berührten die nackte, warme Haut seines Rückens, während ich die Muskeln unter meinen Fingern fühlte. Er lehnte seine Stirn an meine, so wie bei dem Konzert, und ich konnte diese Energie zwischen uns spüren, die mich immer dann erfüllte, wenn er mir so nah war. Dann drängte er mich sanft nach hinten, weg vom Sessel. Verwunderte keuchte ich auf.

»Wir brauchen heute mehr Platz«, flüsterte er und löste seine Stirn von mir, um mir direkt in die Augen zu sehen. In seinem Blick zeigte sich so viel Zuneigung, dass ich mir sicher war ... etwas Besonderes zwischen uns zu spüren. Er gab mir das Gefühl, es ginge ihm nicht nur darum, mich als Supergroupie zu gewinnen oder mich zu beeindrucken, sondern tatsächlich nur um mich.

Seine Hand hob sich und sein Daumen strich zärtlich über meinen Wangenknochen. »Vertraust du mir, Babe?«, fragte er mich so direkt und so ... leise, dass ich seine samtene Stimme kaum hörte.

Ich musste nicht lange überlegen. Denn aus mir unerfindlichen Gründen tat ich es, obwohl normalerweise alles dagegen sprach. Einfach weil es richtig war. Hier und Jetzt ... In der dunklen Nacht, mit den lodernden Flammen, die Schatten auf sein makelloses, frisch rasiertes Gesicht warfen.

»Das tue ich«, antwortete ich also leise und biss mir auf die Lippe, als das Glühen in seinen Augen intensiver wurde.

»Dann dreh dich um, denn unsere heutige Lektion heißt: Höre auf das, was dein Körper dir sagt, und folge seinen Befehlen«, hauchte er. Mein Nacken prickelte, als ich ihm den Rücken zuwandte. Seine Fingerspitzen geisterten noch einmal über meine Arme herauf, dann löste er seine Hände von mir und ich vernahm ein leises Rascheln. »Ich werde deine Augen verbinden. Denn ich möchte, dass du mich mit deinen restlichen vier Sinnen spürst. Ich will, dass du mich schmeckst, mich riechst ... mich hörst und mich fühlst. Du sollst mich mit jeder Faser deines Körpers wahrnehmen und erleben ...« Schon bemerkte ich etwas Samtiges, das er um meinen Hals schmiegte. Er lehnte seine Lippen direkt an mein Ohr und flüsterte: »Schließ die Augen.« Meine Lider flatterten zu, als er den weichen Stoff über sie legte.

Seine Finger verschlossen den Stoff an meinem Hinterkopf und zogen dann den Haargummi aus meinen Haaren. Mit allen zehn Fingern fuhr er durch meine Strähnen, lockerte sie und schob sie über eine Schulter. Auf der anderen Seite küsste er meinen Nacken. Ich erschauerte und bog automatisch meinen Kopf, um ihm leichteren Zugang zu verschaffen.

»Mhmmm«, summte er lächelnd und flüsterte sanft: »Kannst du mich hören?« Ich erschauerte erneut und nickte, denn ich hatte noch nie etwas Besseres gehört als seine samtige, melodische Stimme, die an meine Ohren drang. Seine Hände fuhren die Außenseite meiner Arme hinab – strichen über meine Handrücken und alle meine zehn Finger. Ich hatte noch nie etwas Besseres gefühlt, als das leichte Kribbeln, das seine Berührungen auf mir hinterließen. »Kannst du mich fühlen?« Ich nickte nur schwach und seufzte, worauf er leise und rau lachte. Ich konnte spüren, dass er mich umrundete und sich vor mich stellte.

Als Nächstes glitt seine Nasenspitze über die meine und ich sog tief den verruchten und doch frischen männlichen Duft ein, den er ausströmte, als er fragte: »Kannst du mich riechen?« Und wie ich das konnte. Ich hatte noch nie etwas Besseres gerochen als seinen herben Cocktail, der meine Sinne betörte. Als seine Lippen über meine strichen, war es beinahe um mich geschehen ... »Kannst du mich schmecken?«, hauchte er direkt in meinen Mund und küsste mich ... intensiv ... drängend ... atemberaubend. Ich stöhnte willenlos, sank gegen seine Brust ... verzehrte mich nach seinen gekonnten Küssen und seinem einzigartigen Geschmack.

Doch viel zu schnell löste er sich von mir, schlang einen Arm fest um meine Taille und stützte seinen anderen anscheinend hinter mir an der Couch ab, als er mich langsam nach hinten sinken ließ. Ich vertraute ihm komplett.

Seine Finger wanderten an meinem Rücken nach oben, als ich die riesige, weiche Couch unter meinem Hintern fühlte ... Er legte mich komplett darauf. Zum Schluss hielt er mich lediglich noch am Nacken fest, als er sich über mich beugte und flüsterte:

»Wir spielen jetzt ein erotisches Spiel ... das auch einem bestimmten Zweck dient, denn ich weiß, du kannst mir noch nicht direkt sagen, wo du mich spüren willst. Aber du kannst mir sagen, ob es wärmer oder kälter wird. Kalt fühlt sich so an. Er strich mit dem Zeigefinger über meinen Handrücken. »Es ist schön und angenehm ... jedoch nichts Besonderes … Aber dir wird wärmer und es kribbelt, wenn ich dich hier berühre …« Sein Zeigefinger glitt über die Innenseite meiner Armbeuge und alles begann zu prickeln, besonders das Dreieck zwischen meinen Beinen. »Das sind deine erogenen Zonen, Babe, und ich kenne sie alle … in- und auswendig.« Seine Stimme spiegelte sein selbstzufriedenes Grinsen wider, was garantiert sein Gesicht zierte, und mein Magen drehte sich einmal im Kreis, aber im positiven Sinne. Seine Finger kraulten meinen Nacken, während er leise in mein Ohr sprach.

»Ich werde etwas tun, was ich schon vom ersten Moment an tun wollte. Ich werde deine weiche Haut schmecken und du wirst mir sagen, ob es sich eher heiß oder kalt anfühlt. Sodass wir am Ende meiner Reise dort ankommen werden, wo du meine Finger und meine Lippen haben willst, ohne dass du es mir direkt sagen musst ... Denn ich bin hier dein Spielzeug und du bist meins. Alles klar, Babe?« Oh, du meine Güte ...

Ich hatte gerade keine Ahnung, was ich darauf antworten sollte. Außer ...

»Fang endlich an!« Ich konnte es nicht glauben, als ich ihm das zuflüsterte und er anscheinend auch nicht, denn er stieß den Atem in mein Gesicht aus und richtete sich auf, entzog mir seine Finger, sodass uns kein Hautkontakt mehr verband. Also so hatte ich das ehrlich nicht gemeint!

Sekunden fühlten sich an wie Tage. Ich schmolz innerlich dahin und lief förmlich zwischen meinen Beinen aus. Seine Stimme und die paar Berührungen und Küsse, die er mir geschenkt hatte, erregten mich so sehr, dass ich glaubte, jede Sekunde platzen zu müssen – auch wenn der Druck noch nicht so groß war wie gestern Nacht, bevor Dom Dom und Sub Sub uns unterbrochen hatten. Die Polster unter mir bewegten sich, als er sich darauf abstützte und sein warmer Atem meine linke Schläfe streifte. Leicht zitternd versteifte ich mich am ganzen Körper, schloss die Augen ... fühlte nur noch ihn. Wie erwartet berührten mich seine seidig weichen, glatten Lippen. Sie glitten über meine Wangenknochen bis zu meinem Mundwinkel, wobei ich genau merkte, wie er sich zurückhielt und dass er auf etwas wartete ... Also murmelte ich: »Warm!«

Hauchzart wie eine Feder strichen seine Lippen nun über meine, wanderten weiter zu meinem Kiefer und an der linken Seite meines Halses entlang, küssten mich dort leicht. Gleichzeitig glitten seine Finger die andere Seite meines Halses herab, um dann über mein Schlüsselbein zu fahren.

Sein Mund bewegte sich über meine Schulter ... bis zu meinem Arm. Jede Faser meines Körpers konzentrierte sich auf das Prickeln seiner Haut auf mir. Ich fühlte jede Berührung bis in mein Innerstes. Seine andere Hand umfasste mein Handgelenk und drehte meinen Arm so, dass er mich an den Innenseiten berühren konnte. Gemächlich glitten seine Lippen an meinem Arm entlang, über meine Handfläche bis zu jeder einzelnen Fingerspitze. Währenddessen streichelten seine Finger weiterhin mein Schlüsselbein, bis sie sich um meinen Hals legten und sein Daumen über meinen rasenden Puls glitt. Zwischen meinen Beinen pochte es heftiger denn je. Jede einzelne Gefühlsregung wurde durch meine Blindheit intensiviert.

»Lass es zu, Babe«, hauchte er gegen meine Handfläche und bewegte seine Lippen nach oben. Dabei unterbrach er seine Bemühung nur kurz, als er »Sag es ...« an meiner Haut flüsterte. Dann wollte er wieder an meinem Hals heraufgleiten, aber das war nicht die richtige Richtung ... also keuchte ich: »KALT!«, und fühlte, wie sich seine Lippen zu einem Lächeln verzogen, als er wieder brav hinabstrich und an meinem Dekolleté entlangfuhr.

»Warm«, seufzte ich und wand mich mehr, je weiter er sich nach unten bewegte. Fast wollte ich meine Hände heben und sie in seinen Haaren vergraben, doch ich entschied mich dagegen und krallte lieber meine Fingernägel in die Couch. Sicher hörte er das unkontrollierte Hämmern meines Herzens.

Am Ansatz meines Tops strich er über die sanfte Wölbung

meiner Brüste, sodass die kleine züngelnde Flamme in meinem Inneren zu einer Stichflamme aufloderte. Denn ich wusste schon von gestern, wie gut es sich anfühlte, wenn er meine Brustwarzen berührte, und ich wollte ihn dort!

JETZT!

»Wärmer«, stöhnte ich halb und streckte mich unauffällig nach oben, um ihn dort schneller zu spüren. Er lächelte und erfüllte mir meinen Wunsch, als er an meiner linken Brust hinabglitt, eine heiße Spur hinterließ, und seine Lippen über meine steife Brustwarze unter dem Stoff geisterten. »Sehr warm!« Ich bog meinen Rücken durch, als er heftig dagegen atmete, und merkte in diesem Moment, dass ihn das Ganze auch nicht kalt ließ. Und dann brachte er mich fast komplett um den Verstand, denn er nahm mein empfindliches Fleisch vorsichtig zwischen seine Lippen und zupfte durch das Oberteil daran.

Ein lautes Stöhnen brach aus mir heraus. Meine Finger krallten sich fester, zwischen meinen Beinen zog es fast schon schmerzhaft und in der Sekunde wusste ich ganz genau, wo ich diese wunderbaren Lippen haben wollte. Also sagte ich NICHT heiß ... sondern: »Kalt!«, und hörte ihn leise lachen ... Es klang so heiser, dass mir nur noch wärmer wurde.

Gemächlich setzte er seine Reise fort ... glitt über meinen Bauch und berührte dort, wo mein Oberteil nach oben gerutscht war, jeden Zentimeter nackten Fleisches. Doch er überlistete meine Kleidung, indem er mein Top mit der Nase ein Stück hochschob.

Ich hyperventilierte fast, als er seine wendige nasse Zunge in meinen Bauchnabel tauchte, mich dort kitzelte und mich SO gut fühlen ließ. So, als würde ich fliegen, während sich in meinem Kopf alles drehte.

Langsam strich er an dem Ansatz meines weißen Slips entlang. Sein heftiger Atem stieß gegen meine überempfindlichen Haut und ich rekelte mich unter ihm ... wollte ihn dort, wo das Pochen am heftigsten war. Wollte, dass er mich erlöste. Denn ich wusste, dass er es konnte – nur er. Also sagte ich mit zitternder Stimme: »Ganz warm«, und spürte, wie er noch mal tief Luft holte und sein Gewicht verlagerte.

Mein Herzschlag setzte kurz aus ... als seine Finger sanft über meine Oberschenkel strichen und dann langsam, aber sicher mein Knie nahmen. Er legte einen meiner Füße auf die Couchlehne, sodass ich mich entblößt fühlte, doch gleichzeitig sicher.

Dann kniete er sich zwischen meine Beine und platzierte beide Hände auf meinen Oberschenkeln, streichelte mich mit den Daumen. Er wollte mich beruhigen, aber das war nicht nötig. Ich hatte keine Angst und ich wollte ihn genau da, wo er auch unbedingt hinwollte.

»Spürst du es, Hannah? Spürst du, wie sich das Feuer durch deine Blutbahn zieht und sich zwischen deinen Beinen sammelt, um dich bereit für mich zu machen?«, hauchte er sinnlich und leise an meinem rechten Knie. Es war wie Musik für meine Ohren und ein Aphrodisiakum für meinen Körper.

Seine Lippen glitten an meinem Bein hinab ... und ich wusste, ich musste nichts mehr sagen ... Ich wusste, er würde mir meinen Wunsch erfüllen, wusste, er würde mich glücklich machen. So glücklich.

Sein Göttermund kitzelte an meinem Innenschenkel und sein Atem strich über meine Haut. Das hier war Erotik auf höchstem Niveau und ich liebte ihn schon fast für das, was er in diesem Moment mit meinem Körper anstellte.

Je näher er diesem einen heißen Punkt kam, umso heftiger ging mein Atem, umso schneller schlug mein Herz, umso mehr Angst hatte ich, gleich ohnmächtig zu werden. Und als seine Lippen dann über den Saum meines Slips wanderten, zog sich alles in mir zusammen und meine Hände flogen in seine vollen Haare. Stöhnend packte ich sie fest, meine Hüften bewegten sich mit einem Ruck nach oben.

»Du bist mein«, murmelte er so leise, dass ich es kaum hören konnte. Und dann ... ja dann ... strich seine NASE über mein Höschen nach oben, direkt zwischen meinen Falten entlang und seine Lippen folgten ... und küssten mich auf einen Punkt. Als er mich dort berührte, durchschossen mich tausend heiße Blitze und ich stöhnte lauter auf. So etwas hatte ich wirklich noch nie gefühlt. Es war ... *fantastisch.*

»HEISS, Mason! *So heiß*!«, keuchte ich heftig, kniff die Augen fester zusammen und warf meinen Kopf nach hinten. Er sollte nie wieder damit aufhören.

Doch ein anderes fremdes Stöhnen riss ihn von mir los ... Es waren diesmal nicht die Schildkröten.

Es war die KLINGEL!

»Shit!«, fluchte er an meinem Feuchtgebiet und ich richtete mich auf, während ich mir die Binde von den Augen riss. Mason stand bereits. »Einen Moment. Okay, Babe?«, fragte er mich, beugte sich noch mal vor und gab mir einen kurzen Kuss auf die Stirn, bevor er aus dem Wohnzimmer verschwand und in seiner Hose verlagerte, was zu verlagern war. Atemlos ließ ich mich in die Kissen zurückfallen und legte die Hand auf mein heftig pochendes Herz. Das war der Wahnsinn! Mein Kopf schwirrte immer noch. Als mein Blick zur Uhr glitt, verengte ich die Augen, denn es war bereits kurz vor Mitternacht. Wer störte um diese Uhrzeit? Das war ja wohl wirklich nicht angebracht! Besonders nicht, wenn Mason *Heiß oder Kalt* mit mir spielte!

»Was willst DU denn hier?«, erklang aus dem Flur – nicht gerade freundlich. Darauf ertönte eine rauchige, weibliche Stimme – ganz leise ...

»Ich habe dich vermisst ... besonders ... das hier!«

»Wuuu! Finger weg! Der ist anderweitig reserviert!«

Sie kicherte ungläubig. »Verarsch mich nicht!«

»RAUS JETZT!« Ich hörte, wie Stöckelschuhe über den Marmor seines Flurs hallten. »Und wenn du das nächste Mal die Scheißidee hast, vorbeizukommen, *streich sie gleich wieder*!« Die Tür knallte heftig zu.

Mit angehaltenem Atem wartete ich darauf, dass er zurückkam.

Als er wieder auftauchte, war seine mörderische Stimmung fast greifbar. Jeder Schritt und jede Bewegung strahlten eine Aggressivität aus, die ihn von mir abschottete. Geschlagen ließ er sich auf seinen Sessel fallen, schnappte sich seine Gitarre und begann leise zu spielen. Allerdings viel zu schnell, als dass es beruhigend hätte sein können ... Doch nach einiger Zeit wandelte sich die Melodie und sie wurde ... leer ... traurig ... Er schaute mich nicht mehr an, hatte stattdessen die Augen geschlossen und die Lippen fest aufeinandergepresst.

Irgendetwas hatte ihn gerade auf hundertachtzig gebracht und ich versuchte anhand meiner therapeutischen Ausbildung zu ergründen, was es sein könnte. Bekam er vielleicht öfter solche ungeplanten Besuche von Frauen? Von Frauen, die nur eins wollten – seinen Körper, seinen Ruhm, sein Ansehen. Die nur das von ihm wollten, was er nach außen hin darstellte.

Es traf mich wie ein Schlag. Obwohl er von Tausenden von Menschen umgeben war, fühlte er sich einsam. Tausende Frauen wollten ihn, zumindest bildeten sie es sich ein, dabei kannten sich ihn überhaupt nicht, sondern nur den Star, den er nach außen mimte. Es interessierte sie überhaupt nicht, wie es Mason ging, wer er als Person war ... Sie interessierte nur Spank und seine sexuellen Fertigkeiten. Es war ihnen egal, wenn er in der Nacht alleine dasaß und einsame Melodien auf seiner Gitarre spielte, weil die Oberflächlichkeit der Medien sein Leben bestimmte. Offensichtlich war er allein – mutterseelenallein auf dieser Welt – und es stach in meiner Brust, als mir das klar wurde.

Ohne einen weiteren Gedanken glitt ich von der Couch und kroch auf meinen Knien auf ihn zu. Sein Blick flog zu mir und seine Finger stockten für einen Moment in der Melodie. In seinen Augen flackerte die Unsicherheit auf. Er wusste nicht, was er von mir erwarten sollte beziehungsweise konnte. Und das war es, was ihn vermutlich an mir faszinierte. Ich war anders als die anderen. Ich würde mich jetzt in einem Moment der Schwäche nicht auf ihn stürzen. Es interessierte mich nicht, dass er Millionär war. Es interessierte mich nicht, dass er ein Sexsymbol war. Alles Äußerliche war mir absolut egal. Das, was mich brennend interessierte, war sein Inneres ...

Als ich bei ihm war, setzte ich mich an seine Seite, legte lediglich mein Kinn auf sein Knie und schaute zu ihm auf. Dabei stützte ich mich mit meinen Händen vorsichtig auf seinen Oberschenkeln ab, was aber keineswegs eine sexuelle Geste darstellte, sondern ihm vielmehr signalisieren sollte, dass ich für ihn da war. Das leichte Flackern in seinen Augen wurde zu einem mich verbrennenden Glühen, als er auf mich herabblickte und mittlerweile gar nicht mehr spielte. Er schürzte die Lippen, neigte leicht den Kopf, während seine Augen mein Gesicht geradezu scannten und jeden Zentimeter Haut in sich aufnahmen. Ich lächelte leicht, um ihn aufzumuntern und wurde von einem atemberaubenden kleinen Lächeln seinerseits belohnt. »Wieso bist du sonst so kühl und jetzt so süß, du Furie?«, fragte er leise und eine Hand löste sich von seiner Gitarre. Es prickelte, als er mit den Fingerspitzen über meine Schläfe bis zu meinem Kinn strich und dann seine Hand unter dieses legte, um mein Gesicht anzuheben. Mein Lächeln wurde breiter, als sein Daumen über meine Unterlippe glitt und ich ihn errötend küsste.

»Wieso bist du sonst so skrupellos und jetzt so mitfühlend, du Rüpel?«, antwortete ich leise und brachte ihn damit zu einem ehrlichen kleinen Lachen.

»Punkt für dich, Babe ... Wieso fühlt es sich so an, als würde ich dich schon Jahre kennen ... Wieso fühlt es sich so an ... als ...« Er verstummte abrupt und runzelte die Stirn.

»Wieso fühlt es sich so an, als würde kein anderer Mensch auf dieser Welt zählen, wenn wir so zusammen sind?«, vollendete ich mit sanfter Stimme und er kniff die Augen zusammen, während ich das sagte. Doch dann legte er seine Gitarre weg und beugte sich vor. »Hannah, was machst du nur mit mir?«, flüsterte er gequält und hob mein Gesicht weiter an, um mich sanft zu küssen. Ich wimmerte leise in seinen Mund, als seine Lippen meine berührten, und richtete mich zwischen seinen Knien auf, um meine Hände in seinen Haaren zu vergraben und sein Gesicht gegen meins zu pressen. DAS fragte er mich, während er mich mit seinen Kusskünsten ganz willenlos machte? Während seine Finger immer noch mein Kinn festhielten und seine Zunge über meine strich? WAS machte ER nur mit MIR? Mein Herz drohte meine Brust zu sprengen und ich zu ersticken, also löste ich mich irgendwann von ihm und lehnte meine Stirn gegen seine. Dabei streichelte ich über seine Wangen, genoss mit geschlossenen Augen das Gefühl seiner glatten Haut unter meinen Fingerspitzen.

»Erzähl mir von dir, bitte.«

»Was soll ich dir denn erzählen? Wie viel Geld ich auf dem Konto habe? Welche meine Lieblingsstellung ist? Wo ich überall Häuser besitze? Wem ich schon alles die Hand geschüttelt habe?«

»Nein! Das interessiert mich alles nicht!« Als ich meine Augen öffnete, bemerkte ich, dass er mich bereits ansah. Braun auf Braun. Verletzlich auf offen. »Ich möchte wissen, wie du gelebt hast, BEVOR du berühmt wurdest …« Denn das sagte am meisten über ihn aus.

Er lehnte sich zurück, offenbarte mir einen perfekten Blick auf seine Brust und seine Bauchmuskeln, und ich musste mich zusammenreißen, um nicht darüberzustreichen. Stattdessen legte ich meine Wange auf seinen Oberschenkel und schloss erneut die Lider ... wartete geduldig, und fühlte, wie er vorsichtig über meine Haaransätze strich.

»Was soll ich dazu sagen, Babe? Ich war ziemlich abgefuckt ... bevor ich berühmt wurde.«

»Definiere«, murmelte ich und erschauerte, als seine Finger sanft, mein Ohrläppchen massierten.

»Na ja ... ich war ein verdammter ... Stripper ... und hielt mich gerade so über Wasser ... während ich nebenbei Musik machte und mit Friedl und Max in ramschigen Clubs auftrat.«

»Ein Stripper?« Meine Wangen erröteten, als ich zu ihm hochsah und er grinste, war wieder ein bisschen mehr sein selbstzufriedenes, atemberaubendes Ich.

»Yeah … Stripper … Meine Hüften zu bewegen und Frauen zu verführen liegt mir eben im Blut …« Diese Worte waren wie eine kleine Verheißung, von der mir wieder wärmer wurde, also … wechselte ich schnell das Thema!

»Wie hast du sie kennengelernt?«

Jetzt lachte er leise. »Friedl – das ist übrigens nur sein Kosename, sein echter Name ist streng geheim – und ich kennen uns seit der Kindheit. Er war mein Nachbar ... mein bester Freund ... so was wie mein Bruder eben. Nach der achten Klasse habe ich die Schule abgebrochen und bin schon ein Jahr später zu Hause ausgezogen ... Friedl hat mich aufgenommen, bis wir uns eine eigene Bude gesucht haben. Er hat Musik studiert, während ich Scheiße gebaut und ihm das Leben zur Hölle gemacht habe. Trotzdem hat er mich nie fallen lassen, war immer für mich da. Max haben wir mit 19 kennengelernt. Er reparierte Friedls alten Mini und irgendwie kamen wir darauf, dass er Schlagzeug spielt ... Da wir nur Musik machten, luden wir ihn eines Tages ein und schon nach der ersten Session in unseren kleinen Wohnung wurde uns klar, dass Max genau das war, was uns fehlte. Tja, schließlich nahmen wir Tausende von Kassetten auf, verschickten sie an die Radiosender, spielten auf der Straße, stellten die Videos im Internet on und FM 4 begann, uns öfter zu spielen. Mit 21 kam unser derzeitiger Plattenboss auf uns zu. Er gab uns einen Vertrag, er glaubte genauso an uns wie wir an uns glaubten – denn der Glaube ist das, was zählt! Genauso wie Talent natürlich. Unsere Gigs wurden immer größer.

Die Hallen immer voller. Und die Höschen in meinem Schrank immer unübersichtlicher ... Als ich 24 war, wurden wir die Vorband von Muse und gingen mit ihnen auf Tour. Das war der Wahnsinn, weil sie immer unser großes Vorbild gewesen waren, denn die drei sind einfach nur Genies ...« Er zuckte mit den Schultern. Mit geschlossenen Augen lauschte ich seiner sanften Stimme, die die Stille durchbrach, und konzentrierte mich auf seine Finger, die nun geistesabwesend durch meine Haare strichen. »Der Ruhm und das Geld kamen ab einem gewissen Zeitpunkt von selbst ... Wir gingen auf Welttournee, wurden überall berühmt, gewannen verschiedene Awards und Preise ... Jetzt bin ich 28 und jedes Schwein kennt mich ... Jeder Schlitz möchte an mich ran ... und jeder will plötzlich mein bester Freund sein, obwohl sie mich davor angesehen haben, als wäre ich ein Stück Dreck. Sie hätten mich mit Füßen getreten, wenn ich etwas von ihnen gewollt hätte ... All diese oberflächlichen, manipulierten Idioten! Und jetzt jubeln sie mir zu, als wäre ich Gott und behaupten, sie lieben mich! Aber wie können sie mich lieben? Sie kennen mich nicht – keiner tut das! Das, was ich auf der Bühne verkörpere, ist eine Rolle. Es ist das, was sie haben wollen. Ich bin der sexy Arsch ... der Bad Boy, und nur weil ich gut aussehe und eine einzigartige Stimme hab, lassen sie mir alles durchgehen, denken aber nicht mal im Traum daran, dass jeder Mensch eine sensible Seite und eine Vergangenheit hat, die er mit sich herumschleppt – egal wie er aussieht! Dass es jedes Lebewesen wert ist, mir Respekt behandelt zu werden. Wenn ich nicht berühmt wäre, würden sie immer noch auf mich scheißen – alle!« Mit einem Mal zog er seine Finger aus meinen Haaren zurück und ich blickte verwundert hoch, nur um zu sehen, dass er aus dem Fenster schaute und sein Kiefer verbittert verhärtet war.

OKAY! Seine Worte sagten mir, dass etwas in seiner Vergangenheit geschehen war, was schwer auf seiner Seele lastete, denn er konnte nicht mal daran denken, ohne dass sich seine Hände zu Fäusten ballten.

Er sah mich weiterhin nicht an, als er beinahe tonlos weitersprach. »Weißt du ... ich sitze jede Nacht hier auf diesem verfluchten Sessel ... und auch, wenn hier drei Tussen auf einmal auf der Couch liegen und mein Keller voller Leute ist ... so weiß ich, dass ich allein bin. Jeder Mensch ist auf dieser Welt allein, denn wenn es darauf ankommt, denkt jeder nur an sich.«

»Aber Friedl und Max scheinen immer für dich da zu sein, oder?«

Er schaute mich immer noch nicht an. »Ja, das sind sie auch. Ich weiß nicht, was aus mir geworden wäre, wenn die beiden nicht gewesen wären, und deswegen besitzen sie meine uneingeschränkte Loyalität.«

»Und deine Mutter?«, erkundigte ich mich leise, denn ich hatte mich schon vorhin gefragt, wo sie denn die ganzen Jahre gewesen war, als sich ihr Sohn gequält hatte.

»Meine Mutter hat selber ein paar ... Rückschläge ...« Er schluckte hart. »…einstecken müssen.

Sie war nicht immer so ausgeglichen wie heutzutage ... und es gab eine Zeit, da konnte ich ihr nicht mal in die Augen sehen, weswegen ich den Kontakt abgebrochen hatte.« Mir war klar, dass ich mich auf dünnem Eis befand, denn sein Kiefer hatte sich immer noch nicht entspannt, also entschied ich mich, das Thema zu wechseln.

»Was magst du an deinem Leben?« Fragend schaute ich zu ihm hoch und sein Blick flog wieder zu mir ... Einige Sekunde sah er mich an ... dann fühlte ich seine Fingerspitzen, die über meine Wange strichen, während sich seine Lippen ENDLICH wieder zu einem Lächeln verzogen.

»Im Moment mag ich an meinem Leben am meisten, dass ich dich berühren darf«, antwortete er absolut ehrlich und riss mir dabei fast den Boden unter den Füßen weg.

OH GOTT! War er schon immer ... so *süß* gewesen?

Ich errötete prompt und er lächelte breiter. Das meinte er doch wohl nicht ernst? Ich schloss die Augen, denn ansonsten hätte er die Hoffnung gesehen, die in mir aufkeimte. Schließlich konnte er JEDE haben. Warum also sollte gerade ICH ihm so viel bedeuten?

»Und was magst du an deinem Leben NICHT?«, lenkte ich von dem gefühlsbetonten Thema ab und öffnete die Lider wieder. Seine Finger strichen über meine Haaransätze, kitzelten mich und ließen mich erschauern, als er in meinen Nacken fuhr.

»Wenn aus MEINEM Blowjob Girl Prüdella wird!«, entgegnete er prompt.

Ich verdrehte die Augen und wollte gerade antworten, da fragte er mich plötzlich: »Und du ... was magst du an deinem Leben, Hannah?«

Ich grinste und schloss die Augen, um verträumt zu erwidern: »Wie du meinen Nacken kraulst …« Damit brachte ich ihn endgültig zum Lachen und ganz unverhofft beugte er sich vor, nahm mich an der Taille und hob mich gewohnt seitlich auf seinen Schoß.

HUCH!

»Was noch?«, fragte er weiter und strich mit seiner Nasenspitze über meine.

»Wie du mich berührst …« Er war eben ehrlich zu mir gewesen, also war ich auch ehrlich zu ihm. Das schuldete ich ihm.

»Magst du meine Lippen …« Sanft küsste er meinen Mundwinkel. »... oder meine Hände lieber auf dir?« Ich sah ihn an und verdrehte die Augen, erschauerte aber gleichzeitig, als er meinen Nacken fester massierte, und wurde natürlich rot.

»Lippen«, murmelte ich und versteckte mein brennendes Gesicht an seiner Halsbeuge, denn das zuzugeben, war peinlich. Aber es war die volle Wahrheit. Seine Lippen waren der Wahnsinn – dazu geschaffen, mich um den Verstand zu bringen. »Woher wusstest du, dass ich vor dir noch keinen Mann hatte?«, fragte ich nah an seiner duftenden Haut und lächelte, als er mich fest in seine Arme schloss und sein Kinn auf meinem Kopf ablegte. Er gluckste leise …

»Babe ... alles an dir SCHREIT: Ich bin immer noch Jungfrau, weil ich meine Gefühle unterdrücke, wo es nur geht ... bitte, bitte, bitte komm und befreie mich! Bitte zeig mir, was Lust ist ... Ich will LEBEN und FÜHLEN! Ich will erkennen, wie ich wirklich bin! Denn du bist unter deiner harten Schale verflucht leidenschaftlich.« Er imitierte zu Beginn meine Stimme und klang dabei ganz piepsig, weswegen ich kichern musste.

»Wieso kennst du dich mit Frauen so gut aus?« Dumme Frage ... nächste Frage ... dachte ich insgeheim.

»Ich habe mich eingehend mit ihnen beschäftigt, weil ich Frauen wundervoll finde. Ich liebe ihre Körper und ihre Laute, ihren Duft, ihre Weichheit und ihre Eleganz ...« Ich versteifte mich, denn aus irgendeinem Grund brodelte es unheilvoll in meinem Magen, wenn ich ihn mir mit anderen Frauen vorstellte ... Wie er bei ihnen so sanft und süß war, während sie auf seinem Schoß saßen – so wie ich. »Ich liebe es, sie zu ficken – hart und tief. Und ich liebe es, sie zu dominieren und sie mir zu unterwerfen ... Ich fühle mich wie Gott ... wenn ich sie dazu bringe, willenlos ALLES für mich zu tun ... aber bei dir ...« Plötzlich löste sich sein Griff und er fuhr mit einer Hand in meine Haare, zog meinen Kopf zurück, sodass ich auf zwei funkelnde Topase traf. »Bei dir ist das was anderes, Hannah Amalia Hauptmeier. Bei dir fühle ich mich schon wie ein Gott und allmächtig, wenn ich Hingabe in deinen Augen sehe ... Bei dir reicht es schon, wenn du unter meinen Lippen schmilzt und deine Hand, so wie jetzt, auf meiner Brust liegt, als würde sie dorthin gehören ... Allein der Gedanke daran, dass du irgendwann so weit bist, mich WIRKLICH zu berühren, macht mich verrückt. Dir kommt es vielleicht so vor, als hätte ich die Macht über dich, aber ich habe dir schon einmal gesagt ... das ist nicht so. Du hältst die Fäden in der Hand, denn ich begehre dich, wie ich noch nie etwas auf der Welt begehrt habe. Ich will DICH. Nur DICH. Deswegen fiel es mir auch so leicht, dir zu sagen, dass ich auf die anderen Frauen verzichten werde. Ich würde auf vieles verzichten, um dich zu bekommen. Denn ich will, dass du MEIN bist. Nur MEIN!« OH MEIN GOTT! Jetzt hatte ich Tränen in den Augen. Sein Blick brannte mit einer Intensität, dass ich seine Worte einfach nicht anzweifeln konnte, und die Schmetterlinge flogen wirr in meinem Bauch umher. Ich konnte mich nicht daran erinnern, jemals so glücklich gewesen zu sein.

»Gott ... Mason ...«, stotterte ich komplett überwältigt, dann beugte ich mich vor, um ihn zu küssen, denn ich wollte ihm zeigen ... dass ich SEIN war ... Warum auch nicht? Er war der erste und einzige Mann für mich. Doch schon nach ein paar Sekunden löste er sich mit einem Stöhnen von mir und lehnte seine Stirn gegen meine.

»Hör auf damit, Hannah! Ich muss mich sowieso schon so beherrschen, wenn ich dich berühre. Es ist nicht hilfreich, wenn du mich auch noch mit deiner Zunge überfällst, während du deinen Arsch auf mir reibst, und das nach vorhin ... SHIT ...« Er schloss gequält die Lider.

»Was ist?«

»Ich kann es nicht mehr erwarten, dich ohne störende Fetzen zu berühren und dir zu zeigen, was ich mit Ekstase meine.« Ich erschauerte, allein aus Vorfreude ... Doch er interpretierte das falsch. »Ich weiß, ich muss es langsam angehen lassen und das werde ich auch! Ich will, dass du dich vollkommen sicher mit mir wohlfühlst.«

»Das tue ich ...« Ich schloss meine Lider und legte mein Gesicht an seine Schulter, sog tief seinen frischen Duft ein und streichelte mit den Fingerspitzen vorsichtig über seinen Nacken.

»Wir sollten jetzt schlafen ... Ich vermute mal, Prüdella hat sich für morgen schon eine neue entsetzliche Gemeinheit für mich ausgedacht.« Ich grinste, als ich seinen amüsierten Tonfall hörte.

»Ja, das hat sie in der Tat ...«

Er seufzte schwermütig und küsste mich auf die Haare. »Na dann ... bis morgen. Nacht Blowjob Girl ... ich habe mir auch schon ein neues Spiel für uns ausgedacht ... Schlaf gut und träum was Feuchtes.« Bei diesen Worten zog sich ein letztes Mal alles tief in mir zusammen und ich wusste, dass ich vor Erwartung noch sehr lange wach liegen würde ... Doch irgendwann schlief ich ein und kuschelte mich mit einem Lächeln enger an Mason ... an MEINEN Mason.

CUT!

14. Titten

(Crème de la Crème)

Shit!

Zum wiederholten Mal fragte ich mich, worauf ich mich da eingelassen hatte. Es war nicht zu fassen. Je mehr ich darüber nachdachte, desto unglaublicher wurde es. Ungelogen hatten wir den Vormittag damit verbracht zu basteln. Wie im verfluchten Kindergarten. Ein Wunder, dass ich die Schere benutzen durfte. Diese kleine verrückte, absolut sexy Frau hatte es geschafft, dass ich trotz meines dröhnenden Schädels – wobei ich null Peilung hatte, ob ich den nicht erst aufgrund dessen bekam – aus Tonpapier, Kleber, besagter Schere und jeder Menge bunten Stiften einen Terminplaner fabrizierte, auf den wir dann unsere weiteren Lektionen – oder besser gesagt IHRE – geschrieben hatten.

Wie gelang es ihr nur immer, mich zu so etwas Schachsinnigen zu überreden?

Ich konnte mich vage daran erinnern, dass ich es schon als Kind gehasst hatte zu basteln, weil ich es erstens einfach nicht konnte und es zweitens total bekloppt fand. Dementsprechend sah mein Kalender auch aus – wie ausgekotzt ...

Alles hing schief und meine Krakelschrift setzte dem Ganzen die Krone auf. Prüdella spielte trotzdem wie bei einem Kleinkind Bewunderung vor und erntete lediglich eine hochgezogene Augenbraue.

Als Nächstes musste ich mit Sicherheitsabstand neben ihr auf der Couch Platz nehmen, denn sie war nicht mehr mein verführerisches Blowjob Girl, sondern der verhasste Anstands-WauWau. Und obwohl sie wieder die komplette Kampfmontur bestehend aus Pferdeschwanz, schwarzem Rock und weißer Bluse trug, war sie so dermaßen heiß, dass meine Gedanken geradezu Amok liefen. Ich wollte meinen Anstands-WauWau zu gern in passender Hündchenstellung über die Couchlehne gelehnt beglücken, nachdem ich ihr die unmöglichen Klamotten vom Körper gerissen hätte, aber das ging nicht – leider –, also spielte ich mit und versuchte ihrem Vortrag zu lauschen, den sie mir dank ihres Blöckchens regelrecht um die Ohren h aute. Punkt für Punkt ging sie mit mir durch. *Die Gabel wird zum Mund geführt, nicht der Mund zur Gabel; man sitzt gerade und sieht dem anderen in die Augen. Des Weiteren darf keinesfalls vom Brot abgebissen – so ein Schwachsinn –, sondern lediglich abgebrochen werden. Dabei ist darauf zu achten, dass die Portionen mundgerecht sind ...*

Und so lief es die nächsten zwei Stunden. Zwei Stunden meines Lebens, die ich nie wiederbekam, die ich stattdessen damit vergeudete, mir anzuhören, was ich beim Essen falsch gemacht hatte und ein Gähnen nach dem anderen zu unterdrücken. Hätte sie nicht einfach nur sagen können: ALLES WAR FALSCH?

Als wäre diese Folter nicht genug, hatte sie kurz darauf die glorreiche Idee, in der verfluchten Innenstadt Kaffee trinken zu gehen und dort die nächste Lektion mit mir zu absolvieren. Na, wenn es sein musste ... Dann sollte sie sich zum Schluss aber nicht beschweren, dass ich erneut alles verhunzte. Es war einfach unmöglich, diesen utopischen Anforderungen gerecht zu werden, selbst wenn ich mich bemühte, wollte es nicht klappen. Ganz im Gegensatz zu ihr, wenn ich mit ihr spielte ...

Das gestern Nacht ... war Himmel und Hölle in Einem gewesen.

Ich hatte sie berühren dürfen, das alleine war absolut fantastisch – genauso wie ihre Geräusche, ihr Duft, ihre Küsse ... Unvergleichlich himmlisch.

Doch gleichzeitig war da mein verfluchtes Verlangen nach ihr, und das hatte alles in die pure Hölle verwandelt. Denn ich hätte sie so gerne aus ihrer Kleidung geschält, besonders aus diesem duftenden Höschen, und ALLES von ihr gekostet. Und dieser Gedanke war für mich ganz schön abwegig. Denn ansonsten brachte mich NICHTS dazu, den Schlitz einer Frau mit dem Mund oder noch besser mit der Zunge zu verwöhnen! Bei Hannah war das etwas anderes ... Ich wollte SIE. Wollte *alles* von ihr. Wollte sie von vorne, von hinten, von der Seite, von oben, von unten, von innen, von außen ...

Natürlich musste ich damit warten, denn sie war wirklich prüde, und wenn ich zu schnell vorpreschte, würde sie mir davonlaufen. Also hieß es, mit angezogener Handbremse fahren ... und mich zügeln, auch wenn es mich meine gesamte Willenskraft kostete.

***

Die Sonne schien, doch Prüdella hatte sich – schon wieder – geweigert, auf mein Motorrad zu steigen. Angeblich weil wir noch einkaufen mussten und sie keine Lust hatte, alles im Rucksack zu transportieren. Jaja, von wegen, sie hatte ganz einfach Schiss. So sah es nämlich aus. Da ich aber ein netter kleiner, gelehriger Schüler war – manchmal zumindest –, nahmen wir ohne einen Kommentar meinerseits das Cabrio, ließen das Verdeck herunter, drehten die Musik auf und fuhren in die Innenstadt. Dort parkte ich auf dem Behindertenparkplatz und ignorierte Hannahs tadelnden Blick genauso wie ihre Rede darüber wie asozial es war, so etwas zu tun, bevor sie mir erklärte, dass ich ihr die Tür aufhalten müsse. Augenrollend kam ich dem nach und verbeugte mich vor ihr, während ich ihr beim Aussteigen half. Sie tat sich schwer damit, ihr Lächeln zu unterdrücken, doch wie immer verriet sie die sanfte Röte, die ihre Wangen heraufkroch.

Als ich so neben ihr im Sonnenschein herschlenderte und von allen möglichen Leuten erkannt wurde, hier und dort stehenblieb, um Autogramme zu verteilen, oder mir eine anzuzünden, hätte ich verdammt gerne ihre kleine Hand in meine genommen. Doch ich wusste, sie wäre damit garantiert nicht einverstanden und würde sie sich lieber abhacken, denn wenn es um ihre Lektionen ging, war sie so scheißprofessionell, dass es nicht mehr feierlich war. Also steckte ich meine juckenden Hände lieber in meine Hosentaschen und schlenderte weiter neben ihr her.

»Ich denke, hier ist es in Ordnung«, verkündete sie endlich, nachdem sie an drei Cafés naserümpfend vorbeimarschiert war, und blieb vor einem kleinen Tischchen stehen. Ich ließ mich auf einen Stuhl fallen und wollte mir gerade wieder eine anzünden, da bemerkte ich, dass sie immer noch vor ihrem Stuhl rumstand, und hob eine Augenbraue.

»Ähm, Babe ... ich zerstöre ja nur ungern deine Hoffnungen ... aber der Stuhl wird sich nicht von alleine bewegen, nur weil du ihn anstarrst.«

»Mister Hunter«, sagte sie nur sachlich und ich schnaufte frustriert, denn ich hasste es, wenn sie mich SIEZTE, verflucht! Gestern hatte ich noch ihre Clit geküsst und jetzt siezte sie mich schon wieder. »Ein Gentleman zieht der Dame den Stuhl zurück und nimmt erst Platz, wenn sie sich gesetzt hat.«

»Oh Shit ... heute machst du wirklich ernst, hm?« Elegant stand ich auf und schob ihr den verfluchten Stuhl zurück. Natürlich ließ ich es mir nicht nehmen, ihr mit meinem Zeigefinger über ihren langen Nacken zu streichen und sie so daran zu erinnern, dass sie heute Nacht wieder nach meinen Spielregeln zu spielen hatte. Es wirkte ...

Wie vermutet erschauerte sie, während sich ihre Wangen erneut verfärbten und sie sich auf die Lippe biss. Oh ... Shit ... konnte sie sich mal nicht ein bisschen locker machen und sich von mir hier und jetzt auf diesem Tisch vögeln lassen?

Ich verlagerte meinen zuckenden Schwanz in meiner Hose, nachdem ich mich gesetzt hatte, und zündete mir endlich mit schief gelegtem Kopf meine Zigarette an.

»Normalerweise dürften Sie jetzt nicht rauchen, aber da wir hier in einem Freiluftcafé sind und Sie Ihre Sucht ja nicht mal für fünf Minuten unterdrücken können, lasse ich es durchgehen«, verkündete sie schnippisch und öffnete affektiert die Speisekarte, um ihre roten Wangen und ihr Verlangen dahinter zu verbergen.

Allerdings linste sie immer wieder hervor, während ich meine Zigarette genoss ... Natürlich tat sie das ... Ich wusste, wie es auf Frauen wirkte, wenn ich rauchte, und ich liebte es, mit ihr zu spielen. Genüsslich nahm ich einen Zug und sah sie leicht schmunzelnd zurückgelehnt an, als ich den Rauch meinen Lippen entweichen ließ. Ich wusste, dass das ziehen würde, so wie immer. Für einen winzigen Augenblick verlor sie ihre heißgeliebte Kontrolle und fuhr sich mit der Zungenspitze über die volle Unterlippe. Ihre Augen hefteten sich auf meinen Mund und ich war mir zu neunundneunzig Prozent sicher, dass sie gerade nicht an ihre verdammten Anstandsregeln dachte, sondern daran, wie sich meine Lippen auf ihrem Körper angefühlt hatten.

Innerlich klopfte ich mir auf die Schulter ... Ich war einfach gut und zwinkerte ihr zu, woraufhin sie die Karte wieder hob und eingehend inspizierte.

Schon nach ein paar Sekunden senkte sie diese allerdings wieder und schaute mich mit strahlenden Augen an. »Ich nehme ein EIS!«, jauchzte sie voller Vorfreude, und ich verschluckte mich fast an dem Rauch.

»Du böses Mädchen«, erwiderte ich grinsend, zog gespielt entsetzt die Augenbrauen hoch und schnippte meine Kippe weg ... »Wie waghalsig von dir, einfach ein Eis zu nehmen – auch noch in einem Eiscafé!« Bevor sie aufstehen konnte, schob ich meinen Stuhl zurück und erhob mich um das verdammte Eis zu holen, sonst würde es zu lange dauern. »Dann nehme ich auch eins! Welches willst du? Bist du eher der Schoko- oder der Vanilletyp ... Eher von vorne oder von hinten? Lieber unten oder oben? Bist du ein Rundlecker oder ein Langlecker? Ein Spucker oder Schlucker?« Sie verzog ihr Gesicht und sah mich an, als wäre ich nun komplett verrückt geworden, was mich zum Lachen brachte.

»Ich nehme ein Vanilleeis, Mister Hunter. Vielen Dank«, murmelte sie nur mit verengten Augen und ich wusste, dass sie immer noch darüber nachdachte, was ich denn jetzt schon wieder gemeint hatte, während ich mich zwischen den anderen Tischen durchschlängelte, um unser Eis zu holen.

Als ich mich wieder setzte, hielt ich ihr stolz die erbeutete Kugel entgegen und wünschte mir schon beim ersten Lecken ihrer Zunge über das cremige, weiße Eis, es nicht getan zu haben! Denn das, was ich sah, war die HÖLLE, das FEGEFEUER, mein absolutes ENDE!

Ihre kleine rosa Zunge, die zuerst das flüssige Eis rundherum beseitigte, dann ihre vollen Blaselippen, die ich so gerne um meinen Schwanz fühlen wollte, wie sie sich darum schließen und saugen würden, bis ihre Wangen ganz hohl wären ... Oh shit! Ich kniff gequält die Augen zusammen, als ungebetene Bilder vor meinem geistigen Auge erschienen ... Wie aus diesem Eis mein Schwanz wurde, wie sich meine Hand in ihrem Haar vergrub, wie sie leise stöhnte, während ich gegen ihre Kehle stieß. Ich keuchte auf und ihr Blick flog zu mir. Ertappt schaute ich weg, fluchte und verlagerte das steife Etwas zwischen meinen Beinen.

»Ist Ihnen unwohl, Mister Hunter?«, fragte sie auch noch unschuldig und beugte sich leicht über dem Tisch vor, um ihre Hand auf meine Stirn zu legen. Ich schnaubte ironisch und funkelte sie an ... nur um wieder diese süße Zunge zu sehen, die nun die runde Kugel umkreiste.

»Willst du mich TÖTEN?«, rief ich so laut aus, dass sich ALLE Leute um uns herum entsetzt umdrehten. Auch Hannah erschrak sich so sehr, dass sie ihre Hand ruckartig von mir zurückzog, um sie auf ihre Brust zu legen.

»Du meine Güte ... was ist denn los?« Peinlich berührt sah sie sich um. »Beruhigen Sie sich …«, murmelte sie rügend, stülpte wieder ihre Lippen um das Eis und saugte.

»Ich darf sie hier nicht ficken ... ich darf sie hier nicht ficken ... ich darf sie hier nicht ficken ...«, murmelte ich mein Mantra vor mich hin und zuckte zusammen, als sie fragte: »Was haben Sie da gerade gesagt? Was ist denn nur mit Ihnen?«

Kurz schloss ich die Lider, atmete tief durch, und öffnete sie gleich wieder, um sie intensiv zu mustern. »Was los ist, verflucht?«, grollte ich mit verengten Augen, während sie schon wieder fröhlich am Lecken war und mich absolut unschuldig anblickte. Dann stöhnte sie auch noch leise: »DAS ist sooo gut … Ich hatte schon ewig kein Eis …«, und senkte verträumt die Lider.

DAS WAR ZU VIEL.

Ich entriss ihr ruppig das verfluchte Eis, beugte mich vor und zischte: »Hör auf, diese Kugel Eis zu vergewaltigen. FRISS sie einfach! Denn wenn du so genüsslich daran rumschlabberst, stelle ich mir nur vor, dass dieses Vanilleeis mein SCHWANZ ist, an dem du saugst, während ich dich an den Haaren festhalte, in diese unschuldigen Augen sehe und deinen Mund ficke ... ALSO: Hör sofort auf damit, so sexy zu sein, sonst schleife ich dich auf das verfluchte Scheißhaus und ersetze dieses verfluchte Eis durch das soeben Genannte. Alles klar?« Somit gab ich ihr das feuchte Folterinstrument zurück.

Sie starrte mich nur ein paar Sekunden mit offenem Mund an, schmunzelte dann schier teuflisch und … leckte in Zeitlupe einmal von unten nach oben. »Meinen Sie so?«

Das war's!

Ich schnaufte frustriert, drückte mein Eis in den Aschenbecher und ließ meinen Kopf auf meine verschränkten Arme auf dem Tisch fallen. Sie kicherte, was ich mit einem trockenen »HAHA« retournierte.

Irgendwann war sie fertig ...

»Sie können jetzt wieder gucken«, informierte sie mich mit hörbar breitem Grinsen, und ich öffnete vorsichtig ein Auge, um zu sehen, ob sie wirklich kein Eis mehr in der Hand hielt, um es zu Tode zu lecken.

Die Luft war rein ...

Also ... stand ich auf und streckte mich erleichtert, umrundete den Stuhl, um zu ihr zu gehen, damit ich sie auf die Beine reißen, nach Hause verfrachten und die nächste Spielstunde einleiten konnte. Bevor es mir jedoch gelang, mein Vorhaben in die Tat umzusetzen, spürte ich einen Widerstand an meinem Schwanz und blickte nach unten. Das Vanilleeis eines kleinen Jungen klebte an meiner Hose, der offensichtlich in mich reingerannt war, als ich mich umgedreht hatte.

»Gottverschissene Scheiße!«, knurrte ich und schaute in lodernde, grüne Augen ... Im nächsten Moment kickte mir der kleine Fuß dieser Mistkröte sehr zielsicher gegen das Schienbein! »MANN! Geht's noch?«, rief ich aus und hielt mein geschändetes Bein, während ich auf dem anderen herumhüpfte. Der Kleine hatte einen ordentlichen Tritt drauf. »Hast du sie noch alle?«

»Du hast mein Eis runtergeschmissen«, schrie der kleine Junge anklagend, während sich Tränen der Wut in seinen grünen Augen sammelten.

»Du bist mit deinem Eis in meinen ... meinen *unteren Bereich* gelaufen!«, brüllte ich zurück und schaute Hilfe suchend zu Hannah. Doch sie verkniff sich gerade mit all ihrer Kraft ein Lachen und würde mich nicht unterstützen ... die Verräterin! Gerade wollte ich den Bengel am Kragen packen und zu seinem Erzeuger schleifen, da griff jemand nach meinem Handgelenk und zog mich von dem Schienbeintreter zurück, bevor ich ihn berühren konnte.

»Alles mit der Ruhe hier ...« Ich verdrehte die Augen, als ich in große, lodernde, grünbraune schaute, und riss meine Hand los.

»Ruhig? Sieh dir das an!« Demonstrativ wackelte ich mit meinem Schritt. »Bring deinem Sohn lieber Manieren bei, anstatt ihn mit einem Eis auf die Menschheit zu loszulassen. Mit diesen Flecken, die aussehen wie W..., äh, du weißt schon, was ich meine, kann ich unmöglich rumlaufen!«, regte ich mich weiter auf und der arrogant schauende Kerl, der offensichtlich der Vater dieses kleinen Bengels war, hob ihn auf seinen Arm, um mich mit hochgezogener Augenbraue zu betrachten.

»Ich hab genau gesehen, wie du sein Eis mit deinem verdammten *unteren Bereich* weggekickt hast! Also hör auf, hier alles auf ein unschuldiges Kind zu schieben, nur weil du zu dumm zum Gehen bist. Und hör vor allem auf, deine verdammten Eier vor mir hin und her zu schaukeln!«

»Tristan!«, rief eine Frauenstimme tadelnd von irgendwoher und er verdrehte die Augen, bevor er sich umdrehte und antwortete:

»Boah, Baby! GLEICH! Ich muss hier gerade Robbie verteidigen wie ein Löwenvater!« Dann drehte er sich wieder zu mir. »Pass das nächste Mal einfach auf, wenn du dein Gehänge rumschwingst, OKAY?«

»Ja, klar ... jetzt bin ich wieder schuld, du toller Löwenvater ...« Ich verdrehte die Augen. »Wie auch immer ... Hier! Davon kannst du dir zehn Kugeln Eis kaufen!« Kurzerhand drückte ich dem Jungen einen zerknüllten Zehn-Euro-Schein in die Hand und verwuschelte ihm die braunblonden Haare. Der Rotzlöffel streckte mir als Dankeschön die Zunge raus.

Schnaubend wandte ich mich ab und folgte Prüdella, die schon mit verschränkten Armen am Rand des Cafés auf mich wartete.

»Mit solchen Flecken kann ich nicht rumlaufen! Sieh nur, wie sehnsüchtig sie alle meinen Schwanz anstarren! Der Fokus wird total auf ihn gelenkt! Es wird Unfälle geben, schreckliche Katastrophen, Frauen werden gegen Verkehrsschilder laufen, wenn ich so durch die Straßen marschiere!«, beschwerte ich mich sofort, als ich bei ihr war. Sie verkniff sich ein Lachen und zwang sich, *nicht* dorthin zu blicken, wo das Eis eindeutige Spuren hinterlassen hatte.

»Ich wollte Sie sowieso neu einkleiden ... also.« Hannah zuckte mit den Schultern und ich verengte die Augen, als sie zielsicher auf eine große Einkaufspassage zusteuerte. Normalerweise holte ich meine Klamotten immer aus Secondhand-Läden, weil es da einfach die geilsten Teile gab. Außerdem hasste ich den kommerziellen Scheiß. Aber für Merkelchen würde ich wohl oder übel einen verfluchten Anzug brauchen.

Mein WauWau zog mich auch noch direkt in den erstbesten Hugo Kotz Laden. Die Kackmusik, die überall aus den Lautsprechern rauschte, zwang mich, ein Würgen zu unterdrücken. Diese Ohrenvergewaltigung wurde aber durch die heißen Verkäuferinnen wettgemacht. Schon als wir einen Fuß über die Schwelle setzten, stürzte sich eine Schwarzhaarige auf uns. Eher unwillig stimmte Hannah zu und folgte mit mir der Verkäuferin in den hinteren Teil des Ladens. Der Arsch war nicht zu verachten!

»Sind Sie nicht Spank Ransom von *Sex on two Legs*?«, fragte diese, sobald wir bei den Umkleidekabinen standen.

Ganz automatisch legte ich meinen Kopf leicht schief und steckte meine Hände in die Hosentaschen, während ich mit den Schultern zuckte … »Schätze schon ... und du bist … verschissen heiß«, antwortete ich mit sanfter, tiefer Stimme.

Ihre Wangen wurden knallrot, der Blick verschleierte sich und ich wusste, dass gerade Bilder von meinen Lippen auf ihren vor ihrem geistigen Auge tanzten. »Schön, dass wir so hochrangige Kundschaft begrüßen dürfen ...« Charmant lächelte sie mich an und ging dann in die Vollen, als sie über ihr braungebranntes Schlüsselbein strich, sich auf die Unterlippe biss und mich mit ihren dunkelblauen Kulleraugen fickte.

»Bestürmen Sie eigentlich alle Ihre Kunden so?«, unterbrach Hannah ihren Blickfick und machte dieser anfänglichen Flirterei einen Strich durch die Rechnung. Ich konnte nicht anders, als schwer zu seufzen und grinsend mit den Schultern zu zucken. Weiter als sie blickzuficken wäre ich sowieso nicht gegangen.

Die Verkäuferin wurde nun erst wirklich rot.

»Entschuldigen Sie bitte, ich war nur kurzzeitig so … überwältigt ... Ich werde gleich etwas Passendes für Sie heraussuchen. Wollen Sie etwas trinken? Kaffee? Champagner? Wasser?« Sie war wieder völlig in den professionellen Modus zurückgekehrt – in der verflucht richtigen Annahme, dass der WauWau mein Babe war.

»Bier!«, bestellte ich sofort und ließ mich auf einen dieser harten Designersessel fallen, während die Verkäuferin davonrauschte. *Autsch!*

Fast hätte ich Hannah auf meinen Schoß gezogen, dort gehörte sie nämlich hin. Aber ich wollte mir heute ausnahmsweise mal keine einfangen, also ließ ich es sein und setzte mich auf meine Hände, um sie nicht zu berühren. Denn sie stand direkt vor mir ... und ... ihr Pflaumenarsch lebte gefährlich. Außerdem war sie offensichtlich sauer, was ich nur schwer ertragen konnte. Trotz aller Bemühungen machten sich meine Finger selbstständig. Ohne mein Zutun fühlten sie sich von der nackten Haut ihrer Waden magisch angezogen, befreiten sich kurzerhand aus ihrem Gefängnis und kreisten sanft in ihrer Kniekehle. »Mit anderen Frauen flirte ich, aber nur *dich* berühre ich … okay?« Sie versteifte sich, ging aber nicht weg.

»Was wird das?« Ihre Stimme klang heiser ... sehnsüchtig ... zur Abwechslung nicht gefasst und kühl ... Ah ... SO gefiel sie mir viel besser!

»Erogene Zone, Babe. Weißt du noch?«, murmelte ich und kitzelte sie an ihrer seidigen Haut, bis sie erschauerte und sich einen Schritt von mir entfernte.

»Mit denen kannst du dich heute Nacht wieder beschäftigen«, murmelte sie, und ich sah das kleine Lächeln auf ihrem Gesicht, als sie sich in Sicherheit brachte und auch etwas zum Anziehen für mich suchte.

Die Verkäuferin kam mit ein paar Ungetümen von Anzügen und ich verschanzte mich in der Kabine. Dort kämpfte ich ... denn diese Drecksteile waren mir an einer ganz bestimmten Stelle eindeutig zu klein.

»HANNAH, SCHWING DEINEN SEXY ARSCH HIERHER!«, rief ich also aus der Kabine und hörte, wie sie mit ihren flachen Ballerinas antanzte.

Wenigstens hatte sie nicht mehr diese grausamen Gesundheitslatschen an. Erst zu spät ging mir auf, was ich da von mir gegeben hatte. Oha, das würde interessant werden. Aber sie erstaunte mich mal wieder, denn ohne einen korrigierenden Kommentar fragte sie lediglich: »Was ist denn?«

Ich fackelte nicht lange, langte durch den Vorhang, packte sie am Oberarm und zog sie in die geräumige Kabine. Dann zeigte ich vorwurfsvoll mit beiden Händen auf meinen Schritt.

»Der Scheiß geht nicht zu!«

»DU MEINE GÜTE!« Sie half mir wirklich nicht weiter, indem sie beide Hände vors Gesicht schlug und so rot anlief wie eine Tomate.

Was denn? Heute hatte ich ausnahmsweise eine Spongebob-Shorts an und lief wenigstens nicht ohne Unterwäsche rum! Was war denn ihr verfluchtes Problem?

»BABE, du bist mir keine Hilfe! Nimm die Hände vom Gesicht und tu was!«, knurrte ich und ergriff ihre Hände, um sie von ihren Augen zu ziehen. Sie starrte mich mit so einem Verlangen im Blick an, dass es mir einen Moment die Sprache raubte.

OH SHIT! Jetzt wollte ich sie küssen. Und wie!

Ich wollte sie gegen die Wand drücken und meine Lippen auf ihre pressen ... Mich vielleicht ein bisschen an ihr reiben und vor allem ihre weichen Titten berühren ... Ich beugte mich ein Stück vor, da hob sie schon diesen einen verdammten Zeigefinger, der ständig maßregelnd in meine Brust piekte oder vor meinen Augen hin und her wackelte und meine Lippen landeten direkt auf ihm.

»Probieren Sie eine andere Hose an«, wisperte sie emotionslos, und ich schüttelte über so viel Klugscheißerei den Kopf, ließ von ihr ab und regte mich lautstark auf, als ich diese Hose nach unten zerrte und eine andere anprobierte.

»Passt auch nicht«, verkündete ich ohne Umschweife.

»Mein Gott, wie machen Sie das denn sonst mit Ihren Hosen?«, zischte sie gereizt und drehte sich wieder zu mir.

»Na ja, wenn es nach mir ginge, würde ich gar keine anziehen, aber die Ladies würden mir die Tür einrennen, mehr als sowieso schon, oder wieso, denkst du, hängen sie so weit nach unten und sind so locker, hm, Babe? Du hast ihn schon gesehen, also tu jetzt nicht so jungfräulich!«

»Erinnern Sie mich nicht daran! Und ich *tue* nicht so, ich *bin* Jungfrau!« Ja, schuldig im Sinne der Anklage. Ich machte mein Babe wirklich fertig ... doch ich KONNTE nicht aufhören.

»Aber nicht mehr lang. Vielleicht noch eine Woche ... dann liegst du stöhnend unter mir.« Mit einem Lächeln strich ich ihr eine Strähne aus dem Gesicht. Ich versuchte die Vorfreude zu bändigen, die in mir aufwallte, allein bei der Vorstellung, der Erste zu sein, der jemals in sie eindringen würde. Zittrig atmete sie durch und brachte sich eilig von mir meinen Fingern in Sicherheit, indem sie die kuschlige Intimität der Kabine verließ, natürlich nicht, ohne einen noch dunkleren Rotton im Gesicht anzunehmen.

»Dann müssen wir den Anzug anfertigen lassen.«

»Okay, ich nehme Maß!«, hörte ich *sofort* die übereifrige Stimme der Verkäuferin hinter dem Vorhang, während ich mir die Hose auszog. Als hätte sie darauf gewartet.

In den nächsten Sekunden vernahm ich ein kleines Gerangel, gefolgt von einigen gezischten Worten, und war schwer beeindruckt, als Hannah etwas außer Puste und mit zerzausten Haaren wieder zu mir in die Kabine schlüpfte.

»Habt ihr gerade um das Maßband gekämpft?«, fragte ich lachend. »Das ist aber nicht sehr DAMENHAFT«, stichelte ich weiter, als sie auch schon vor mir in die Hocke ging.

»Ruhe, Mister Hunter! Ich habe nichts anderes getan ... als zu verteidigen ... was...« Sie verstummte und funkelte mich zornig an. Wir sahen uns in die Augen und versanken ein paar Sekunden im Blick des anderen. Bis Hannah ihren Kopf schüttelte, sich ihr sexuelles Verlangen darin auflöste und dem kühlen Prüdella-Ausdruck wich. »Vergessen Sie's!«

»Was dir gehört, Babe ... sprich es ruhig aus«, murmelte ich und strich ihr über die Wange. »Weißt du eigentlich, wie heiß es mich gerade macht, dass du mich verteidigst und jetzt auch noch so vor mir hockst? Willst du nicht mal kurz deine Augen schließen und stattdessen deinen Mund öffnen?«

»NEIN!« Fest schlug sie mir auf den Oberschenkel. »Hören Sie jetzt auf damit und konzentrieren Sie sich!«

»Ich glaube, DU solltest dich eher darauf konzentrieren, ihm nicht zu nahe zu kommen ... Ich schließe jetzt meine

Augen und stelle mir vor, du würdest das tun, wovon ich schon so lange träume ...«

»Tun Sie, was sie wollen, aber seien Sie dabei still!«, murmelte sie, während sie meine Beinlänge maß.

»Wieso soll ich still sein? Ich weiß doch, dass meine Stimme bei dir runtergeht wie flüssiger Honig.«

»Ja, das tut sie und ich mag keinen Honig! RUHE jetzt!«, befahl sie streng und schrieb sich das Ergebnis auf den Block, den sie aus ihrer Handtasche gekramt hatte. Und ich WAR ruhig, während sie an den verschiedensten Stellen das Maßband anlegte ... So hörte ich sie leise seufzen, als sie meinen Hüftumfang notierte. Ihr scheuer Blick wanderte zu meinen Augen, als sie bei meinem Bauch angekommen war, und ich vernahm auch das Zähnezusammenbeißen, als sie von hinten das Band auf meine Schultern legte und sich dazu sehr nah an mich stellen musste, so nah, dass ich ihren schnellen Atem auf meinem Nacken fühlte.

Dann musste ich mich wie ein Idiot nach vorne neigen, meine Arme heben und senken und die dämlichsten Verrenkungen machen, damit sie die Haltungsmaße nehmen konnte.

Als Letztes nahm sie meine Armlänge, wofür wir Brust an Brust standen. Als sie endlich fertig war, konnte ich es nicht mehr aushalten, packte sie mit einer Hand an der Taille und drückte sie gegen die Wand, bevor sie zurückweichen konnte.

Und zwar so, dass ich ihre verfluchten Katschongas an meiner Brust fühlte. Sie schaute mich schockiert an und keuchte auf, als sie in meinen Augen diesen Ausdruck bemerkte, der mein Verlangen widerspiegelte.

»Weißt du eigentlich, wie sehr ich deinen Körper begehre, Babe? Jede Minute. Jede Sekunde! Und du quälst mich mit deiner abweisenden Art ...« Entsetzt starrte sie mich an, als meine andere Hand langsam an ihre Rundungen hochwanderte und über die Seite ihrer Titte strich.

»Ich will Sie nicht quälen ... Ich versuche, Ihnen zu helfen. Sie müssen lernen, sich zu beherrschen und sich nicht immer dem hinzugeben, was Sie aktuell wollen. Denn manchmal ist es einfach nicht angebracht. Man kann auf dieser Welt nicht alles haben, was man will!«, antwortete sie gewohnt Prüdella-mäßig, wenn auch etwas zittrig. Ihre Augen straften ihre Worte Lügen.

»Was ist daran falsch, wenn ich mir nehme, was ich will. Jetzt? Sofort?« Hauchzart strich ich mit meinem Daumen über ihre Brust ... näherte mich unauffällig ihrer Mitte und hörte, wie sie die Zähne zusammenbiss, als ich über ihre Brustwarze glitt, die natürlich schon komplett aufgerichtet war. »Du musst lernen, dass man erst dann FREI ist, wenn man darauf scheißt, was angebracht ist oder nicht!«

Sie lächelte beinahe ... arrogant. »Jetzt tun Sie doch nicht so, Mister Hunter. Sie würden sich auch nicht ALLES trauen!«

»Ach ja?« Auffordernd hob ich eine Augenbraue. »WAS würde ich mich nicht trauen, Babe? Stell mich auf die Probe!«

Sie packte meine Hände, ging einen Schritt zurück und überlegte, während sie sich in der Kabine umsah. Dann ging ihr wohl ein Licht auf und sie grinste teuflisch.

»Sie würden sich nicht trauen, hier im Laden ein Lied über Brüste zu singen!«

Ich lachte und zog mir meine Hose an ... »Na, dann warte mal ab!« Zielsicher ging ich auf sie zu und legte meine Hände an ihre Wangen, gab ihr einen festen kurzen Kuss auf die Lippen, denn verflucht, sie war MEIN, also würde ich sie küssen, wann ich das wollte, und verließ die Kabine.

Hannah schlüpfte hinter mir heraus und bekam große Augen, als ich zur Kassentheke ging und mich mit einer eleganten Bewegung nach oben schwang. Dann packte ich mir das Mikro, mit dem ich die Edelboutique beschallen konnte, und tippte mit dem Finger drauf, während ich den Übertragungsknopf drückte und »Test, Test« sagte.

Es funktionierte!

Die Verkäuferinnen schauten mich verwundert an, wurden aber von der Schwarzhaarigen darüber aufgeklärt, wer ich war ... also hielten sie mich nicht auf. Ich zwinkerte meinem Babe zu und dann ... legte ich los ...

»Ich lieb' den Körper der Frauen und vor allem ihre Brüste. Ich wüsste nicht, was ich lieber küsste.

Müsste ich mich entscheiden zwischen diesen beiden oder diesen beiden, würde ich leiden.

Doch bleiben wir bei Mops, Plural Möpse: Ich mag sie rund wie Königsberger Klöpse.

Da gibt es Stellen, die hervorschnellen, und blaue Stellen sind das Ergebnis' dieses Erlebnis'.

Titten, Titten, tierisch geile Titten! Wie oft hab ich schon wegen Titten gelitten?«

Alle bekamen große Augen, aber ich konzentrierte mich voll auf Hannah, die kreidebleich wurde, denn ich sang nur für sie ein Cover auf Deutsch, damit sie auch alles verstand.

»UND JETZT ALLE!«, rief ich, doch keiner machte mit ... außer ein Opa, der auch noch versuchte, den Takt mitzuklatschen, aber kläglich scheiterte. »Titten, Titten, käufliche Titten! Wie viele Freier haben sie nicht schon geritten?«

Der gesamte Laden näherte sich sicherlich einem Herzinfarkt, während ich vor mich hin sang und mich dabei gekonnt bewegte ... Ich wollte gerade den letzten Refrain anstimmen, da riss sich eine Verkäuferin aus ihrer Starre und kletterte auf den Tresen, um mir das Mikro zu entwinden.

»Ja, ja, ja ... ich weiß, ihr schmeißt uns jetzt raus, lebenslanges Hausverbot bekommen wir sowieso – und das ist auch gut so! Euch unterstütze ich sicher nicht!«, verkündete ich fröhlich, sprang von meiner improvisierten Bühne, legte meiner erstarrten Anstandsdame den Arm um die Schulter und zog sie aus dem Laden. »Es hat Spaß gemacht, eure schockierten Gesichter zu sehen!«

Sie sagte nichts, ließ sich nur von mir führen ... bis zum Auto, an dem schon ein Knöllchen hing. Nachdem ich Hannah die Tür aufgehalten hatte und eingestiegen war, schmiss ich es über die Schulter auf die Rückbank.

Selbst als ich den Motor startete, schwieg sie, und als nach zehn Minuten immer noch kein Wort von ihr kam, verdrehte ich die Augen. »Weißt du, Babe... ich habe nicht direkt über deine Titten geredet ... Wenn ich etwas über deine gesagt hätte, dann eher: ›Die sind so himmlisch, allein wenn ich sie ansehe, höre ich die Glocken klingen.

So klein und fein!

Perfektion in Frauenform, bei dir brauch ich keine verfluchte Norm! Kein Silikon, was hätte ich denn davon? Babe, ich will dir an die Knospen, lass mich von ihnen kosten! Kurz: Ich will in dich rein, jetzt ist alles gesagt, das war mein Reim!‹ Jetzt lachte sie leise, verdrehte ebenfalls die Augen und schaute mich an.

»Mason, du bist so ein Kindskopf.« Geschockt riss ich das Lenkrad herum, so stark, dass ich Mühe hatte, die Kontrolle über den Wagen wiederzuerlangen, um nicht im nächsten Graben zu landen.

Verschissene Scheiße, hatte sie mich gerade allen Ernstes *Mason* genannt? Ganz von allein? *Am Tag!* Ein Blick zu ihr bestätigte, dass ich mich nicht verhört hatte. Mein Blowjob Girl war da!

»Blowjob-Girl? Bist du's? Hast du die böse Prüdella vertrieben?«, fragte ich gespielt verwirrt und sie verdrehte die Augen. »Hmmm, warte, lass mich doch mal testen ...«

Wagemutig legte ich meine Hand auf ihr Knie, streichelte sie mit dem Daumen. Unsicher schaute sie zu mir und zögerte, aber sie wehrte sich wenigstens nicht. »Du bist es wirklich!« Natürlich ging ich der stummen Einladung nach und fuhr mit den Fingerspitzen ein kleines Stück an ihrem blanken, weichen Innenschenkel nach oben. Sie schluckte und kniff die Augen zusammen.

»Du bist einfach ... *erregend.* Besonders ... wenn du deine Hüften ... so bewegst, wie gerade eben auf diesem blöden Kaufhaustresen«, wisperte sie kaum hörbar.

ZUM VERFLUCHTEN GLÜCK WAREN WIR DA!

Also blieb ich in der Auffahrt stehen, beugte mich zu ihr und lehnte meine Nase an ihr Ohr.

»Wie gern würde ich meine Hüften so bewegen, während ich in dir bin ... Nur noch Abendessen und dann können wir spielen?«, fragte ich und hoffte, dass sie keine weitere Gemeinheit für mich auf Lager hatte. Ihr Atem kam schneller, während ich mit einem Finger die lange Linie ihres Halses nachfuhr. Dabei verfluchte ich ihre hochgeschlossene Kackbluse!

Sie schluckte erneut, direkt unter meinem Zeigefinger, und nickte, während sie tief durchatmete.

»Wie immer in Höschen und Top.«

»Ja, Mason«, seufzte sie hingebungsvoll. Mhmmm, ich liebte sie, wenn sie so gefügig war ... Diese so widersprüchliche Seite an ihr faszinierte mich mehr, als gut für sie war.

»Du kannst froh sein, dass ich dich noch nicht ganz NACKT verlange, so wie Gott dich in seiner Güte erschaffen hat«, flüsterte ich in ihr Ohr und nahm ihr Ohrläppchen zwischen meine Zähne, um sanft daran zu saugen. Sie erschauerte und rutschte auf ihrem Sitz herum, als hätte sie sich den Arsch verbrannt. »Kannst du tanzen, Babe?«, fragte ich und strich mit meinem Daumen über die Seite ihres Halses.

»Nicht wirklich«, hauchte sie.

»Dann mach dich darauf gefasst, heute Nacht in die Kunst des erotischen Tanzes eingeführt zu werden. Ich möchte deinen Körper locker, entspannt und beweglich, wenn ich ihn irgendwann genießen darf ...« Sie öffnete ihre Augen und drehte mir plötzlich ihr Gesicht zu. Dabei lehnte sie ihre Stirn gegen meine und atmete heftig in mein Gesicht.

»Danke, Mason«, sagte sie plötzlich sanft und ich runzelte meine Stirn.

»Für was?«

»Dafür, dass du mich so fühlen lässt!« Dann beugte sie ihren Kopf, küsste meine Lippen süß sowie unsagbar weich, und stieg aus.

Völlig überrumpelt blieb ich zurück und berührte wie ein Blöder meinen Mund. Das war gerade das erste Mal gewesen, dass sie mich freiwillig am Tag geküsst hatte, auch wenn es nur kurz gewesen war.

SHIT!

Eilig stieg ich aus und lief ihr hinterher, denn ich konnte es nicht erwarten, dass sich die Nacht über uns legte und ich sie wieder völlig anschmiegsam und ergeben in meinen Armen hielt, um ihr zu zeigen, was Ekstase war ...

CUUHUUT!

15. Give it to me Right

(Melanie Fiona)

Wieder einmal war es so weit. Wieder einmal hatte sich die dunkle Nacht über das mittlerweile vertraute Wohnzimmer gelegt. Und wieder einmal wartete ich – wie ich zugeben musste – sehr ungeduldig auf Mason Hunter.

Da es nicht das erste Mal war, dass ich so lange wartete, fragte ich mich, ob er das zu Beginn unseres Spiels mit Absicht tat – womöglich um die Spannung zu schüren. Wenn ja, dann funktionierte es, denn entgegen meiner Natur hallte in jedem einzelnen Schlag meines Herzens die Unruhe wider, die sich in meinem Kopf breitgemacht hatte.

Wie merkwürdig sich manchmal die Dinge einfügten. Obwohl ich erst vor sieben Tagen – lediglich einer Woche –, meinen Dienst hier angetreten hatte und bei ihm eingezogen war, fühlte es sich so viel länger an, aber auf eine positive Art und Weise, geradezu vertraut. Dabei ließ ich normalerweise niemanden derart an mich heran oder baute gar so schnell Vertrauen auf, sodass ich mich komplett wohlfühlte. Dafür war ich zu introvertiert und zu sehr auf meine Arbeit konzentriert.

Doch offensichtlich hatte sich Einiges geändert, und ich gleich mit. Nur eines nicht – Mason Hunter, der mich mit seinem Rüpelverhalten stets zur Weißglut brachte.

Aber das alles wurde unwichtig, wenn er mich berührte, wenn er auf diese spezielle weiche Art auf mich herabblickte, oder wenn er mich küsste. Und das war im Grunde ziemlich dumm von mir, denn ich war nicht die Einzige, die er mit Leichtigkeit um den Finger wickelte.

Während des Abendessens war ich so nervös gewesen, dass ich mich entschuldigt hatte, früher aufgestanden und in mein Zimmer gegangen war, um mich hinzulegen, obwohl es mir einen sehr merkwürdigen Blick von Mason eingebracht hatte. Dort hatte ich mich dann ruhelos auf meinem Bett hin und her gewälzt, weil mein Magen so schwirrte und es zwischen meinen Beinen zog, nachdem ich es gewagt hatte, länger als zwei Minuten seinen Mund zu betrachten.

Aber diese Bilder!

Von seinen Lippen, wie sie mich DORT über mein Höschen geküsst hatten, waren zu aufwühlend, ganz zu schweigen von den Empfindungen, die mich dabei heimgesucht hatten.

Nach einer halben Stunde war er hochgekommen, um mich besorgt zu fragen, ob alles in Ordnung sei.

»NEIN!«, hatte ich geantwortet, woraufhin er mich zum Kreischen gebracht hatte, indem er aufs Bett gesprungen war und sich über mich gebeugt hatte.

»Sie werden unsere Stunde nicht schwänzen, Miss Obermeier! Das werde ich nicht dulden, also bewegen Sie Ihren Knackarsch nach unten!«, hatte er nah an meinem Gesicht gehaucht und gleichzeitig seine Worte mit einem Klaps auf meinen Allerwertesten bekräftigt, der mich hatte empört aufkeuchen lassen.

Jetzt saß ich tatsächlich hier, noch nervöser als beim Abendessen und rutschte unruhig auf meinem Platz herum, obwohl ich das Bedürfnis hatte wie ein Flummi durch die Gegend zu springen. Vermutlich war ich jetzt auch nur so aufgeregt, weil er vorhin angedeutet hatte, dass ich nicht mehr lange Jungfrau bleiben würde ... Seit ich Mason Hunter kannte, wollte ich das auch nicht mehr, obwohl das etwas mit meinem Glauben kollidierte. Zwar war ich bereits 26 Jahre und ich wusste, dass beispielsweise meine Schwestern diesbezüglich ein ganz anderes Leben führten, aber mich hatte das nie gestört. Bis mir dieser Auftrag, na ja, genau genommen mein Klient, eine Welt offenbarte, die so viel farbenfroher und intensiver war, als ich es je für möglich gehalten hätte. Seitdem spielte alles in mir verrückt, alles stellte ich infrage. Denn allein der Gedanke, an seine Berührungen, löste wohlige Schauer in mir aus.

Was wäre dann erst, wenn er tatsächlich in mich eindringen und eins mit mir werden würde?

Diese Gefühle, die mich einerseits unvorstellbar ängstigten, andererseits mit Sicherheit sehr sinnlich und aufwühlend waren, verunsicherten mich und doch wollte ich ihn. Mit jeder Faser.

Für mich war es absolut neu, jemanden zu begehren, ich hatte keinerlei Vergleichsmöglichkeiten. Der Kontrollverlust war ungewohnt, das emotionale Chaos brachte mich zum Hyperventilieren. Dafür war ich viel zu sehr ein Kopfmensch. Gleichzeitig wollte ich mutiger sein und diese berauschende Intensität, die Mason in mein Leben gebracht hatte genießen. Aber meine Sinne musste ich komplett beieinander haben. Also atmete ich tief durch, zum wievielten Mal auch immer, um meine Gedanken zu klären. Vergebens.

Heute fühlte ich mich wirklich wie ein kleines Schulmädchen vor einer wichtigen Prüfung. Vielleicht waren es auch nur die anderen Frauen, die neben mir um ihn buhlten, die mich so verunsicherten und sogar aufregten. Hübsche Verkäuferinnen, gutaussehende Bedienungen ... Frauen auf der Straße ... Es fiel mir schwer, so unerfahren, wie ich war, neben allen zu bestehen und ihm zu gefallen. Dabei wollte ich nichts mehr als das.

Aber *ich* saß hier auf der Couch und versuchte den kläglichen Rest meiner Würde bei mir zu behalten, denn er würde zu *mir* kommen und zu keiner anderen.

Also Ruhe, Hannah!

Ich schloss die Augen und lehnte mich zurück, lauschte dem Regen, der gegen die Fenster prasselte, und auf die

Geräusche, die Mason verursachte, um herauszufinden, was er tat ... Doch er bewegte sich so leise durch seine Küche, dass ich ihn kaum hörte, was ziemlich ungewohnt war, denn normalerweise fluchte er ununterbrochen, egal, was er anstellte.

Seine Schildkröten hatte er weggesperrt, die Klingel abgeschaltet und jetzt wartete ich nur darauf, dass er zu mir kam. Er hatte gemeint, ich solle mich auf meine sexy vier Buchstaben setzen, er wäre gleich bei mir. Einfacher gesagt als getan, denn das *Gleich* stellte sich als gefühlte Ewigkeit heraus, während die Anspannung mich fertigmachte.

Seit wann war ich nur so ungeduldig?

Mit tiefen, kontrollierten Atemzügen gelang es mir schließlich, mich ein wenig zu beruhigen, und das keinen Moment zu früh, denn ich fühlte, wie sich die Couch neben mir senkte. Das bekannte Flimmern zwischen uns, diese magische Anziehung löste schon eine Gänsehaut auf mir aus, noch bevor ich ihn anschaute ... und auf der Stelle sterben wollte ... denn er sah wieder mal zum Anbeißen aus.

Seine wirr in alle Richtungen abstehenden Haare schimmerten im Licht des Kaminfeuers ... sein geradliniges Gesicht war von einem leichten Drei-Tage-Bart bedeckt, der ihn noch verwegener aussehen ließ, und dann war da noch dieser halb nackte Traumkörper … wenn ich einen Blick nach unten riskiert hätte. Aber ich tat es nicht!

Er hielt eine große Tasse in der Hand und strich mir eine Strähne meiner offenen Haare über die Schulter zurück. Sein Lächeln ließ mein soeben beruhigtes Herz wieder losrasen und ich schluckte mühsam, als ich auf seine gewohnten Worte wartete, die unsere gemeinsame Traumzeit einleiten würden.

»Hi, Blowjob Girl?«, hauchte er, um sich zu vergewissern, dass ich die war, die er hier brauchte ...

»Hi, Mason«, antwortete ich, denn er sollte wissen, dass ich ab jetzt SEINE Hannah war, genauso, wie er mich wollte, und dass es KEINE Distanz gab, weswegen hier weder *Mister Hunter*, das *Sie* noch die von mir stets vorausgesetzte Höflichkeit etwas zu suchen hatten.

Er grinste. Seine Finger blieben in meinem Nacken liegen und er massierte ihn sanft, sodass ich mich leicht streckte und erleichtert seufzte, während ich die Augen schloss und mich unter seinen Berührungen tatsächlich entspannte.

»Willst du mit mir spielen?«, wisperte er leise und beugte sich vor, um meinen Mundwinkel zu küssen. Ich lächelte ... breit ... und meine Wangen wurden rot, denn wie immer brachte mich dieser Satz fast über den mir unbekannten Abgrund.

»Ja, Mason«, hauchte ich gegen seine Lippen und drehte meinen Kopf, um auf seinen köstlichen Geschmack zu treffen.

»Shit«, fluchte er in meinen Mund, als ich ihn küsste, während meine Hände immer noch in meinem Schoss lagen und seine Hand meinen Nacken massierte. Wir küssten uns sanft ... langsam ... Ich schmolz nur so dahin, denn er wusste mit jeder Faser, wie er mich willenlos machte. »Das reicht!«, verkündete er aber viel zu früh und löste sich von mir. Er hielt mir die Tasse unter die Nase. »Trink das, Babe!«

Ich nahm sie, erstaunt über die Wärme. »Was ist das?«, fragte ich leise, während ich mich in seine Hand lehnte, die über meine Wange strich.

»Heiße Schokolade. Gegen die Aufregung.« Verschmitzt grinste er sein Ich-bring-dich-gern-auf-die-Palme-und-bin-dabei-zum-Töten-sexy-Grinsen. Ich schnupperte und verengte die Augen, als ich Alkohol roch.

»Es ist nur ein winzig kleiner Schuss Baileys ... nur sooo klein«, was er mit Daumen und Zeigefinger deutlich machte, und sein Gesichtsausdruck bestätigte, dass ich ihm glauben konnte, er also nicht untertrieb. »Du wirst von mir nicht mehr Alkohol bekommen, sonst muss ich mir wieder die ganze Nacht deine Lebensweisheiten anhören, dabei habe ich etwas anderes mit dir vor ... also schluck, du Luder!«

»Okay.« Ich verdrehte die Augen und trank vorsichtig, denn ich wusste nicht, wie heiß die Schokolade war. Aber sie war genau richtig temperiert und der Alkohol darin kaum zu erahnen, außerdem schmeckte sie ziemlich gut ... und ich hatte Durst, also ließ ich von der süßen Köstlichkeit nichts übrig. DAS WAR LECKER!

Dann stellte ich die Tasse auf dem Tisch ab und wollte die Reste der Schokolade von meinen Lippen lecken, da rief er: »Halt! Nicht bewegen!«, und seine Augen verdunkelten sich merklich, als er die Hand ausstreckte und mit dem Daumen über meine Oberlippe strich.

»Ich wünschte, ich würde etwas anderes wegstreichen …«, seufzte er sehnsüchtig und ich bekam große Augen, als er seinen Finger zum Mund führte und seine Zunge die Süße kosten ließ, während er mich anschmunzelte. Mein Kopf drehte sich ein winzig kleines bisschen und ich zweifelte nun doch, dass die Menge des Alkohols nicht größer gewesen war. Aber es war angenehm, und die heiße Flüssigkeit hatte meine Gliedmaßen wirklich entspannt. Zumindest bis zu dem Zeitpunkt, als er aufstand und die Musik einschaltete.

OH mein GOTT! Woher hatte er nur all diese ... erotischen Lieder?

Er legte die Fernbedienung auf den Couchtisch und schaute auf mich herab, bevor er seine Hand ausstreckte und sie an meine Wange schmiegte, dann zog er mich hoch. Mit zitternden Beinen blieb ich vor ihm stehen und roch den Duft, der von seiner glatten Brust ausging. Sein Daumen streichelte meine Wange und er sprach nur einen kleinen Tick lauter, als die leise Musik aus den Boxen kam.

»Du hast gesagt, du vertraust mir ... Aber GLAUBST du mir auch wirklich, wenn ich dir sage, dass du wunderschön bist und dass ich *nur dich* will?« Sanft lächelte er, als meine Augen ungläubig groß wurden. Ahnte er etwa, dass ich

Zweifel wegen der anderen Frauen hatte und hatte er sich deswegen Gedanken gemacht?

»NUR mich?«

»NUR dich«, betonte er sanft und absolut ehrlich. Ich hätte gern geschrien vor Freude, stattdessen nickte ich nur knapp.

»Lektion Nummer vier ... Miss Obermaier ... Auch ein anderer kann dich leiten. Dein Körper wird wissen, was er zu tun hat, wenn du dich der Führung hingibst.« Er begann uns leicht im Takt der Musik zu bewegen, schlang seinen anderen Arm um meine Taille und bestimmte sanft das Tempo. Dabei drückte er seinen Traumkörper an mich, wodurch sich in mir ein Kribbeln bis in jede noch so kleine Nervenzelle ausbreitete. »Spür die Musik ... lass sie durch deine Adern fließen ... Gib dich ihr hin ... fühle die Stimmung ... und schalte deinen Geist aus ... Dein Körper weiß von allein, was er zu tun hat. Schließ die Augen, Babe …«

Ich gehorchte, nahm diese sanfte, doch gleichzeitig so kraftvolle Musik – bedingt durch die weibliche Stimme – in mir auf. Spürte seine Berührungen, seine Härte, seine Führung, den Augenblick, die Melodie und blendete alles andere aus.

»So ist es richtig«, hauchte er, dann ließ er mich los, weswegen ich aus meiner Trance gerissen wurde und ihn ansah. Aus seiner Hosentasche holte er eine Augenbinde, die er mir mit einem unverschämten Grinsen vor die Nase hielt.

»Und jetzt werden wir deinen Sehsinn mal wieder außer Gefecht setzen und dich WIRKLICH nur noch fühlen lassen.«

»Kann es sein, dass du blinde Frauen erotisch findest?«, fragte ich und er lachte leise, als er mir die Augenbinde umlegte.

»Babe...«, hauchte er an meiner Schläfe, sobald er mir die Sicht genommen hatte, und strich mit seinen Lippen über meine. »Ich finde DICH erotisch! Egal wie!« Und dann führte er mich ein paar Schritte ins offene Wohnzimmer, wo ich das kühle Holz unter meinen nackten Füßen spürte. Schließlich trat er zurück und ich stand alleine da.

Peinlicherweise ging mein Atem immer schneller, je länger ich auf seine Berührung wartete.

»Mit dem Tanz kann man so vieles ausdrücken ... Begehren ... Leidenschaft ... Zuneigung ... und Vertrauen.« Seine leise, leicht heisere Stimme fuhr mir in mein Innerstes und setzte alles in Flammen. Unverhofft fühlte ich zwei Finger an meiner Taille. Sie glitten an der Seite meines Körpers nach oben, ganz langsam, und hinterließen ein Kribbeln ... besonders auf meinen Rippen, der Seite meiner Brüste ... meinem Schlüsselbein, meinem Hals und strandeten unter meinem Kinn.

Er hob mein Gesicht an und ich spürte seine warmen Lippen auf meinen. Zärtlich glitt seine Zungenspitze über meine Unterlippe …

OH MEIN GOTT!

Ich schmolz dahin ...

Seine Finger fuhren erneut hinab ... bis zu meinem Schlüsselbein und umrundeten mich von dort aus bis zu meinem Rücken, während er sich hinter mich stellte. Seine Hand wanderte nach vorne zu meinem Bauch, hielt mich fest und bewegte meine Hüften leicht im Takt, während seine andere sich auf meine Taille legte.

Als er seinen Körper leicht gegen meinen presste und den kreisenden Takt meines Beckens aufnahm, musste ich ein Stöhnen unterdrücken. Meine Hände fanden seine Unterarme, wanderten an ihnen entlang bis zu seinen Finger, die er mit meinen verflocht, während er meine Hüften führte. Ich fühlte seine Erregung ... genau zwischen meinen Pobacken, und das brachte mein Blut nur noch mehr in Wallung, genauso wie sein Atem, der über meine Schläfen strich, als er uns intensiver bewegte.

Der Druck seines Oberkörpers wurde stärker und ich beugte mich automatisch nach vorne, spürte ihn mit jeder Faser, als er meinen Oberkörper kreisen ließ und mich schließlich wieder in eine aufrechte Position brachte.

Dann verfestigte er seinen Griff, und obwohl er mir die Augen verbunden hatte, war mir, als könnte ich alles sehen. Wie er hinter mir schlängelnd in die Hocke ging, sich mit einem Knie am Boden abstützte und mich zu sich nach unten zog. Dann löste er seine rechte Hand von meiner Hüfte und glitt über die Innenseite meines gespreizten Oberschenkels.

JETZT stöhnte ich doch, als seine Finger knapp meinen Intimbereich streiften, nach oben über meinen Bauch und zwischen meinen Brüsten entlangwanderten, um in meinen Nacken zu fahren. Dort packte er meine Locken, während sich aufgrund der sinnlichen Berührung, die sein Begehren mehr als deutlich machte, Gänsehaut über meinen gesamten Körper ausbreitete.

»Mhhmmm«, summte er in mein Ohr und küsste mich unter mein Ohrläppchen, bevor er wieder meine Hüften packte, um uns in kreisenden Bewegungen unserer Becken in die Aufrechte zu bringen.

Mittlerweile atmete ich, als würden wir Rock ’n’ Roll tanzen und nicht so langsam und genüsslich. Wir bewegten uns völlig im Einklang, was mich gefesselt und in eine andere Welt entführt hatte. Ganz automatisch passte ich mich ihm und dem Takt der Musik an, als hätte ich nie etwas anderes getan, während ich mich rückwärts an ihn drängte und meinen Kopf auf seine Schulter fallen ließ.

Er nahm unsere Finger und hob eine meiner Hände, bis sie in seinem Nacken zu liegen kam, dann strich er langsam nur mit den Fingerspitzen an diesem Arm nach unten, über meine Seite bis zu meiner anderen Hand auf meiner Hüfte, die er ebenfalls umgriff und mich mit Schwung umdrehte, sodass ich aufkeuchte,

Ich lachte leise und atemlos, denn mein Herz überschlug sich beinahe, als ich ihm nun wieder gegenüberstand und er mir die Binde abzog. Ich traf frontal auf seinen dunklen, raubtierhaften Blick, während er sich sinnlich an mir rieb, ehe er mich langsam nach hinten beugte, bis meine Haare den Boden berührten. In seinen Armen fühlte ich mich sicher – und frei. Ich vertraute ihm, sodass ich mich komplett fallen ließ, bevor er mich erneut herumschwenkte, indem er seine große Hand zwischen meinen Schulterblättern platzierte.

Mit einem Ruck zog er mich wieder hoch, direkt an sich, sodass sich meine Brüste gegen seine Brust drückten und ich nur stöhnen konnte, als seine Lippen mit den meinen verschmolzen. Er küsste mich innig, leidenschaftlich, und bewegte dabei weiterhin seine Hüften, ging leicht in die Knie, damit ich seine Härte zwischen meinen Beinen fühlen konnte.

ICH WAR VERLOREN und schwang beide Arme um seinen Hals.

Meine Zunge kam seiner entgegen und verwickelte sie in einen Kampf, bei dem keine Gefangenen gemacht wurden, außer unsere Seelen. Meine Hände in seinen Haaren vergrabend tat ich etwas, was ich nie für möglich gehalten hätte. Ich hob mein Bein und schlang es um seine Hüfte, denn der Druck, den er zwischen meinen Schenkeln ausübte, war zu gut und ich wollte mehr davon. Er stöhnte kehlig in meinen Mund, als ich meinen Unterkörper gegen ihn presste.

Ich verlor mich in einem Strudel der Lust, bis ein Windhauch meine Sinne etwas klärte, bevor ich eine kalte Wand an meinem Rücken spürte.

HUCH!

Er küsste mich heftiger ... und rieb sich inniger an mir. Obwohl ich merkte, dass ihm die Situation entglitt, als seine Hand über meinen Schenkel strich und mich am Knie fester hielt, während sein Atem heftig in meinen Mund strömte, wollte ich nicht aufhören.

Ich wollte ihn ... hätte ihm alles gegeben, nicht nur meinen Körper. In meinem Kopf rauschte es wild und die Musik tat ihr Bestes, um die Stimmung noch weiter anzuheizen und uns beide komplett willenlos zu machen. Allerdings löste er seine Lippen mit einem Mal von mir, beendete damit diesen unglaublichen Traum und lehnte seine Stirn gegen meine. Er atmete genauso schnell wie ich und klang verzweifelt, als er »STOPP!« ausstieß.

»Nein!« Ich wollte nicht aufhören, ihn zu schmecken, also beugte ich mich vor und leckte über seinen Hals, küsste ihn wild ... ließ ihn erschauern.

»Hannah, bist du wahnsinnig? HÖR AUF JETZT!« Somit packte er mich einfach an den Haaren und zog meinen Kopf zurück, um mich absolut dunkel anzufunkeln. Mit wirr loderndem Blick schaute er mir in die Augen. »Wenn wir jetzt nicht aufhören, dann ficke ich dich besinnungslos hier an der Wand und das ist nicht das, was du verdient hast! Du kannst dich nicht wehren, du kannst nicht weglaufen. Ich würde über dich herfallen wie ein wildgewordener Löwe über das Lamm. Denn ich bin ein Monster.« Meine Augen wurden groß, als seine verzweifelten Worte in mich sickerten.

Wir starrten uns an ... *Monster?* Hatte er gerade gesagt, er sei ein MONSTER?

»Hast du jetzt Angst?«, fragte er mich verunsichert und ließ meine Haare los, um mit dem Daumen meine Wange zu streicheln. Er beugte sich zu mir herab, um mit mir auf Augenhöhe zu sein. Seine Iris schimmerte golden und passte zu seiner Stimme. Oh mein Gott. Viel zu konfus war ich nicht in der Lage, einen klaren Gedanken zu fassen. »Ich will nicht, dass du vor mir Angst hast. Ich will, dass du mir vertraust ... Ich will deiner würdig sein, und das kann ich nicht, wenn ich in den Jagdmodus umgeschaltet habe. Also nimm dein hübsches Beinchen von meiner Hüfte und hör auf, dich an mir zu reiben, okay, Babe? Denn sonst kann ich für nichts mehr garantieren – erst recht nicht für deine Jungfräulichkeit!«

Ich nahm mit beiden Händen seine Finger, die mein Gesicht hielten, und senkte mein Bein, während ich ihm zuflüsterte, was mir sofort in den Kopf schoss: »Ich will dir meine Jungfräulichkeit schenken. Nimm sie. Sie gehört dir.« *Ich gehöre dir.*

Er lächelte nachsichtig und SO WARM. »Nicht so, Babe ... Das ist nicht der richtige Zeitpunkt. Du musst noch so viel lernen, um es richtig genießen zu können. Du fühlst die Lust zwischen uns ... die Spannung ... Wir können so viel daraus machen. Ich will, dass du immer an die gemeinsamen Stunden mit mir denken wirst. Ich will, dass Sex mit mir für dich der höchste GENUSS wird, den es auf dieser Welt geben kann.«

»Ich genieße doch schon ...« Denn das tat ich. Es war das Erste, was er mir beigebracht hatte. Also drängte ich mich wieder an ihn, denn das Pochen zwischen meinen Beinen machte mich wirklich noch verrückt. »Zeig mir ALLES!«

Aber er hielt sich zurück ... was ihm augenscheinlich schwerfiel. »Shit ... Nein! Ich bin ein sadistisches Arschloch, Hannah, und auf meine speziellen Bedürfnisse muss ich dich erst einstimmen. Ich kann nicht gleich mit 100 beginnen und erwarten, dass du es einfach verstehst und dass du nicht schreiend davonläufst. Du bist mir wichtig – *verflucht* wichtig. Wenn das nicht so wäre, hätte ich dich schon damals an dem Haken hängend gevögelt!«

»Ich bin dir wichtig?« Hatte ich richtig gehört? ICH WAR IHM WICHTIG? WIRKLICH WICHTIG?

Er lachte humorlos und schüttelte dann den Kopf über mich, als wäre es GLASKLAR.

Entging mir da gerade etwas Entscheidendes? »Denkst du vielleicht, ich würde mir den ganzen Scheiß freiwillig antun und wäre so geduldig, wenn du es nicht wärst, Babe?«

»Bin ich dir so wichtig, dass du tust, was deiner Meinung nach für *mich* richtig ist, womit du meine Bedürfnisse über deine stellst?« Jetzt grinste er wirklich über meine fast schon vorlaut klingende Frage.

»DU hast doch überhaupt keine Ahnung, was *du* willst! ICH entscheide die ganze Zeit für uns beide und muss gegen deinen kleinen abwehrenden Prüdella-Geist ankämpfen, um dich WIRKLICH glücklich zu machen!«

»Kleiner abwehrender Prüdella-Geist?«, erkundigte ich mich kichernd.

»Du weißt ganz genau, was ich meine! Stell dir vor, ich würde dich am Tag so unflätig berühren wie jetzt und dich auch noch gegen die kalte Wand drücken ...« Er zeigte mir ernst seine linke Wange und lachte dann, als ich die Augen verdrehte. »Und außerdem ... verwickle mich nicht immer in tiefgründige Gespräche, kommen wir lieber wieder zum Kern der Sache. Entschuldige, dass ich die Kontrolle verloren habe, das wird nicht noch mal passieren!«

EIN SCHIMPFWORT wollte sich meine Kehle hervorkämpfen. Es war alles andere als schmeichelhaft und hatte etwas mit dem Darmausgang zu tun, aber ich konnte es gerade so aufhalten.

Denn wenn es nach mir ging, durfte er jetzt gerne weiterhin die Kontrolle verlieren! Doch stattdessen trat er einen Schritt zurück, entriss mir seine warme nackte Haut, seinen Duft, seine Nähe, SICH, und ich blieb fröstelnd zurück. Wortwörtlich.

War es hier schon die ganze Zeit so kalt gewesen?

War es schon immer so essenziell gewesen, dass er mich berührte?

Zutiefst vorwurfsvoll schaute ich zu ihm hoch und umschlang meinen Oberkörper mit beiden Armen.

»Verflucht, Hannah! Du weißt, wie du mich schwach machst!« Er kniff gequält die Augen zusammen, als er auf mich herabblickte, doch dann seufzte er, zog mich an der Hüfte erneut an sich und umarmte mich fest. Keuchend lachte ich, denn jetzt fühlte ich mich wieder unsagbar wohl und war einfach glücklich.

Ich machte ihn schwach? Interessant!

Er dirigierte mich rückwärtsgehend zu unserem Sessel auf seinen Schoss.

»Weißt du, was ich immer tue, wenn ich einsam bin?«, fragte er. Penibel positionierte er mich so, dass ich mit dem Rücken an ihm lehnte und es gemütlich hatte. Er machte die Musik mit der Fernbedienung aus, nahm seine Gitarre, die neben dem Sessel stand, und legte sie auf mich, sodass er spielen konnte. »Ich spiele und ich singe ... ich mache Musik ... lass all meine angestauten Gefühle einfließen ... und so 'ne Scheiße ... Eigentherapie ...« Leise begann er, auf seiner Gitarre zu zupfen und ich fühlte die ergreifende Musik, die einfach aus seinen Fingern floss, tief in meinem Bauch kribbelte, und hörte sie intensiv in mir nachhallen.

»Wenn ich jetzt ein Lied schreiben würde, wäre es wohl eine ziemlich schnulzige Ballade. Nur wegen DIR ...«, flüsterte er in mein Ohr. Lächelnd kuschelte ich mich enger an ihn, drehte mein Gesicht so, dass ich mit meinen Lippen seinen Hals berühren konnte. »Mhhmmm, ich mag deine vollen Lippen, die ich gerne um meinen ... ach egal ... Vielleicht wäre es auch so ein Geklimper wie die

Hintergrundmusik in den Pornos ... die du mir entwendet hast!«, scherzte er weiter und lehnte seine Wange an meinen Kopf.

»Du bist doof«, murmelte ich kichernd.

»Hab nie etwas anderes behauptet«, konterte er und spielte weiter. »Krieg ich die Filme wieder?«

»NEIN! Das sind keine Filme, das ist abartig!« erwiderte ich natürlich, worauf er leise lachte und die Gitarre weglegte, um mich mit beiden Armen zu umschlingen und an sich zu drücken.

»Babe, Sex ist absolut natürlich. Hast du es denn immer noch nicht verstanden? Also dein Körper hat es schon gecheckt! Der ist schneller als dein kleines verschlossenes Köpfchen, das ich langsam, aber sicher knacke.«

»Ja, aber nur im Privaten und zwischen zwei Menschen, die sich gegenseitig respektieren!« So viel hatte mein kleines verschlossenes bereits Köpfchen verstanden.

»Wieso bist du nur so ein kleines verklemmtes Ding? So etwas ist in der heutigen Zeit äußerst selten, es sei denn, du bist Mormonin oder so'n Scheiß!« Er klang nachdenklich.

»Weiß nicht ...« Ich zuckte mit den Schultern, wollte nicht darauf eingehen.

»Nein, Babe ... *weiß nicht*, gibt es nicht! Jedes Verhalten hat seine Hintergründe. Beantworte mir heute Nacht meine Fragen und morgen Nacht bist du wieder dran, okay?«

Unwillig schnaufte ich. Ich war ehrlich gesagt nicht besonders begeistert, ihm Rede und Antwort zu stehen, allerdings waren da ein paar Punkte, die mich ihn betreffend interessierten. Davon abgesehen hatte unser intimes Gespräch vergangene Nacht auch wunderbar geklappt.

Also auf ins kalte Wasser!

»Nun ... wenn du es unbedingt hören willst ... Mister Hunter, dann liegt es wohl daran, dass ich auf einem Klosterinternat war.«

»Ist das dein Ernst? Wer geht heutzutage denn freiwillig zu den Pinguinen?«, rief er aus und versuchte meinen Blick zu erhaschen, dem ich vehement auswich. Denn diesen entsetzten Ausdruck, den ich sicherlich darin finden würde, weil er schon in seiner Stimme widerhallte, konnte ich nicht ertragen. Also vergrub ich mein Gesicht erneut an seinem Hals, setzte mich seitlich auf seinen Schoss und zog meine Knie an, sodass meine nackten Füße auf seinen Oberschenkeln standen.

»Ich ... und andere Mädchen, die auf normalen Schulen nicht akzeptiert und ausgegrenzt wurden, eben weil wir anders waren. Mehr sage ich dazu jetzt nicht!«

»Aber Babe ... wieso gerade Pinguine?«

Ich verdrehte die Augen. Darüber kam er einfach nicht weg. »Das sind die Schwestern Gottes, Mason, und ich glaube nun mal an Gott. Deswegen wollte ich unbedingt auf so ein Internat gehen und meine Eltern haben mir den Wunsch erfüllt, als ich neun Jahre alt war. Dafür bin ich ihnen übrigens immer noch dankbar, denn meine Schwestern haben mich schon damals den letzten Nerv gekostet.«

»Du glaubst echt an Gott? An den Himmel und die Hölle und an Engel und Teufel, Jesus und ... die Apostel und Weihrauch und Myrrhe?« Bei ihm klang das alles, als hätte ich sie nicht mehr alle beieinander.

Ich lachte. »Du kennst dich ja ganz schön aus, du Ungläubiger ... hm? Ja, ich glaube daran ... Ich meine, ich sehe keinen älteren Herren mit weißem Rauschebart, der auf seinem Thron sitzt, wenn ich an Gott denke, aber ich glaube daran, dass es eine Macht gibt, die unser Leben leitet und über uns wacht.«

»Pfff, Babe ... Es tut mir leid, dass ich dich da enttäuschen muss, aber machst du es dir da nicht ein bisschen leicht, einfach die ganze Verantwortung auf diese Macht zu schieben? DU bist selber für dich und dein Glück verantwortlich, und es gibt auch niemanden, der über dich wacht, außer du hast vernünftige Eltern und gute Freunde ... Es gibt auch keine Engel, die in weißen flattrigen Gewändern rumschwirren ... Die Engel auf Erden sind MENSCHEN, die Gutes tun.«

»WOW!« Jetzt richtete ich mich auf, um ihn anzusehen und kurz in seinen wunderschönen Gesichtszügen zu versinken, während er mich ernst anblickte. »Du bist ja richtig philosophisch.«

Er verdrehte die Augen und strich mir durch die Haare, um dann mit einer meiner Strähnen zu spielen, indem er sie immer wieder um einen seiner schlanken Finger wickelte. »Ich bin Künstler. Und als Künstler gibt es meistens Etwas, was man den Menschen mitteilen will. Eine versteckte Botschaft … Außerdem: Sind wir Menschen im Herzen nicht alle verkackte Philosophen?«

»Was ist deine versteckte Botschaft, Mason?«, fragte ich jetzt direkt und erwischte ihn damit eiskalt. Nachdenklich schürzte er seine vollen Lippen, während ich eine Hand sanft an seine Wange legte. Als ich mit dem Daumen sanft über seine Haut strich, fühlte ich die Stoppeln, die angenehm kitzelten, und schaute in seine einmaligen Augen mit den langen Wimpern. Er runzelte seine Stirn.

»Hmmm, ich denke ... esst mehr Babys!«, sagte er todernst. Ich schlug ihm schnalzend auf die Schulter und lachte, denn damit hatte ich jetzt nicht gerechnet.

»Keine Ausweichmanöver, wenn es interessant wird, Mister Hunter!«, rief ich aus, und er fing meine Hand ab, als ich ihn noch mal schlagen wollte.

»Miss Obermaier, keine Gewalt!«, empörte er sich gespielt und verschränkte unsere Finger miteinander. Ich konnte nicht glauben, wie heftig diese einfache Berührung in den Tiefen meines Unterleibes kribbelte. »Hatten wir nicht gesagt, dass ich heute dran bin, bevor Sie versuchten, mich zu misshandeln?« Seine Augen funkelten mich schalkhaft an und ich konnte einfach nicht anders, als mich glücklich zu fühlen, wenn ich so mit ihm herumalberte. Eine Sache, die mir noch vor einer Woche undenkbar erschienen wäre – auf einem halbnackten Mann zu sitzen und ihm meine Seele als Austausch für seine auszuschütten, während ich jede einzelne Sekunde aus vollen Zügen genoss.

»Was willst du denn noch von mir wissen?« Ich schob meine Unterlippe vor und schmollte, was das Zeug hielt.

»Hmmm, das solltest du nicht tun, denn wenn du sie so vorstreckst, möchte ich nur DAS tun!« Bestimmend legte er unsere verschränkten Finger unter mein Kinn und hob mein Gesicht an, um meine Unterlippe sanft zwischen seine geraden Zähne zu nehmen und daran zu knabbern. Ich seufzte leise. »Mhhmmm, du schmeckst einfach überall gut ... Ich würde gerne wissen, wie du ... südlicher schmeckst«, flüsterte er rau.

»Du meine Güte, Mason!« Ich keuchte auf und entzog ihm meine Lippen, um mein Gesicht wieder an seinem Hals zu verstecken. Nun fühlte und hörte ich sein Lachen am ganzen Körper.

»Ahhh, ich hab noch nie so etwas Schüchternes und gleichzeitig Verführerisches gesehen wie dich!«

»Schön, dass ich dich amüsiere und verführe und ... ach, was weiß ich«, motzte ich zurück.

»Das tust du in der Tat ... Verführen mehr als alles andere ... Trotzdem reize ich dich auch gerne ... Ich liebe es, wenn du dich aufregst. Wieso lässt du dich auch immer so leicht provozieren?«

»Das weiß ich wirklich nicht ...«

»Möp! Falsche Antwort!«

Ich verdrehte die Augen. »Na gut ... Ich HASSE es normalerweise, wenn etwas nicht planmäßig verläuft, OKAY? Ich HASSE es, die Kontrolle zu verlieren! Ich HASSE es, wenn etwas oder jemand gegen Regeln verstößt, und DU machst das andauernd!«

»Hatten wir das Regelgespräch nicht schon mal? Und habe ich dir nicht schon damals gesagt, dass Regeln nur dazu da sind, um uns in irgendwelche Vorgänge und Raster zu zwängen, damit wir uns in die Gesellschaft einfügen und ihr gefallen. Ich will und muss aber nur mir selber gefallen! Was tut die Gesellschaft für mich, außer einen Roboter aus mir zu machen, der sich dem System unterordnet? Ha? NICHTS! Ich bin *niemandem* was schuldig, und deswegen muss ich mich auch nach keinem anderen richten! Aber das werde ich dir schon noch beibringen, dir zu nehmen und das zu tun, was DU willst und was DU brauchst. Das klappt ja schon recht gut – zumindest wenn ich dich errege und deine Instinkte die Führung übernehmen.«

»Willst du mir etwa sagen, du machst mit meinem Neandertalerverstand gemeinsame Sache?«, konterte ich amüsiert glucksend und richtete mich wieder auf, um ihn anzusehen.

Er lachte auch, als er mir antwortete: »Der Neandertalerteil deines Gehirns ist mein stärkster Verbündeter gegen Prüdella! Wir sollten uns alle etwas öfter darauf besinnen!«

»Prüdella will auch nur dein Bestes ...«, verteidigte ich meine strenge Seite.

»Und ICH will nur DEIN Bestes, Hannah Amalia Hauptmeier. Nicht Prüdella. Nicht Blowjob Girl. Also sei einfach nur sie und nichts anderes!« Ich stockte und schaute hoch in seine Augen. Gold mit braunen moorfarbenen Sprenkeln und einem Funken ... *Himmel* ...

»Okay ... Ich bin Hannah …« Und das war ich auch, wenn wir so zusammen waren. Ich war ICH und hatte mich mir nie näher gefühlt als in diesem Moment absoluter intimer Nähe zu ihm. »Aber wer bist DU?«, fragte ich leise und die Stimmung kippte erneut.

»Ich bin Mason. Einfach Mason, Babe ... Ich glaube, ich war seit Jahren nicht mehr so nah dran, einfach nur ich zu sein, wie in dieser Sekunde mit dir auf diesem Sessel, während wir uns Weisheiten um die Ohren hauen. Aber ganz im Ernst: Wie machst du das nur? Hast du Psychologie studiert?« *Wie ICH das mache? Wie macht ER das?*

»Ja, aber nur drei Semester ...«

»Ach, deswegen diese bohrende analysierende Art, die du an dir hast«, neckte er mich und versuchte, vom Thema abzulenken, um wieder auf ein unverfängliches Terrain zu gelangen und ein wenig Distanz zu schaffen. Für mich war es aber auch nicht einfach, so viel emotionale und körperliche Nähe zuzulassen.

»Ja, genau deswegen durchschaue ich dich öfter als dir lieb ist«, erwiderte ich breit grinsend und war froh, von unserem wahren Ich ablenken zu können.

»Ach ja? Dann durchschau mich mal. Was denke ich gerade?« Er nahm eine typische Denkerpose ein und rieb sich angestrengt das markante Kinn mit dem anziehenden Grübchen darin, während er seinen Blick in die Ferne richtete.

»Ach, Mason ...« Ich verdrehte nur die Augen und tätschelte mitleidig seine Wange, während ich mich wieder an ihn schmiegte und die Lider schloss.

Eine Zeit lang waren wir still. Jeder hing seinen eigenen Gedanken nach. Gleichzeitig schwelgte ich in dem Gefühl von seinen starken Armen gehalten zu werden, als würde er mich beschützen oder sogar ein wenig lieben. Zumindest strahlte er das aus. Auch wenn ich es mir vermutlich einbildete, war es schön, diese besondere Situation tief in mir zu verankern und zu genießen.

Jetzt hier, in der stillen Nacht, schien er immer mehr mein sicherer Hafen zu werden. Meine Anlegestelle, an der ich zur Ruhe kommen und Kräfte sammeln konnte, um dann gestärkt meine Reise in unbekannte Meere fortzusetzen.

Denn er zeigte mir so viel Neues. Seine Berührungen eröffneten mir neue Welten, genau wie seine Worte. Bei ihm fiel es mir nicht schwer, vorbehaltlos seine Hilfe zu akzeptieren, weil er auch meine annahm.

Wieder überraschte mich, wie sehr ich ihm doch binnen dieser kurzen Zeit, die wir uns kannten, vertraute. Aber das beruhte auf Gegenseitigkeit. Es war ein Geben und Nehmen. Wie er gesagt hatte. Es war *Harmonie.*

Ganz von selbst drängte sich die Frage in mir auf, was nach den drei Monaten geschehen würde und ganz automatisch fanden meine Finger seine Haaransätze im Nacken und begannen ihn zu kraulen.

Tja ... was wohl? Höchstwahrscheinlich würde ich so weitermachen wie zuvor, genau wie er. Ganz einfach.

Wieso stiegen mir bei diesem Gedanken Tränen in die Augen? Seit wann war ich nur so sentimental? Das passte nicht zu mir und es gehörte hier auch nicht her! Unser Arrangement war zeitlich begrenzt und, das durfte ich nicht vergessen, lediglich ein Job, für den ich selbstverständlich bezahlt wurde. Im Grunde genommen war ich nicht mehr als eine bessere Nutte, eine Edelhure ... Grundgütiger Gott! Wann war ich eigentlich so tief gesunken?

Das erste Mal, seit wir diese Abmachung getroffen hatte, fühlte ich mich richtig schäbig, unwürdig, hier mit ihm auf diesem Sessel zu sitzen, weshalb ich schnell von ihm klettern wollte, doch sein Griff um meinen Rücken verstärkte sich.

»He! Es wird nicht aufgestanden, außer du strullerst mich sonst voll!«, verkündete er mit rauer Stimme, als er mich an sich drückte und meine Haare küsste. »Bleib einfach hier, Babe ... bei mir ...«, ergänzte er flüsternd und ich überlegte ernsthaft, ob ich meine Gedanken soeben laut ausgesprochen hatte, doch das hatte ich nicht. Trotzdem stellte ich mir, warum auch immer, vor, es wäre so und er hätte darauf geantwortet.

Erleichterung machte sich in mir breit, als ich mir ausmalte, er würde diese Worte in drei Monaten erneut zu mir sagen, mich genau so halten und fühlen lassen. Als wäre bei ihm genau der richtige Ort in meinem Leben und andersrum genauso. Es wäre so schön …

Ich atmete tief durch und beugte mich runter, damit ich mir meine Decke vom Boden neben uns nehmen konnte, die dort bereitlag. Wortlos breitete ich sie über uns aus und streckte meine Beine ein wenig, wuselte mich auf ihm zurecht, um es bequemer zu haben.

Als er zischte, lächelte ich schwach.

»Da brauchst du gar nicht lächeln, meine Liebe. Es ist nicht angenehm, jede Nacht mit einer Dauerlatte unter dir zu sitzen.«

Jetzt musste ich lachen! »Latte ... wie kann man einen erigierten ...« Ich räusperte mich. »Du weißt schon, was, nur ›Latte‹ nennen?«

Er verdrehte die Augen. »Es gibt noch ganz andere Begriffe dafür. Ständer zum Beispiel. Und für deinen Genitalbereich gibt es auch noch mehr schöne Fachausdrücke ...«

»Nein! Ich will sie nicht wissen!«, rief ich aus und wollte wieder die Flucht ergreifen, doch er begann schon, an seinen Fingern abzuzählen.

»Muschi, Fotze, Möse, Pussy, Fickloch, Lustgrotte und mein Lieblingsausdruck: SCHLITZ!«

Sofort wurde ich knallrot. »Oh mein GOTT, das ist so widerwärtig!« Ich hielt mir die Ohren zu und sang: »Lalalala«, denn ich konnte von diesen abartigen Bezeichnungen wirklich nicht noch mehr hören.

»Babe«, rief er und zog eine Hand von meinem Ohr. »Das ist wichtig! Ich muss auch deine Affensprache lernen und mir dein gehobenes Geschwafel reinziehen! Und du musst lernen, wie die böse, verruchte Jugend von heute zu reden, sonst bist du ganz schnell weg vom Fenster!« Ich verdrehte die Augen und war still, in der Hoffnung, dass er von mir ablassen würde. Doch er tat es nicht. »Komm, Babe, sag mal ... hm ... *Scheiße*!« Er richtete sich mit mir auf.

»NEIN!«, jammerte ich.

»HEY! Das ist keine Herausforderung, das ist ein nullachtfünfzehn Wort und steht sogar im Duden, also SAG ES!«

»NIEMALS!«, entgegnete ich und hielt mir erneut die Ohren zu, doch seine langen Zeigefinger piekten mir in die Seiten, sodass ich zusammenzuckte und ihn abwehrte.

»SAG ES! Ich will es hören! Ansonsten foltere ich dich mit noch viel schlimmeren Ausdrücken! Ich schwör's dir, Babe!« Er kitzelte mich gnadenlos, während ich versuchte, seine Hände abzufangen, aber mit einer geschickten Bewegung hatte er meine unter seine beiden Oberarme geklemmt.

»OH GOTT, NEIN!«, kreischte ich und wir lachten beide. Ich gequält und er schadenfroh. Er beugte sich vor, holte mein Diktiergerät unter dem Couchtisch hervor und drückte auf Aufnahme, während er mich weiterhin festhielt, sodass ich mich nicht rühren konnte.

»Du wolltest es nicht anders! Ich singe dir jetzt ein Lied vor! Und deine Hausaufgabe wird sein, es zu lernen und mir Wort für Wort wiederzugeben, sonst mach ich mit meinen Spielen nicht weiter. Also hör zu, das ist Kult, aus Southpark: Fick dich und halt's Maul, Onkelficker! Alter Schwanzlutscher, Arschlecker, Onkelficker! Du bist ein Onkelficker, gib's doch zu, keiner fickt Onkels, so wie du!«

»Mason, hör auf«, schrie ich und wuselte herum, damit ich mir wieder die Ohren zuhalten konnte, aber er gab mich nicht frei und sang aus vollem Halse und mit all seiner Euphorie.

»Merk es dir! Ich singe es nicht noch mal!« Und dann ging es weiter – immer schneller. »Fick dich und halt's Maul, Onkelficker! Alter Schwanzlutscher, Arschlecker, Onkelficker! Du bist ein Onkelficker, alte Sau! Du fickst deinen Onkel, ganz genau! Onkelficker, O-N-K-E-L fick dich, Onkelficker! Leck mich am Arsch!« Das letzte Wort erklang wie das eines ausgebildeten Opernsängers und trotz des widerwärtigen Textes war ich wieder mal erstaunt von seinem Talent und seiner großartigen Stimme, während mir die Ohren schwirrten.

»Mason ... du bist vollkommen irre! Das war der ultimative Beweis dafür! Bist du jetzt fertig?«, erkundigte ich mich genervt.

»Japp! Aufnahme Ende!« Breit grinsend nickte er.

»Kannst du mich wieder loslassen?«, fragte ich sachlich.

»Nur wenn du das Lied lernst, ansonsten halte ich dich so bis in alle Ewigkeit.«

»Niemals, Mason Hunter, und wenn mir die Arme abfaulen!«

»Das wollen wir ja nicht, Babe ... ich brauche deine Händchen noch.« Er ließ meine Arme los und rieb sie, während ich mich wieder an ihn kuschelte.

»Können wir jetzt schlafen?«

»Japp ... Gute Nacht, Blowjob Girl, träum von unserem Tanz, meinen Hüften und dem guten alten Onkelficker ...«, hauchte er. TOLL! Auch wenn seine Stimme das beste Schlaflied der Welt war, würde ich jetzt stundenlang nicht zur Ruhe kommen.

Wirklich toll, und das hatte nur mit seinen wahnsinnig beweglichen, talentierten Tänzerhüften zu tun, mit denen er mir schon bei seinem Auftritt auf der Bühne das Denken geraubt hatte.

CUT!

16. Let me see you stripped - Part One

(Shiny toy Guns)

SHIT ... dachte sie etwa wirklich, ich könnte einfach so weiterschlafen, nachdem sie von meinem Schoß geschlüpft war, um wie ein Zombie die Treppen nach oben zu schlurfen? Es war immer wieder witzig zu sehen, wie sich die korrekte Hannah Obermaier mit der immerzu straffen Körperhaltung bewegte, wenn sie müde war. Jeden Morgen machte sie mir erst mal den Zombie und nahm wohl an, ich würde sie nicht bei jedem lahmen, kraftlosen Schritt beobachten.

Sie wusste nicht, dass ich sie nicht eine Sekunde aus den Augen ließ.

So wie jetzt.

Nachdem sie fünfzehn Minuten im Bad verbracht hatte, kam sie in ihrem weißen Morgenmantel und den Puschelhausschuhen wieder die Treppen herunter, um Kaffee zu machen. Dabei war sie nach wie vor alles andere als munter und stieß mindestens ein Mal gegen die Ecke der Kochinsel.

Wie jeden Morgen grüßte sie im Vorbeischlurfen sogar die Schildkröten mit: »Guten Morgen, ihr Monster.«

Es war einfach zu *süß,* wie sie versuchte, sich leise und gleichzeitig verschlafen durch die Wohnung zu bewegen, aber dabei kläglich scheiterte. Um diese Uhrzeit war sie einfach nur Hannah, ohne ihre verstockte Art, die sowieso nur ein Schutz darstellte, um den unsicheren Schussel in sich zu verbergen. Sie brauchte jemanden, der sie in allen Lebenslangen auffing und ihr Schutz bot ... dann konnte sie auch lockerer werden und aus sich herausgehen – und dieser jemand wollte ich sein.

SHIT!

Über was für eine Pferdekacke dachte ich eigentlich nach?

Seit wann machte ich mir so viele Gedanken um eine einzige Frau? Und noch viel wichtiger, seit wann wollte ich nichts so sehr, als zu ihr in die Küche zu gehen, um ihr einen Guten Morgen Kuss zu geben. Nichts weiter ... nur einen verdammten Kuss.

Ich kniff die Lider zusammen, als ihr Blick zu mir glitt, um sich zu vergewissern, dass ich noch schlief. Dann hörte ich, wie sie sich eine Tasse Kaffee einschenkte und vorsichtig zurück ins Wohnzimmer kam ... Aus einem leicht geöffneten Auge beobachtete ich amüsiert, wie die sonst so vornehme und sorgsame Miss Obermaier den Kaffee auf den Tisch stellte und sich völlig undamenhaft in die Kissen plumpsen ließ. Es kostete mich sämtliche Selbstbeherrschung, nicht lauthals loszulachen oder auch nur eine Miene zu verziehen.

Das Bedürfnis löste sich allerdings auf, als sie mir durch den Schlitz des Morgenmantels einen Blick auf ihre glatten, cremefarbenen Beine gewährte. Ich wollte sie um meine Hüften legen, mich über sie beugen und...

Japp ... Sie hatte heute Vormittag frei ... und schien es zu genießen. In den letzten Tagen war ich morgens geweckt worden, weil mir eine penetrante Stimme aus dem Fernseher befahl, mit den Fingerspitzen den Boden zu berühren oder meine Füße hinter dem Nacken zu verschränken. Denn ja, Miss Anstandswauwau machte per Tele-Gym Morgengymnastik. Wobei ich sie liebend gern beobachtete, während ich so tat, als würde ich schlafen. Fast hätte ich geschmollt, weil sie es heute wagte, ihren verboten heißen Pflaumenarsch auf der Couch zu parken und faul zu sein!

Seufzend lächelte sie und streckte gähnend die dünnen Arme über ihren Kopf. Mein WauWau hatte gut geschlafen ... Was sich sehr gut für mich anfühlte, denn es war mein Verdienst. Dafür verspannte sich mein Rücken von Nacht zu Nacht mehr. Es wurde langsam Zeit, meine Spiele ein wenig zu intensivieren. Eine schöne Massagelektion würde ich auf jeden Fall auch noch mit einbauen ... Aber vorher war es wichtig, ihr die Scheu vor meinem Körper zu nehmen, wofür sie erst einmal ihren akzeptieren musste ...

Doch ich durfte jetzt nicht daran denken, was ich heute Nacht mit ihr vorhatte! Das würde mich noch härter machen, als ich war und *er* hätte angefangen rumzusabbern und meine Hose vollzutropfen.

Hannah schaute erneut zu mir, während sie die Tasse an ihren Mund führte, um einen Schluck zu trinken, es aber bleiben ließ, weil er wohl noch zu heiß war. Schnell kniff ich mein Auge wieder zu, versuchte aber, sie weiter im Blick zu behalten, indem ich durch meine Wimpern leicht blinzelte. Konnte es sein? Ahnte sie tatsächlich nicht, dass ich sie beobachtete oder tat sie nur unwissend, weil es ihr insgeheim gefiel? Wahrscheinlich stalkte sie mich beim Stalken.

Plötzlich hörte ich, wie sie aufstand und runzelte die Stirn, besonders als ich fühlte, dass sie sich mir näherte. Mir kam es so vor, als würde sie nun direkt vor mir stehen, aber ich traute mich nicht hochzublicken, um mich zu vergewissern, sondern atmete schön langsam ein und aus.

Was zum Geier hatte sie vor? So angestarrt zu werden, verunsicherte mich. So langsam wurde mir das echt zu bunt. War ich eine verschissene Statue in einer Ausstellung oder hatte ich einen widerlichen Popel an der Nase, einen Pickel an der Stirn oder wuchsen mir Hörner aus dem Schädel? WAS?

Ich wollte meine Scharade schon aufgeben, als ich ihre Fingerspitze auf meiner Oberlippe spürte und erschrak fast zu Tode. Hauchzart strich sie die Kontur nach, was wie die Hölle kitzelte. Mein ganzer Körper war so angespannt, dass ich jeden Moment in die Luft gehen würde, es war nur eine Frage von Sekunden. Doch gleichzeitig wollte ich herausfinden, was Hannah da trieb. War das ihre neue Art, mich zu wecken?

Dabei bevorzugte sie sonst die brutale Methode, oder wollte sie mich einfach nur in den Wahnsinn treiben, indem sie meinen Schwanz zum Platzen brachte, denn ihre Berührungen und ihre Nähe hatten eindeutige Auswirkungen auf ihn!

»Bist du Engel oder Teufel?«, flüsterte sie plötzlich und ich fühlte, wie ihre Fingerspitzen durch meine Haare strichen. Fast hätte ich ihr geantwortet: ›Babe ... für dich bin ich alles, was du willst.‹ UND ich hätte es auch so gemeint! Aber ich verkniff es mir, denn jetzt wurde es erst richtig spannend, geradezu faszinierend, wo sie annahm, dass ich noch schlief und sie sich dementsprechend verhielt. Noch faszinierender war allerdings, was sie sagte. »So unglaublich schön ...«, murmelte sie voll tiefer Ehrfurcht und glitt erneut hauchzart über meine Unterlippe.

Mit einem Mal klingelte mein Haustelefon und ihre Finger verschwanden.

»Bei Hunter«, ging sie schnell ran, denn sie wollte nicht, dass ich aufwachte.

»Magda ... ja ... ich hätte dich schon noch angerufen ... Ich bin gerade aufgestanden!«, flüsterte sie dann und klang dabei leicht angepisst. Sie entfernte sich von mir und setzte sich auf die Couch, oder legte sie sich hin? Ich traute mich nicht, zu schauen.

»Ähm«, druckste sie plötzlich rum und ich runzelte leicht meine Stirn ... denn ihre Stimme hatte diesen gewissen Unterton, der deutlich machte, dass ihr etwas unangenehm war. »Bitte, hör auf damit ... OKAY! Wenn du mir versprichst, jetzt nicht mehr solche Worte zu verwenden, verrate ich dir, wer es war! JAAA! Es gibt einen Kerl hier ... auch wenn ich den Ausdruck Kerl nicht wirklich befürworte ... NEIN! Erst recht nicht SACK! Ich bitte dich! Magda ... was haben wir gesagt? Deine Ausdrucksweise ... Ja, okay ... so ist es schon besser!«

Nun konnte ich nicht anders und öffnete erneut ein winziges bisschen mein rechtes Auge. Zwar sah ich alles verschwommen, aber es reichte, um auszumachen, dass sie mit angezogenen Knien auf der Couch saß, das Telefon zwischen Schulter und Wange eingeklemmt hatte, während sie mit ihren delikaten Fingern spielte. SHIT! Genau so sollte sie an mir rumspielen! Wie sie mit zwei Fingern ihre anderen Finger knetete ... und darüber strich, als würde sie sich einen nichtvorhandenen Ring abnehmen und wieder überstreifen. Diese Bewegungen ließen wieder die heißesten Bilder vor meinem geistigen Auge entstehen. Ihre Finger an meinen Schwanz, wie sie ihn in ihrer so typischen Neugier erkundete. Unerfahren, ja, aber dennoch so... Hilfe, war ich noch zu retten? Ich zwang mich, tief durchzuatmen und einigermaßen klarzukommen, ohne dass sie es merkte. Trotzdem hatte ich das Gefühl, meine Shorts würde gleich reißen, während mir langsam aber sicher der Schweiß auf die Stirn trat. Das war die pure Folter. War ich eigentlich noch ganz bei Trost, dieses Spiel weiter durchzuziehen?

Also schaute ich SCHNELL hoch in ihr Gesicht, nur um zu sehen, dass sie ihrer Schwester konzentriert zuhörte und ihre großen, dunklen Augen verdrehte. Sie war bezaubernd, wenn sie so vorwitzig war.

»Ja, ich weiß, dass es ungewohnt ist und NEIN, mach dir keine Sorgen! Ich bin kein kleines Mädchen! Die Verhütungsgeschichte ... also ... ähm, so weit sind wir noch nicht ...« Sie lief knallrot an, als sie weiterflüsterte. Dabei kniff sie gequält die Augen zusammen. »Nein ... wir hatten keinen Sex. Er … er hat mich nur berührt ... NEIN! NICHT DA! An meinen Brüsten und auch ... mit seinen Lippen ... du meine Güte, Magda ... nein! Ich habe ihn nicht geschlagen, zumindest nicht oft ... JAAA! Es war angenehm ... JAAA! Es war ... fantastisch ... Jaaaa. Jetzt kann ich euch verstehen ... Jaaaa ... Männer sind nicht nur schlecht ... Jaaa ... die Welt wäre ohne Masons wirklich ein schrecklicher Ort!« Wie kam sie denn darauf? Jetzt kicherte sie und DAS war jetzt WIRKLICH süß! So süß, dass ich sie wieder auf meinen Schoß ziehen und vom Telefonieren ablenken wollte, um all die Dinge zu tun, die sie das gerade mit ihrer Schwester besprach. Aber Hannah war noch nicht fertig. Sie drehte eine Locke um ihre delikaten Finger und killte mich langsam und qualvoll, während sie wahrscheinlich das abcheckte, was sie ihrer Schwester beschrieb.

»Oh, ähm, also er ist vielleicht, hmmm ... 1,85 Meter groß und er hat ... gepflegte Hände und er, er riecht nach gutem Parfum ... Äh, ohhh, Ja, er hat einen sehr athletischen

Körperbau... er ist ziemlich durchtrainiert, hat dieses V, Brustmuskeln und sechs davon am Bauch ... wie nennt man die noch mal? Ach ja stimmt, Sechserpack! Und er ist tätowiert ... Jaaa, Magda ... ein ganz böser Junge ... Das weiß ich nicht! Ich habe nur eins auf der Brust gesehen – bis jetzt ... NEIN! Grundgütiger GOTT! Ich habe seinen Penis noch nicht genauer angeschaut, also kann ich ihn dir NICHT beschreiben! NEIN, ICH HATTE IHN AUCH NICHT IN DER HAND ODER IM MUND!« Jetzt schrie sie fast, so empört war sie. Aber ich verbiss mir mit aller Gewalt das Lachen und kniff die Augen zusammen.

»JA, ich glaub dir schon, dass es nicht so schlimm ist ... Er weiß, was er im Bett tut ... JA, er ist gut ... Magda Hauptmeier, DAS werde ich dir NICHT verraten ... DAS IST GEMEIN!«, quengelte sie und ich konnte sie als kleines Mädchen vor mir sehen, wie sie von ihren kleinen Schwestern zu allen möglichen Schandtaten erpresst wurde. Ich wäre zu gern ihre Schwester gewesen und hätte gewusst, mit was ich sie erpressen kann! Denn ich wollte jetzt verflucht noch mal wissen, was ihr so peinlich war!

»NA gut ... ja ... er ist sehr, sehr, sehr gut ... er ist sanft ... und … und rücksichtsvoll ... Ja ... er weiß, was ich will ... Es ist beinahe gruslig, wie sehr. Er weiß das besser als ICH selbst. Er ist so sinnlich und gleichzeitig düster. Ich weiß es auch nicht, aber bei ihm kann ich mich vollkommen fallen lassen. Ich weiß, dass er mir nie wehtun würde ... und dass er IMMER aufhören würde, wenn ich Stopp sage ...

Nein, ich habe noch nicht Stopp gesagt ... Wieso? Weil es nicht nötig war! Eigentlich wünschte ich mir, er würde ... *schneller vorgehen* ... OH, DU MEINE GÜTE! Hab ich das wirklich gesagt? Magda! NEIN, ICH BIN KEINE ... Hör auf zu lachen und NIMM DAS SOFORT ZURÜCK! GUT, das will ich dir auch geraten haben, junges Fräulein!«

SCHNELLER VORGEHEN? *SCHNELLER VORGEHEN?!*

WIE zum TEUFEL meinte sie das?

Wollte sie etwa wirklich schon ... nackt unter mir liegen? Mit meinen Fingern *in* ihr, anstatt *auf* ihr? Wollte sie meine Zunge und meine Lippen in südlichen Bereichen? Wollte sie MICH berühren ... mich überall küssen und ... mich in sie eindringen lassen ... SHIT!

Kopfkino mit Morgenlatte tut weh und ich musste pissen! Lange würde ich nicht mehr Stasi spielen können, ohne dass meine Blase platzte. Aber das, was die kleine prüde Hannah gerade von sich gab, war der Wahnsinn! Und es kam noch härter. Denn plötzlich flüsterte sie mit ganz leiser schwacher Stimme, während ihr Blick förmlich auf mir brannte:

»Ich weiß es nicht ...« Der Ton fuhr mir in Mark und Knochen. Doch besonders das, was sie danach sagte: »Ich habe Schmetterlinge im Bauch, wenn ich nur an ihn denke, und wenn er mir in die Augen sieht, habe ich Angst, zusammenzubrechen, weil meine Knie ganz weich werden. Wenn er mich berührt, kribbelt es wahnsinnig und mein Herz pocht manchmal so laut, dass ich Angst habe, er könnte es hören ... Nein ... ich bin *nicht* verliebt! NEIN, BIN ICH NICHT! Bin ich nicht! Bin ich nicht! Bin. ICH. NICHT! OKAY ... vielleicht ein bisschen ... Hör auf zu schreien!« SHITTIGER SHIT!

Wieso wies ich haargenau dieselben Symptome auf, die sie beschrieben hatte? Wieso machte es mich *so* verflucht glücklich, was sie gerade rumgedruckst hatte? Wieso wollte ich mit meiner Gitarre durch die Wohnung hüpfen und ›Love is in the Air‹ spielen? Wieso mutierte ich zum Weichei, wenn es um diese Frau ging ... und WIESO konnte ich nichts dagegen tun?

Doch ich konnte diesem Chaos in mir nicht länger nachhängen, denn sie sprach schon weiter. »Das ist alles nicht so einfach. Er hat so etwas wie eine gespaltene Persönlichkeit. Es kommt mir langsam so vor, als wäre er schizophren.«

Ein riesiger Steinbrocken fiel auf das glückliche Gewimmel in meinem Bauch und es kam mir vor, als hätte mir jemand ins Gesicht geschlagen. Ich erstarrte, als sie schon weiterflüsterte.

»Am Tag kommt er mir vor wie ein kleiner Junge, der nach Aufmerksamkeit schreit und jeden Augenblick zusammenbrechen oder durchdrehen könnte.« SHIT! *So wirkte ich auf sie?* DAS war verflucht UNSEXY. »Auf jeden Fall ... spricht er mit seinen Schildkröten, er singt und tanzt bei jeder Gelegenheit oder er legt sich mit alten Damen an, was schon sehr auffällig ist. Aber andererseits ... hat er auch eine andere ... *weiche und sehr männliche* Seite ...

Und dann ist er immer so mitfühlend und charmant, dass ich mich frage, ob ich mir alles andere nur einbilde. Er bringt mich zur Weißglut, ganz ehrlich, Magda, mehr als du und Rosi ... Aber er lässt mich auch Dinge fühlen, die ich davor nicht kannte. Er fasziniert mich, immer mehr. Ich habe Angst davor ...«

Babe... ich habe auch Angst davor ... und verflucht ... du bringst mich auch zur Weißglut ... und ... du verwirrst mich, aber um nichts in der Welt könnte ich meine Finger von dir lassen! Wie sieht es mit dir aus? dachte ich und überlegte mir, sie ein bisschen zu testen ... auf die positive Art. Also schmiss ich die Decke von mir und streckte mich träge, strich dabei verschlafen mit der Hand über meinen nackten Oberkörper und ließ sie auf meinem Schritt liegen. Hannah keuchte leise und ich verkniff mir mit aller Kraft ein Grinsen, rekelte mich stattdessen noch ein bisschen mehr und stöhnte ganz leise.

»Ah, ähm, Magda ... ich ruf dich zurück ...« Und schon hatte sie aufgelegt.

Was würde sie jetzt tun? Ich hörte, wie sie aufstand und spürte, dass sie auf mich zukam. Im nächsten Moment kitzelten mich ihre Haarspitzen auf der Brust, denn sie beugte sich über mich und legte ihre Lippen an mein Ohr.

»Ich weiß, dass Sie nicht schlafen«, flüsterte sie leise und ich riss die Augen auf. »Wenn Sie schon mal wach sind, dann können Sie gleich aufstehen und sich fertigmachen, denn ich will spazieren gehen!«

»Und ich soll mitkommen?«, war alles, was ich fragen konnte. Sie richtete sich wieder auf und stemmte ihre Hände in guter alter Dominapose in die Hüften.

»Natürlich!« und ihr Lächeln war der Wahnsinn!

***

Hannah

Vor den Fenstern des Hauses tobte ein ausgewachsener Sturm. Die Bäume bogen sich im Wind, und die Windböen peitschten kleine Regentropfen gegen das Glas. Doch das Lauteste, was man im Wohnzimmer hörte, war die tickende Küchenuhr, abgesehen von Mason, der in der Küche werkelte.

Ich saß wieder mal auf der Couch und dachte darüber nach, weshalb ich überhaupt hier war. Mir fiel nur die Faszination ein, die er auf mich ausübte, und vielleicht lag es auch daran, dass mir die Vorstellung nicht gefiel, zu gehen und ihn damit zu verlassen,.

Gleichzeitig fragte ich mich, wieso ich überhaupt angezogen hatte, was ich jetzt trug? Es war zwar nicht besonders verrucht, aber dennoch etwas anderes als mein kleines Tank-Top, das ich sonst trug und mich darin um einiges sicherer fühlte. Ich hatte ein hellblaues Negligé aus fließendem Satin an, das dünne Träger besaß und knapp bis über die Knie reichte.

Es hatte keine Rüschen und keine Spitze, deswegen war es mir nicht so verrucht vorgekommen, als er es mir gezeigt hatte, aber nun, wo ich es trug und den kühlen Stoff auf meiner Haut fühlte, war es alles andere als unverrucht.

Mason trat in mein Sichtfeld und wieder hatte ich sein V und seinen schönen Bauchnabel vor Augen, und ich vergaß spontan worüber ich gerade nachgedacht hatte.

OH MEIN GOTT!

Mein Blick wanderte nach oben, über seine Bauchmuskeln, seine Tätowierung und sein blitzendes Brustwarzenpiercing. Seine gebräunte und glatte Haut wirkte beinahe unwiderstehlich. Als ich sein Gesicht erreichte, versank ich in seinen braungesprenkelten Augen, die mich geradezu zurückhaltend musterten.

Leise Sinnlichkeit breitete sich in der Luft aus und die Funken begannen zu sprühen, je länger wir uns ansahen.

»Hi, Blowjob Girl«, grüßte er mich sanft und streckte eine Hand nach mir aus. Seine Finger strichen mir eine Strähne aus dem Gesicht, während sich seine Mundwinkel zu einem kleinen Lächeln verzogen.

»Hi, Mason«, erwiderte ich und war nicht das erste Mal von seiner Schönheit eingeschüchtert. Als hätte er es gemerkt, wurde sein Lächeln ein wenig breiter und seine Hand schmiegte sich um meine Wange, beruhigte mich, während sein Daumen mich elektrisierend streichelte.

»Willst du mit mir spielen?«, fragte er leise, doch gleichzeitig so heiser, dass sich tief in meinem Bauch alles zusammenzog und ich automatisch wusste, dass er heute eine Stufe weitergehen würde.

Vor Aufregung und Erregung erhöhte sich meine Atemfrequenz, doch ich antwortete dennoch fest und sicher: »Ja, Mason.«

Nicht eine Sekunde hatten sich unsere verwobenen Blicke entwirrt.

»Gut«, erwidere grinsend, eindeutig ein wenig entspannter und hielt mir eine Tasse heiße Schokolade mit Schuss unter die Nase. Ich verdrehte die Augen, nahm ihm aber das warme Getränk ab und leerte es in einem Zug ... Sofort breitete sich Wärme in mir aus, die meine Gliedmaßen und auch das Chaos in meinem Kopf beruhigte. Schüchtern lächelnd reichte ich Mason die Tasse, die er schmunzelnd auf dem Couchtisch abstellte.

»Was tun wir jetzt?«, fragte ich leise, als er sich wieder zu mir umwandte und meine Hände nahm. Sicher verschränkte er unsere Finger und zog mich auf die Beine.

»Du siehst in dem Teil verflucht heiß aus, Babe«, verkündete er und drehte mich einmal um die eigene Achse, sodass mein Negligé umherflog. Ich kicherte und mein Kopf schwirrte, als er mich mit beiden Händen an den Hüften stoppte und auf mich herabsah. Sein Blick war lodernd und intensiv, zog mich in seinen Bann wie ein schwarzes Loch.

»Lektion Nummer … was weiß ich … ist einfach, Miss Obermaier. Ein guter Orgasmus ist das beste Gefühl, das du jemals erleben wirst, und das du dir ohne viele Umstände immer wieder selbst bescheren kannst. Du wärst blöd, wenn du es nicht tätest. Heute ... werde ich dir ALLES geben. ALLES, wonach sich dein Körper sehnt ... Heute werden wir das höchste Level der Lust erreichen. Denn wenn ich ehrlich bin, kann ich auch nicht mehr warten. Ich will dich unter deiner Erlösung beben fühlen und stöhnen hören. Du hattest noch nie das Vergnügen eines Höhepunktes, oder?«

Natürlich errötete ich und fummelte an meinen Fingern rum. Sein dunkler verzehrender Blick gemischt mit seiner heiseren Stimme und seine Worte an sich brachten mein Blut in Wallung. »Nein«, flüsterte ich.

Er beugte sich vor und küsste mich sanft auf die Wange, ließ dann seine Lippen über meine Haut bis zu meinem Ohr gleiten und wisperte dort rau: »Das freut mich ehrlich, dass ich der Erste sein darf, der dich zum Orgasmus bringt.« Ich schmolz dahin, war nicht mehr vorhanden. Und das Schlimmste daran: Ich war komplett verloren, denn ... mich freute es auch! SO SEHR!

Ich wusste, ich hätte mir keinen besseren Lehrmeister der Lust suchen können, der mit mir meine Sexualität erforschte. Ich war so verklemmt und er war so unsagbar GUT, in dem was er mit mir tat. Mit ihm fühlte sich das richtig an, und er war immer so mitfühlend und so absolut mitreißend, dass ich einfach nicht anders konnte, als alles zu genießen, als ihm völlig zu erliegen. Und ich wusste tief in meinem Inneren, was es bedeutete.

»Du bist verflucht begehrenswert ... Ein Traum von einer Frau ... und dir ist das nicht mal klar ... Du versteckst dich hinter einer strengen Maske, obwohl du so schön bist, Hannah, und dich in keinster Weise verstecken musst.« OH MEIN GOTT! Der Charme dieses Mannes hätte die Antarktis zum Schmelzen gebracht – und erst recht mich. Strenge Maske hin oder her, bei ihm schmolz sie wirklich nur so dahin. »Darf ich dich sehen, Hannah? Darf ich *alles* von dir sehen?«, fragte er direkt in mein Ohr und rückte dann vor mir ab, um mir intensiv in die Augen zu blicken. Alles, was ich tun konnte, war in diese braunen Tiefen zu starren, ohne umzukippen, und zu nicken.

Er lächelte und ließ mich los, nahm seine Fernbedienung, und schaltete erst mal sehr leise Musik ein. Mir war gar nicht aufgefallen, dass sie gefehlt hatte. Seine melodische Stimme war Musik genug gewesen.

Dann beugte er sich einfach so mir nichts dir nichts vor und drückte seine vollen Lippen einmal sanft auf meine Stirn. Sein Atem umnebelte mich – er roch wieder nach Minze und nach Mason, was mich in den Himmel katapultierte. Ich lehnte mich gegen seine Lippen und meine Beine gaben beinahe unter mir nach, insbesondere als er von mir abließ und mich leise lachend umrundete, um sich hinter mich zu stellen.

Seine Fingerspitzen strichen an meinen Armen hinab, bis zu meinen Händen, wo er erneut unsere Finger verschränkte und sie beruhigend drückte. Er löste eine Hand von meinen und fuhr mit ihr über meine Mitte nach oben, während ich immer schneller atmete. Mit aller Ruhe glitt er von vorne bis zu dem dünnen Träger meines Negligés. Seine Finger prickelten auf meiner Haut, und aus irgendeinem Grund wand ich mich schon aufgrund dieser kleinen Berührung und wollte mich so gerne nach hinten an ihn schmiegen.

Feinfühlig tippte er den Träger mit dem Zeigefinger an, sodass er über meine Schulter hinabrutschte, und beugte sich dann vor, um die Stelle zu küssen, wo soeben noch der schützende Stoff gewesen war. Ich fühlte seinen heißen Atem auf meiner Haut und erschauerte.

Einen Moment drückte er leicht meine nackte Schulter mit seiner warmen großen Hand, und ich lehnte mich instinktiv in diese Berührung. Behände ließ er genau diese Hand von vorne über mein Schlüsselbein, bis zu dem anderen Träger wandern, unter den er seinen Daumen einhakte. HILFE!

Gleich würde ich fast nackt vor ihm stehen! Ich war so unsagbar aufgeregt, dass es sich mit kaum etwas vergleichen ließ, was ich bisher erlebt hatte. Spontan kam mir eine Achterbahnfahrt in den Sinn, die ich immer gemieden hatte, weil es mir viel zu gefährlich erschienen war. Und tatsächlich ... DAS hier WAR wirklich gefährlich!

Langsam zog er den Träger nach unten ... hielt dann auf Dekolleté-Höhe an und hinderte so den seidenen Stoff daran, einfach zu Boden zu flattern. Er lehnte seine vollen Lippen an mein Ohr und hauchte heiser: »Ich werde nichts tun, was du nicht willst, vergiss das nicht. Du kannst immer Stopp sagen und ich werde es akzeptieren!« Nicht so wie am Tag.

»Stopp ist ein schlechtes Wort!« Denn es war Nacht.

Er lachte heiser.

Einen Augenblick fühlte ich nur seinen Atem im Ohr und das Kribbeln seiner Finger auf meiner Haut, und war aus irgendeinem Grund komplett berauscht ... Von dem Alkohol ... von der Musik ... von dem Mann hinter mir ... Zu schnell löste sich der Daumen, und er hielt mich weiter an der Schulter fest, während der Stoff zu Boden flatterte und als Häufchen zu meinen zitternden Beinen liegenblieb.

Die frische Luft umwehte meine Brüste und ich spürte schockiert, wie steif meine Brustwarzen schon waren. Mein Atem beschleunigte sich rapide und zwischen meinen Beinen pulsierte es, als ich merkte, dass er auch heftiger atmete. Seine Finger glitten wieder über mein Schlüsselbein und strichen meine Haare zurück. Sinnlich küsste er meinen Nacken, während seine andere Hand über meine Seite hinabwanderte und mich dabei mit jedem Zentimeter Handfläche und Fingern berührte. Bis zum Ansatz meines Höschens strich er, wo er den langen Zeigefinger unter den Bund gleiten ließ. Ich erschauerte, denn sein Finger verursachte ein Prickeln, als er mich wieder umrundete, sodass er mit all seiner Pracht vor mir stehen blieb.

Sein mittlerweile fast schwarzer Blick mit den goldenen Sprenkeln darin verließ nicht meine Augen, als er sich wortlos vorbeugte, um mich zu küssen. Seufzend kam ich seiner Zunge entgegen und wollte gerade meine Hände in seinen Haaren vergraben, als seine Lippen auch schon hinabwanderten und ich dachte, ich müsste auf der Stelle in Flammen aufgehen, je tiefer er leckte, saugte und sogar leicht biss.

Seine Hand folgte seitlich seinen Lippen, die eine kerzengerade feuchte Spur zum Bund meines Slips legten. Dann hakte er auch den anderen Zeigefinger in mein Höschen, schaute zu mir hoch, direkt in meine Augen und spreizte seine Hände, kreiste mit seinem Daumen über meine Haut.

OH MEIN GOTT!

Er würde mich gleich komplett ausziehen und alles, woran ich denken konnte, war nicht von der Intensität seines brennenden Blicks angeheizt, in Flammen aufzugehen. Diese Situation war so ungewohnt, so aufwühlend, aber vor allem *so* erregend, dass ich nur wortlos nickte und er tief durchatmete.

Vermutlich hielten wir beide die Luft an, als er den dünnen Stoff Zentimeter für Zentimeter hinabzog, mich dabei mit seinen Fingern umfasste und mit seinen Daumen streichelte. Dabei verließ sein Blick meinen nicht eine Sekunde.

Mein Körper wand sich ganz von selbst unter seinen kribbelnden Berührungen und dennoch war ich knallrot, als ich aus meinem Höschen stieg und mich dabei an seiner starken Schulter abstützte. Ich fühlte mich, als würden meine

Beine jeden Moment nachgeben. Bisher hatte er noch nicht gewagt, mich *dort* anzuschauen, als ob er wüsste, dass ich sonst vor Scham im Boden versunken wäre.

»Das ist meins«, verkündete er, sobald er das Höschen in der Hand hatte, und steckte es in seine Hosentasche, während er mich frech anlächelte und die Stimmung damit um einiges auflockerte.

Dafür war ich ihm wirklich dankbar, denn ansonsten wäre ich wohl an einem Herzinfarkt gestorben. Mit einer anmutigen Bewegung stand er auf, ließ dabei seine Hände mit funkelnden, gierigen Augen an der Seite meines Körpers nach oben streichen, und vergrub sie tief in meinen offenen wallenden Haaren.

»Du weißt nicht, was du mir antust!« Seine Stimme war flüssiges Feuer und so von Erregung getränkt, dass es mich umso mehr erhitzte. Schon lagen seine Lippen auf meinen und er zeigte mir mit seinem Mund, was er mit seinen Worten meinte, als er mich voll unterdrückter Leidenschaft küsste. Dabei zog er mich mit einem Ruck an sich, sodass meine nackten Brüste zum ersten Mal in meinem Leben eine genauso nackte, muskulöse Männerbrust berührten.

Ich stöhnte in seinen Mund und schmiegte mich an ihn, fühlte seine harten Brustwarzen und sein Piercing an meiner sensiblen, aufgeheizten Haut. Mit einem heiseren Laut löste er seine Lippen von mir und lehnte seine Stirn an meine.

»Mein Körper will dich ... *Ich* will dich!« Damit löste er sich ein wenig von mir und nahm meine Hand, verschlang unsere Finger und legte meine Handfläche auf seine linke Brust. Er sah mir tief in die Augen. »Fühlst du, wie mein Herz rast?« Tatsächlich fühlte ich es heftig und schnell gegen seine glatte Brust hämmern. Er ließ unsere Hände weiter hinabgleiten ... über seine zuckenden Bauchmuskeln. »Spürst du, wie ich unter deinen Händen erzittere?« Ich wimmerte fast ... »Willst du fühlen, welche Begierde du in mir erweckst?«

DU MEINE GÜTE!

Ich konnte nicht anders, als atemlos zu nicken, denn er war am Bund seiner Stoffhose angekommen. Seine Augen verdunkelten sich noch ein wenig mehr, und sein Kiefer spannte sich an, als er unsere Hände weiter hinabführte ... über die feste lange Form seiner Erregung. Bis ganz nach unten in seinen Schritt, wo er dann zupackte, sodass ich ihn genau und steinhart fühlen konnte.

So ... jetzt war es vorbei!

Ich keuchte wie nach einem Marathon, als er mit unseren Händen ein paar Mal auf und ab strich und dabei seinen Schritt an meiner Handfläche rieb. Wir stöhnten beide auf ... und er presste zwischen den Zähnen hervor: »Wenn du willst, gehört das alles dir ... Ich stehe dir bedingungslos zur Verfügung ...« Er stöhnte erneut, als ich von selbst den Druck erhöhte, und schloss einen Moment seine Augen, bevor er dunkel weitersprach: »Mein Körper ist dein Spielplatz – also tob dich aus.« Ich starrte nur unsere Hände bei ihrem verruchten Spiel an und biss mir auf die Lippe, während eine wahre Sintflut zwischen meinen Beinen losbrach.

»Ich weiß, dass du mich berühren willst ... Schon vom ersten Moment an ... Genauso wie ich dich. Es ist wie eine Droge und je länger man versucht, ihr zu widerstehen, umso stärker wird das Verlangen danach.« Er keuchte leise, als ich wie in Trance meine andere Hand hob und sie auf seine harte Brust legte. Denn ja, ich WOLLTE ihn berühren ... erkunden ... ertasten ... schmecken ... Also fuhr ich langsam mit meiner gesamten Handfläche nach oben, über sein Schlüsselbein und die Seite seines Halses bis zu seinem ebenmäßigen Gesicht.

Mein Blick folgte meiner Berührung, bis ich ihm schließlich wieder in die glühenden Augen sah – fragend. Er lächelte schwach und ich erwiderte es schüchtern. »Ich gehöre dir, Hannah, vom ersten Augenblick an, als du bei mir in der Kabine standest«, summte er nur und küsste meine Fingerspitze, die über seinen anziehenden spiegelglatten Mund streichen *musste.*

Der Gedanke gefiel mir, dass das, was ich gerade berührte, tatsächlich mir gehören sollte, und so glitt ich breiter lächelnd über seine vollen Lippen und seinen sexy Kiefer, tippte das Grübchen an seinem markanten Kinn an und ließ meine zitternde Hand an seinem Hals hinunterwandern, beobachtete fasziniert das Hüpfen seines Adamsapfels, als Mason schluckte.

Seine Haut war so weich und warm ... auch am Schlüsselbein und seiner breiten Schulter. Langsam erkundete ich die Form seiner Muskeln an seinem Arm und strich jede einzelne Sehne nach. Schließlich fuhr ich jeden einzelnen seiner talentierten Finger nach.

Dann glitt ich zu seinem Hüftknochen, umkreiste ihn und mein Blick wanderte erneut auf unsere verschränkten Hände, die immer noch auf seinem Schritt lagen, wo es ab und zu zuckte und irgendwie ... pulsierte. Es war ungewohnt, aber vor allem erregend, seine Härte in meiner Hand zu fühlen. In dem Moment wollte auch ich, dass er jetzt nackt und so, wie Gott ihn erschaffen hatte, vor mir stand. Ich wollte ALLES von diesem wunderschönen Mann sehen ... Ich wollte gleichauf mit ihm sein.

Also fuhren meine Finger am Bund seiner Jogginghose entlang. Sie zitterten wie Espenlaub und mein Herzschlag erhöhte sich noch einmal spürbar, aber ich durfte alles mit ihm tun ... Und ich durfte Grenzen überschreiten. Das fühlte sich so aufregend an. Und so löste ich die Schnur, bevor ich mit dem Daumen den Knoten öffnete und mit einer Mischung aus fragender Scham und absolut gierigem Verlangen zu ihm aufblickte.

Fast schon gequält schaute er auf mich herab ... Doch er hielt mich nicht auf, seine Augen flackerten nur heftiger. Er schob die Hose langsam mit unseren verschränkten Händen von seinen Hüften und sie fiel zu Boden, wo sie, ohne von uns beachtet zu werden, liegenblieb. Ich traute mich nicht, nach unten zu blicken, starrte nur in seine brennenden Augen.

Dann hob er unsere verwobenen Hände und gab mir einen sanften Kuss auf mein Handgelenk, bevor er mich gewohnt diabolisch angrinste, aber so, dass mein Blut noch heftiger in Wallung geriet.

»Bereit für die heutige Lektion, Miss Obermaier?«, flüsterte er.

Wieder brachte ich nicht mehr als ein heftiges Nicken zustande, welches ihn amüsierte.

HILFE!

Wir waren jetzt beide nackt, doch ich traute mich ehrlich nicht, nach unten zu sehen!

Was würde er jetzt wohl tun? Würde er schon mit mir schlafen? Wenn ja, hätte ich ihn nicht aufgehalten ... Ich hätte ihn gar nicht aufhalten *können*, wie er schon einmal festgestellt hatte. Mason Hunter war wie eine unbezwingbare Naturgewalt, wenn er seine vollen Verführungskünste auf mich losließ.

»Wirst du jetzt mit mir schlafen?«, fragte ich leise und handelte mir ein belustigtes Kopfschütteln ein.

»DAS, Babe ... würde ich nicht wagen ... Nicht jetzt und nicht so ... Ich habe etwas anderes mit dir vor!« Und mit diesen Worten griff er unter mein Knie und unter meinen Rücken und hob mich im Brautstil auf seine starken Arme.

Mit zwei Schritten war er bei der Couch und legte mich dort sanft ab. Dann beugte er sich über mich und strich mit seiner Nase über meine.

»Bleib genau hier liegen, meine kleine süße Jungfrau, und beweg dich keinen Millimeter«, flüsterte er in mein Gesicht und gab mir einen kleinen sanften Kuss.

Dann stand er auf, drehte sich um und marschierte zu der Treppe, die in seinen Keller führte. Und ich blieb absolut atemlos zurück, weil ich *noch nie* so etwas Schönes gesehen hatte wie seinen schlanken und doch muskulösen Rücken mit der Tätowierung, der in einem absolut unglaublichen knackigen Hinterteil mündete. Er war einfach nur ... WOW.

Um nicht komplett den Verstand zu verlieren, während ich hier auf ihn wartete, schloss ich meine Augen und vertrieb mir die Zeit damit, mich auf die Musik zu konzentrieren und ein bisschen mitzusummen. Doch es war hoffnungslos. Jede Minute, die er nicht da war, steigerte die Spannung. Ich lag hier schließlich TATSÄCHLICH nackt auf der Couch in seinem Wohnzimmer und das bereits nach ... *so kurzer Zeit!*

Mein erster Impuls war es gewesen, die Decke über mir auszubreiten, die griffbereit auf der Lehne hing, aber mir war klar, dass es ihn enttäuscht hätte, also gehorchte ich ihm und rührte mich nicht weiter, während ich auf jedes Geräusch lauschte, was seine Rückkehr ankündigte.

Als ich hörte, dass er wiederkam, hielt ich die Augen weiterhin geschlossen und atmete tief durch, bis ich mir sicher war, nicht ohnmächtig zu werden, wenn ich ihn ansah.

Es half nichts ...

Sein Anblick verschlug mir trotzdem die Sprache, als er sich nackt zwischen Couch und Couchtisch kniete und eine schwarze hölzerne Kiste mit Klappdeckel auf den Boden vor sich stellte. Meine Augen wurden groß und ich wollte mich aufrichten, um den Inhalt der Box zu inspizieren, doch er hob nur warnend eine Braue, worauf ich mich wieder in die Kissen fallen ließ. Dann öffnete er den Deckel aus glänzend poliertem Holz. Er atmete tief durch, und als sein Blick erneut meine Augen fand, wusste ich, dass er heute Abend ernst machen würde.

»Was ist in der Box?«, fragte ich aufgeregt, weil sich in seinem Gesicht Vorfreude spiegelte.

Seine Lippen verzogen sich langsam und sinnlich zu einem umwerfenden schiefen Grinsen.

»Mein Spielzeug.«

CUT!

17. Let me see you stripped – Part Two

»Dein Spielzeug?«

»Jawohl, Miss Obermaier!« Mit einer fließenden Bewegung hatte Mason sich aufgerichtet und beugte sich langsam über mich. Seine Finger strichen über meinen linken Arm. Beim Handgelenk angekommen zog er es weit über meinen Kopf nach oben. Als ich ihn schockiert ansah, lächelte er nur beruhigend und wiederholte die Prozedur mit meinem anderen Arm.

»Ich brauche dich bewegungslos …« Und somit schlang er ein schwarzes weiches Tuch um meine Handgelenke und schnürte sie eng zusammen. Als er mich gefesselt hatte, schaute er mir ernst in die Augen und sprach mit dieser gewohnten natürlichen Autorität, wenn auch mit sanfter leiser Stimme, die meinen Geist benebelte. »Die Arme bleiben oben.«

SO! Jetzt fühlte ich mich total entblößt, jedoch auch erregt, während ich hier gestreckt vor ihm lag und sich meine Brüste nach oben drückten. Alles, was ich tun konnte, war hektisch zu nicken. Mit Sicherheit würde ich sie lassen, wo sie waren, schließlich wollte ich ihm gefallen. Er lächelte aufgrund meiner eifrigen Zustimmung und lehnte sich unverhofft über meine Brust.

»Ich mag es, wenn du so gefügig bist.« Hauchzart küsste er mich einfach mal so auf die Brustwarze, und mein Bauch zog sich zusammen. Seine traumhaften Lippen auf meiner blanken sensiblen Haut ... das war unbeschreiblich. Bevor ich es verhindern konnte, entwich mir peinlicherweise ein Stöhnen und ich kniff die Lider zusammen. Doch gleichzeitig wollte ich mehr davon und es genießen, da ersetzte er die Berührung schon mit einem weiteren schwarzen Tuch, mit dem er über meinen Oberkörper nach oben strich.

»Du musst mir jetzt vollkommen vertrauen, Babe ... Denn du wirst blind sein und mich nicht abhalten können. Eigentlich würde ich noch verflucht gerne deine Fußknöchel festbinden, aber ich denke das wird nicht nötig sein, *wenn* du dich benimmst, okay?« Bei den letzten Worten schmunzelte er mich an. Unter normalen Umständen und wenn mein Herz nicht so gerast hätte, hätte ich sicher meine Augen verdreht. Aber jetzt nickte ich nur wieder dämlich.

»Gut ... heb dein schlaues Köpfchen an.«

Ich tat wie mir befohlen und alles um mich herum wurde in dunkle Schwärze getaucht, als er das Tuch über meine Augen legte und befestigte.

Jetzt fühlte ich die Berührung seiner Finger an meinem Nacken nur noch intensiver, genauso seinen warmen Atem der gegen meine Wange strömte ... und auch seine weichen Lippen, mit denen er mich kurz und beruhigend küsste, sobald ich hilflos war. Er murmelte an meinem Mund: »Ich will auch nicht, dass du etwas sagst. Dein Körper wird für dich sprechen.«

Mit einem Ruck stand er auf und verließ mich.

Atemlos lag ich da und versuchte, durch den unteren Rand der Augenbinde etwas zu sehen, aber alles was ich mir damit einhandelte, war ein leises melodisches Lachen links neben mir, woraufhin ich meine schmollende Unterlippe vorschob.

»Nicht schmollen, Babe ... Ich bin schon da!« Dann spürte ich tatsächlich, wie sich die Couch senkte und er sich zwischen meine Beine begab. Und er war NACKT und ich war NACKT! Instinktiv schloss ich meine Schenkel, fühlte seine Hüften an meinen Unterschenkeln. Seine Hände umfingen meine Knie, während sein Daumen meine Kniekehle streichelte.

»Verschließe dich niemals vor mir, Hannah. Ich will, dass du dich mir öffnest ... Für das, was ich mit dir vorhabe, musst du vollkommen offen sein. Ich werde nie etwas Schlechtes über dich und deinen göttlichen Körper denken oder gar sagen. Das geht gar nicht. Denn du bist perfekt – überall«, flüsterte er mit erregender Stimme. Seine sanften Worte und sanften Hände vermittelten mir Sicherheit, und mit einem Seufzen öffnete ich meine Beine wieder ... auch wenn es sich anfühlte, als würde ich in diesem Moment ALLES von mir preisgeben. Ich war ihm völlig ausgeliefert und musste ihm vertrauen. Besonders, weil ich ihn nicht sah und er dafür *alles* von mir betrachten konnte.

»So ist es gut.« Gespannt konzentrierte ich mich auf jede Bewegung und jedes Geräusch von ihm und versuchte, mich zu lockern. Ich spürte, wie er sich vorbeugte, mein Bein küsste, bevor er meinen Unterschenkel umfasste und ihn über die Lehne legte ... Er rutschte nach oben, sodass seine Knie fast meinen Schritt berührten.

»Ich werde dir die verschiedenen Arten zeigen, wie sich Berührungen auf deiner Haut anfühlen können. Wir fangen leicht und sanft an ...« Etwas Hauchzartes strich an meinem Hals auf und ab. Es kitzelte und kribbelte – wirkte geradezu federleicht. Ich überlegte, was es war und kam zu dem Entschluss, dass es tatsächlich eine Feder sein könnte, die er zwischen meinen Brüsten nach unten führte und dann eine umkreiste. Langsam glitt er über meine Brustwarze, die sich umgehend aufrichtete. Mein Atem ging bereits stoßweise und er sprach wieder, während er sich der anderen widmete. »Eine kleine gekonnte Berührung kann uns in andere Sphären versetzen und zutiefst erregen ... Bist du erregt?«

»Ja«, keuchte ich, während ich spürte, wie mir die Hitze in die Wangen kroch, und streckte mich der Feder entgegen. Doch sie fuhr schon weiter herab ... über meinen Bauch, bis zu meiner Seite und dann von einem Hüftknochen zum anderen.

Schließlich tänzelte sie über die Innenseite meines Oberschenkels. Als ich mich unter dieser süßen Folter wand, stoppte er kurzzeitig seine Bemühungen und warnte mich sanft aber bestimmt. »Nicht bewegen, Babe!« Dann blies er über meine Haut – genau dort, wo die Feder entlangglitt und ich erschauerte. Er ließ sie bis zu meinen Füssen wandern. Tänzelte dort über meine Zehen und kitzelte die Fußsohle, bis ich nicht anders konnte, als ein wenig zu zappeln und leise zu lachen.

»Du hast so ein schönes Lachen«, stellte er heiser fest, dann verschwand die Feder. Stattdessen küsste er den Innenschenkel des Beines, das auf der Couchlehne lag. »Was war es?«

»Eine Feder«, antwortete ich sofort eifrig und fühlte förmlich sein Grinsen, denn ich hatte *wirklich* ungemeinen Spaß an seinen Spielen! »Sehr gut, Miss Obermaier, und was ist das?«

Voller Neugier bemerkte ich, dass er sich über mich beugte, auch wenn mich dabei kein einziger Teil seines Körpers berührte. Etwas Zartes, Weiches, Nachgiebiges, aber doch Festeres als die Feder, tippte gegen meine Mittelfingerspitze und strich dann gemächlich über jeden einzelnen Finger bis zu meiner Handfläche. Am Handgelenk kitzelte es besonders und ich unterdrückte den Impuls, mich zu bewegen.

»Erogene Zone«, erinnerte er mich leise und fuhr an der Innenseite meines Armes herab, umkreiste meine Armbeuge, was ebenfalls jede Menge Schauer über meine Haut rieseln ließ. Langsam glitt er weiter bis zu meiner Achsel und dann über mein Schlüsselbein.

»Du hast so zarte Haut ... so perfekt, wie Porzellan …« Als Nächstes wanderte das weiche Etwas an der Seite meines Halses entlang, fuhr über meinen Kiefer und über meine Schläfen nach oben. Langsam strich er über meine Stirn und meine Augenbrauen, die sich wundervoll darunter entspannten.

»Deine Nase ist so keck!« Gemächlich glitt er an ihr herab, kitzelte mich ein bisschen an der Spitze, sodass sich ein Niesen ankündigte. Das war gemein und ich drehte schnell mein Gesicht von ihm weg, um die Couchlehne an zu niesen und nicht ihn, auch wenn er es verdient hätte.

»Du bist so verflucht süß!«, murmelte er leise lachend, bevor er sich vorbeugte und mir einen entschuldigenden kleinen Kuss auf die Lippen drückte, nur um sie dann mit dem ... Pinsel? Ja, ich glaubte, es war ein Pinsel, zu umstreichen und dann direkt darüber zu gleiten. Und zwar so, dass er meinen Mundwinkel ein wenig herabzog. Gemächlich strich er auch schon wieder mit geschlängelten Linien herab, über meinen Hals, mein Dekolleté und zwischen meine Brüste ... »Ich liebe deine Nippel!« Spielerisch umkreiste er sie mit den weichen Borsten ... Zart, aber doch so intensiv kribbelnd, dass sich mein Rücken ein wenig durchbog.

»Oh, oh, oh... Ich glaube, das nächste Mal muss ich dich *richtig* festmachen!«, warnte er mich und umkreiste die andere Warze, bis sie so hart war, dass es fast schmerzte. Wieder zappelte und stöhnte ich, während der Schweiß mir auf die Stirn trat. Knurrend drückte er mich mit seiner anderen Hand an der Hüfte bestimmend nach unten und streichelte mich mit seinem Daumen. Auch wenn er sanft war, so fühlte sich sein Griff mächtig und absolut unnachgiebig an. »Wenn du dich nicht bewegst, spürst du mehr!« Somit wanderte der Pinsel auch schon herab, umkreiste meinen Bauchnabel. Es kribbelte und es pochte, und ich wollte nichts sehnlicher, als seine Berührungen weiter unten! Also zuckte ich mit meinen Hüften unter seinen Fingern.

»Ich weiß, wo du mich willst …« Prickelnd strich der Pinsel weiter, über meinen Venushügel bis zum Ansatz meiner Schamlippen. Ich hielt die Luft an und biss mir auf die Unterlippe, als das leichte Kribbeln in meinem Inneren immer weiter anschwoll, doch schon wurde es schwächer, weil er sich wieder entfernte und stattdessen am äußersten Rand meiner Oberschenkel herumspielte, unten entlangtänzelte und dann auf der anderen Seite wieder nach oben glitt. Er malte förmlich mein Dreieck nach.

Meine Zähne waren fest verbissen. Meine Stirn gerunzelt ... Die Hände zu Fäusten geballt. Er quälte mich – langsam und absolut verzehrend! Und allmählich wurde diese süße Folter zu viel!

Mein Körper brauchte *endlich* diese unbekannte Erlösung, die er ihm schon tagelang versprach und so hoch anpries.

»Bitte«, wimmerte ich schwach ... und es war mir mittlerweile nicht mal peinlich, als meine Hüften erneut nach oben zuckten, weil er nur ganz leicht meine äußeren Schamlippen berührte, anstatt ihnen die volle Aufmerksamkeit zukommen zu lassen, und sie dann umkreiste – an den Seiten entlang seine Runden drehte.

»Bitte was?« Dass seine Stimme so heiser und sinnlich klang, machte das ganze Gekribbel und Gepoche nur noch schlimmer. »Du musst mir sagen, was du willst!«

»Ich weiß es nicht ... Ich... ich...«, stotterte ich atemlos und dachte, ich müsste ihn auf der Stelle grün und blau schlagen, obwohl ich eigentlich überzeugte Pazifistin war als der Pinsel komplett stoppte. Wieder am obersten Ansatz. »Wenn du es nicht weißt, bist du noch nicht so weit.« Ich hörte genau das berühmt-berüchtigte Rüpelrocker-GRINSEN, als er den Pinsel von mir nahm und als Nächstes ein Glas leicht klirrte.

»Ich glaube, du brauchst eine Abkühlung«, murmelte er und ich erschrak mich, als kalte Tropfen auf meine Lippen prasselten. Es schmeckte gut – süß und alkoholisch – und automatisch leckte ich die Tropfen von meinen Lippen. »Mhhhmmm«, summte er, schon fühlte ich etwas Glattes und Eiskaltes, das über meine Unterlippe strich. Es war eindeutig ein Eiswürfel.

Als ich mit dem Mund danach schnappen wollte, zog er ihn zurück, und ich schmollte wieder, aber nicht wirklich.

Er erbarmte sich und gab mir den lang geformten Eiswürfel, an dem ich ein wenig lutschte, bevor ich seine Lippen auf meinen fühlte und seine Zunge in meinen Mund eindrang, um ihn mir in einer wendigen Bewegung zu entreißen. Ich fühlte, wie er den Eiswürfel zwischen seinen Lippen hielt, während er damit über meinen Hals fuhr und eine kalte Spur legte.

Als er damit über meine Brustwarzen strich, war ich komplett verloren. Ich erzitterte am gesamten Körper und stöhnte ungehemmt auf.

»YES«, murmelte er, und ließ ihn über meine andere Brustwarze wandern. Dann nahm er ihn anscheinend aus dem Mund, denn eiskalte Tropfen regneten auf meinen Körper, während ich unter jedem einzelnen zusammenzuckte. Schwerer atmend beugte er sich vor, um sie mit seiner warmen Zunge aufzulecken, und das mit voller Hingabe. Der Kontrast zwischen dem kalten Eis und seinem heißen Atem sowie seiner feuchten wendigen Zunge war göttlich.

Ein paar Tropfen landeten zielsicher in meinem Bauchnabel, den er ebenfalls voller Genuss ausleckte und mich dazu brachte, wirklich alles fallen zu lassen und mich ungehemmt zu winden und zu stöhnen. Und zwar seinen Namen.

Aber wieder stoppte er heftig atmend am obersten Ansatz meiner unteren Lippen und ich bekam den fast komplett geschmolzenen kleinen Würfel in den Mund gelegt, während er sich aufrichtete.

»Du hast dich bewegt, Babe. Ich habe dich ein paar Mal

gewarnt!« Mitten aus dem Nichts klatschte etwas zischend zwischen meine Beine und ich schrie auf. Denn einerseits erschrak ich mich und andererseits explodierte ich beinahe, als er etwas Hartes, Dünnes zwischen meinen Falten rieb, was mir *endlich* ein wenig Erlösung versprach.

»Kannst du dich noch an das Gefühl von dem hier erinnern?« Bedrohlich schlängelte es sich kühl und fest an meinem Oberkörper nach oben. »Du warst so unartig damals auf der Bühne. Vor all den Menschen ... Alle haben gesehen, wie umwerfend du bist, wenn du dich der Lust hingibst. Alle haben gesehen, wie du dich auf dem Stuhl gerekelt hast, wie eine Sexgöttin!« Unverhofft schlug er mir leicht auf die Brustwarze. Das Ziehen war mir wirklich bekannt, und mir wurde schnell klar, dass es sich um seine Reitgerte handeln musste. »Ich hätte dich schon damals am liebsten mitten auf der Bühne auf diesem Stuhl gefickt! Shit, du hast mich *so* angemacht. Ich wusste, dass das Lied wahr wird und dass du so unter mir liegen wirst ... Völlig hilflos und mir völlig ergeben ... Ich wusste, dass du MEIN wirst!« Als er mir auf den anderen Nippel klatschte, keuchte ich auf.

Mason Hunter hatte recht! Seit diesem Moment auf der Bühne, als er seine Stirn an meine gelehnt hatte, war ich sein! Mit meinem ganzen Herzen, meinem ganzen Körper. Mit jedem Tropfen Schweiß, jeder Bewegung meiner Muskeln und jedem Gedanken, dem es noch gelang, sich in meine lustdurchtränkten Sinne zu schleichen. Ich war sein! Aber ich wollte etwas im Gegenzug.

»Mason, bitte ... ICH WILL DICH!«, rief ich fast schon verzweifelt aus, und er stockte abrupt.

»Genau *das* wollte ich hören! Weißt du, was ich jetzt tun werde, Hannah?«, fragte er heiser.

Ich schüttelte den Kopf, hoffte nur, dass es etwas mit Erlösung zu tun hatte und erschrak, als er sich wieder über mich lehnte ... Gemächlich strich er mit der Hand über meine Wange, und mit dem Daumen unter die Augenbinde ... Er zog sie mir in einer fließenden Bewegung ab, und ich blinzelte ein paar Mal, als ich in sein schönes und vor allem absolut aufgewühltes Gesicht blickte, auf dem die Flammen des Kamins fast schon dämonisch tanzten.

»Ich werde dir jetzt in die Augen sehen, während du durch mich deinen ersten Orgasmus haben wirst«, kündigte er mit rauer Stimme an und ich hyperventilierte fast. Und dann ... ja, dann spürte ich, wie er seinen Unterkörper senkte ... seine nackte, pochende Härte zwischen meinen Falten. Genau in der Mitte.

»OH MEIN GOTT!«, seufzte ich und wand mich unter ihm, wusste nicht, wie ich reagieren sollte. OH ... das tat gut ... *Er* tat mir gut. Mein Herz raste nun regelrecht und die Hitze breitete sich schlagartig über meinen gesamten gereizten Körper aus.

»Ich werde nicht in dich eindringen – noch nicht!« Er hatte tatsächlich die Nerven, dabei zu zwinkern. Erst dann beugte er sie vor und küsste mich sanft. Mit einer Hand stützte er sich neben meinem Gesicht ab, hielt es fest, die andere wanderte zwischen unsere Körper und spreizte mit zarten Fingern meine Schamlippen. Er stöhnte in meinen Mund, als ich ihm entgegenkam und mich erkundungshalber an seiner beträchtlichen Länge rieb, die er vorsichtig dazwischen legte. Seine Hand ließ schnell von mir ab und drückte meine Hüften nach unten.

»Shit, Babe...«, presste er fast schon flehend zwischen den Zähnen hervor. »Du weißt nicht, wie schwer es für mich ist, mich nicht einfach in deine göttliche Enge zu drücken ... bleib so ruhig es geht! Beweg dich nicht!« Genau hörte ich die Anspannung in seiner Stimme und versuchte, ruhig zu bleiben. Auch wenn mein Atem stoßweise kam und meine Sinne so vernebelt waren, dass ich mich richtig konzentrieren musste, um seine Worte zu entschlüsseln.

»Willst du das wirklich?«, fragte er und alles was ich tun konnte, war, meinen Kopf zu heben und ihn heftig zu küssen. Denn ich war noch nie so bereit gewesen wie jetzt!

Glücklicherweise fühlte ich im nächsten Atemzug, wie er seine pralle Spitze über einen sehr kleinen und sehr empfindlichen Punkt von mir rieb und ich zuckte zusammen. Das war … *wow* … Immer wieder rieb er darüber, nahm einen konstanten, hypnotischen Rhythmus auf. Dabei bewegten sich seine Wunderhüften langsam und genüsslich und erinnerte mich daran, wie er sich auf der Bühne bewegte, wenn er tanzte und damit die Frauen wahnsinnig machte. Doch jetzt tat er das nicht für sie, er tat es für mich – nur für mich. Auch er gehörte mir.

Voller Ehrfurcht sah ich zu ihm hoch. Es fiel ihm offensichtlich schwer, sich zu beherrschen, denn seine Nasenflügel waren gebläht, die Stirn gerunzelt ... Und doch schaute er mir in die Augen, suchte in meinem Blick nach Anzeichen von Unbehagen. Allerdings war ich von *Unbehagen* gerade meilenweit entfernt und kam ihm immer verlangender entgegen, passte mich ihm, wie bei unserem gemeinsamen Tanz an. Ich ließ mich von seinem Körper lenken und ergab mich vollkommen meinen Instinkten. »Shit …«, murmelte er heiser, und sah mich an als könnte er es nicht glauben, mich so unter sich zu haben.

Er küsste mich wieder, intensiv und innig – hielt dabei mein Gesicht fest – sobald er sich versichert hatte, dass dieser Himmel für mich in Ordnung war. Da unten war alles schon so feucht, dass es nur so flutschte und ich stöhnte immer wieder peinlich laut in seinen Mund, als grelle Blitze mich durschossen und meine Erlösung einleiteten.

So fühlte sich das also an.

Und noch während die ersten Wellen des Höhepunktes an mir leckten, wusste ich, dass ich es immer und immer wieder haben wollte. Diese süße Losgelöstheit und gleichzeitig diese heftige Anspannung, die sich in jeder Zelle meines Körpers aufbaute und alles zum Schwingen brachte. Schamlos ließ ich meiner Leidenschaft freien Lauf, gab mich ihm komplett hin, bewegte meine Hüften mit ihm, spielte mit seiner Zunge, krallte mich in seinen Rücken und beugte meinen durch, denn ich konnte nicht still bleiben, konnte mich absolut nicht mehr kontrollieren, während unendliche Schauer durch meinen Körper rasten und immer intensiver wurden, immer drängender. Das hier war zu berauschend, um es nicht zu genießen. Ich war nicht mehr ich selbst oder mehr denn je, es spielte keine Rolle. Die Lust hielt mich in ihrem Bann, sodass ich keinen klaren Gedanken mehr fassen konnte und wollte. Mason keuchte heftig in meinen Mund und bewegte sich intensiver, während ich endlich explodierte.

»Ich werde mit dir kommen, *Shit*!« Ein Stöhnen bahnte sich kehlig den Weg über seine Lippen, sodass er sie von mir löste. Ich hatte die Lider zusammengekniffen, aber jetzt drängte er gepresst und so erregend: »Mach die Augen auf, Babe!« Fast schon verzweifelt verstärkte er den Druck. Es war genial. Ich riss die Augen auf, und erwiderte seinen dunklen, verlangenden Blick.

»OH MASOOOOOOOOON!«, schrie ich, als die Wellen mich endgültig davontrugen und mein kompletter Körper unter ihm pulsierte, sang, tanzte, feierte. So etwas Phänomenales hatte ich noch nie empfunden ... Es war eindeutig das wundervollste Gefühl dieser Welt, das nun durch meine Adern rauschte. Das meinen Geist in andere Dimensionen entführte. Jetzt wusste ich, warum er darum so einen Aufstand gemacht hatte.

»Ich ... Shit ... Hannah!«, knurrte er und verschloss meine Lippen mit einem harten, besitzergreifenden Kuss, während ich fühlte, wie auch er pulsierte und eine warme Flüssigkeit meinen Venushügel benetzte.

Es war der Wahnsinn, seine Härte zwischen meinen Beinen zu spüren, während er kam. In diesem beinahe schon heiligen Moment absoluter Erlösung wünschte ich, wir wären schon vereint – RICHTIG vereint. Ich wollte nichts mehr als ihn jetzt in mir zu haben!

Nachdem wir beide wieder von unserem Höhenflug hier im Wohnzimmer auf seiner Couch in der Realität angekommen waren, lehnte er sich zurück und strich mit seinem Daumen über meine Wange. Sein Blick war nun weich – nicht mehr so flackernd und fast schon wirr. Immer noch atemlos schaute ich hoch in sein tiefes Braun und konnte nicht anders, als dusslig zu lächeln. Nun verstand ich, warum einige Frauen vermutlich ihr letztes Hab und Gut gegeben hätten, um ein Mal so unter ihm zu liegen. Verschwitzt und glücklich. Er verzauberte mich mit einem schiefen Grinsen und tupfte mir einen kleinen Kuss auf die Nasenspitze.

»Na? Zu viel versprochen?« Seine Stimme klang kratzig und heiser.

»Nein«, antwortete ich und drückte meinen nackten weichen Körper gegen seinen nackten harten Körper, spürte jeden Muskel, jeden flutschigen Schweißtropfen, während ich deutlich wahrnahm, wie er zwischen seinen Beinen weicher wurde. Sein Penis lag nun auf meinem Venushügel und ich war immer noch bis zum Bauchnabel vollgeschmiert, aber ich fühlte mich dennoch wohl, zufrieden, absolut selig.

»Das war sehr ...« Ich suchte nach den richtigen Begriffen und zum Glück half er mir aus.

»Faszinierend? Berauschend? Ekstatisch? Arschgeil?« Beim letzten Wort verdrehte ich die Augen und er lachte leise. »Ich mach dich mal wieder los. Auch wenn du mir so sehr gut gefällst!« Anmutig beugte er sich über mich und öffnete mit gezielten Bewegungen das Tuch an meinen Handgelenken. Doch er wich nicht zurück, oh nein! Sofort verschränkte er unsere Finger und strich mit dem Daumen über meine Handgelenke, während er mich immer noch leicht streckte und mich zum Abschluss absolut zart küsste. Wir lächelten beide in unseren Kuss hinein, wie komplette Idioten, und ich genoss einfach nur die unerschütterliche Kraft, mit der er mich festhielt.

»Mit was hab ich dich gereizt?«, fragte er, nachdem wir schon wieder keine Luft mehr bekamen und strich mit seiner Nasenspitze über meine. Ich überlegte.

»Mit einer Feder ... einem Pinsel ... Ähm ... einem Eiswürfel?« Natürlich wurde ich rot … »Mit einer Reitgerte ... und mit deinem … na ja …« Ich wand mich unbehaglich, woraufhin er lachte.

»Babe, die Zeit für falsche Scham ist jetzt endgültig vorbei! Nennen wir die Dinge beim Namen: Ich habe dich mit meinem Schwanz an deinem Kitzler zum Orgasmus gerieben und mich gleich mit! Und du hast es aus vollen Zügen genossen, du hast dich gehen lassen. Du fandest es kurz gesagt: *geil*! Immer dieses dämliche Drumrumgerede nervt!«

»Ich würde eher die Worte Glied und Klitoris bevorzugen«, entgegnete ich altklug und er lachte erneut, während ich auch kicherte und glaubte, nie wieder die rote Farbe aus meinen Wangen zu bekommen.

»Na gut, dann sagen wir eben so: Ich habe mein GLIED an deiner Klitoris gerieben wie ein Verrückter!«

»Das klingt doof«, rief ich aus, wurde nur noch einen Tick dunkler und vergrub mein Gesicht an seiner Halsbeuge – schnüffelte auffällig unauffällig an ihm, was ihn ganz zu meinem Gefallen, ein wenig erschauern ließ.

»Sag ich doch!«, gab er sich selber Recht und mir einen Kuss auf die Schläfe, bevor er sich abstützte und mit einer fließenden Bewegung aufstand – nackt sowie göttlich –, sodass ich nicht anders konnte, als zwischen seine Beine zu starren. Oh … wow … also … er war … *gigantisch* und ich wieder überwältigt! Aufgrund meines Blickes hob er arrogant eine Augenbraue, als wolle er sagen: ›Na, gefällt dir, was du siehst, Babe?‹ und zuckte dann tatsächlich mit seinem besten Freund. Konnte er ihn etwa wirklich bewegen? Entgeistert starrte ich wieder hoch in sein Gesicht und er lachte.

»Japp ... Auch ihn kann ich bewegen ... Einen Moment …« Lässig schlenderte er ins Bad und kam mit etwas Klopapier zurück. Obwohl ich den Drang verspürte immer wieder *dorthin* zu schauen, widerstand ich, wenn auch mit Mühe, als er sich neben mich auf die Couch setzte und sein Sperma von meinem Körper wischte. Stattdessen beobachtete ich ihn interessiert dabei, denn ich hatte so etwas davor weder gefühlt noch gesehen. Er bemerkte natürlich meinen neugierigen Blick und grinste typisch.

»Keine Angst, Babe ... bald darfst du dich ausgiebig mit meinem Samen befassen. Genauso wie mit meinem GLIED!«, neckte er mich, beugte sich vor, gab mir einen Kuss auf den gereinigten Venushügel und stand auf, um das Klopapier wegzuschmeißen.

Jetzt schnappte ich mir einfach die Decke vom Fußende und zog sie über meinen gesamten Körper und mein Gesicht, denn ich war FERTIG mit der Welt, obwohl ich nichts weiter gemacht hatte, außer dazuliegen und zu hecheln und zu keuchen und zu schwitzen und mich zu winden und zu wimmern und zu stöhnen und zu schreien, wie Emily Rose bei der Dämonenaustreibung. Zum Glück hatte ich nicht Latein gesprochen.

»Hey... hey, hey ... Vergiss es! Das find ich jetzt asozial, dass du deinen Traumkörper vor mir versteckst, wo du gekriegt hast was du wolltest!«, rief er aus, sobald er wieder neben der Couch stand. Ich kicherte, während ich die Decke hochhob, ihn somit einlud und ihm einfach mal so meinen komplett nackten Körper präsentierte. Er gehörte wirklich ihm. Spätestens seit jetzt, denn mein Körper wusste tatsächlich was gut für ihn war – Mason Hunter!

Dieser ließ sich NATÜRLICH nicht zwei Mal bitten und schmiss sich regelrecht neben mich auf das riesige Sofa, nachdem ich ganz nach hinten gerutscht war.

Mit einer Hand umfasste er mein Knie und schlang es sich um die schlanke Hüfte, die andere legte er unter seinen Kopf, während ich die Decke bis über unsere Köpfe zog, sodass ich nichts weiter fühlte und roch als ihn. Ich seufzte wohlig und bemerkte, wie er sich vorbeugte und meine Wange küsste.

»Danke, Hannah …«, flüsterte er plötzlich.

»Danke, Mason«, wisperte ich zurück und legte eine Hand auf seine Brust. Ich liebte seine Haut unter meinen Fingern, die Gänsehaut, die sich jedes Mal ausbreitete, wenn ich ihn berührte, und vor allem das Gefühl seines Herzschlages, das Gefühl davon, dass er *da war.* Verträumt kraulte ich ihn ein bisschen. Dabei tat er so, als würde er schnurren und zog mich enger an sich, sodass mein Gesicht auch auf seinem abgewinkelten Arm ruhte. Lächelnd drängte ich mich eng an ihn, wollte all seine Wärme und all sein Flimmern und vergrub meine Nase an seinem Hals, um tief seinen Duft zu inhalieren.

»Ich bin froh, dass du mich am Anfang überredet hast, dazubleiben ...«, durchbrach ich flüsternd die Stille.

»Ich auch, Babe. Und wie ...« Fest umschlang sein starker Arm meinen Rücken und hielt mich fest – richtig fest. Es war SO GUT. »Gute Nacht, Blowjob Girl! Träum von dem Schönsten, was du je gesehen hast«, murmelte er noch in meine Haare, da fielen mir schon die Augen zu.

»Gute Nacht, Mason. Ich werde von dir träumen«, lallte ich müde und war im nächsten Moment schon im Land der Träume.

Ich hatte noch nie so sorgenfrei geschlafen. Dafür präsentierte sich der Morgen als das genaue Gegenteil.

Ein nerviger Ton und unbändige Hitze weckte mich. Natürlich, das Telefon. Gleichzeitig stöhnte die Türklingel, während Masons Handy ebenfalls widerliche Laute von sich gab. War das ein Kreischen? Unglaublich!

»Oh mein Gott ...«, nuschelte ich verschlafen und öffnete die Augen, nur um zu sehen und in derselben Sekunde auch zu fühlen, wie ein piepsig stöhnender Dom Dom sich an meiner Brust zu schaffen machte, die zwar zum Glück zugedeckt war, ihn aber dennoch nicht daran hinderte, mit seinem kleinen ekligen Penis konstant gegen mich zu stoßen – von den Geräuschen und seinem zufriedenen Gesichtsausdruck ganz zu schweigen. Wie zum Geier kam diese Schildkröte auf das Sofa?

Zwar traute ich mich nicht, mich zu bewegen, dafür aber zu schreien und das aus vollem Halse. »MASOOOOOOOOOOOOOON!«

Er zuckte heftig zusammen. »WAS?«, knurrte er nur verschlafen und strich mit seiner Nase über meine immer noch komplett nackte Schulter, die er perfekt erreichte, weil er hinter mir lag. Ich rüttelte kräftig an seinem Arm, den er um meinen Bauch geschlungen hatte.

»Auf mir ... drei Uhr ... Sex-Monster-Schildkröte! Tu sie runter, JETZT!«, stammelte ich atemlos und sah, wie er müde die Lider öffnete und seinen Kopf hob, nur um Dom Dom bei seiner schweren Arbeit zu erblicken.

Er blinzelte, als ob er nicht glauben könnte, was er sah und rieb sich sogar die Augen. Doch als er sich wirklich, *wirklich* sicher sein konnte, dass seine mich vergewaltigende Schildkröte keine Halluzination war, knurrte er bedrohlich.

»Das ist meine Titte, Penner!« Bestimmend packte er das Vieh und setzte es auf den Boden. Dom Dom warf ihm einen schier tödlichen Blick zu, bevor er langsam versuchte, wieder auf die Couch zu krabbeln, was ihm aber zum Glück misslang, weil er auf dem Panzer landete. Mason drehte ihn freundlicherweise zurück auf alle Viere und hauchte gegen meinen Mundwinkel. »Anscheinend bin ich nicht der Einzige, der auf deine Katschongas steht. Sie sind so shitty hot …« Somit wollte er die Decke zurückziehen, aber ich hielt diesen Krach, der immer noch um mich herum tobte, nicht mehr aus und hechtete vom Sofa direkt zum Telefon, das auf dem Couchtisch lag. Dabei trat ich aus Versehen auf die Fernbedienung, worauf der Fernseher anging. Doch ich ignorierte das erst mal und nahm das Gespräch atemlos entgegen, während ich auf einem Fuß hüpfte, weil der andere schmerzte. Ich musste für Mason ein wirklich komisches Bild abgeben.

»Hunter!«

»Hannah, du musst sofort nach Hause kommen!«, brüllte Rosi förmlich ins Telefon und mein Herz blieb stehen. Genau im selben Moment gesellte sich zu dem Türstöhnen noch ein weiteres. Ich blickte zum Fernseher und sah schockiert, dass dort ein ... Pornofilm lief! Völlig schockiert verdeckte ich meine Augen und wurde knallrot. »Oh NEIN! NEIN! NEIN! NEIN!«, rief ich, konnte mich aber nicht davon abhalten, immer wieder durch die Finger auf den Bildschirm zu starren. Rosi hörte das eindeutige mehrstimmige Stöhnen auch durch das Telefon und stockte.

»Was geht denn bei dir ab? Hast du da eine Massenorgie am Start?«, fragte sie eindeutig irritiert, wenn auch mit unterschwelliger Belustigung.

Mein Blick wanderte zu Mason, der nur wie ein tätowierter Adonis dalag, mit den Schultern zuckte und sich leise kichernd seine schwarze Hose im Liegen über die Hüften zog. Ohne Shorts! Du meine Güte! Diese Hüftknochen! Dieser Bauch! Diese Bilder von seiner Haut auf meiner ... Von seiner Härte an meinem feuchtesten Ort ... Ich fühlte ihn, als wäre es gestern ... seinen schönen Körper, direkt über meinem ... verschwitzt ... heiß ... erregend … so hart. Und starrte ihn an. Alles andere war vergessen, während es zwischen meinen Beinen wieder anfing zu pochen. Das Türklingelstöhnen, das Pornostöhnen, *mein* leises Stöhnen, das ich peinlicherweise von mir gab, weil er so unsagbar anziehend aussah und mir so unendlich warm zwischen den Beinen wurde. Seine talentierten Küsse ... seine langen Finger ... seine unvergleichliche raue, männliche Stimme. Das Ganze gemixt zu einem erotischen Cocktail mit dem bedeutungsschwerem Namen: Orgasmus á la Mason Hunter. Ja, den durfte er mir ruhig öfter servieren. Immer und immer wieder.

»Du denkst gerade daran? Stimmt's?«, kommentierte er meinen wohl eindeutigen Gesichtsausdruck mit einer Freude in der Stimme, die mich an den kleinen Rotzrüpel erinnerte, den er Tag für Tag zur Schau stellte. Schon sprang er auf die Beine und pustete plötzlich eine weiße Feder zu mir. Keuchend fing ich sie auf und betrachtete sie völlig verträumt, während sie so unschuldig wirkend auf meiner Handfläche lag. Genau genommen starrte ich sie an, als wäre sie der heilige Gral und fühlte, wie ich errötete, weil es wie ein Nachhall von gestern auf meinen Brustwarzen kribbelte. Als er an mir vorbeischlenderte und ich ihn völlig verdattert ansah, klatschte er mir auch noch grinsend auf den Hintern und brachte mich damit zum Kreischen.

»Wenn du nicht willst, dass mein Besuch dich nackt sieht, dann zieh dich an oder leg dich unter die Decke. Letzteres wäre mir lieber!«, verkündete er noch und ging in den Flur.

Ich erinnerte mich an mein Telefonat und hielt den Hörer wieder ans Ohr, sobald Mason aus meinem Blickfeld verschwunden war und sich mein Geist geklärt hatte. An diesem Morgen wirkte es, als würde die restliche Welt nicht mehr existieren, wenn er mit mir in einem Raum war. Ich befürchtete ihm gestern Nacht irgendwie völlig und unwiderruflich verfallen zu sein.

»Hannah! Hannah! HAAANAAAAH!! HAAAALLOOOOOOOO!«

»JA!«, schrie ich Rosi zu.

»Was ist bei dir los?«, schrie sie zurück, und war schon

ganz heiser, weil sie anscheinend die gesamte Zeit in den Hörer gekreischt hatte.

»Das willst du nicht wissen!« Ausgelaugt rieb ich mir übers Gesicht, setzte mich auf die Couch und wickelte mich schnell in die Decke, während ich an der Fernbedienung rumfummelte und versuchte, wenigstens dem Gestöhne ein Ende zu bereiten. »Wieso soll ich nach Hause kommen?« fragte ich mit aller Ruhe, die ich aufbringen konnte.

Sie atmete tief durch, doch dann sagte sie: »Es ist Daddy!« Meiner kleinen süßen Rosi ging es immer nahe, wenn Charlie – so nannte ich meinen Vater – etwas passierte. Sie war ein Papakind, während Magda es immer zu Mama gezogen hatte. Nur ich fiel aus dem Raster, denn ich war seit jeher recht selbstständig.

»Was ist mit ihm?«, erkundigte ich mich alarmiert, aber immer noch ruhig, um Rosi nicht noch mehr aufzuregen.

»Er wollte die Satellitenschüssel ausrichten und ist vom Dach gefallen. Jetzt ist er im Krankenhaus!«

Ich keuchte schockiert auf und schlug die Hand vor den Mund. »Oh Mein GOTT, bitte nicht! Was ist ihm passiert?« Gleichzeitig sprang ich auf die Beine und suchte mein Höschen. Aber in dem Moment fiel mir ein, das Mason es ja gestern eingepackt hatte.

»Wir wissen es noch nicht, aber er ist ansprechbar und schimpft in einer Tour«, antwortete Rosi hektisch.

In diesem Moment kam Mason ins Wohnzimmer geschlendert und sah mich mit verengten Augen an. Ich hatte keine Ahnung, was der misstrauische Blick zu bedeuten hatte, aber auf jeden Fall brauchte ich jetzt meine Unterwäsche. Also ging ich zu ihm und klaute ihm das Objekt der Begierde aus seiner Tasche. Entsetzt schaute er mich an, als ich es mir anzog. *Verdräng den Gedanken an gestern Nacht! Nein! Stell dir nicht sein erregtes Gesicht vor! Auch nicht seine Hände auf deiner Haut! Gar nichts! Bewahre einen kühlen Kopf!*

Ich zuckte nur mit den Schultern und lief nach oben in mein Zimmer. Mason Hunter musste jetzt warten. Mich beschäftigte definitiv Wichtigeres. In erster Linie meine Familie, die oberste Priorität besaß. »Mein Gott ... Wieso muss er auch immer so ein Trottel sein? Ich liebe ihn ja, du weißt das ... aber er muss doch mal lernen, auf sich aufzupassen, auch wenn ich nicht da bin!«

Nicht eine Sekunde legte ich das Telefon aus der Hand, weder als ich mir irgendwelche Kleidungsstücke – Bluse und Rock – raussuchte sowie überzog, noch als ich mir die Zähne putzte, meine Haare kämmte und zu guter Letzt in meine Ballerinas schlüpfte.

»Magda hat die Leiter gehalten, aber irgendwie ... war sie wohl abgelenkt.« Super! Wieso haben sie ihn nicht gleich mit einem Auto ohne Bremsen einen Abhang hinuntergeschickt? Das wäre sicherer gewesen! Typisch meine Familie! Die absoluten Chaoten.

»Bleibt erstmal ruhig! Sagt ihm, er soll auf seine

Cholesterinwerte achten und die Diabetikernahrung im Krankenhaus bestellen, außerdem soll er nichts unterschreiben, sonst drehen sie ihm noch eine Waschmaschine an oder verkaufen seine Organe! Ich bin so schnell da, wie ich kann. Bis dann Rosi!« Ich verdrehte die Augen als Magda im Hintergrund rief, dass ich meinen Freund mitbringen sollte.

FREUND!

Pah!

Ich hatte keinen Freund!

In Windeseile schnappte ich mir meine Handtasche, suchte meinen Geldbeutel und lief die Treppen nach unten. Mein Kopf war leergefegt, denn ich machte mir Sorgen um meine kleinen Schwestern und meinen Vater, um die ich mich als älteste Frau des Hauses kümmerte, seitdem meine Mutter mit ihrem neuen Mann Stanley durchgebrannt war. Um keine kostbare Zeit zu verlieren und womöglich aufgrund der letzten Ereignisse in Tagträume zu versinken, wollte ich, Mason komplett ignorieren, und durch das Wohnzimmer geradewegs nach draußen stürmen, auch wenn es unhöflich war, doch im Flur wurde ich am Arm aufgehalten und herumgewirbelt.

»Moment MAL! Wo willst du hin, verflucht noch mal?«, fragte Mason nicht sehr amüsiert und packte fester zu. Automatisch schüttelte ich meinen Arm, damit er mich los ließ, aber er dachte gar nicht daran, verengte stattdessen nur seine Augen. »Ich lasse dich doch nicht einfach so davonlaufen! Versuch es nicht mal! Sprich!«

Kurze, knappe Anweisungen. Das hatte er drauf!

»Es ist Charlie ...«, wisperte ich also und fühlte mich wie ein kleines Mädchen, das sich vor seinen Eltern rechtfertigen muss. Dabei wagte ich nicht, ihn anzusehen, denn dann hätten die Erinnerungen an die vergangene Nacht mich korrumpiert. Zumindest war die Gefahr groß, dass dies geschah, und das durfte ich nicht zulassen, ich musste los. *Reiß dich zusammen*, schrie eine Stimme in meinem Kopf. »Er ist gestern vom Dach gefallen und ich muss zu ihm und mich um ihn kümmern! Er hat keinen außer mich, der sich ordentlich um ihn kümmern kann! Ich werde in ein paar Tagen wieder da sein, okay?« Masons Augen wurden bei dem Wort *Charlie* groß, bevor er sie noch einen Tick weiter verengte und sein Blick bedrohliche Tendenzen annahm – ganz ehrlich.

»Du kannst es vergessen, mich wegen eines Kerls zu verlassen!« Jetzt entriss ich ihm den Arm. Natürlich tat ich das! Es ging schließlich um meinen Vater! Außerdem ließ ich mich von ihm nicht bevormunden!

»Übertreiben Sie mal nicht und bleiben Sie professionell, Mister Hunter. Ich gehe für ein paar Tage weg, um mich um jemanden zu kümmern, der mir sehr wichtig ist und der auf meine Hilfe angewiesen ist und komme danach wieder. Da kann man ja wohl nicht von Verlassen sprechen! Wenn Sie das so sehen, dann ist es Ihr Problem, aber ich habe tatsächlich noch ein Leben, das sich nicht nur um Sie dreht!«, erinnerte ich ihn knallhart an die Tatsachen.

ES WAR GERADE TAG!

Da musste ich mich von ihm abschotten, ansonsten würde er mich vollkommen in seinen Bann ziehen und ich zu seiner willenlosen Sklavin mutieren. Am Tag musste ICH das Sagen haben. Denn es gab da eine Kleinigkeit, die mir gestern klar geworden war.

Ich war tatsächlich kurz davor, mich bedingungslos und unwiderruflich in ihn zu verlieben. Er war übermenschlich schön und auch noch faszinierend. Er besaß unsagbaren Humor und war sogar hinter seiner flapsigen Schale einschüchternd intelligent sowie tiefgründig. Er war mitfühlend, mitreißend ... und ehrgeizig. Außerdem charmant und das Schlimmste? Mason Hunter brachte mich mit seinen phänomenalen Verführungskünsten regelmäßig zum Schmelzen, ohne, dass ich ihm irgendetwas entgegensetzen konnte oder wollte.

Er war mein genaues Gegenteil aber einfühlend genug um trotzdem auf mich einzugehen, wie ich es brauchte – wenn er wollte.

Um es mit vier Worten auszudrücken: Mason Hunter war perfekt.

Und gleichermaßen gefährlich! Gerade deswegen durfte ich mich nicht in irgendwelchen Schwärmereien verlieren und Gefühle zulassen! Das ging auf gar keinen Fall! Schließlich gab es da eine kleine hinderliche Tatsache: Für ihn war ich lediglich die bezahlte Anstandsdame und sein Sexspielzeug, nichts weiter!

Also schob ich ihn von mir. Seelisch und körperlich, was mir selber mehr als wehtat. Ich sah an der Kränkung in seinem Blick, dass ich jetzt zu weit gegangen war. Abrupt ging er einen Schritt von mir weg und betrachtete mich fast schon angeekelt. Oder, was besser passte, er schaute voller Arroganz auf mich herab, obwohl er unterdessen wirkte, als würde er mich gleich aus vollem Halse anbrüllen, denn eine Ader an der Stirn pochte verdächtig, was mich komischerweise ziemlich erregte.

Wir starrten uns an. Mitten im Flur. Wappnend für ein Duell.

Doch alles, was er machte, war, sich seinen Schlüssel von dem Schlüsselhaken hinter mir zu schnappen, die Tür mit einem Ruck aufzuziehen, sich spöttisch zu verbeugen und eiskalt zu sagen: »Bewegen Sie Ihren Arsch, Miss Obermaier. Ich fahre SIE zum Bahnhof, wenn SIE zu Charlie MÜSSEN!« Oh mein Gott ... was war ihm denn über die Leber gelaufen? Das war doch alles kein Weltuntergang! Wie eine Maus auf der Flucht huschte ich schnell nach draußen, bevor er es tatsächlich schaffte, mich allein durch seine Blicken umzubringen.

Sobald ich ins Auto eingestiegen war, senkte auch er sich anmutig auf seinen Sitz – wohlgemerkt oben ohne, nur in seine schwarzen Jogginghosen bekleidet, die sich tief an seine Hüften schmiegten. Wie das billigste Groupie auf Erden starrte ich auf seine gut definierten sechs Bauchmuskeln und dieses V. Oh, Masons V ... Scharf geschnitten ... Glatt und muskulös ... Der Traumbauch schlechthin ... Ich wollte darüber lecken, wurde aufgrund dieser Gedanken tiefrot und biss mir auf die Lippe. Er wusste, was er in mir auslöste, wusste, was ich wollte und griff auch noch in seinen Schritt, um in einer typisch männlichen aber von ihm ausgeführt so HEISSEN Bewegung zu verlagern, was sich steinhart gegen den Stoff drückte. »Wenn mich jetzt die Paparazzi in dem Aufzug und Morgenlatte erwischen, bist du daran schuld!«, grummelte er vor sich hin, während er rückwärts ausparkte und sich dabei an meiner Kopfstütze festhielt.

Mein Blick wanderte automatisch über seinen Arm ... seinen Traummännerarm ... seine rasierte Achsel ... seine Seite hinab ... und wieder zu seinem *Penis* ... Wie ein schwarzes Loch zog er mich seit gestern Nacht an. Ich wurde noch dunkler im Gesicht, denn ich schämte mich allein schon für das Wort *Penis* und für die Tatsache, dass ich leise seufzte, weil ich den besagten *Penis* sofort wieder an mir fühlen konnte. Er schaute mich nur kühl an und hob eine Augenbraue, wusste, dass ich meine Reaktionen auf seinen Körper ja doch nicht abstellen oder unter Kontrolle halten konnte.

»Was?«, fragte er arrogant, als wäre NICHTS zwischen uns gewesen und derart von oben herab, dass ich mir vorkam, als wäre ich tatsächlich nur ein kleines billiges Groupie, das seinen Verstand verloren hatte und ihm absolut nichts bedeutete.

»Nichts!« Eilig löste ich meinen Blick von ihm und starrte lippenkauend nach draußen. *Professionalität bewahren!*

Der Tag war für mich gelaufen, so schrecklich, wie er angefangen hatte ... und jetzt auch noch diese komische, mörderische Stimmung, die Mason verbreitete. Dabei wollte ich doch gar nicht gehen! Ich wollte bei ihm bleiben! Wollte mir vielleicht zum Frühstück einen kleinen Kuss stehlen und in den Gefühlen schwelgen, die mich jedes Mal durchströmten, wenn ich an die letzte Nacht zurückdachte, oder wenn ich ihn einfach nur ansah, aber stattdessen *musste* ich gehen. Man kann nun mal nicht immer all das tun, was man will.

Ich würde in spätestens zwei bis drei Tagen wiederkommen, also konnte ich nicht verstehen, dass er sich deswegen SO sehr aufregte. Klar, es war nicht geplant gewesen, dass ich für ein paar Tage verschwand, aber über meine Familie ging nichts ... Nicht mal ein bezaubernder Mason Hunter, der er jedenfalls gestern Nacht noch gewesen war.

Endlich am Bahnhof hielt er mit quietschenden Reifen quer über drei Parkplätze. Ich konnte es nicht ertragen, ihn jetzt so zu verlassen, und nahm meinen ganzen Mut zusammen, nachdem ich mich abgeschnallt hatte.

»Mason«, flüsterte ich absolut flehend, während ich eine Hand nach ihm ausstreckte und vorsichtig seine stoppelige Wange berührte. Er drehte mir sein wunderschönes überhebliches Gesicht zu. »Bitte sei nicht böse auf mich. Ich will auch nicht gehen ... Wirklich nicht! Nicht nach gestern Nacht ... Aber ich muss ... Ich werde schon bald zurückkehren.

Also denk in der Zwischenzeit brav an unsere Lektionen!«

Und vielleicht auch an mich. Bitte ...

»Klar!«, spie er mir entgegen »Du wirst dann kommen, wenn du mit CHARLIE alles geklärt hast, oder?« Meine Güte, was war das denn jetzt? Wieso war er nur so feindselig?

Tief Luft holend öffnete ich mich ihm noch etwas mehr, auch wenn es mir unwahrscheinlich schwerfiel. Aber es war die Wahrheit, als ich sagte: »Ich werde dich vermissen« und mich zu ihm beugte, um ihn zu küssen, doch alles was meine Lippen trafen, war seine Wange, denn er hatte im letzten Moment sein Gesicht weggedreht.

Schockiert erstarrte ich und die Tränen traten in meine Augen, denn so kalt von ihm zurückgewiesen zu werden, tat wirklich weh! Er schien das gar nicht zu bemerken, starrte nur eiskalt nach vorne. Was hatte er mir gestern Nacht gesagt? Dass er mich niemals von sich stoßen würde?

SO!

Als ob der Morgen nicht schon grauenvoll genug gewesen wäre, würde ich jetzt auch noch heulen. Aber nicht vor ihm! Diese Blöße würde ich mir nicht geben. Also wich ich wortlos zurück, stolperte förmlich aus dem Auto und rannte dann um das Gebäude herum. Erst als ich hörte, dass er röhrend den Motor startete und davondüste, ließ ich den Tränen freien Lauf und schlug die Hände vors Gesicht, um ausgiebig zu weinen.

Schön und gut, dass er sauer war weil ich ging! Aber mit seiner Kälte konnte ich nicht umgehen! Das alles verletzte mich zutiefst.

Meine Gefühle für ihn, die immer stärker wurden, verwirrten mich, und sein jetziger Abgang machte es nicht besser – ganz im Gegenteil.

Vielleicht war es nicht schlecht, dass ich jetzt nach Hause fuhr und ein bisschen Abstand von ihm bekam, denn es war nicht gut für mich, jeden einzelnen Moment nur noch über IHN und das Wissen seiner Finger und Lippen nachzudenken. Deswegen war ich nicht hier! Und egal wie wunderschön die gestrige Nacht gewesen war. Egal was für tolle Sachen er zu mir gesagt hatte ... Egal wie er mich fühlen ließ. Er war nicht gut für mich.

Ich musste ihn die nächsten Tage vergessen. Wieder meinen umnebelten Kopf klären, mich seelisch von ihm lösen und wieder verschließen, denn es war sehr ungewöhnlich für mich, dass ich wegen anderer Menschen weinte. Erst recht nicht wegen eines Mannes. Das entsprach mir nicht und ich wollte es ganz sicher nicht wiederholen!

Schließlich war ich eine starke selbstbestimmte Person, die mit Sicherheit schnell zu ihrem wahren Ich zurückfinden würde. Denn ich wollte mich nie wieder so schrecklich, wie in dem Moment fühlen, als ich Mason Hunter verließ.

CUT!

Danksagung und Bla, bla:

DANKE ANKE!

DANKE PETER!

DANKE ALEX!

DANKE MIKE!

DANKE BELLA!

DANKE MANDY!

DANKE MICHAEL!

DANKE AN ALLE, DIE SEIT FF DABEI SIND!

DANKE an alle, die an mich glauben!

Danke an alle, die es mir ermöglichen, meinen Traum zu leben!

In diesem Sinne gibt es diesmal keine normale Danksagung … sondern von Babels und mir was zu sagen, zu manchen Kapiteln. Entweder zu den Songs, oder Links oder einfach nur Bla, bla! Wenn ihr Lust habt, dann schaut es an … Wenn ihr keine Lust habt dann nicht! Ich danke euch auf jeden Fall recht herzlich für eure Aufmerksamkeit!

Kap 6, Dom Dom:

Darf ich vorstellen? DAS ist Dom Dom! Vorsicht! Ihr werdet STERBEN VOR LACHEN! Nichts essen und nichts trinken!

http://www.youtube.com/watch?v=2rVNk5Ffg0O)

Kap 8, Corrupt:

Hier die Adresse für den ABSOLUT genialen Fan-Trailer, den Babels mit der Musik zu diesem Kapitel gezaubert hat!

http://www.youtube.com/watch?v=AMAtr3UAA3s

Kap 11, Walk away from the sun

Und endlich ist Prüdella bereit für ihre erste Spielstunde. Unsere Festung ist übrigens auch bereit! Der Damm zwei Meter hoch und wir mit dem Wichtigsten versorgt. Tristan Wrangler (aus Immer wieder samstags – wer es noch nicht weiß ;) ist natürlich das Wichtigste, und er ist natürlich nackt. Wen anders brauchen wir nicht, für unser Glück. Außer vielleicht Rotzi, aber der ist jetzt erstmal komplett mit Prüdella und seinen Lieblingskörperteilen von ihr beschäftigt ... Also im nächsten Kap ENDLICH!!!!!!!!!!!!! Die erste Spielstunde.

Und ihr habt echt keine Ahnung wie lange ICH darauf warten musste, dass sie ENDLICH das erste Mal miteinander »Spielen« dürfen. Babels immer nur: Bethy warte! Bethy, das ist Prüdella! Bethy, mach nicht zu schnell! Dieses Buch zu schreiben war eine Qual … *augenroll* ;)

Kapitel 12, Crystalised

Zum Kapitchelchen: Da haben sie also das erste Mal ENDLICH miteinander gespielt … Ist das nicht süß? Genauso wie Prüdella hat anscheinend auch unser Rotzi eine verborgene, dunkle und soooo böse Seite … Und die hat es GEWALTIG in sich! *bg* Wir verkriechen uns fürs nächste Kap auf JEDEN FALL in unserer Festung, denn es wird »Heiss und Kalt« gespielt!

Die Festung ist noch so leer und kalt … Wir brauchen mehr Hotties. Und sie werden der Hottigkeit nach eingeflogen … Wir sind in Aufruhr, rennen rum wie die Hühner … ölen die Peitschen, machen das Spielzimmer blitzeblank, dehnen uns ausgiebig, und füllen den Kühlschrank mit Essen … Der Nächste kommt gleich mal selber mit seinem ›Echo Charlie‹, zerrissenen schwarzen Jeans und barfuß angeflogen … Er heißt einfach nur FS … Okay, erwischt … ihr wisst jetzt natürlich alle SOFORT um welchen Sexgott es sich handelt, wenn nicht Schande über euer Haupt!

Kap 13, Intro:

Dieses Kapitel haben wir unter lebensgefährlichen Umständen geschrieben. Ich wäre um ein Haar zerflossen und Babels hat mir fast jede Bewegung per Cam vorgemacht, was wirklich witzig war. Während sie von mir nichts weiter als meine weißen Zähne gesehen hat, denn wenn ich schreibe ist es meist zappenduster! Sie hat sich sogar den Rücken verknackst und das alles nur für unsere Leser ... hehehehehe.

Wir können unsere Festung allerdings erstmal verlassen und machen ein paar Einkäufe ... Der Sexgott den wir letztes Mal meinten war natürlich kein geringerer als Fifty Shades! DENN der hat Vorrang vor allen anderen ... Grrr... (Außer Tristan und Rotzi natürlich ;)

Kap 17, Let me see you stripped – Part Two:

PUH! Die Schutzwälle haben Stand gehalten... wir sind nicht ertrunken. Aber das Kapitel hat es uns beim ausdenken und schreiben ECHT gegeben! Mason ist einfach so wahnsinnig GRRRR und er wird von Lektion zu Lektion nur heißer und heißer und heißer werden und wir füllen vorsorgehalber schon mal ein paar neue Sandsäcke und verbarrikadieren uns in der Festung.

Wer sich noch ein paar optische Reize zu dem Kapitel ansehen will bitte hier klicken... Der Fan-Trailer ist eigentlich zu diesem Kap... Irgendwie:

https://www.youtube.com/watch?v=AMAtr3UAA3s

Tja... Hannah muss jetzt erst mal nachhause und sich klar werden, wie es ihr so ohne den chaotischen und doch charmanten Mason geht. Dann hoffen wir mal, dass unser Mister Hunter ohne seine Prüdella keinen Mist baut ... Aber hey wir reden hier von Rotzi, also ist es doch eigentlich VOLLKOMMEN klar, dass er SCHEISSE baut!

Der Mann kann einfach nicht anders! Also! Macht euch schon mal drauf gefasst!

Für die neuesten Infos schaut gerne auf meinem Facebook-Autorenprofil vorbei:

https://www.facebook.com/pages/DonBoth/248891035138778?ref=bookmarks

oooder auf der Facebook Rock oder Liebe-Seite

https://www.facebook.com/pages/Rock-oder-Liebe/890844064328947

So das war´s! Over and out alias Uwe und Klaus!

Eure Bethy feat. Babels ... (Die zwei Irren von Nebenan, lol)

VORSCHAU!

ROCK

ODER

LIEBE II

Get Psycho
(Disturbed)

»Shit! Verfluchter DRECKSSHIT!«, brüllte ich und drückte das Gas durch, während ich wendete und meine Scheißkarre nach Hause lenkte.

Charlie! Was für ein beschissener Name! Wer zum Teufel war Charlie überhaupt?

Hatte sie mir etwa die ganze Zeit etwas vorgemacht? Prüde, zurückhaltend, schüchtern – von wegen. Alles nur Show! Mit wie vielen Männern gab sie sich noch ab? Manipulierte sie? Verkaufte ihnen, unschuldig zu sein? Ha! Alle Schlampen waren eben doch gleich! Vermutlich war sie nicht mal mehr Jungfrau … Obwohl, nein, das war sie auf jeden Fall! Was aber nicht heißen musste, dass sie nicht vielleicht in diesen Charlie verliebt war und er ihr Herz besaß!

Wahrscheinlich ließ sie sich deswegen nicht komplett auf mich ein!

Wahrscheinlich gehörte sie deswegen noch nicht komplett mir!

Als ich daheim angekommen war, parkte ich das Auto mit quietschenden Reifen einfach quer über meine Einfahrt, stieg aus, knallte die Tür zu und marschierte schnurstracks zum Haus. Aggressiv öffnete ich die Tür, riss sie auf und knallte sie mit dem Fuß hinter mir zu.

Ihr Gesicht schoss vor mein geistiges Auge, und ich hörte ihre zitternde Stimme, die meinen Namen stöhnte, während sie ihren – oder besser gesagt UNSEREN – ersten gemeinsamen Höhepunkt genoss.

Erst noch vor ein paar Stunden hatte sie *endlich* unter mir gelegen! Jetzt war sie weg! Das UNS war weg! Eiskalt hatte sie mich verlassen! WEGEN CHARLIE!

»FIIICK DIICH!«, schrie ich laut, packte mir die afrikanische Maske, die links von mir hing, und knallte sie mit voller Wucht gegen die Wand. Das Holz zersplitterte, doch es war mir ziemlich egal.

Ich brauchte jetzt Ablenkung, um auf andere Gedanken zu kommen! Gedanken, die nichts mit ihrem zarten Gesicht, ihrem bebenden Körper oder den seufzenden Lauten zu tun hatten, die mich in meiner Erinnerung permanent heimsuchten. Also lief ich ins Wohnzimmer und machte erst mal Musik an. Laut. Sehr laut! Dann schnappte ich mir mein Telefon und suchte die erst vor Kurzem eingespeicherte Nummer.

»Angela, beweg sofort deinen Arsch her!« Bevor sie etwas erwidern konnte, hatte ich aufgelegt, kramte in meiner Hose nach meinen Zigaretten und ging in die Küche, um mir Kaffee zu machen. Es war keiner mehr da. Verflucht toll!

Also zündete ich mir erst mal die Zigarette an und lehnte mich mit beiden Händen an die Anrichte, um die Augen zu schließen und mich etwas zu beruhigen. Denn ich konnte es immer noch nicht glauben.

Prüdella weg.

Mein Blowjob Girl weg.

Einfach so.

Beruhigen war bei diesen Gedanken nicht drinnen ... und als ich tief durchatmete, bildete ich mir auch noch ein, ein wenig von Hannahs süßem Geruch in der Luft wahrzunehmen. Das war unerträglich! Ich riss sofort sämtliche Fenster auf, in der Hoffnung, sie und alles, was mit ihr zu tun hatte, loszuwerden – mich davon zu befreien. Aber nichts da. Tausende von Bildern, kurze Sequenzen und Erlebnissen, die immer kurz aufblitzten folterten mich unentwegt. Mein garantiert tödlicher Blick glitt über die Couch, wo sich immer noch die zerwühlte Decke befand, weiter über meine Schatzkiste, bis hin zu dem kleinen Satin-Negligé, das auf dem Boden lag und nun von Dom Dom – meiner Schildkröte – für sich beansprucht wurde. Er fläzte gemütlich darauf und sah so aus, als würde er das Kleidungsstück nicht sobald wieder hergeben.

»Du bist so dumm wie ich ... Fällst auf den unschuldigen Scheiß rein!« Mitleidig betrachtete ich den Idioten, der ihr anscheinend genauso verfallen war wie ich. Heftig zog ich an meiner Zigarette, bevor ich in die Hocke ging und alles, was ich gestern noch an ihr benutzt hatte, so schnell wie möglich wieder zurück in die Kiste verbannte. Also eigentlich nur den Pinsel, mit dem ich ihre zarte Haut berührt hatte. Wie die feinen Härchen ihre Brustwarzen zum Erhärten gebracht hatten. Wie sie dabei gestöhnt hatte. Kopfschüttelnd versuchte ich die Erinnerungen zu ignorieren, während ich als Nächstes die Reitgerte hochhob und fest umklammerte. Sie hatte verfluchtes Glück, gerade nicht da zu sein, sonst hätte ich sie benutzt und ihr dermaßen den Arsch versohlt, dass sie die nächsten Tage, ohne ein Wimmern von sich zu geben, nicht hätte sitzen können. Das Leder zu fühlen erinnerte mich an den Tag an dem ich sie das erste Mal an ihr gebraucht hatte – mitten auf der Bühne vor 80.000 kreischenden Weibern. Sie war mir schon damals mehr in meinen Schwanz gegangen als gut für mich war und ich hatte es zugelassen! Das hatte ich jetzt davon!

Mit bestimmten Schritten ging ich runter und verstaute alles in meinem Keller – wünschte dabei, ich könnte es mit den Erinnerungen an sie auch so tun.

So eiskalt hatte mich noch NIE eine Frau stehen lassen! Normalerweise liefen sie mir in Scharen hinterher, aber Hannah Amalia Hauptmeier musste *ich* hinterherlaufen. Das war eine Zeit lang reizvoll gewesen. Aber jetzt war sie wirklich weggerannt, und es fühlte sich einfach nur Scheiße an.

Zum Glück klingelte es.

Zwei Stufen auf einmal nehmend rannte ich nach oben in den Flur und riss die Tür auf.

Vor mir stand Angela, deren Namen ich mir jetzt endlich hatte merken können, und sah absolut scharf in ihrer engen blauen Jeans, den offenen langen Haaren und dem breiten Supermodellächeln aus. Ohne ein Hallo oder sonst etwas zerrte ich die dunkelhaarige Schönheit herein und drückte sie erst mal mit meinem Schwanz gegen die Wand, damit sie wusste, was hier gleich abgehen würde.

Die totale Unterwerfung.

Ich küsste sie hart. Drängte meinen Körper gegen ihren und fühlte ihre Hände, die sich an meinen nackten Rücken klammerten. Sie stöhnte überrascht ... küsste mich aber gierig zurück ... wollte mit ihren Fingern in meine Haare fahren.

»Nicht anfassen!« Ich riss sie an den Haaren zurück und zerrte sie an diesen in den Keller die Treppen runter.

»Mason, was...?« Wegen ihrer High Heels fiel sie beinahe, doch sie schaffte es, sich noch zu fangen.

»Fresse halten!« Mit der freien Hand riss ich die Tür auf und trat sie wieder mit dem Fuß hinter uns zu. »Und ausziehen!«

»Aber … aber ...«, stammelte sie, begann aber trotzdem, an den Knöpfen ihrer Bluse rumzufummeln. Ich hasste Blusen – seit heute Morgen.

»Das hab ich schon mal schneller gesehen!« Grob riss ich einfach den Stoff mit zwei Händen auf. Keuchend beeilte sie sich damit, die Teile über ihre Schultern zu zerren. Der BH folgte. Keine Ahnung, was für ein Scheißteil das war. Spitze oder nicht Spitze, war doch alles scheißegal! Im Moment konnte ich keinen klaren Gedanken mehr fassen oder wusste, was für mich überhaupt zählte.

Ach ja! Ich lief geistesgegenwärtig zu meiner Bar, packte mir dort eine Hand voll Gummis, machte eins auf, holte ihn raus und rollte mir das Teil über. Sobald ich wieder bei ihr war, drängte ich sie gegen die Tür. Als ich ihr die Jeansknöpfe öffnete und die Hose an ihren dünnen zitternden Beinen herabzerrte, atmete sie noch heftiger.

»Mason ...«, quietschte sie wieder mit ihrer nervtötenden Stimme. *Boarr,* das war nicht zum Aushalten. Vielleicht sollte sie mal über eine OP nachdenken, sodass sie entweder nichts mehr sagen konnte oder der Klang besser zu ertragen war.

»Whoa, ich hab gesagt: Schnauze halten!« Mit einer ruppigen Bewegung riss ich ihr den Tanga vom Körper und stopfte ihn ihr in den rotgeschminkten Nuttenmund. Sie keuchte auf und ihre Augen waren zwar vor Angst vergrößert, aber auch vor Lust verschleiert. Sie wusste, dass ich absolut unberechenbar war. Allein vom letzten Mal. Ihr Blick glitt dennoch sehnsüchtig über meinen Körper. Sie wollte mich. Alle wollten sie mich ... Es war immer dasselbe. Verfluchte Scheiße!

Ich verlor keine Zeit, packte beide Handgelenke mit einer Hand, zog sie weit über ihren Kopf und schlang mir ihre Beine um die Hüften, während ich sie gegen die Tür presste und meinen Schwanz zwischen ihren arschglatten Falten positionierte. Ergeben stöhnte sie auf, als sie ihn fühlte, denn wie alle Schlampen liebte sie ihn.

Ich fackelte nicht lange und fand mit einem harten Stoß meinen Weg in ihr Innerstes. Woraufhin sie schrie und mir mit ihrem Becken entgegenkam, aber ich knallte sie mit meinen Hüften zurück an die Wand.

»It´s Fucktime!« Und dann legte ich los. Fickte sie schnell ... hart ... tief ... ohne jegliches Gefühl. Denn das konnte ich am besten, und so sah es auch in mir aus. Angela liebte es trotzdem. Sie keuchte, als ich ihre operierte Titte massierte und dann unverhofft in ihren Nippel zwickte, damit sie sich um mich herum anspannte. Dabei wimmerte sie und ich packte sie grinsend mit meiner freien Hand am Hals, sodass sie sich allein mit ihren langen Beinen fest halten musste.

»Ich hatte gesagt: keinen Ton!« Knurrend zog ich den Stoff aus ihrem Mund und küsste sie wild, während ich bis zum Anschlag in sie stieß. Immer und immer wieder.

Sie erreichte ihren Höhepunkt knapp vor mir, weil ich genau ihren G Punkt reizte, und als ich in das Kondom spritzte, schob sich wieder dieses elendige Bild vor mein geistiges Auge, was ich hier und jetzt auf keinen Fall sehen wollte!

Meine Hannah. So süß und betörend – mitten bei ihrem Orgasmus.

Meine ganze Wut ... war jetzt nicht etwa abgeschwächt. Im Gegenteil ... Es war sogar noch schlimmer als sonst, wenn ich meine angestauten Gefühle an Frauen ausließ.

Als wir beide fertig waren, befreite ich mich von dem

zitternden Nichts namens Angela, gab ihr jedoch keine Verschnaufpause und zog meine Hose nachlässig wieder über meine Hüften. Wortlos schob ich sie an ihrem Nacken in Richtung Bar. Dort packte ich sie an den Hüften und setzte sie auf den kühlen Tresen. Sie hatte verstanden und gab keinen Mucks von sich, als ich ihre Beine, die immer noch in hohen High Heels steckten und heftig bebten, weit spreizte und rechts und links auf die Barhocker stellte.

»Ich will sehen, wie du dich selber fickst, und wehe du gibst dabei einen Ton von dir!«, befahl ich dämonisch grinsend, denn ich wusste, das war unmöglich.

Ihre Augen wurden groß, als ich zu meiner Vitrine ging, sie aufschloss und meinen schwarzen mitteldicken Vibrator rausholte. Dann schlenderte ich langsam zu ihr zurück, während sie mich unsicher beobachtete und ich mich in ihrer Unsicherheit weidete. Als ich vor ihr stand, schob ich ihr das Teil zwischen die Lippen und sie saugte brav daran.

»Mach es dir *jetzt*«, forderte ich kühl und trat einen Schritt zurück.

Lustverschleiert, aber auch etwas befangen, blickte sie mich an und nahm den Vibrator in ihre rechte zitternde Hand. Sie strich damit zwischen ihre rasierten unteren Lippen und umkreiste mit der vibrierenden Spitze ihren Kitzler, bis sie ein Stöhnen unterdrücken musste und den Rücken durchbog. Dann stieß sie ihn in ihr Inneres und fing an, sich genüsslich und langsam damit zu ficken. Währenddessen zündete ich mir eine an.

Dann setzte ich mich verkehrt herum vor sie auf einen Stuhl und betrachtete ihre Bemühungen gelangweilt.

Wieso gab mir das alles nichts mehr?

Wieso wollte ich nur noch eine Frau so vor mir sehen?

Ich war ein verfluchtes Weichei! Durch und durch!

Mir wurde schnell klar, dass Angela nicht einfach so kommen würde. Also entschied ich gnädigerweise, ihr mit meiner Stimme nachzuhelfen. Wohl wissend, dass sie es nicht schaffen würde, leise zu sein.

»Komm schon, Angela ... Fick dich tief, nicht nur so am Rande herumpopeln ... Stell dir vor, es wäre mein Schwanz, der in dich stößt. Du weißt doch noch, wie er sich anfühlt! Hart und groß … und immer bereit, dich zum Orgasmus zu bringen. Stell dir vor, wie er sich langsam in dich schiebt und dich dehnt … Wie er immer wieder in dich und wieder hinaus gleitet … wie meine Finger deinen Kitzler reiben …« Sie stöhnte, denn sie wusste in der Tat wie er sich anfühlte und schloss die Augen, als ich in meiner Verführungsstimme für sie säuselte. Obwohl ich im Grunde hätte kotzen können!

Als ich bemerkte, wie sich ihr Atem beschleunigte und sich rote Flecken über ihren Körper ausbreiteten, wusste ich, dass sie jeden Moment kommen würde, aber immer noch den alles entscheidenden Schubs brauchte. Also schnippte ich meine Kippe weg, und packte den Stuhl an der Lehne, um ihn im Aufstehen von mir zu schleudern.

»Mach weiter!«, knurrtc ich knapp, während ich mir einen neuen Gummi überzog, dann trat ich auf sie zu. »SO habe ich gemeint!« Kurzerhand zog ich den Vibrator aus ihr, schmiss ihn weg, packte sie mit beiden Händen an den dünnen Hüften und zog sie gegen meinen Schwanz über die Kante der Bar. Sie kam nach ein paar gezielten Stößen und pulsierte heftig um mich herum. Immer noch sah ich nichts als Hannah!

Sobald sie einigermaßen fertig war, löste ich mich von ihr und zerrte sie an ihren Oberarmen von der Bar. »Du hast gestöhnt ...«, singsangte ich.

Tadelnd schüttelte ich den Kopf, während ich sie durch das Zimmer schleifte. Sie war schon total verschwitzt und keuchte und ihre Beine gaben fast nach, als ich sie mitten in den Raum stellte und sie an den Handgelenken mit den Tüchern festmachte, die von der Decke hingen,. Sehr fest. Sodass sie auf den Zehenspitzen stehen musste.

Shit ... Sie sah wunderschön aus ... so angebunden ... so hilflos ... so ängstlich ...

Mühsam schluckte ich und schloss einen Moment die Augen, ballte meine Hände zu Fäusten ... Denn jetzt würde ich die Gelegenheit bekommen, *wirklich* meine Aggressionen rauszulassen. Und so sehr ich diesen Moment mochte, so sehr fürchtete ich ihn auch.

Sie hatte schon Tränen in den trotzdem hingebungsvollen Augen, als sie flüsterte: »Mason, bitte.« Doch ich grinste nur schief, packte ihre Wangen mit einer Hand, drückte sie leicht, und gab ihr einen kurzen Kuss auf ihren zusammengequetschten Mund.

»Stell dich nicht so an! Sonst liebst du das hier auch!«

Abrupt ließ ich sie los und schlenderte zu meinem schwarzen Schrank, aus dem ich meinen schwarzen, schönen Flogger holte. Ich ließ ihn durch die Luft zischen, sodass sie das eindeutige Geräusch hörte, woraufhin sie schneller atmete, schluchzte und an den Tüchern zerrte.

»Tu nicht so, du kleine Schlampe ... Ihr liebt es doch alle, wenn ich euch hiermit bearbeite!« Ohne Vorwarnung ließ ich das kühle Leder gegen ihren kleinen Arsch schnalzen. Oh ... yeah ... ich liebte dieses Geräusch ... liebte die sofortige rötliche Verfärbung ihrer noch perfekten Haut. Sie schrie erschrocken auf und zog energischer an den Tüchern, doch sie konnte sich nicht selbst befreien, das müsste sie eigentlich wissen, die dämliche Kuh.

»Du weißt, was ich dir alles geben kann«, flüsterte ich in ihr Ohr und strich mit dem Flogger über ihre Vorderseite. »Lust ...« Fest presste ich ihn zwischen ihre Beine »Und Schmerz!« Dann klatschte ich gegen ihren rasierten Schlitz und sie keuchte auf. »Ich weiß auch nicht, wieso ihr alle so krank seid und euch auf mich einlasst ...« Ich ließ ihn auf ihre rechte Arschbacke sausen und stöhnte wegen des schnalzenden befreienden Geräuschs ... »Du weißt, was ich mit dir tun werde, Babe ...« Dann schlug ich auf die linke. »Dennoch stehst du immer wieder auf der Matte ...« *Schlag*. »Genauso wie meine anderen Schlampen ...« *Schlag*. »Ihr seid keine Menschen ... ihr seid seelenlose Kreaturen, die nur darauf warten, das man ihnen Leben einprügelt und reinfickt!« Der letzte Schlag folgte, denn ihre Arschbacken waren schon ganz rot, und sie wand sich heftig. Sie hielt nicht viel aus, aber mehr brauchte ich auch nicht. »Ihr habt es alle nur auf meinen Schwanz abgesehen und sonst nichts! Sogar die Prüdesten der Prüdesten!«

»Meinst du diese kleine Schlampe ...«, zischte sie. Jetzt klatschte ich ihr mit dem Flogger richtig schmerzhaft mitten auf den Bauch und umrundete sie, um ihr ins Gesicht zu sehen, während ich sie an den Haaren packte.

»*Sie* ist im Gegensatz zu euch keine Schlampe, und wenn du es noch einmal wagst, so etwas zu behaupten, dann überschütte ich dich mit Benzin und zünde dich an, du schwanzgeile Hure! Alles klar?«, säuselte ich sanft. Ihre Augen weiteten sich vor Schock, denn so hatte ich noch nie mit ihr gesprochen. Sie nickte übereifrig und ihre Unterlippe bebte, während ich ihr kichernd über das rote Fleisch strich. »Jetzt werde ich dir dein vorlautes Maul stopfen! Nach Mason-Art!« Somit machte ich sie los, schmiss den Flogger weg, riss mir das Kondom vom Schwanz und drückte sie auf die Knie.

Mit einer Hand umfasste ich fest ihre Haare und drängte sie meinem Schwanz entgegen, den ich in der anderen Hand hielt. Sie würgte, als ich in ihren Mund stieß, doch das war mir so was von egal. Genauso wie ihr Wimmern oder die Tränen auf ihren Wangen. Stattdessen schloss ich die Augen, als sie an mir saugte, was das Zeug hielt. Angela wollte mir eben immer gefallen. Wollte immer alles perfekt machen, dennoch war es nicht genug ...

Bei Weitem nicht.

Sie war professionell, was daran lag, dass sie schon tausende Schwänzen gelutscht und noch mehr Männer zum Orgasmus gebracht hatte, aber das reichte nicht … es war nicht … *richtig.*

Wie aus dem Nichts schoss ein Gefühl in meinen Schwanz und in meinen Kopf. Ich konnte Hannahs zuckende Erlösung spüren, konnte fühlen wie sich ihr zierlicher Körper unter mir wand ... und unter mir pulsierte.Genau wie gestern katapultierte mich allein der Gedanke an ihren ersten Höhepunkt über den Rand. Ich spritzte Angela tief in ihre Kehle und merkte im ersten Moment gar nicht, dass ich dabei »Hannah!« stöhnte.

Was hatte ich da gerade gesagt?

Das konnte nicht wahr sein!

Mit einem Ruck löste ich Angela von meinem Schwanz und schleuderte sie von mir, sodass sie atemlos und keuchend auf dem Boden landete.

»Zieh dich an und verschwinde!« *Bevor ich dich umbringe*, war das Einzige, was ich noch von mir gab, während ich wieder meine Hose hochzog und mich mit meinem besten Kumpel Johny Walker an die Bar setzte. Angela kannte mich schon einigermaßen und wusste, dass ich nicht der Kuschel- und Blümchentyp danach war. Deswegen zog sie sich wortlos an und ging zur Tür. Doch dort drehte sie sich noch einmal um und lächelte mich an.

»Mit dir ist es immer so aufregend ... Ich freue mich schon

aufs nächste Mal«, säuselte die dumme Nuss auch noch und verschwand. Ich lachte humorlos, denn ich wusste nicht, wie man sich auf so etwas freuen konnte. Schließlich hatte ich sie nur benutzt wie ein Stück Dreck ... Das Einzige, was ich ihr gegeben hatte, waren einige rote Striemen und zwei Orgasmen innerhalb kürzester Zeit. Hatte diese Frau denn keine Selbstachtung?

Ich hatte sie also gefickt und misshandelt ... Um mich abzulenken und wieder einen klaren Kopf zu bekommen, oder was?

Na, der Versuch war ja wohl kläglich gescheitert!

Meine Gedanken kreisten trotzdem nur um SIE. Denn sie war so anders als die anderen Tussen in meinem Leben. Schon vom ersten Moment an und das war mir jetzt noch einmal so richtig klar geworden.

Ich sah sie vor mir, als sie in meine Umkleidekabine gestolpert war, weil Max und Friedl das Toilettenzeichen vertauscht hatten, diese Witzbolde. Als ich an ihre Empörung dachte, nachdem ich ihr angeboten hatte, meinen Schwanz zu berühren und sie angenommen hatte, das »I blow Good.« *Ich liebe Gott* hieß ... musste ich lachen. Doch dann kamen mir natürlich wieder mal ihre Lippen in den Sinn, denen ich vom ersten Moment an einfach nicht widerstehen konnte, und mir verging das Lachen ganz schnell wieder. Vor dem Auftritt hatte ich die Reihen nach ihr abgesucht, mit einem verfluchten Fernglas, und sie schließlich gefunden, mein nächstes Opfer. Ich sah sie vor mir. Auf diesem Stuhl auf der Bühne.

Ihren dunklen, absolut ehrfürchtigen Blick, der ihre Augen immer verschleierte, wenn ich mit ihr spielte.

Ich musste wieder laut lachen, als ich daran zurückdachte, wie sie das erste Mal vor meiner Tür aufgekreuzt war. Sie sah aus wie Mrs. Doubtfire persönlich. Diese Brille ... dieser Dutt und diese alte Oma-Kleidung waren eine Beleidigung ihrer Schönheit. Aber das Abgefuckteste waren diese verfluchten Gesundheitslatschen, die sie getragen hatte. Zum Glück verschonte sie mich jetzt mit diesem Albtraum. Was sicher auch mein Verdienst war, denn nicht nur sie änderte mich ... Sie war die strenge kleine Lehrerin. Aber ab und zu hatte sie nachgegeben.

Zum Beispiel, als sie das erste Mal auf meinem Motorrad mitgefahren war und sich ihre weichen Titten gegen meinen Rücken gepresst hatten. Unverhofft stellte ich sie mir vor, mit diesem amüsierten Glitzern in den Augen, wie sie ihren Rohrstock vor uns schwang. Das machte ihr eindeutig Spaß ... Genauso wie ihr kleines Gespräch über Schildkrötenstöhnen und meinen Knoche und meine Flauschis, als sie besoffen gewesen war.

Aber am liebsten erinnerte ich mich an die absolut gefühlvolle Seite von ihr, die sie nur nachts raus ließ. Genauso wie ich. Ich erinnerte mich daran, wie sie mich dann ansah ... und mich berührte ... als wäre ich etwas Kostbares.

ICH, nicht das, was ich darstellte.

Und ob ich wollte oder nicht, aber dieses Gefühl, kostbar zu sein, hatte sich in meinem Innern festgesetzt, schon allein, weil es völlig neu für mich war. Alles ihr Verdient! Und jetzt? Jetzt war sie weg, und ich hatte offenbar nichts Besseres zu tun als wie ein verdammtes Weichei in Erinnerungen zu schwelgen. Das war so armselig! Das Leben geht weiter.

Dennoch fühlte ich mich verarscht und nicht zum ersten Mal allein auf dieser Welt.

Aber eigentlich war es gut, dass sie weg war. Denn ich war in meinem Inneren ein verflucht kaputter Typ, und ich hätte sie nur mit mir runtergezogen, so wie ich es eben mit Angela gemacht hatte. Komischerweise hatte ich bei Hannah aber nicht das Verlangen, sie wie die anderen Tussen zu behandeln. Meine dunkle Seite hatte sich in ihrer Nähe immer entspannt, geradezu aufgehellt. Hannah wollte ich beschützen, nicht erniedrigen. Ihre unschuldige, leichtgläubige, liebevolle Art hatte es mir angetan. Sie hatte einen Teil in mir berührt, den ich sehr lange und sehr effektiv unter Verschluss gehalten hatte, aber sie brachte ihn wieder zum Vorschein. Sie hatte tatsächlich den Gentleman in mir erweckt.

Ich konnte sie nicht zerstören.

Ich durfte sie nicht zerstören.

Sie war zu rein und süß für mich.

Ich durfte *seinem* Vorbild nicht folgen. Ich durfte nicht wie *er* werden und noch eine wichtige Frau in meinem Leben in den Tod schicken. Nicht Hannah. Niemals.

Sie sollte sich von mir fernhalten, denn sie hatte keine Ahnung, verflucht noch mal!

Also taumelte ich mit meiner Whiskeyflasche nach oben und schnappte mir das Telefon. Ich ging auf angenommene Anrufe, denn nur so konnte ich sie erreichen. Es tutete durch und der AB ging ran. Dann piepte es und ich legte los. Alles, was meinen Schädel drohte zu sprengen, kam raus. Ich ließ nichts aus.

»Weißt du eigentlich wie verflucht beschissen ich mich gerade wegen dir fühle? Ich habe Angela, oder wie die Schlampe auch immer heißt, zwei Mal gefickt. Und wenn ich sage FICKEN, dann meine ich FICKEN. HARTES FICKEN! Nicht den rosaroten Blümchenscheiß, den ich mit dir veranstaltet habe! Hartes hemmungsloses VÖGELN, OKAY? Sie wird morgen blaue Flecken haben und eine Woche lang nicht mehr auf ihrem Arsch sitzen können! Sie hat geheult und gewimmert, während ich sie missbrauchte! Und weißt du, wie ich mich dabei gefühlt habe? ZUM KOTZEN! Und trotzdem habe ich es getan ... Ich bin ein sadistisches Schwein! Das willst du nicht miterleben, wenn ich mein wahres Ich zeige, glaube es mir! Also bleib, wo auch immer du bist, und komm nicht wieder, wenn dir was an deiner tollen reinen Seele liegt! Denn sonst wirst du diejenige sein, die weinend und zerstört am Boden liegt, während ich über dir stehen werde – grinsend. Das will ich nicht ... Nicht bei dir, Babe ...« *Babe*... MEIN Babe ... Mit einem Mal verließ mich all meine Wut und ich ließ meinen Kopf in die Hand fallen. »Bleib einfach weg ... Du bist zu wichtig ... Verflucht wichtig!«

Das letzte Wort hauchte ich nur noch und beendete den Anruf, bevor ich es mir anders überlegen konnte.

***

Zwei Tage später saß ich nach wie vor mit Max und Friedl stinkbesoffen in meinem Wohnzimmer. Ab und zu hatten wir es derart übertrieben, dass unser Zustand nur noch als komatös beschrieben werden konnte. Ansonsten hatten wir nur Scheiße gelabert, geraucht und einen Drink nach dem nächsten gekippt, wie das wahre Männer so machen, wenn sie zu viel Zeit haben. Na gut. Friedl war nüchtern, weil er an einer Alkoholallergie litt. Aber Max und ich hatten gemeinsam ein paar Flaschen geleert, die nun im Wohnzimmer verstreut herumlagen. Ich saß, ausnahmsweise angezogen, in meinem Sessel und klimperte wie immer auf meiner Gitarre herum, während Friedl die Playstation vergewaltigte und Max mich ununterbrochen zuquatschte.

»Mensch, Kumpl ... nimm es nich ... so krumm ... alles Schlampn aussa Mutti!« Ich verdrehte die Augen und wandte mich mit meinem Sessel von ihm ab, denn ich hatte ihm schon ein paar Mal gesagt, dass ich darüber NICHT reden wollte. Mich traf ein Papierknäul am Hinterkopf. »Heee, du Pisser, hör mia zu, wenn ich dia was sage ... es is vieeelleicht wichtig! Du musst die Frauen verstehn ... Das is ne Speziäääs für sich! Also, hör dem Meiser zu ... und staune!«

Gelangweilt drehte ich mich zu ihm zurück und fragte mit hochgezogener Augenbraue und lallender Aussprache:

»Was weißt du schon ... was ich nich weiß, hä? Du großa Frauenflüsterer?«

Max machte einen auf superwichtig und fuchtelte mit seinem Zeigefinger rum. »Ich sag dir jetzt eins, Mason ... Und das andere, sag ich dir späta!«

Friedl schnaubte nur und ich drehte ihm wieder den Rücken zu. »Ich brauch keine verfluchten Schlitze ... ich komm auch so klar... und diesa Schlitz macht alles nur so komplizieaat ... da muss ich mein Hirn einschalten, wenn ich mit ia rede!«

»So was hast du doch gar nich ...«, widersprach Max lachend. »Aber egal ... wer brauch schon ... Grips im Kopf ... Hauptsache der Schwanz steht!«

»Ein weiser Spruch!«, warf Friedl sarkastisch ein und zockte leise weiter.

»Yeah ... ich bin so weiseee, Alda. Ich bin Gandalf der Weise ...«, lallte Max weiter. »Aba Mason!« Er hielt meinen Sessel fest und drehte mich zu sich. »Was nun?«

»Weißt du...«, meinte ich, nicht minder besoffen. »Dass sie die Erste war, die ich leck´n wollte ... Verstehste, Mann? Ich hab noch nieee ne Fotze geleckt ... aber ich hab sie geroch´n ... mit meiner Nase ... sie riecht so geil ... Du muss es dir so vorstell´n, Max ... Wenn du nen Hamburga riechst. Den besten Hamburga der Welt ... dann willste den und keinen andern, denn du bist ein verfressener Sack ... Ich hab ihren Schlitz gerochen und ich bin ein verfickter Ficker. Ich will den und keinen andern!«

»DAS vergiss mal ganz schnell.« Max schaute mich mit trüben Augen an und nickte. »DIE lässt dich nie ran!«

Ich grinste überheblich »Ich hab mein Reviea schon markiert.«

»Hast du sie angepisst, oder was?«

»NEIN, du Vollhorst! Ich hab sie angeWICHST!« Dabei stupste ich ihm mit den Fingern gegen die Stirn. Doch Max hielt meine Finger fest.

»Hey Mann, Alda ... vergiss die Alde ... Es gibt sooooooo viele Frauen auf der Welt, die dir ihre Muschi in die Fresse halten, da kannst du dich totleck´n!«

»Aber ich will nur sie leck´n!«

»Ach, Mason ... die Pussys sehn doch alle gleich aus ... Friedl, sag doch auch mal was dazuuuu!« Wir wandten uns beide an Friedl, der den Controller aus der Hand legte und zu seinem Glas Milch griff.

»Vielleicht ist es gar nicht so, wie es aussieht!« HAHA!

»Erzähl das dem Frosch!«, antwortete ich aufbrausend. »Du hättest sie mal hören müss´n ... die is wegen CHARLIE total ausgestiegen! *Woooo, Charlie im Krankenhaus. Woooooo*«, äffte ich ihre helle Stimme nach und heulte rum. »*ER tut mir ja soooo leid ... Ich muss geeeehn*. Sie is einfach so weggelaufen vor mia! Mein Saft hatte gar keine Zeit auf ihr zu trocknen ... schon war se weg. Die Saat des Bösen kam aus mir geschossen und hat sie angespuckt und ... und sie hat es gemerkt!«

»Boah, Alter ... Erstens ist das widerlich und zweitens, du hast echt schon sooo viele mit deinem Boshaftigkeit bespritzt, was hat sie denn, was die anderen nicht haben, dass du sie immer noch willst?«, fragte Friedl absolut nüchtern.

»Bin ich Jesus? Wächst mir verschissenes Graaas aus den Hosntaschn? Ich weiß es doch auch nich ... Es is einfach ... *MAGIC* ...« Ich fuchtelte wild mit meinen Händen rum, sodass die beiden laut lachten, doch dann winkte ich ab. »Is ja jetzt auch egal ... Ich hab ihr auf den AB gequatscht, dass ich ne andre Bitch geknallt hab und dass sie sich lieba verpissn soll!«

»DAS hast du nicht!« riefen beide wie aus einem Munde.

»Doch, MANN! Sie soll ruhig wiss´n, dass ich auch ohne sie meinn Spaß hab ... ich bin Mason Hunnnttaaaa und ich kann jede erlegen!«

»Du bist ein notgeiles Arschloch! DAS bist du!«, unterbrach mich Friedl ruppig.

»Jaaa, das bin ich auch ... ein ... Arschloch ...« Geschlagen ließ ich meinen Kopf in meine aufgestützten Hände fallen.

»Mann, MASON! Da kommt endlich mal ne Frau daher, zeigt dir wo der Hammer hängt und du Vollpfosten, nudelst eine andere, kaum, dass sie aus deiner Tür raus ist!« Friedl war jetzt voll in Fahrt und anscheinend auf Prüdellas Seite.

»Ich hab doch nichts gemacht ... Mensch ... Ich hab mich sogar die ganze Zeit zurüüückkgehaltn, hab se noch nich mal gefickt! Und sie is trotzdem gegangn ... Einfach so! Zuerst war sie nackt und dann war se weg! Sie hat mich allein gelassn ... Ich steeeerbe« Somit ließ ich den Kopf nach vorne auf mein

Knie fallen. Max drückte mich an der Stirn wieder hoch.

»So schnell stirbt man nich ... Weißt du, was wir jetz machen? Wir hol'n se zurück! Wenn dir die Keule wirklich so viel bedeutet!« Mit den Worten streckte er seine Faust aus und schwang sie in der Luft.

»Nach der genialen AB-Ansage wird das mit dem Zurückholen sicher nicht so einfach ...«, warf Friedl nachdenklich ein und rieb sich das Kinn.

Aber Max hatte einen Plan. »Hey... ich habe einen Plan! Wir müssen das Teleeeefooon findn, die Ansage löschen und das Problem is gelööööst. TADAAAAAAAAAAA!« Wir schauten ihn beide an, als hätte er sie nicht mehr alle. Okay, das war wohl tatsächlich der Fall. ICH hatte den eigentlichen Plan.

»Ich sag einfach ... das warn nur n Witz ... und dann fang ich an zu singen. Das zieht imma ... ein bisschen Spaß muss sein ... und so weiter, ihr Spastn. Versteht ihr, was ich meine?« Sie sahen nicht so aus, als würden sie *irgendwas* verstehen, also sprang ich einfach auf die Beine und hielt meine Whiskyflasche in die Luft. »Mir alles egal! Das ist MEIN Blowjob Girrrl und keina bekommt sie – auch kein Charlieee, mit seinn scheiß Engelnn! Auf in den Kriiiiiiiieeeeg!«

Max und Friedl hielten ihre Gläser hoch und riefen: »Ja, Lord Helmchen! Einer für alle, alle für einen! Uga, uga!«

»Nimm Domi und Subi. Sie müssen sie erschnüffeln, sie sin jetzt Spürschildkrotn! Halt ihnen mal ihren Schlüppa unter die Nase ... SHIT! Sie hat ihn mitgenommen!

Egal, nimm die Schildkröten!«, rief ich Friedl zu und stürmte in die Küche. »Wir brauchen Proviant ... der Weg ist weit!« Eifrig lud ich Max' Arme voll mit Whiskyflaschen und schob ihn zur Tür raus.

Wir fuhren mit Max' gelber Ente. Friedl saß am Steuer und ich stieg auf den Beifahrersitz, während Max es sich mit seinen Flaschen und Domi und Subi hinten gemütlich machte.

»Wohin, Mason?«, fragte Friedl, nachdem er den Motor gestartet hatte.

»Woher soll ich das wissen?« Wild kurbelte ich das Fenster runter und schrie: »Einfach imma dem Duft nach!« Friedl verdrehte die Augen und fuhr schon mal los, da fiel es mir ein.

»Hey, Max, schnall sie an ... Mann!«

Max schaute mich verwirrt an »Die Flaschen?«

»Nein, du Vollidiot! Meine Panzerechsen!«

»Ach so!« Max zuckte die Schultern und machte sie mit dem Mittelgurt fest, sodass sie Hochkant saßen und mit ihren Beinchen wackelten. »Aber nich kotzn!«, befahl er ihnen noch und trank einen großen Schluck.

»Wohin jetzt, Mason?«, fragte Friedl, der in Schneckentempo vor sich hin tuckerte.

»Keine Ahnung, Mann! Hab ich doch schon gesagt! Hörs du mir nich zu?« Also wirklich.

»Dann frag wen, der Ahnung hat, verdammt!«

»Ähmmm …« Ich überlegte, wer Prüdella noch kannte und kam dann auf meine MAMA! »MEINE MAMA!«, rief ich aus und freute mich wie ein Schnitzel.

»Na, dann ruf sie doch mal an, deine Mama!«, meinte Friedl trocken.

»Boah, warte ...« Hektisch kramte ich in der Hosentasche meiner Jeans, die ich mir schnell übergezogen hatte, wie eine Wühlmaus. Mein kleines flaches Handy fand ich in der Gesäßtasche, aber die Buchstaben verschwammen vor meinen Augen, als ich es einschaltete und die Nummer meiner Mutter suchte. Also hielt ich es Friedl unter die Nase, denn ich konnte den Scheiß echt nicht entziffern. »Guck mal ... steht da ... Mama ... oder ... Moniii?«

»Da steht Mama, du Arschloch!«

»Okay, dann sin wir richtig und jetzt PSSSSSSSSSSSSSSSST!«, deutete ich ihnen schwankend mit dem Zeigefinger und sie verdrehten die Augen.

Es klingelte und klingelte, doch irgendwann meldete sich ihre vertraute Stimme: »Hunter.«

»Hallo, Mami ... Hier spricht der Commander«, nuschelte ich und sie schnaubte.

»Hast du getrunken?«

»Ich doch nich!« rief ich sofort aus. »Ich habe ein Problem!! Ich hab ... meine Prinnnzesssiiin verloren!«

»Was redest du da, Mason Anthony Hunter?«

»Aber sie ist doch weg ... sie is im Turm ... und ich muss sie rettn... Sag mir, wooo der Turm steht!«

»Was für ein Turm? Junge, was hast du schon wieder getan?« Sie klang alarmiert.

»Nichts! Ich schwöre! Sie is einfach sooo zum blödn Charlieee, und sie hat mich gaanz allein gelassn ... mit meinen Schildis ... Doch ich hab meine Armee zusammengetrommelt ... Wir müssen jetz wissssn, wo der Turm steht. Mama, ich tu alles ...«

»*Wer* ist weg?«

»Na PRÜDELLA!«

»Mason, leg dich ins Bett und ruf mich wieder an, wenn du ausgeschlafen bist, okay Schatz?«

»Is noch nich dunkel und ich muss meine Prüdella finden ... Prüdeeeeellaaaaaaaa!« Ich riss das Fenster auf und schrie raus: »Dein Lord Helmchen kommt und rettetetet diiich!«

»Boah, Alter, gib her!« Friedl riss mir das Telefon aus der Hand. »Hallo, Frau Hunter. Hier spricht Friedl. Mason ist nicht mehr zurechnungsfähig. Aber seine Anstandsdame ist ihm davongelaufen, und er will sie zurückholen. Wir brauchen die Adresse. Ja, natürlich war das zu erwarten … Okay, vielen Dank. Nein, das kann ich mir merken. Schönen Tag noch!« Grummelnd gab er mir mein Telefon zurück.

»Wo müssn wir hin?«

»Erst mal auf die Autobahn und jetzt Fresse zu!«, verkündete Friedl und drehte die Musik ganz laut auf, bevor er das Gas durchdrückte und mich zu meinem geliebten Anstands-Wauwau kutschierte.

CUT!

OKAAAAAY … Wir sind in der Festung verschanzt! Ihr kommt mit euren Mistgabeln und Keulen nicht an uns ran und wir haben GANZ sexy Bodyguards, die ihr nicht habt! Nä, Nä, Nä-nä-nä * Zungeraussstreck *

Im nächsten Kapitel wird also Rotzi Helmchen auf seine Prüdellaprinzessin treffen und ihr Reich ein wenig erkunden … Und durcheinanderbringen, natürlich. Denn wo Mason ist, regiert das Chaos ;)

Meinungen, Kritik, Todesdrohungen??? (Mason gegenüber natürlich)

Prüüüdeeeellaaaa

Prüüüüüüüüüüüüüdeeeeeeeeeeeeeeeeeeeeellaaaaaaaaaaaaa aaa.

Shit.

Ich fühlte mich wie ein Stück ausgelutschte Scheiße, als Friedl mich grob an der Schulter rüttelte. Wo war ich? Wieso hatte ich mein schwarzes Hemd angesabbert, und warum stank es in diesem kleinen Kackkarren so nach Rauch?

»Hey! Aufwachen! Wir sind bei deiner Prinzessin«

»HÄ? WO? Prinzessin? Geht's noch?« Ich schaute mich zu allen Seiten um, was ich wohl lieber hätte lassen sollen. Alles drehte sich – inklusive meines Magens. Also entweder war ich noch gut angeheitert oder hatte den übelsten Kater der Menschheitsgeschichte.

»Na deine ... wie nennst du sie immer?«

»WEN?«

»Deine Anstandsdame!« Ja, stimmt, wir waren ja auf einer Rettungsmission! Mir ging es schlagartig besser, denn das Haus, vor dem Friedl geparkt hatte, musste das von Prüdella sein.

»Prüdeeeellaaa, ich komme!«, rief ich und wollte schon aus dem Wagen hechten, aber so sehr ich auch am Türgriff rüttelte, ich kam einfach nicht raus. Viel zu spät bemerkte ich, dass die Kindersicherung mich daran hinderte. Mit einem angepissten Blick in Friedls schmunzelndes Gesicht schaffte ich es endlich indem ich das Fenster öffnete und von außen den Türgriff betätigte. Die frische Luft erschlug mich beinahe. Okay, ich hatte noch ordentlich einen sitzen.

Während Friedl mir nach draußen folgte, schlief Max mit Dom Dom und Sub Sub auf dem Rücksitz und nuckelte am Daumen. Verdammt, ich wollte ich ein Bild davon machen, es als Poster vergrößern lassen und ihm den Schock seines Lebens verpassen, aber jetzt war nur eins wichtig – mein Anstandswauwau.

Eigentlich wollte ich gemütlich durch den Vorgarten laufen und entspannt klingeln, aber nach zwei Schritten meldete sich meine Blase und die war kurz vorm Platzen!

»Shit! Ich muss pissssn!« Also schaute ich mich in der gepflegten Grünanlage fast schon panisch um und suchte nach einem Fleck, den ich entweihen konnte. Da ich mich nicht entscheiden konnte, dachte ich mir: *SCHEISS DRAUF!*, stellte mich mitten auf den penibel gemähten Rasen und öffnete die Schleusen.

»NA TOLL. Hoffen wir mal, dass deine Anstandsdame nicht gerade JETZT aus dem Fenster guckt!«, bemerkte Friedl trocken.

»Oh man, ey ... das wär echt Scheiße, aber noch scheißiger wäre es, wenn ich ihr vor die Haustür pinkel ... oder? Ich dünge nur ein bissssschn ... Pflanzn brauchn Düngaaa!« Ich schwankte leicht hin und her und machte freundlicherweise den Rasensprenger. »Ich würd ja meinn Namen in Schnee pinkeln, aba is keiner da.«

»Was du nicht sagst!« Friedl verdrehte nur die Augen und wartete, bis ich fertig war, was etwas dauerte, weil ich so viel getrunken hatte. Nachdem ich mich wie ein neuer ausgepisster Mensch fühlte, ging ich zur überdachten Haustür und grinste, als ich den Namen ›Hauptmeier‹ las.

»Da is sie... drin ... mein Obermeier«, verkündete ich stolz und drückte nach mehrmaligem Verfehlen den Knopf. Die Klingel hörte sich altmodisch an und erinnerte irgendwie an den nervigen Ton in der Schule. Aufregung wallte in mir auf, als ich darauf wartete, dass jemand die Tür öffnete. Doch es passierte nicht. Genau genommen passierte gar nichts. Ich lauschte auf irgendwelche Geräusche.

»Was fürn Shit«, fluchte ich leise, und drückte lange und sehr penetrant erneut auf die verfluchte Klingel. Wieder nichts. Also ging ich zu dem kleinen Fenster neben der Haustür und glupschte rein, während ich mir die Nase platt drückte. Ich konnte in eine kleine gemütliche Küche sehen, wo Müslischalen und Kaffeetassen rumstanden, aber es schien keiner da zu sein.

»Hallllooooo! Hier ist dein Lord Helmchen! Öffne die Tüüüür!«, rief ich durch die Scheibe und klopfte, doch auch darauf reagierte keiner. »WAS FÜR EIN BULLSHIT!«, murmelte ich und umrundete das Haus. Natürlich ließ ich es mir nicht nehmen, in jede blank polierte Scheibe einen gründlichen Blick reinzuwerfen und ganz nebenbei die Beete zu zertrampeln. Mein Atem vernebelte dabei das Glas, aber ich wischte die Feuchtigkeit einfach mit dem Ärmel weg. Schließlich wollte ich keine Fingerabdrücke hinterlassen.

Hinter dem Haus befand sich ein kleiner stinknormaler Garten, mit akkuraten Beten und allem möglichen Hasenfutter darin. Es war zu grün und zu ordentlich! Die Hecke. Die Bäume. Die Beete! Mit der Hand am Kinn, als Abbild eines Hardrockers in Denkerpose, stand ich dann an der Hinterseite des kleinen Häuschens mit den dunkelblauen Fensterläden. Mein Blick glitt über die oberen vier Fenster und blieb an der Balkontür hängen. Sie war offen! Gut, dass es hier so viele Bäume gab, und gut, dass meine Jeans schon zerrissen waren!

Fluchend kletterte ich kurz darauf einen beschissenen Baum hoch. Doch sobald ich in der Höhe des Balkons ankam, verhedderten sich meine Haare in den dünnen Ästen, und ich schrie eine Runde wie ein Mädchen, während ich mit dem verfluchten Gestrüpp kämpfte. Als meine Haarpracht wieder befreit war, sah ich, dass Friedl sich leise lachend am Baum festhielt.

»Wieso benutzt du kein Haarnetz, holde Maid?«

»Halts Maul, Pisser, und pass lieber auf, dass keiner kommt. Wenn ich in zehn Minuten kein Lebenszeichen von mir gebe, könnt ihr fahren!«

»Mann, beeil dich, Alter. Ich hab Hunger!«, rief er nur, und ich visierte den Balkon an, dessen weißes Geländer ungefähr anderthalb Meter von mir entfernt war. Tschakka! Wäre doch gelacht, wenn ich das nicht schaffen würde!

»Wenn ich sterbe, vermache ich Prüdella meine Babes, die Salat mögen!«, rief ich Friedl theatralisch zu, der nur noch lauter lachte. Dann atmete ich noch mal tief durch und stieß mich von der Rinde unter mir ab, um auf den Balkon zu springen, wo ich mit der Brust gegen das Geländer knallte und mich mit beiden Armen festkrallen musste, während meine Beine wild herumzappelten. Das musste wirklich wahnsinnig sexy aussehen …

»Shit!«, fluchte ich und schwang mein Bein in einer ungelenken und nicht gerade anmutigen Bewegung über die Brüstung, schmiss dabei einen Blumentopf um und landete mit lautem Gepolter und Gefluche mitten auf dem Balkon. Dort blieb ich erst mal auf dem Rücken liegen und zündete mir eine Kippe an. HA! Ich war ja so sportlich! Geschmeidig wie eine Raubkatze hatte ich die Distanz überwunden. Elegant und majestätisch. Gut, dass keine Paparazzi hier waren!

Nachdem ich meine Zigarette in einem anderen Blumentopf ausgedrückt hatte, schnellte ich auf die Beine und betrat vorsichtig und langsam das Innere von Prüdellas Wohndomizil.

»WAS ISN DAS HIER?« rief ich aus, während ich von jedem noch so kleinen Stückchen Wand auf mich selber herabblickte und sogar als Bettwäsche auf dem Bett lag. Das hier war ein eindeutiges SUPERFAN Zimmer. Die Poster an den Wänden, die Bettwäsche, die Tasse auf dem Schreibtisch, die Unterwäsche auf dem Boden ... Aber der Burner stand neben dem Bett – lebensgroß! Ich ging zu dem Pappmaschee-Mason und stupste ihm in die Seite.

»Du bist schon ne geile Sau!«, kommentierte ich und legte ihm meinen Arm um die Schulter. Doch der Penner antwortete nicht und so verließ ich schleunigst das Zimmer, denn es gehörte sicher nicht Prüdella.

Ich befand mich also im zweiten Stock ihres Hauses im Flur. An den Wänden hingen Landschaftsbilder, der Boden war mit einem weißen Läufer ausgelegt. Nun hatte ich fünf Türen zur Auswahl. Drei links. Zwei rechts. Ich entschied mich aus logistischen Gründen dazu, gleich die Tür zu meiner rechten zu nehmen und wurde geblendet, sobald ich diese öffnete. Ich schlug die Hände vors Gesicht, denn bei diesem ganzen Gefunkel und Geglitzer drohte man ja, blind zu werden. Diese Feenwelt war sicher auch nicht Hannahs Reich. Also zog ich die Tür wieder hinter mir zu und drehte mich um.

Ängstlich öffnete ich die gegenüberliegende Tür und fand mich in einem Raum wieder, der komplett anders aussah als die anderen eindeutig weiblichen Zimmer. Hier stand ein großes Ehebett aus Oma-Holz. Des Weiteren fand ich einen Oma-Schrank und eine Oma-Lampe mit Bommeln. Das Nachttischchen zierte ein Foto und ich trat näher, um es mir genauer anzusehen.

Das Bild zeigte drei Gesichter. Ein lächelndes Mädchen war blond, ein grinsendes schwarzhaarig und das dritte brünett. Mit der Zahnspange, der Hornbrille und dem strengen Zopf sah es ziemlich genervt aus. Ich wusste sofort, dass das hier meine süße Prüdella war, die es hasste, fotografiert zu werden und versuchte den Fotografen durch Todesblicke unschädlich zu machen. In dem Aufzug wäre es mir auch so ergangen. Aber das war dennoch nicht ihr Zimmer, auch wenn am ehestens zu ihr gepasst hätte.

War ja klar! Das Beste kommt immer zum Schluss.

Jetzt machte sich in mir schon leichte Unruhe breit, diese Nervosität wie zum Beispiel vor einem Gig, von der ich gerne kacken gehen wollte, aber ich MUSSTE jetzt in Hannah Obermeiers Privatsphäre rumschnüffeln. Also klemmte ich die Backen zusammen und ging wieder in den Flur. Vor der weißen Zimmertür, die sich gleich am obersten Treppenabsatz befand, holte ich erst mal tief Luft und legte meine Hand auf die Klinke.

»Its Showtime«, murmelte ich, öffnete die Tür zu ihrem Reich und blieb stehen, um alles in mich aufzunehmen.

Es war ein relativ kleiner Raum mit einem Fenster inklusive einer Fensterbank. Okay! Soweit alles normal. Mein Blick glitt über die strahlend weiße Gardine weiter zu dem kleinen weißen Schrank links davon. Auch normal. Doch dann bemerkte ich den Schreibtisch und schloss die Tür hinter mir, um mir diesen genauer anzuschauen. Sie war wirklich eine Ordnungsfanatikerin. Jeder Stift und jedes Blatt war akkurat ausgelegt, und nichts störte das Bild vollkommener Ordnung, die hier herrschte. Perfekt aufgeräumt war auch der Rest. Natürlich betrachtete ich ihr kleines Bett – länger als angemessen. So weiß und rein, wie es war, wollte ich mich sofort ausziehen, draufschmeißen und reinkuscheln. Vielleicht hing ihr Geruch an dem Kissen.

Shit, das war ja krank!

Ich würde mich mit Sicherheit nicht in dieses Bett kuscheln, ihre Duft erschnüffeln wie ein liebeskranker Köter oder mir vorstellen, wie sie hier Nacht für Nacht in einem ihrer niedlichen Tops und Höschen lag und sich rekelte. Stattdessen schaute ich mir das Buch auf ihrem Nachttischchen an und lachte leise, denn ich hätte mir denken können, was ihre Abendlektüre war. Eine verschissene Bibel mit einem Rosenkranz aus Bernstein drauf. Alles klar!

Über dem Bett hing ein Bilderrahmen, in dem man das Foto einer fröhlichen Kleinstadtfamilie sehen konnte. Der Mann trug einen Schnurrbart, schwarze volle Haare, die ein wenig an einen Afro erinnerten, und sein Arm lag um die zierlichen Schultern einer ziemlich hübschen, sommersprossigen fröhlichen Frau. Das war eindeutig Hannahs Mutter und sie war verschissen scharf! Sie hatte den Arm um Prüdellas Schulter geschlungen, die mich als kleine ungefähr sechsjährige Version ihrer selbst ANSTRAHLTE wie die scheiß Sonne höchstpersönlich. Kein Vergleich zu dem anderen Bild in dem Oma-Zimmer, auf dem sie eindeutig älter war. Daneben standen ihre Schwestern.

Genau genommen streckte die Blonde die Arme nach Hannah aus, während ein schwarzhaariges Babyungetüm auf den Boden sabberte.

Sonst gab es hier eigentlich nichts weiter außer einem Kreuz über der Tür und ein überdimensionales Bücherregal, zu dem ich jetzt schlenderte. Was las mein Anstandswauwau nur? Okay, alle gängigen Schmöker waren vorhanden. Sachen von irgendwelchen Autoren, deren Namen ich noch nie gehört hatte. Milan Kundera, Salman Rushdie, Goethe, Marc Twain, Ringelnatz, Wolfgang Borchert, Konsalik, Shakespeare, Kafka, Freud und jeglicher anderer Mist über die Psyche, das Leben und die Philosophie standen akkurat und nach Größe und Dicke sortiert nebeneinander. Kichernd wie ein achtjähriger Lausejunge packte ich mir erst mal ein paar Bücher und brachte alles durcheinander. Ich konnte es einfach nicht lassen ... Ein bisschen Mason-Style musste schon sein!

Nachdem ich einmal angefangen hatte, konnte ich nicht mehr aufhören. Ich musste noch mehr lachen, als ich mir ihre Reaktion auf die Verwüstung ihres Zimmers vorstellte, und ging zu ihrem Schreibtisch, vertauschte die Bleistifte, die Ordner und entschied mich zum Schluss dazu, einfach die ganzen Papiere zu nehmen und mit einem »Huiii« in die Luft zu schmeißen.

Zu meiner Entschuldigung: Ich war besoffen und sonst wäre mir langweilig geworden.

Als Nächstes öffnete ich kurzerhand ihren Schrank und blickte auf nach Farben sortierte Kleidung, die in symmetrischen Stapeln angereiht war – wie bei der verschissenen Bundeswehr. Langsam fragte ich mich, ob sie nicht heimlich Drillsergeant war.

Neugierig zog ich die Schubladen auf und fand mich in meinem persönlichen Paradies wieder. Höschen, Höschen und noch mal Höschen. Leider noch nicht getragen. Ich nahm sie aber trotzdem und roch an ihnen. Man wusste ja nie. Weichspüler. Bäh! War ja widerlich. Also nahm ich einen Slip, öffnete meine Jeans und rubbelte ihn ein bisschen an meinen Eiern. Erst jetzt fiel mir auf, dass auf dem rosa Höschen Montag stand und ich wusste, was auf dem blauen stehen würde. Als ich es nahm, las ich Dienstag. Heute hatten wir Sonntag. War ja klar. Ich nahm mir vor, später zu überprüfen, ob sie auch den richtigen Tag anhatte und freute mich schon darauf, wenn sie den Montagsslip anziehen würde.

Natürlich machte ich noch die anderen Schubladen auf. Penibel zusammengelegte Wochentagssocken und noch penibler zusammengelegte Traumvorrichungen für ihre Traumtitten. Ich guckte auf die Cupgröße ... Ja, der Mann von heute will so etwas schließlich wissen! 75 C. Die Traummaße für die Traumfrau mit dem Bibeltick.

Nachdem ich hier mit der Bestandsaufnahme fertig war und ordentlich Chaos hinterlassen hatte, wie das so meine Art war, wollte ich gerade in den Flur schlendern, als ich hörte, wie unten eine Tür zuging.

Gesundheitsschuhe, das war das Erste, was ich vernahm.

SHIT!

Sie war hier! Und ich hatte rumgeschnüffelt. Scheiße! Scheiße! Scheiße! Angestrengt lauschte ich, wohin sie ging. Nicht nach oben ...

GUT!

Ein paar Sekunden später rumorte jemand in der Küche. Der Kühlschrank, laufendes Wasser ... Sicher machte sie sich erst mal einen Kaffee. Das machte sie nämlich IMMER, wenn sie nach Hause kam. Egal zu welcher Uhrzeit. Wahrscheinlich eine Art Zwang oder typisches Suchtverhalten.

Wie ein Soldat auf geheimer Mission schlich ich mich zur Treppe und ein paar Stufen nach unten, wo ich durch das Treppengeländer aus hellem Holz in die Küche blicken konnte. Was ich sah, ließ mir den Atem stocken. Eine kleine süße Prüdella ... in einem schwarzen engen Pullover und passendem gleichfarbigem Rock. SHIT ... und da war ihr Pferdeschwanz ... und ihre kleinen Hände, die Kaffeepulver in die Maschine füllten. Ihre Rückansicht war zum Niederknien, und ich fragte mich, wieso ich jetzt so heftig auf ihren Anblick reagierte und wieso ich SO erleichtert war, hier bei ihr zu sein und ihr hinter herzustalken.

Obwohl sie mich verlassen hatte ... wegen CHARLIE.

Es fühlte sich an, als hätte ich sie Monate nicht gesehen, dabei waren es nur verschissene drei Tage gewesen. Drei Tage ohne ihre Lippen ... Die ich nicht sehen konnte, weil sie mir den Rücken zugedreht hatte. Aber vielleicht war das ja ganz gut so.

Ich wollte gerade runterschleichen und sie schön

erschrecken, als es an der Tür klingelte. Also trat ich den Rückzug an und beobachtete von der obersten Stufe, wie sie leichtfüßig und mit gestrafften Schultern zur Tür ging.

Als sie diese öffnete, keuchte sie auf, denn als Allererstes kam ihr ein überdimensionales Ballonherz entgegen. Der Strauß rote Rosen folgte auf der Stelle. *What the Fuck?*, dachte ich verwirrt und sah an Hannahs erstarrter Haltung, dass es ihr wohl ähnlich ging. Hinter dem Herz tauchte ein blonder Kerl auf und grinste sie dümmlich von einem Ohr bis zum anderen an.

»Hallo, schöne Frau!«

»Hallo, Mike«, antwortete sie gewohnt sachlich und zeigte auf den romantischen Firlefanz, von dem ich genau wusste, was sie davon hielt. »Was ist DAS?«, fragte sie. *Firlefanz,* dachte ich. *Sieht man doch.*

»Das ist eine schöne Geste. Für eine schöne Frau.« Ich konnte förmlich sehen, wie sie die Augen verdrehte.

»Ich hab dir schon des Öfteren mitgeteilt, was ich von deinen schönen Gesten für schöne Frauen halte. Mike, ich hab zu tun ... Bitte geh und nimm ... deine *schönen Gesten* mit! Trotzdem vielen Dank und einen angenehmen Tag noch.« Somit schloss sie die Tür.

HA! Diese Frau war der Hammer! Ich wollte sie am liebsten in meine Arme reißen und sie gegen die nächstbeste Wand ficken! Dem hatte sie es gegeben! Als sie sich umdrehte, konnte ich ENDLICH ihr Gesicht sehen und bemerkte sofort ihre Augenringe, ihre Traurigkeit und ihre Abgespanntheit.

Doch als sie in der Küche angekommen und ich wieder ein paar Stufen nach unten gestiegen war, begann sie, eine Melodie zu summen. Ich musste mir mit aller Kraft das Lachen verkneifen, als ich hörte, WAS für ein Lied ihr im Kopf umherging. *Was für eine brave Schülerin,* dachte ich nur und beobachtete, wie sie sich eine Tasse Kaffee eingoss, den sie schwarz und stark bevorzugte. Während sie pustete, damit er kühler wurde, lehnte sie sich mit ihrem delikaten Fahrgestell gegen die Küchenzeile und summte weiter. Dabei sah sie nicht mehr traurig aus, sondern ein kleines Lächeln schlich sich auf ihre vollen roten Lippen, die ich gerne um meinen... SHIT! Und erneut reichte die Vorstellung aus, um hart zu werden!

Fast hätte ich aufgeschrien wie eine kleine Tussi, als sie sich von der Theke hinter sich abstieß und mit ihrem Kaffee zur Treppe ging. Mit panisch aufgerissenen Mund lief ich die Treppen wieder nach oben, ohne einen Ton von mir zu geben. Dort lief ich erst mal aufgescheucht im Kreis umher, während ich in meinem Kopf schrie, was das Zeug hielt. Shit, wo sollte ich mich nur verstecken? Immer noch mental schreiend erblickte ich den Wandschrank und riss ihn auf.

Ha!

Zwischen Staubsauger und Besen fand ich noch ein Plätzchen, ehe ich mich in das Holzteil zwängte und es leise schloss. Wieso machte ich das eigentlich? Ich liebte es, Prüdella heimlich zu beobachten, deswegen!

Der Schrank stand gegenüber von der Badtür, die sie

öffnete und einen Spalt aufließ. *Braves Mädchen,* dachte ich dreckig grinsend und sah durch die Schlitze im Holz, wie sie Wasser in die Wanne einließ und irgendeinen Scheißzusatz reinkippte.

»SHIT!« Sie würde sich jetzt gleich ausziehen! Mein Herz fing an schneller zu schlagen und mein Atem ging in ein Hecheln über, als sie den Saum ihres Pullovers fasste und ihn sich über den Kopf ziehen wollte. DOCH genau in dem Moment klingelte es wieder und wir beide stöhnten im Chor. Sie war wie ich eindeutig nicht erfreut, als sie direkt an mir vorbeihuschte, um nach unten zu gehen. *Im Schrank bleiben oder rausklettern? Erst mal drinbleiben und das Ohr gegen die Schranktür pressen.* Sie war dünn, deswegen hörte ich jedes Wort und wäre fast explodiert, als eine männliche Stimme erklang, die auch noch wie aus heiterem Himmel anfing zu krächzen, denn Gesang war das eindeutig nicht.

»Iiiiiiii will aaaaalwaaaaaaysloooooooooooooveeeeeeeeeeyoooooooooooooou!« Schon nach dem ersten gejammerten Satz musste Hannah wortlos die Tür geschlossen haben, denn diese Vergewaltigung für die Ohren war nur noch gedämpft wahrzunehmen. Was, zum Teufel, sollte das? Wieso standen hier ständig irgendwelche Typen vor der Tür und wollten mir meine Anstandsdame wegnehmen? Und wieso hörte der Penner nicht auf, sondern krächzte einfach weiter? Wollte er eventuelle Konkurrenten vielleicht an einem akuten Hörschaden verrecken lassen?

Prüdella ignorierte das Katzengejammer tapfer und kam wieder hoch ins Bad. Die Peepshow zwischen Staubsauger und Besen ging in die zweite Runde. Dieses Mal wurde sie nicht gestört, als sie sich den Pullover über den Kopf zog und nur in einem weißen reinen Tanktop im Bad stand. OH SHIT! Ich würde wahrscheinlich bis an mein Lebensende einen Harten bekommen, wenn ich dieses Kleidungsstück sah. Bilder von ihrem Körper unter meinen Fingerspitzen flackerten auf. Ihre weiche samtene Haut, auf der das warme Licht des Kamins tanzte. Ihr leiser Atem, der mit jeder Berührung schneller wurde. Ich liebte es, wie die Luft immer lauter ihren Lungen entwich, je länger ich mich mit ihr befasste. Liebte es, wie ich sie immer mehr zum Keuchen und zum Schwitzen brachte. Und das mit den sanftesten, leichtesten, fast schon unschuldigen Berührungen.

Shit, jetzt wollte ich sie ... Und dieser Drang wurde fast übermächtig, als sie ihren verfluchten Rock, der für so viel mehr stand, als ein einfaches Kleidungsstück an der Seite öffnete und dieser zu Boden fiel. Um den Verführungs-Blow-Job-Style perfekt zu machen, öffnete sie ihre Haare, indem sie den Gummi einfach rauszog, sodass sich weiche braune Wellen über ihre Schultern, ihren Rücken und ihre Brüste ergossen.

Dann schloss sie die Tür.

Das war doch wohl nicht ihr Ernst?

Mittlerweile war ich am Keuchen, während mein Schwanz sabberte und ich mich wirklich zusammenreißen musste, um nicht in das Bad zu platzen und ihr vorzuhalten, was sie mir antat. Selbst als ich *ihn* in meiner Hose verlagerte, wurde es nicht besser. Im Gegenteil, jede Berührung machte es schlimmer. Genau genommen war er so überempfindlich, dass ich laut ächzte. Für einen Moment schloss ich die Augen, um mich zusammenzureißen und nicht unkontrolliert über sie herzufallen und ihre Rundungen mit der Zunge zu erkunden, da klingelte es *schon wieder*!

Mann, der eine jaulte doch noch vor dem Fenster und schon stand der nächste Depp parat! JETZT REICHTE ES, VERFLUCHTE SCHEISSE! ENDGÜLTIG! Mit einem Ruck riss ich den Schrank auf und stürmte die Treppen nach unten. Egal, wer es wagte, zu stören, würde sehr bald und sehr elendig verrecken.

Tür auf, am Kragen gepackt und gegen mein Gesicht gezogen! Braune Augen starrten mich schockiert an.

»WAS. WILLST. DU?«, presste ich hervor.

»Eh... Eh... Eh... EH«

»EH, gibt's hier nicht!« *und auch nichts anderes, besonders keine Hannah!*

Die Augen wurden noch größer. Ich hielt ihn immer noch Nasenloch an Nasenloch. »Eh... ich wollte zu ... Hannah Hauptmeier!«

»Hannah ist für dich verhindert, du Schweißfleck. Sag das auch dem jaulenden Stadtmusikanten! Und jetzt verpiss dich!« Ruckartig setzte ich ihn unsanft auf seine Beine und knallte ihm die Tür vor der indianisch aussehenden Schweinsnase zu.

Ich war nüchtern. Mit einem Schlag. Als hätte mir jemand zwei Liter Kaffee intravenös eingeflößt und einen Eimer kaltes Wasser über den Kopf geschüttet.

DAS REICHTE!

WAS DACHTE SICH DIESES WEIBSTÜCK DA ÜBERHAUPT?

Mir erzählen, sie hätte keinerlei Erfahrung, während sich vor ihrer Haustür die Verehrer stapelten! Von wegen! Sie war mir ein paar Erklärungen schuldig und ich hoffte für sie, dass sie überzeugend waren. Wobei ... wahrscheinlich musste sie nicht mal was dafür tun, dass ihr die Männer nachliefen. Sie war eben verdammt hübsch und dazu schier unerreichbar für das männliche Geschlecht ... Da schaltete jedes Hirn automatisch in den Jagdmodus.

Bei mir ging es eher um Revierverteidigung, als ich die Treppen nach oben lief und eigentlich ins Bad stürmen wollte. Aber als ich ihre sanfte, liebliche Stimme vernahm, verharrte ich direkt vor der Tür. Was zum Geier trieb sie da? Die Töne die sie von sich gab erinnerten ein wenig an Gesang. Na ja, wohl eher an den missglückten Versuch.

»F ... F ... F... Ich kann das nicht...«, nuschelte sie und seufzte schwer. Ich wartete noch einen Moment, dann legte sie los. »Habe Geschlechtsverkehr mit dir und halt den Mund, Onkel Geschlechtsverkehr! Was ist das nur für ein komischer Text?« SHIT! Ich erstickte fast an meinem Lachen und entfernte mich ein Stück, damit sie es nicht hörte. Als ich mich beruhigt hatte, straffte ich die Schultern und schlich zurück, um erneut zu lauschen. Mittlerweile übte sie nicht mehr, denn es war still. Nur das Plätschern des Wassers erklang, sodass ich tief durchatmete. Sie lag in der Badewanne! Sie war NACKT! Bis jetzt hatte ich sie nur einmal nackt gesehen und ich wollte nichts sehnlicher als *da rein* ... und damit meinte ich nicht das Bad! Aber das war Prüdella, also musste ich mich beherrschen, auch wenn ich soeben entschlossen hatte, ein wenig mit ihr zu spielen. Immerhin hatte ich die letzten drei Tage auf meine Stunden mit ihr verzichtet, und alles in mir lechzte förmlich danach, sie wieder zu berühren. Ich würde ihr ihre CHARLIES und die anderen Verehrer schon austreiben und ihr zeigen, wen sie zu wollen hatte. Wen sie wirklich wollte!

Leise drückte ich die Klinke nach unten, öffnete die Tür einen Spalt breit und linste um die Ecke ... Dampf und ein angenehmer Duft nach Vanille und Rosen kamen mir entgegen und ich musste erst mal durchblicken.

DANN SAH ICH SIE!

Sie lag mit geschlossenen Augen in der Badewanne. Die schönen Waden und zierlichen Arme hingen locker über den Rand und ohne es zu wollen, stellte ich mir vor, wie ich zwischen ihren Beinen kniete und ihren Arsch anhob, um in sie einzudringen. Mit aller Kraft unterdrückte ich ein kehliges Stöhnen und schlüpfte leise in den Raum. Mit meinen Füssen zog ich mir die schwarzen offenen Schnürstiefel aus und schlich weiter, wo ich mich an die Wand lehnte, die Arme vor der Brust verschränkte und den Kopf schieflegte.

Mit jeder Faser meines Selbst nahm ich das Bild von ihr in mich auf und merkte in diesem Moment, dass ich sie *wirklich* vermisst hatte. Man schätzt erst, was man vermisst hat, wenn es wieder da ist. Mit einem leichten Lächeln musterte ich ihr Gesicht, das sich von Sekunde zu Sekunde mehr entspannte. Beobachtete, wie sich ihre Mundwinkel langsam nach oben zogen und sie leicht die glänzenden Lippen schürzte. Ein wenig rekelte sie sich hin und her, als wäre ihr die Pose unangenehm, dann seufzte sie leise.

Das Geräusch fuhr geradewegs in meinen Schwanz und ich musste schon wieder einen Laut meiner Erregung unterdrücken. Wie machte sie das nur? Wie konnte eine kleine Bewegung ihrerseits dazu führen, dass ich mich fühlte, als gäbe es nichts Wichtigeres für meine Finger als ihre Haut? Ich wollte sie berühren, ganz zaghaft und vorsichtig, als wäre sie aus Glas, während ich mich über diese rosigen Lippen beugte und sie als meins markierte. Ich wollte das *wirklich.* Wollte wirklich, dass sie zu mir gehörte, so wie noch keine Frau jemals davor. Ich wollte eine verfluchte Beziehung mit ihr und das verwirrte mich, denn so etwas war für mich ein absolutes Unding. So etwas kam normalerweise nicht mal in meinen abgedrehten Träumen vor. Niemals. Aber allein der Gedanke, dass sie in drei Monaten aus meinem Leben marschieren und sich einem anderen Mann hingeben könnte, der sie küsste, streichelte oder anlächelte, war unerträglich. Er brachte mich um.

Ich musste sie also vollkommen süchtig nach mir machen.

So süchtig, dass sie unter denselben Entzugserscheinungen litt wie ich, wenn sie nicht bei mir war. So süchtig, dass sie auch nur noch mich wollte, und das für verflucht immer!

Sie seufzte leise und dann sah ich, wie sie sich auf die Lippe biss und sich wohlig tiefer in das dampfende Wasser gleiten ließ. Sie nahm ihre glatten Schenkel von dem Badewannenrand und rieb sie aneinander. Ihre braunen Brustwarzen versteiften sich ein wenig. SIE WAR ERREGT!

Mein Unterleib zuckte, als mir diese Tatsache klar wurde, und ohne zu überlegen stieß ich mich von der Wand ab ... und ging langsam auf sie zu, fühlte den Teppich unter meinen Füssen und wie mein Herz plötzlich schneller schlug. Völlig arglos lag sie in der Wanne und bemerkte nicht, wie sich ihr ein ausgehungertes Raubtier näherte, denn ihre Lider blieben geschlossen, während ihre langen Wimpern Schatten auf ihre hohen Wangenknochen warfen. Zärtlich umkreiste sie mit ihren Fingerspitzen ihre Brustwarze und biss sich auf die volle tiefrote Lippe … Shit!

Einen Schritt vor der Wanne blieb ich stehen und betrachtete ihren verletzlichen Körper. Jede Rundung ... Jedes Stück cremiger makelloser Haut, das ich schon verwöhnt hatte. Ich fühlte sie unter mir ... ihr Beben und wie sie meinen Namen seufzte, in dem Moment der höchsten Lust. Das Stöhnen brach in dem Moment von meinen Lippen, als auch sie leise stöhnte.

Ihre Augen flogen schockiert auf und sahen in meine, während ihre Arme automatisch vor ihre Brust griffen und sie ein Bein hob, um sich instinktiv zu *verdecken*! Gleichzeitig flackerte in ihren Augen die Lust auf und sie schaute mich fast schon gierig an. Mein dunkler Blick musste ihrem gleichen. Alles in mir wollte sie aus der Badewanne zerren. Nass oder nicht nass, und sie gegen die Wand pressen ... sie ficken ... sie spüren.

»Mason?«, fragte sie nach einer gefühlten Ewigkeit und ihre Stimme klang wie die eines kleinen Mädchens – eines wahnsinnig erotischen und bis in die Haarspitzen erregten Mädchens. Sie war komplett von meinem Anblick gefangen, und ich wusste, dass sie soeben auch von uns beiden zusammen fantasiert hatte.

Ich wollte unsere Fantasien wahrmachen! JETZT! HIER!

Doch natürlich konnte ich mir nicht alles nehmen! Das würde ich sicher nicht tun! Aber ich konnte so viel nehmen, wie sie mir gab, also lächelte ich schief und sah, wie sie von diesem einen speziellen Lächeln errötete.

»Hi, Blowjob Girl«, hauchte ich, und sie keuchte tatsächlich allein von diesen Worten auf, denn sie wusste was sie bedeuteten. *BITTE SAG: HALLO, Mason! SAG: HALLO, Mason! SAG: HAAAALLOOOO, MASSOOON!* Sie erhörte mich und schluckte, bevor sie schüchtern flüsterte:

»Hallo, Mason ...« OH SHIT! Ich war noch nie so froh darüber gewesen, dass sie mich so begrüßte. Mein Blick wurde noch ein bisschen fleischlicher, meine Stimme heiserer, dafür fiel mein Lächeln in sich zusammen, denn die Luft knisterte spürbar.

»Ich würde gerne mit dir spielen!« DA! Ich hatte es gesagt. Die Worte hingen in der Luft und wir wussten beide, wo das hinführen würde. Sie schloss einen Moment die Augen, kontrollierte sich und ihren Atem ... kontrollierte ihr Verlangen nach mir.

»Okay ...«, murmelte sie, während ich sie noch eine Sekunde einfach nur anschaute, in ihrem himmlischen Anblick ertrank. Sie war so verflucht *heiß* ... Aber etwas störte mich im Moment ... GEWALTIG. Also forderte ich ruhig und kontrolliert:

»Nimm die Hände da weg, Hannah. Streck sie über deinem Kopf aus, zeig mir deinen Körper und wage es nicht, ihn noch einmal vor mir zu verdecken!« Sie wusste, dass ich es hasste, wenn sie sich vor mir verdeckte, also gehorchte sie brav. Wundervoll errötend nahm sie die Hände von ihren göttlichen Titten und entblößte sich vor mir. Ich sah das heftige Heben und Senken ihres Brustkorbes, als sie schneller atmete.

»Streck die Beine aus ...« Anmutig streckte sie eines ihrer langen Beine und ich schürzte die Lippen, als sie den Blick auf ihr Dreieck freilegte ... Auf die feinen dunkelbraunen Locken, mit dem leicht roten Stich ... Normalerweise liebte ich rasierte Schlitze, aber die feinen Haare passten zu ihrer Unschuld. Sie unterstrichen das, was ich an uns beiden am liebsten mochte. Dass sie MEINE kleine süße Jungfrau war.

»Braves Mädchen«, lobte ich leise, stützte mich mit beiden Händen an dem Badewannenrand rechts und links von ihr ab, beugte mich vor, und strich mit meiner Nase über ihre. Ihre Augen blickten mich fragend und gleichzeitig aufgeregt an, doch vor allem glühten sie vor Lust, genauso wie ihre geröteten Wangen. Sie war unsagbar süß!

»Weißt du eigentlich, wie verflucht sexy du bist und wie sehr ich deine verfluchte Sexyness vermisst habe?«, hauchte ich gegen ihr liebliches Gesicht und sie erschauerte, als ich eine Hand vom Rand löste und ihre Wange umfasste. Sanft ihre volle Unterlippe streichelte, die unter meinem Daumen erbebte. »Darf ich dich waschen, Babe?« Nein, ich küsste sie noch nicht, auch wenn es nichts gab, was ich lieber tun wollte. Mir war klar, sie wollte es auch, denn ihr sehnsüchtiger Blick flog zu meinen Lippen, die sich nach oben verzogen. Doch ich wollte sie zappeln lassen. Wenn ich sie jetzt *nicht* küsste, würde sie sich irgendwann auf mich stürzen und genau darauf wartete ich, denn ich liebte es, wenn sie das tat, wenn sie absolut ihre heiß geliebte Kontrolle verlor.

Sie nickte hektisch, denn ja, sie wollte meine Berührungen ebenso DRINGEND wie ich sie berühren wollte. *Charlie* und die anderen Penner waren vergessen. *Alles* war vergessen! Tag oder Nacht! War verflucht egal!

»Mhmmm«, summte ich und küsste sie sanft auf den Mundwinkel. Von einem leisen Seufzen ihrerseits begleitet ging ich in die Hocke und nahm mir den weichen Naturschwamm von der blank polierten Ablage. Ich ließ ihn sich mit Wasser vollsaugen und drückte ihn dann über ihren Wahnsinnstitten aus, von einer Brustwarze zu der anderen. Sie stöhnte leise ... Himmlisch ... Ich liebte dieses Geräusch. So empfänglich ... So erotisch ... war sie, als sie ihren eleganten Körper rekelte. Ich kämpfte mit meinem Verlangen, einen ihrer kreisrunden Nippel in den Mund zu nehmen, während ich den Schwamm erneut ins Wasser tauchte und damit leicht über ihren linken Arm strich. Dabei schaute ich ihr unentwegt in die Augen ... Sie blickte zurück. Mit geröteten Wangen und diesen offenen dunklen vertrauensvollen Augen. Wieder glitt ihr Blick zu meinen Lippen und ich lächelte, strich mit dem Schwamm über ihre weiblich geschwungene Seite.

»Du kannst mich immer küssen, wenn du willst, Babe ...« Schockiert sah sie mich an, als ihr klar wurde, dass ich sie bei ihren Gedanken ertappt hatte. Mein Lächeln wurde breiter und sie biss sich gequält auf die Unterlippe. Die Hand mit dem Schwamm stockte auf ihrem Hüftknochen, als sie sich aufrichtete und mit ihren Fingern unverhofft in meinen Nacken fuhr. Ich schwöre, die verfluchte Sonne ging auf und ein ganzer Chor Engel sang in meinem Kopf das Halleluja, als sie meinen Kopf zu sich herunterzog. Doch in dem Moment, als sie ihre Lippen auf meine presste, ging die Tür mit einem Ruck auf und ich drehte mich erschrocken um. Nur um den Kerl von den Fotos zu erblicken ... und Shit sah der sauer aus, als wäre er im absoluten Kriegsmodus! Hannah keuchte nur ein Wort, das in meinen Ohren widerhallte und mir sofort sagte, was für ein dämlicher Idiot ich doch war.

»CHARLIE!«, rief sie schockiert, und mir wurde klar, dass ich jetzt ihrem wütenden Vater gegenüberstand, während ich vorhatte, vorsätzlich seine jungfräuliche Tochter zu verführen.

SHIT und CUT!

Die letzte Anmerkung Bethy und Babels:

Eh... ja... Mason... Scheisse gelaufen, hm? Ach ja... es gab bei diesem Kap keinen Link weil es keine Scheißversion von »I will always love you« gibt, aber Babels hat was anderes Lustiges gefunden. Zieht es euch rein wenn ihr eine Runde abbrechen wollt:

http://www.youtube.com/watch?v=qJY_Uf3cFAI

Fürs nächste Kapitel müssen wir uns noch nicht in die Festung verziehen ... Obwohl ... ich sehe gerade am Schluss ... müssen wir doch! AHHHH Babels pack deine hübschen Schlüpfer ein und beweg deinen Arsch hinter die Mauern! Schnell!

Also ... was wird im nächsten Teil noch so geschehen?

LOL. Hannah wird ihr verwüstetes Zimmer vorfinden und Rosi und Magda werden Mason bei sich zu Hause vorfinden! Vielleicht wird Hannah ein BISSCHEN eifersüchtig auf ihre Schwestern sein ;) Das erste Mal wird anders als erwartet ... Hannah wird merken, dass Mason eine wirklich ziemlich dunkle Seite hat und wieso ... und

Mama Hunter schaut auch mal vorbei ... Also ... könnt ihr euch auf was gefasst machen. So wie immer! Unter anderem dem Verlust an Flüssigkeit! Vor Lachen aber auch vor Trauer und vor allem ... na ja ...

Also!

Bis zum nächsten Teil, den wir in pingeliger Perfektion vorbereiten werden!

Mit Taschentüchern wink

Wir lieben euch und freuen uns auf viele wunderbare Rezensionen zu »Rock oder Liebe – Teil 1«! Wer weiß! Vielleicht wird es sogar drei Teile geben, wenn es super bei euch ankommt! Also macht Werbung, was das Zeug hält, empfehlt und rezensiert, denn nur durch eure Meinung wissen wir, ob wir alles richtig und unsere Leser glücklich gemacht haben!

Eure zwei Irren von Nebenan!

Bethy feat. Babels

ENDE

Jetzt wirklich!

6090747R00272

Printed in Germany
by Amazon Distribution
GmbH, Leipzig